Sandra Paretti ist eine der großen Erzählerinnen Deutschlands. Geboren und aufgewachsen in Regensburg, studierte sie Musik und Germanistik, promovierte an der Münchner Universität und arbeitete dann bei der Münchner *Abendzeitung.* Das Abenteuer des Schreibens begann mit einem Roman à la Dumas »Rose und Schwert«, der sofort ein internationaler Erfolg wurde und sie zu d e r Paretti machte. Es folgten Romane wie »Der Winter, der ein Sommer war«, »Der Wunschbaum«, »Das Zauberschiff«. Seit 1969 ist die Schweiz Sandra Parettis Wahlheimat.

Von Sandra Paretti sind außerdem
als Knaur-Taschenbücher erschienen:

»Der Wunschbaum« (Band 519)
»Das Zauberschiff« (Band 621)
»Das Echo Deiner Stimme« (Band 1021)
»Maria Canossa« (Band 1047)

Vollständige Taschenbuchausgabe

Umschlaggestaltung Hans Looser
Druck und Bindung Ebner Ulm
Printed in Germany 5 4 3 2 1
ISBN 3-426-01278-2

Sandra Paretti: Paradiesmann

Roman

Knaur

ISBN 3-426-01278-2 780

Er war ein Mann,
der für die Frauen lebte,
und sie liebten ihn dafür.

Juni 1946

I

Pünktlich war er nie . . .« Flo Friedl rückte mit dem Liegestuhl etwas mehr in den Halbschatten unter dem Fliederbusch und lehnte sich wieder zurück, die Arme unter dem Kopf verschränkt. »Nein, pünktlich war er nie, nicht einmal bei unserem ersten Rendezvous . . . eine geschlagene Stunde ließ er mich warten. Ich dachte, er hat mich vergessen, aber dann, als ich die Hoffnung schon aufgegeben hatte, kam er. Und er brachte mir eine Orchidee mit, eine weiße Orchidee, nicht in einer durchsichtigen Zellophanschachtel mit Seidenschleife drumherum, wie sich das gehört. Er hatte die Orchidee einfach in der Hand, sozusagen unterwegs gepflückt . . . das war typisch für ihn, typisch Pavelino, eine Stunde zu spät, aber eine weiße Orchidee in der Hand. Nur er machte so was, nur Pavelino. Kein Wunder, daß ich mich in ihn verliebt habe. Ich dachte mir, entweder ist er ein Maharadscha oder ein Hochstapler, so oder so, er ist der erste, der mich wie eine Dame behandelt, ich muß ihn haben . . .«

Sie sprach leise vor sich hin, träumerisch, mehr zu sich selbst als zu mir. Ich konnte mir ihre Worte nicht zusammenreimen: Vor fünf Minuten, als sie in den Garten herunterkam – in ihrem weißen Leinenkostüm mit dem schmalen, engen Rock und der losen Jacke, die nur einen Knopf hatte, und der saß an der Taille –, sagte sie etwas von einem amerikanischen Offizier, der in München stationiert war, und heute eigens ihretwegen nach Regensburg kam. Und jetzt redete sie von einem anderen, von einem Mann, der Pavelino hieß.

Flo Friedl arbeitete im Nachtclub der amerikanischen Besatzungstruppen, und ihre Männerbekanntschaften wechselten rasch.

»Ich kenne mich nicht mehr aus«, sagte ich. »Ich dachte, du hast ein Rendezvous mit dem Amerikaner aus München.«

»Hab' ich auch.«

»Und der andere?«

Sie hob den Kopf. »Welcher andere?«

»Pavelino ...«

»Pavelino ...« sie sagte den Namen weich und melodiös, »... aber Pavelino ist der Amerikaner.«

»Ein Amerikaner, der Pavelino heißt?«

»Er ist kein richtiger Amerikaner, eigentlich Deutscher, 1931 ausgewandert.« Nach kurzem Zögern fuhr sie fort: »Als ich ihn kennenlernte, konnte er nicht genug Englisch, um einen Schlagertext zu verstehn. Er mußte jedes Wort im Langenscheidt nachschlagen – und jetzt ist er amerikanischer Offizier ... Typisch Pavelino, bei ihm ist alles möglich, auch das Unmögliche.«

Meine Neugier war geweckt. »Pavelino ... was ist das eigentlich für ein Name?«

»Soviel ich weiß, hat er den Namen von seinem Großvater, und der war Russe.« Sie setzte sich auf, und das amerikanische Magazin, das am Ende des Liegestuhls lag, fiel ins Gras. »Eins ist sicher, wenn ich mal einen Sohn habe, nenne ich ihn Pavelino.«

Ich sah sie überrascht an, »Du willst ihn heiraten?«

»Pavelino? Du hast Ideen ...« Sie griff hinauf, in den Fliederbusch, riß ein Blatt ab, und aus einer halbverblühten Dolde fielen kleine violette Blüten auf ihr weißes Kleid. Es war ein warmer, leicht verschleierter Junitag. Der Wind schlief, die Donau rauschte leise, und in der Luft schwebte der süße Duft der letzten Fliederdolden, die dunkelviolett und schwer wie Weintrauben allmählich dahinwelkten.

Flo Friedl sammelte die kleinen Blüten zusammen und blies sie von der flachen Hand.

»Es geht die Flo lila / Von Kopf bis Schuh lila / Auch das Dessous lila / Das muß man sehn . . . / Wenn jemand kömmt lila / Macht sie die Lampe lila / Beim lila Bett . . .« Sie sprach die Worte leise vor sich hin. Ich kannte den Schlager, denn sie ließ die Schallplatte oft laufen. Plötzlich brach sie ab. »Genug mit dem Quatsch, das ist nichts für Kinderohren.«

»Ich bin kein Kind!« protestierte ich.

»Du bist elf, und mit elf ist man noch ein Kind.«

»Ich bin neunundzwanzig.«

»Du bist elf.«

»Ich bin neunundzwanzig, denn neunundzwanzig und elf ist dasselbe. Wenn man die Zwei und die Neun von neunundzwanzig zusammenzählt, kommt elf heraus, also ist elf neunundzwanzig.«

»Neunundzwanzig! Auf die Idee wäre ich nicht gekommen, einfach addieren und man ist wieder elf und fängt von vorne an . . . Aber jetzt heißt's lernen, mein Fräulein, du hast morgen eine Ex in Geschichte, oder?«

»Ich bin fertig mit dem Lernen.«

»Du hast noch nicht mal angefangen. Du starrst die ganze Zeit hinaus auf die Badstraße. Man könnte meinen, du hast das Rendezvous mit Pavelino, aber dazu bist du noch zu jung, verstanden? So früh habe nicht einmal ich angefangen!«

»Wann hast du angefangen?«

»Schluß jetzt!« Flo Friedl griff nach dem Geschichtsheft, das im Gras lag. »Ich frage dich ab, dann werden wir gleich sehen, ob du gelernt hast.« Sie stellte die Lehne des Liegestuhls senkrecht, setzte sich zurück und schlug das Heft auf: »Alexander in Mesopotamien ... Mensch, von dem habe ich noch nie was gehört ... das muß ich mir merken. Alexander in Mesopotamien ... klingt irre gut ... Da kann man was daraus machen ... *Man, you behave like Alexander in Mesopotamia* ... irre gut ... Mii-soo-poo-tamia, salonfähig und doch irgendwie unanständig ... Das ist was für meine Herren Offiziere, so was mögen sie. Ein Wort, das *nur* unanständig ist, pah, nicht halb so gut. Das hat mir Pavelino beigebracht: Beim Reden und beim Anziehn nicht zuviel Haut zeigen! Neugierig machen, das genügt ...« Sie blickte an sich hinunter, und ihre Hände folgten diesem Blick, glitten über die Knie und die Beine abwärts bis zu den hochhackigen Sandaletten aus hellgrauem Schlangenleder. »Pavelino hat eine Dame aus mir gemacht. Vorher war ich nur so ein Zeigste-was-biste-was-Mädchen. Ich dachte, was Josephine Baker kann, kann ich auch: oben nichts und unten einen Bananengürtel ...« Wieder hatte sie vergessen, daß ich ein Kind war, und ich auch. Nach einer Pause fuhr sie fort. »Wenn die Amerikaner wüßten, wer da für sie steppt und tingelt – die Witwe von einem hohen SS-Tier, auweia! Jedesmal, wenn ich mir den neuen Stempel für den Passierschein hole, habe ich Bammel. Aber jetzt kann mir nichts mehr passieren. Pavelino holt mich hier raus. Ich packe noch heute meine Koffer und verschwinde mit ihm. Darauf kannst du Gift nehmen.«

Flo Friedl war eine Frau mit Vergangenheit: Sie hatte eine Karriere als Revuetänzerin hinter sich, sie hatte Filme gemacht, sie war ein paarmal verheiratet gewesen. 1945, kurz vor Ende des Kriegs, war sie mit den Resten eines Fronttheaters in Regensburg gelandet, und man hatte sie bei uns einquartiert. Sie hatte dunkles Haar, die Augen einer Sphinx, lange rote Fingernägel, lange Beine und die Figur einer hochgeschossenen Sechzehnjährigen, Kind und Frau in einem. Sie parfümierte sich mit Unmengen von Chypre und sprach Berliner Jargon. In ihrem Zimmer herrschte ein wildes Durcheinander. Tausend Fotografien aus ihrer großen Zeit lagen am Boden herum, tausend amerikanische Magazine, tausend Schallplatten, tausend Pumps, tausend einzelne Nylonstrümpfe. Und der Tisch quoll über von Schminksachen.

Sie kam aus einer anderen Welt. Ich konnte ihr stundenlang zuhören, wenn sie erzählte: die großen Revuen an der Berliner Scala, ihr Engagement am Deutschen Theater in München, die Filme, die sie bei der Ufa gedreht hatte, ihre Ehen, ihre Scheidungen und die Männer zwischendurch. Es war wie eine Droge. Ich vergaß die Schule, ich vergaß, daß ich ein Kind war. Mein Kopf summte von abenteuerlichen Bildern und Szenen, von Andeutungen, die mich verwirrten, von Rätseln, die ich nicht lösen konnte.

Flo Friedl schaute auf ihre Armbanduhr. »Halb drei!«

»Wann wollte er da sein?«

»So um zwei.«

»Vielleicht findet er nicht her.«

»Daran liegt es bestimmt nicht.«

»Hast du ihm den Weg erklärt zum Oberen Wöhrd?«

»Das war nicht nötig, er kennt Regensburg, und er kennt den Oberen Wöhrd. Er ist hier aufgewachsen.«

»Hier in Regensburg? Pavelino ist in Regensburg aufgewachsen?«

»Ja . . . ein komischer Zufall oder Fügung des Schicksals. Er wußte sofort, wo die Badstraße ist. Er kennt dieses Haus, er hat es mir genau beschrieben: ein gelbes Haus mit grünen Läden und einem kleinen Vorgarten. Er kennt auch den Tennisclub. Dort hat er sich als Schüler sein Taschengeld verdient, als Balljunge.«

*

Bis dahin war Pavelino für mich nur ein schöner Name, eine Figur aus dem abenteuerlichen Leben der Flo Friedl gewesen. Jetzt wurde er lebendig. Er war in Regensburg aufgewachsen, er war hier zur Schule gegangen, er hatte im Tennisclub, nur fünf Minuten von unserem Haus entfernt, als Balljunge sein Taschengeld verdient.

Von der Straße kam das Geräusch eines Autos, und ich wollte schon zur Einfahrt laufen, aber Flo Friedl hielt mich an der Hand fest. »Bleib da! Wir sehen ihn auch von hier.« Ich fügte mich widerwillig. Ein paar Schritte, und ich konnte von der offenen Einfahrt aus die Badstraße nach beiden Richtungen voll überblicken. Vom Garten aus reichte die Sicht nur bis zu der großen Kastanie, unter der die Telefonzelle stand.

Draußen rollte ein Jeep vorbei, vollgepackt mit jungen GIs und Mädchen, die nicht ganz so jung waren. Sie fuhren zum Schopperplatz. Dort befand sich das Sport- und Freizeit-Areal der Amerikaner mit Ruderclub, Tennisclub und einem Baseballplatz. Rund um die Sportanlagen dehnten sich die Uferwiesen der Donau, und diese Wiesen mit den Büschen und Bootshütten waren sehr beliebt bei den GIs, wenn sie mit einem Mädchen einen kleinen Ausflug machen wollten.

Das Warten machte Flo Friedl allmählich nervös. Jeden Moment wechselte sie die Stellung, schlug die Beine übereinander, verschränkte die Arme, lehnte sich im Liegestuhl zurück, setzte sich wieder auf. Sie holte die Puderdose aus der Handtasche, betrachtete sich in dem kleinen Spiegel, zog die Lippen nach.

Wieder kam auf der Badstraße ein Auto näher, wieder war es ein Jeep mit GIs und Mädchen.

Flo Friedl erhob sich aus dem Liegestuhl und begann im Garten auf und ab zu wandern. Eigentlich war der Garten zu klein zum Aufundabwandern, nur ein Stück Rasen, nur ein Sitzplatz vor dem Haus, von wo aus man beobachten konnte, was in dem langgestreckten Oval des Hofs und den anderen Häusern geschah.

Die zwei hohen gemauerten Pfosten der Einfahrt warfen kurze Schatten und erinnerten mit ihren Einschußlöchern an die letzten Kriegstage vor einem Jahr.

Ein paar versprengte Soldaten von der Waffen-SS hatten sich in unserem Hof verbarrikadiert und den amerikanischen Truppen beim Einmarsch ein Gefecht geliefert, das damit endete, daß ein amerikanischer Panzer das verrammelte Tor aufsprengte, die Flügel aus den Angeln riß und niederwalzte. Seither stand die Einfahrt immer offen und gab den Blick auf die Badstraße und die Donau frei.

Ich hatte mich ins Gras gesetzt und sammelte meine verstreuten Schulsachen zusammen. Flo Friedls Unruhe übertrug sich auf mich. Schweigend ging sie auf und ab, mit einem seltsamen Ausdruck im Gesicht, die dunklen Augen unter den langen dunklen Wimpern blickten hart, der rotgeschminkte Mund, feucht glänzend und leicht geöffnet, schien die Luft zu küssen. Summte sie ein Lied vor sich hin? War es wieder der Lila-Schlager? Es geht die Flo lila / Von Kopf bis Schuh lila / . . .

Daß ein Mann Flo Friedl warten ließ, hatte ich bisher noch nicht erlebt. Sonst waren es die Männer, die auf sie warteten. Abend für Abend stand vor unserer Haustür ein amerikanischer Straßenkreuzer, mit dem sie abgeholt wurde. Eine

Viertelstunde war das mindeste, manchmal wurde es auch eine halbe Stunde, bis sie aus der Haustür trat.

Unvermittelt blieb Flo Friedl stehen. »Ich gebe ihm noch elf Minuten, wenn er dann nicht da ist, heirate ich den Colonel.«

»Und wenn er kommt? Was dann? Heiratest du dann Pavelino?«

Flo Friedl sah mich an, und ihr Gesicht hatte immer noch diesen seltsamen Ausdruck mit den harten Augen und dem weichen Mund. Ohne zu antworten, wandte sie sich ab, ging zum Liegestuhl und setzte sich wieder.

»Was hat er für einen Beruf?«

»Beruf? Mein Gott, Pavelino hat alles mögliche gemacht. Als ich ihn kennenlernte, gründete er mit einem Freund eine Fluggesellschaft. Die beiden wußten noch nicht einmal, wo sie das Geld auftreiben sollten, um das erste Flugzeug zu kaufen, aber sie gründeten die Fluggesellschaft, gaben eine Pressekonferenz im ›Regina-Palast-Hotel‹, und alle Zeitungen brachten große Berichte darüber. Es war Hochstapelei, pure Hochstapelei.«

»Und weiter?«

»Irgendwie haben sie das Geld aufgetrieben, und sie kauften drei Maschinen, alles lief bestens.«

»Und warum ist er nach Amerika ausgewandert?«

»Wegen einer Frau. Große Liebe. Sehr romantische. Eine Geschichte wie im Kino.«

»Und weiter?«

»Du, ich habe ihn vor zehn Jahren das letzte Mal gesehn, 1936 in Berlin. Ich weiß nicht, was seitdem alles passiert ist. Zehn Jahre, das ist eine Ewigkeit – und dann vor zwei Tagen plötzlich seine Stimme am Telefon. Irgendwie hat er rausgebracht, daß ich hier im amerikanischen Nachtclub arbeite. Man ruft mich ans Telefon, ich nehme den Hörer – und es ist Pavelino! Ich dachte, ich werde verrückt.« Sie schaute auf die Uhr. »Na ja, pünktlich war er nie . . .«

Durch die Stille klang der Stundenschlag der Regensburger Turmuhren; sie begannen nicht gleichzeitig, sondern nacheinander: ein Kanon heller und dunkler Glocken, der anschwoll und wieder verklang.

»Fährt er einen Jeep, oder kommt er mit Chauffeur?«

»Ich habe ihn nicht gefragt. Aber Pavelino in einem Dienstwagen mit Chauffeur, das kann ich mir nicht vorstellen. Früher fuhr er nur Sportwagen.«

Wir warteten weiter. Flo Friedl blätterte in ihrem Magazin, ohne zu lesen, und ich starrte in mein Geschichtsheft, ohne zu lernen.

Dann endlich kam er. Ich sah ihn noch nicht, ich hörte nur das leise Brummen eines Motors. Es klang anders als ein Jeep und anders als ein Straßenkreuzer. Das mußte er sein.

Der Wagen kam nicht aus der Richtung, aus der ich ihn erwartet hatte, nicht von der Steinernen Brücke, sondern vom Schopperplatz. Bei der großen Kastanie, die ihren Schatten über die Straße warf, tauchte er jetzt auf: Es war ein Sportwagen, wie Flo Friedl vermutet hatte, ein kleines, schmales Ding, rotlackiert und mit Speichenrädern. Er hatte einen silbernen Kühler und silberne Kotflügel.

Diese Kotflügel waren das Besondere an dem Wagen, sie glichen tatsächlich Flügeln: Durch chromglänzende Verstrebungen mit der Kühlerhaube verbunden, spannten sie sich in einem weiten Bogen über die Räder. Auf diesen silbernen Flügeln saßen, groß und funkelnd wie Riesenaugen, zwei verchromte Scheinwerfer.

Ich hatte nie ein ähnliches Auto gesehen. »Das muß er sein.«

Flo Friedl nickte. »Ich werd' verrückt, Pavelino in seinem alten Amilcar! Eine geschlagene Stunde zu spät, aber in seinem alten Amilcar, typisch Pavelino. Wenn er mal in den Himmel kommt, wird ihm bestimmt auch was einfallen. Eine Stunde zu spät, aber das Tenniszeug dabei . . .«

Der Wagen fuhr nicht schnell, und je näher er kam, desto langsamer wurde er, kaum daß sich der Staub unter den Rädern kräuselte. Vom Mann in dem winzigen Cockpit hinter der Windschutzscheibe sah man vorläufig nur die Silhouette eines Kopfes mit Staubkappe und Schutzbrille. Er scherte nach rechts aus und bog, ohne zu bremsen, in die Einfahrt zu unserem Hof, fuhr bis zur Mitte und wendete dort. Dann erst, mit abgestelltem Motor, ließ er den Wagen auf unser Haus zu rollen. Vor der Treppe brachte er ihn zum Stehen.

Flo Friedl saß reglos am Fußende des Liegestuhls. Seit einer Stunde wartete sie auf ihn, und jetzt rührte sie sich nicht vom Fleck.

Ich verstand ihr Benehmen nicht und fragte: »Was hast du?«

Sie zog die Achseln hoch. »Lampenfieber hab' ich, lila Lampenfieber, verstehst du? Mir ist lila, von Kopf bis Fuß lila . . .« Der Mann im Wagen hatte Staubkappe und Schutzbrille abgenommen und fuhr sich mit der Hand übers Haupt. Er hatte dunkles Haar, dunkles, zurückgekämmtes Haar, das glatt und glänzend den Kopf umschloß. Er richtete sich hinter dem Steuerrad auf – der Wagen hatte keine Türen – und sprang aus dem Cockpit.

Das war er also! Dieser hochgewachsene Mann in der Uniform eines amerikanischen Offiziers war Pavelino. Er sah gut aus, sehr gut sogar, aber nicht wie ein Amerikaner und schon gar nicht wie ein Soldat. Die Uniform war eine Verkleidung, ein Kostüm. Ich hätte mich nicht gewundert, wenn er die Uniform abgestreift hätte wie ein Flieger den Overall und wenn darunter ein weißer Anzug zum Vorschein gekommen wäre mit einer Nelke im Knopfloch.

Flo Friedl mußte denselben Gedanken gehabt haben, denn sie stand auf, pflückte eine von den kleinen Nelken, die an der Hausmauer wuchsen – sie waren rot, rot wie Pavelinos Auto –, und ging damit zu ihm.

Wenn sie etwas gesagt hat, war es so leise, daß ich es nicht hörte. Ich sah nur, wie sie ihm die kleine rote Nelke an die Uniformjacke steckte. Er ließ es geschehen, sah ihr mit einem Lächeln zu. Dann umarmten sie sich, das heißt, sie war es, die ihn umarmte. Sie hob die Arme, sie legte die Hände um seinen Hals, sie zog ihn an sich und murmelte etwas ins Ohr. Erst als sie ihn schon wieder loslassen wollte, nahm er sie in die Arme und hielt sie fest. So standen sie dort.

Bis zu diesem Moment hatte ich die beiden mit der Neugier eines Kindes beobachtet, jetzt regte sich ein Schmerz in mir, den ich bis zu diesem Tag nicht gekannt hatte und für den ich damals noch keinen Namen hatte, aber heute weiß ich: Es war Eifersucht.

*

Flo Friedl verließ noch an diesem Tag Regensburg und ging mit Pavelino nach München. Ich half beim Packen. Ich suchte mit Flo die tausend Sachen zusammen, die in ihrem Zimmer verstreut lagen: Fotografien, Schuhe, Nylons, Schallplatten, Lippenstifte, Schmuck, Handtaschen, Sonnenbrillen. Die amerikanischen Magazine nahm sie nicht mit, die erbte ich.

Pavelino kümmerte sich um die Kleider. Mit Staunen beobachtete ich, wie er die widerspenstigsten Stücke zusammenlegte; mühelos zähmte er den Abendmantel aus feuerrotem Taft, den Smoking aus weißem Satin, das schwarze Charleston-Kleid voller Pailletten und Fransen. Man sah, es war nicht das erste Mal in seinem Leben, daß er für eine Frau den Koffer packte, er hatte Übung darin, und die Art, wie er es tat, verriet, daß es ihm Vergnügen machte.

Um sechs Uhr abends holte ein Jeep Flo Friedls Koffer ab, denn in Pavelinos rotem Amilcar war dafür kein Platz. Dann kam der Abschied. Flo war sehr aufgeregt. Sie umarmte mich und flüsterte: »Drück mir die Daumen!« Pavelino stand daneben, die Staubkappe und die Autobrille in der Hand. »Auf Wiedersehen«, sagte ich und streckte ihm die Hand hin. Er nahm sie und sah mich an. »Wer weiß . . . vielleicht . . . Also dann, auf Wiedersehen!«

Sie stiegen ein. Flo hatte nur eine Handtasche bei sich und den Silberfuchs. Der rote Amilcar rollte aus dem Hof, und ich winkte den beiden nach, auf Wiedersehen.

Und wie das so ist mit den Wünschen, die wir als Kinder hegen, solange wir noch ans Wünschen glauben – der Wunsch ging in Erfüllung; an einem anderen Ort, und man könnte sagen in einem anderen Leben. Als ich Pavelino wieder begegnete, zwölf Jahre später, 1958 in München, trug er nicht mehr die Uniform eines amerikanischen Offiziers, und ich war kein Kind mehr.

März 1958

2

Es war ein Märztag zwischen Nebel und Sonne, zwischen Winter und Frühling. Vor der Münchner Universität wallten die grauen Schwaden so dicht, daß man von der Tram nur die Funken der Oberleitung sah, aber hundert Meter weiter, in der Veterinärstraße, tanzten einzelne Sonnenstrahlen durch die Luft.

Auch ich fühlte mich halb neblig, halb sonnig, halb winterlich, halb frühlingshaft, während ich die Veterinärstraße in Richtung Englischer Garten hinunterging. Vor fünf Minuten hatte ich beim Studentenschnelldienst einen Job gefunden, einen guten Job für drei bis vier Wochen, und ich freute mich darüber, denn nun war ich meine Geldsorgen los. Andererseits wußte ich schon jetzt, meinem Freund Jean-Didier würde es nicht passen, daß ich den Job angenommen habe. Seit einiger Zeit paßte ihm nichts mehr, was ich machte. Der Grund war sehr einfach: Er wollte heiraten, und ich wollte nicht; jetzt nicht und auch später nicht. Zuerst gefiel ihm meine Widerspenstigkeit, doch dann wurde er nervös, und es kam zu Spannungen zwischen uns. Er machte sich über mein Studium lustig: Literatur und Musik, das sei ein netter Zeitvertreib für eine höhere Tochter, aber als Vorbereitung auf einen Beruf total wertlos, außer es genüge mir, in einem Verlag den Kaffee zu kochen. Als er merkte, daß mich sein Spott nicht traf, bildete er sich ein, hinter meiner Weigerung stecke ein anderer Mann, und er begann mich eifersüchtig zu überwachen – ein Witz, denn ich wohnte bei meinen Eltern und wurde dort schon eifersüchtig genug bewacht. Hätte ich Jean-Didier geheiratet, hätte ich nur die Adresse gewechselt. Das Leben, wie ich es mir vorstellte, hätte ich bei ihm nicht gefunden. Was stellte ich mir eigentlich vor? Freiheit, so viel Freiheit wie möglich. Ein kleines Reich für mich. Vier Wände, zwischen denen es Tag oder Nacht war, wann ich wollte. Eine Tür, zu der nur ich den Schlüssel hatte. Am besten, ich sagte Jean-Didier nichts von meinem neuen Job, sonst würde er mir nachspionieren und Vorwürfe machen, daß seine Arbeit im Architekturbüro meinetwegen liegenbleibe.

Der neue Job versprach, eine interessante Sache zu werden. In einem Privathaus sollte eine große Bibliothek geordnet und katalogisiert werden. Die Leute hießen Reich und wohnten in der Mandlstraße. Zwischen zwölf und dreizehn Uhr konnte ich mich vorstellen. Komische Zeit, aber mir kam sie gelegen. Ich hatte nichts vor, und machte mich gleich auf den Weg.

In der Königinstraße wurde der Nebel wieder dichter, weißer Qualm, der aus den Wiesen des Englischen Gartens aufstieg. Die Autos und die Radler fuhren mit Licht, und dennoch sah man sie erst im letzten Augenblick auftauchen.

Eine Bibliothek von einigen tausend Bänden in einem Haus an der Mandlstraße – das klang nach reichen Leuten, und genau das ließ mich vorsichtig werden. Die Reichen zahlen nicht gern, deshalb vergessen sie es einfach. Bevor ich bei den Reichs zu arbeiten anfing, mußte ich diesen Punkt klären. Ich würde um wöchentliche Abrechnung bitten, sonst durfte ich am Schluß meinem Geld nachlaufen.

*

Das Haus stand am Beginn der Mandlstraße, auf der rechten Seite, etwas zurückgesetzt und halb verborgen durch eine Mauer: keine Herrschaftsvilla, sondern ein Landhaus, und an dieses einstöckige Landhaus mit der klargegliederten Fensterfront und dem langen Dachfirst war ein Turm mit quadratischem Grundriß angebaut. Der graue Verputz, die schwarzgestrichenen Läden und der dichte Efeubewuchs des Turms gaben dem Haus den Ernst und die Strenge einer kleinen Festung.

Nirgends regte sich etwas, aus keinem der drei Schornsteine stieg Rauch auf. Das Haus machte einen unbewohnten und gleichzeitig doch einen gepflegten Eindruck. Der Kies der Auffahrt und des Vorplatzes war geharkt, das Glas der zwei Bronzelampen links und rechts der Haustür frisch geputzt.

Auf mein Läuten hin geschah nichts. Niemand öffnete. Typisch für die Reichen, dachte ich, lassen einen herlaufen und sind nicht zu Hause. Ich wollte schon gehen, da sah ich, wie aus dem Schornstein des Turms Rauch kam, qualmend, in unregelmäßigen Stößen, mit Funken vermischt. Jemand mußte dort gerade Feuer machen. Ich kehrte um, ging um den Turm herum und fand an der Nordseite ein großes Atelierfenster.

Ich trat langsam näher und blickte hinein. Vor einem offenen Kamin kniete eine grauhaarige, rundliche Frau in dunkelgrünem Schottenrock und schwarzer Wollbluse. Sie hatte einen Blasebalg in der Hand, um das Feuer anzufachen. Ich wartete, bis sie sich erhob und den Blasebalg weglegte, dann klopfte ich ans Fenster. Sie reagierte sofort, nickte und machte ein Zeichen, ich solle zur Haustür gehen, sie würde mir aufschließen.

Ich dachte, es sei Frau Reich. Für eine Angestellte schien sie mir zu gut gekleidet und zu gut frisiert. Es war eine altmodische Frisur: Wellen um den ganzen Kopf und im Nakken eine Rolle. Sie mußte am Morgen beim Friseur gewesen sein, so perfekt saß das Haar. Aber ich hatte mich geirrt, sie war nicht Frau Reich, sondern Frau Keller, die Haushälterin. Sie behandelte mich ziemlich abweisend und betrachtete das Formular vom Studentenschnelldienst wie ein betrügerisches Dokument.

»Herr Reich hat gesagt, ein Student kommt, um die Bibliothek zu ordnen.« Sie blickte voller Mißbilligung auf meine Hosen. »Bald gibt es keinen Unterschied mehr . . .« sie ließ den Satz unbeendet und fuhr nach einer Pause fort: »Ist das überhaupt erlaubt, Mädchen in Hosen an der Universität?«

Die Frage, ob Studentinnen an der Universität Hosen tragen dürfen oder nicht, erhitzte damals die Gemüter in München. Jeden Tag brachten die Zeitungen Leserbriefe zu diesem Thema, und in den meisten wurden die Hosen als unanständig verdammt. Uns Studentinnen ermunterte das erst recht, Hosen zu tragen, aber so wichtig war mir die Sache nicht, um es mir mit Frau Keller gleich in den ersten Minuten zu verderben. Also sagte ich: »Schön finde ich Hosen auch nicht, aber praktisch und warm. Und man zerreißt nicht jeden Tag ein Paar Strümpfe.«

Frau Keller blieb bei ihrem Urteil: »Es gehört sich nicht.«

Wir standen immer noch an der Haustür. »Kann ich jetzt Herrn Reich sprechen?«

»Herr Reich ist nicht da, vor zwölf ist er nie da. Kommen Sie etwas später wieder, sagen wir in einer halben Stunde.«

Ich hatte keine Lust, im Nebel herumzulaufen, und in ein Restaurant konnte ich nicht, dazu fehlte mir das Geld. »Ich möchte hier auf ihn warten.«

Sie ließ mich eintreten. Durch einen Windfang kamen wir in ein dämmriges Entree mit roten Lackwänden und schwarzen Lackmöbeln im Stil der zwanziger Jahre. Frau Keller bot mir Platz an, aber ich setzte mich nicht, sondern bat sie, mich in die Bibliothek zu führen.

Sie zögerte. »Herr Reich ... ich weiß nicht ... Also gut, kommen Sie!«

Zuerst kamen wir in ein dämmriges Musikzimmer. Über den Flügel war eine goldfarbene Seidendecke mit langen Goldfransen gebreitet; in einer Ecke standen Notenständer und aufeinandergestapelte Stühle. »Gibt es hier Hauskonzerte?« fragte ich, und Frau Keller antwortete einsilbig: »Früher mal.«

Der nächste Raum war ein Wintergarten mit halbvertrockneten Palmen, ausgedienten Übertöpfen, einem leeren Vogelbauer und zusammengerückten Korbmöbeln.

Dann kamen wir in die Bibliothek. Es war ein intimer Raum mit einem chinablauen Teppich und einem kleinen, mit grauem Marmor verkleideten Kamin. Das Fenster und die Glastür gingen auf eine Terrasse. Vor dem Fenster stand ein Tisch mit Bücherstapeln. Die Wände waren voller Bücher. Frau Keller machte sich am Tisch zu schaffen.

»Haben Sie überhaupt schon mal in einer Bibliothek gearbeitet?« In der Frage schwang ein Unterton von Eifersucht mit; offenbar fühlte sie sich zurückgesetzt, weil Herr Reich für diese Arbeit eine Studentin ins Haus holte. Ich stellte meine Umhängtasche ab und knöpfte den Mantel auf.

»Es ist besser, Sie behalten den Mantel an«, warnte mich Frau Keller. »Es ist kalt hier. Herr Reich sagt zwar immer, ich soll die Heizung anstellen, aber das wäre Verschwendung, nur wegen mir.« Nach und nach wurde sie freundlicher. »Wenn Sie sich setzen wollen ... Es wird noch etwas dauern. Vor zwölf Uhr ist Herr Reich nicht da. Ich habe noch zu tun, bis Herr Reich kommt.«

Als ich allein war, ging ich zum Fenster und schob die

Vorhänge weiter auseinander. Hinter dem Haus erstreckte sich eine große Terrasse, von der zwei flache Treppen in die Wiese hinunterführten. Am Ende der Wiese mußte der Schwabinger Bach fließen; der Nebel war so dicht, daß er die Bäume unsichtbar machte, nur der Wipfel einer hohen Pappel ragte dunkel aus dem Grau.

Ein seltsames Haus, und doch begann ich mich heimisch zu fühlen – das machten die Bücher. Neugierig studierte ich die Rücken. Den vielen juristischen Titeln nach war Herr Reich Anwalt. Neben den Gesetzbüchern reihten sich die Ergänzungsbände, jeder mit der Jahreszahl versehen, von 1887 bis 1931. Herr Reich mußte ein alter Herr sein.

Nur bei den juristischen Büchern herrschte Ordnung, die übrige Bibliothek war ein Durcheinander von Romanen, Wörterbüchern, Gedichtbänden, Kochbüchern sowie Dramen, und das in fünf Sprachen: Deutsch, Englisch, Französisch, Schwedisch und Russisch. Die russischen Bücher waren in kyrillischer Schrift gedruckt. Ich nahm eines heraus und blätterte darin. Auch der handgeschriebene Name vorne im Buch war in kyrillischen Buchstaben, daneben die Jahreszahl 1894. Stammte Herr Reich aus Rußland?

Lesen war unmöglich bei der trüben Beleuchtung. Außer der schummrigen Deckenlampe gab es nur die Lampe auf dem Tisch, und die funktionierte nicht. Doch dann fand ich bei dem kleinen Sofa vor dem Kamin eine Stehlampe, die intakt war. Ich setzte mich, um das russische Buch genauer anzusehen – und erst jetzt, im Schein des blaßroten Schirms, wurde ich aufmerksam auf das Bild über dem Kamin. Es zeigte eine blonde Frau in einem Kleid aus glänzender silbergrauer Seide, das den Körper lose umspielte. Auf dem Kopf trug sie einen roten Hut aus durchsichtigem Material, der rechts heruntergezogen war und eine Hälfte des Gesichts beschattete. Vom Hals herab bis in den Schoß fiel eine

Perlenkette. Die Haltung der Frau, ihr Blick, die Geste, mit der sie die Perlenkette hielt, all das zusammen schuf eine Atmosphäre erotischer Spannung, die Suggestion, daß diese Frau einen Mann bei sich haben mußte. Der Mann war unsichtbar und doch gegenwärtig. Der Mann sprach offensichtlich, und sie hörte ihm zu.

Der breite schwarze Lackrahmen des Bildes mit den Bronzeverzierungen an den Ecken war Jugendstil, die Frau jedoch war nicht Jugendstil. Sie war auch nicht München, weder Münchner Gesellschaft noch Münchner Bohème – die Frau war Film. Eine Merle Oberon in Blond, etwas kühler, aber ebenso intensiv in der sinnlichen Ausstrahlung. Das Bild hatte etwas Beunruhigendes, immer wieder mußte ich hinschauen; es war, als hätte ich in diesem fremden Haus ein Geheimnis entdeckt.

*

Draußen kamen Schritte näher. Ich hörte die Stimme von Frau Keller: »Die Studentin wartet in der Bibliothek, Herr Reich. Wenn Sie mich brauchen, Herr Reich . . .«

Die Tür der Bibliothek ging auf, und ich erhob mich. Seit ich hier war, hatte ich mir eine bestimmte Vorstellung von Herrn Reich gemacht: klein, weißhaarig, dunkel gekleidet, eben ein alter Advokat.

Der Mann, der eintrat, war nichts von alledem, sondern groß und dunkelhaarig. Er trug einen weißen Anzug.

Der Sohn, dachte ich, das kann nur der Sohn sein.

Er kam auf mich zu, begrüßte mich, stellte sich vor. Sein Benehmen stand im Widerspruch zu seiner blendenden Erscheinung. Er war zurückhaltend, fast scheu. Ich fand ihn sympathisch, und gleichzeitig irritierte mich etwas an ihm. Sein Gang, seine Stimme, das Gesicht – der Mann kam mir bekannt vor. Irgendwo und irgendwann hatte ich ihn schon mal gesehen.

»Hoffentlich haben Sie die vielen Bücher nicht erschreckt.«

»Je mehr Bücher, desto wohler fühle ich mich.«

»Es sind rund siebentausend ohne die Lexika und ohne die unzähligen Wörterbücher.« Er blickte mich an. »Sind Bücher Ihr Beruf . . . Ich meine, wollen Sie mal Bibliothekarin werden?«

»Nein . . .«

»Dann muß ich mich also nicht entschuldigen für das Durcheinander, das Sie hier vorfinden. Ich war immer ein wahlloser Leser, und das hier ist das Ergebnis: eine Zufallsbibliothek. Sogar die wertvollen Bücher habe ich wahllos zusammengekauft, nicht nach System.«

Er stand vor dem Kamin, unmittelbar vor dem Bild. Die blonde Frau mit dem roten Hut blickte über seine Schulter, und im Schein der Lampe wurde er für einen Moment zu einem Teil des Bildes.

So jung war er gar nicht. Ich versuchte sein Alter zu schätzen; er konnte fünfundvierzig sein oder auch fünfundfünfzig. Das Gesicht war ebenmäßig, das dunkle Haar glatt zurückgekämmt. Ein Mann wie aus einem Film, dachte ich, beide, die Frau und er, wie aus einem Film.

Er legte das Buch, in dem er kurz geblättert hatte, weg. »Ist Ihnen klar, auf was Sie sich da einlassen?«

»Nein, ich weiß ja noch nichts. Was soll mit den Büchern geschehen?«

»Wie gesagt, es sind rund siebentausend Bände. Um sie zu ordnen, habe ich ein paarmal selber Anlauf genommen, aber immer wieder aufgegeben. Nach einer Stunde hier drinnen werde ich melancholisch, ich ergreife die Flucht. Ein Haus, das nicht mehr bewohnt wird . . . Sie verstehen, man fängt an zu denken, zu grübeln, man wird deprimiert ohne Grund, man hat ein schlechtes Gewissen ohne Grund ... Deshalb habe ich mich entschlossen, das Haus zu liquidieren. Ich verkaufe es, wie es ist, mit allem. Nur meine Bücher möchte ich behalten, das heißt einen Teil der Bücher, und das macht es kompliziert ... Ich hoffe, Sie haben Erfahrung, wie man so was organisiert.«

»Zuerst einmal, sollen alle Bücher katalogisiert werden? Auch die Bücher, die Sie verkaufen?«

»Nein, was verkauft wird, natürlich nicht. Da genügt eine Liste, eine für mich, eine für den Antiquar. Kitzinger übernimmt die Bücher. Er bringt die leeren Kisten und holt sie voll wieder ab.«

»Dann werde ich mit den Büchern anfangen, die Sie an Kitzinger verkaufen ...«

»Moment, ich glaube, andersherum ist es einfacher. Ich sage Ihnen, was ich behalten möchte.«

»Auch gut. Und die Bücher, die Sie behalten, wie soll ich die katalogisieren, alphabetisch oder nach Schlagworten?«

»Ich frage mich, ob das Katalogisieren überhaupt sinnvoll ist. Das war so eine Idee von mir, eine Reaktion auf das Durcheinander. Wenn ich etwas suchte, fand ich immer nur Wörterbücher. Manchmal hatte ich das Gefühl, die ganze Bibliothek besteht aus Wörterbüchern.«

»Das mit dem Katalogisieren können Sie sich noch überlegen.« Ich nahm den Block aus meiner Tasche und setzte mich damit an den Bibliothekstisch. »Wenn Sie mir jetzt angeben, welche Art von Büchern Sie behalten wollen.«

»Alles Juristische, alles über Fliegerei und über Fotografie.« Er sprach langsam, so daß ich beim Schreiben leicht mitkam. »Die bibliophilen Ausgaben, alle Bücher mit dem Exlibris ›Antoinette‹ und die Bücher, in denen mein Name steht ... Tut mir leid, aber es wird Ihnen nicht erspart bleiben, jedes Buch aufzuklappen.« Er kam zum Tisch und legte zwei Bücher aufgeschlagen vor mich hin. »Das Exlibris für Antoinette hat Kandinsky entworfen, die Silhouette von Leningrad.«

Ich nickte. »Schön.« Aber ich hatte nur Augen für das andere Buch, für den Namen, der in klarer Schrift mit blauer Tinte auf dem Vorsatzpapier stand: *Pavelino.*

Ich brauchte Sekunden, bis ich zu begreifen begann. Seit er den Raum betreten hatte, rätselte ich, woher ich ihn kannte, wo ich ihn schon einmal gesehen hatte. Aber so weit war ich nicht zurückgegangen in meinem Gedächtnis. Pavelino! Längst vergessene Bilder stiegen auf, der Junitag in Regensburg, Flo Friedl, der rot-silberne Sportwagen, der amerikanische Offizier, der eigentlich kein Amerikaner war und Pavelino hieß . . . Alles war so gegenwärtig, daß ich am liebsten gesagt hätte: Ich kannte mal einen amerikanischen Offizier, der hieß auch Pavelino.

Er stand mir gegenüber, er war es, kein Zweifel.

Und doch machte ich den Mund nicht auf. Es war nicht der richtige Moment. Vielleicht würde er später kommen, vielleicht nie. Was hätte ich auch sagen sollen, im Grunde konnte ich es noch immer nicht glauben, daß der Mann hier Pavelino war.

»Wann können Sie anfangen mit der Arbeit?« fragte er.

»Jederzeit.«

»Dann sagen wir morgen.«

Ich nickte.

»Sie können es sich so einrichten, wie es Ihnen paßt, vormittags oder nachmittags. Frau Keller ist immer da. Am besten, Sie machen die Zeit jedesmal mit ihr aus.«

Ich stand auf. »Meinen Block lasse ich schon da.«

Er kam um den Tisch herum und zog die Schublade auf. »Hier sind Papier und Stifte.«

»Ich brauche eine Schreibmaschine ... und dann, das Licht ist sehr schlecht. In dieser Lampe ist die Birne kaputt.«

»Ich sage Frau Keller, daß sie sich darum kümmert ... Wegen der Bezahlung – Sie schreiben die Stunden auf, und Frau Keller rechnet jeweils am Wochenende mit Ihnen ab, ist Ihnen das recht?«

»Ja.«

»Haben Sie einen weiten Weg hierher?«

»Eine halbe Stunde mit der Tram.«

»Immerhin, das ist pro Tag eine Stunde, das gehört zur Arbeitszeit. Dann wäre eigentlich alles klar, oder?«

»Noch eine Frage wegen der Bücher, die Sie verkaufen. Vielleicht sollten Sie die aussortierten Kisten noch einmal durchsehen. Es könnte sein, daß ich mal einen Fehler mache ...«

»Und wenn schon! Ich will nichts mehr damit zu tun haben, ich verlasse mich ganz auf Sie.«

Auf dem Tisch lagen die zwei Bücher, das eine mit dem Exlibris »Antoinette« und das andere mit dem Namenszug *Pavelino.* Mein Blick ging zu dem Bild über dem Kamin. War die blonde Frau Antoinette?

Er stand am Fenster. Der weiße Anzug paßte besser zu ihm als die Uniform eines amerikanischen Offiziers. Er trug den weißen Anzug so selbstverständlich wie ein anderer Mann den grauen Flanell. Nichts Dandyhaftes war an ihm, nichts Gesuchtes.

Ich knöpfte den Mantel zu und nahm meine Umhängtasche. Er brachte mich hinaus, durch den Wintergarten, durch das Musikzimmer. Es waren dieselben Räume, und doch erschienen sie mir verändert, nicht mehr fremd wie vorher, als ich zum erstenmal durchkam. Wenn diese Räume sprechen könnten ... Wer weiß, vielleicht gelang es mir, sie zum Sprechen zu bringen. Morgen würde ich wieder hierherkommen, und übermorgen. Jeden Tag würde ich in diesem Haus sein.

Vor der Garage stand ein silberner Alfa Romeo Villa d'Este mit roten Lederpolstern. Ich dachte an Regensburg und an den roten Amilcar. Morgen bringe ich das Gespräch auf Regensburg, nahm ich mir vor. Ich kannte einmal einen amerikanischen Offizier, werde ich sagen, der fuhr einen roten Amilcar und hieß Pavelino.

*

Am nächsten Tag begann ich mit der Arbeit, und wie immer, wenn ich einen neuen Job antrat, hatte ich Lampenfieber. Allerdings war es diesmal stärker als sonst und vermischt mit einem Gefühl wirrer Freude und wirrer Erwartungen. In der Bibliothek fand ich alles für die Arbeit vorbereitet: Eine Schreibmaschine war da, die Lampen hatten neue, hellere Birnen, sechs leere Bücherkisten standen aufeinandergestapelt in einer Ecke – und im Kamin brannte ein Feuer. Der dämmrige, kalte Raum vom Vortag empfing mich mit Helligkeit und dem warmen Hauch eines knisternden Feuers.

Frau Keller nahm mir den Mantel ab. »Wollen Sie später vielleicht einen Tee?«

»Gerne. Ist Herr Reich da?«

»Nein, Herr Reich ist für ein paar Tage im Ausland.« Frau Keller ging zur Tür. »Wenn Sie etwas brauchen, Sie finden mich in der Küche.«

»Wissen Sie, wann Herr Reich wiederkommt?«

»Er sagte, Montag oder Dienstag. Er ruft heute zwischen fünf und sechs Uhr an. Wenn Sie Fragen haben, können Sie mit ihm sprechen. Ich hole Sie dann, der Apparat steht in der Diele.«

Ich war enttäuscht, weil ich ihn nicht sehen würde, nicht

nur heute, sondern die ganze Woche nicht. Ich hätte gerne gewußt, wo er jetzt, in diesem Moment, war. Ausland, das konnte alles mögliche sein: ganz in der Nähe, Schweiz oder Österreich, das konnte aber auch ein anderer Teil der Welt sein. Aber dann würde er wohl kaum hier anrufen.«

Was hatte er für einen Beruf? War er Anwalt oder Kaufmann oder beides kombiniert? Frau Keller hätte mir darauf Antwort geben können, aber ich hatte nicht die Absicht, sie auszufragen. Nach den Andeutungen, die Flo damals in Regensburg über ihn machte – kein Wort davon hatte ich vergessen –, war er ein Mann mit einem Leben ganz besonderer Art. Und genau dieses Gefühl hatte er mir auch gestern bei unserer Begegnung vermittelt: Da ist ein Mann mit einem Leben besonderer Art.

Nicht zu fassen, daß ich hier war, in seinem Haus, in seiner Bibliothek. Ein Teil seines Lebens hatte sich hier abgespielt: Jedes dieser Bücher war ein Steinchen im Mosaik seines Lebens.

Ich machte mich an die Arbeit und nahm mir das Regal in der Ecke neben dem Fenster vor. Allerlei Stadtpläne, Reiseführer und dann zwei Reihen mit Biographien: Kleopatra, Königin Christine von Schweden, Messalina, Ninon de Lenclos, Josephine Beauharnais, Eleonora Duse, Mata Hari. Alles Frauen, darunter auch Namen, die ich zum erstenmal sah: Cora Pearl, Madame Sabatier, Elisabeth Celeste Mogador, Marguerite Bellanger. Die schmalen, elegant gebundenen Bücher bestanden hauptsächlich aus Fotografien dieser Frauen, die offiziell Schauspielerinnen oder Tänzerinnen waren, aber eigentlich nichts anderes als die großen Pariser Kokotten der Jahrhundertwende.

Ich konnte der Versuchung nicht widerstehn, ich begann zu blättern und schließlich zu lesen. Die Lebensbeschreibung der schönen Marguerite Bellanger stand unter dem

Motto: »Alles kommt zu dem, der warten kann.« Mein Blick ging unwillkürlich zu dem Bild über dem Kamin. Das Motto paßte auch zu dieser Frau. Die Wirkung, die von ihr ausging, kam nur zu einem Teil von ihrer Schönheit, ebenso stark war etwas anderes, das nicht sichtbar war: die innere Ruhe dieser Frau, die Fähigkeit zu warten.

Die Zeit verging schnell an diesem ersten Nachmittag in der Mandlstraße. Manchmal tauchte Frau Keller auf, legte Holz nach, brachte mir eine Tasse Tee. Jedesmal, wenn ich ihre Schritte hörte, dachte ich, sie holt mich ans Telefon, aber er rief nicht an. Um sechs Uhr räumte ich meine Sachen zusammen und löschte die Lichter. Als ich in der Diele meinen Mantel von der Garderobe nahm, kam sein Anruf.

Zuerst sprach Frau Keller mit ihm, aber die Verbindung war so schlecht, daß sie ihn kaum verstehen konnte. Sie winkte mich zum Apparat. »Ja, sie ist noch da, einen Moment, Herr Reich.«

Er fragte mich, ob ich ihn verstehen könne. »Wir stecken hier im Schnee . . . und das ist das einzige Telefon weit und breit.« Er nannte einen Ortsnamen, den ich nicht kannte. Dann wollte er wissen, wie es mir an meinem ersten Tag ergangen sei. »Gut? Keine Probleme? Die nächsten Tage werde ich nicht anrufen können, auf der Skihütte gibt es kein Telefon. Es schneit hier. Es schneit seit vierundzwanzig Stunden.«

Frau Keller machte mir Zeichen, daß sie ihn noch einmal sprechen wolle, und ich verabschiedete mich.

Die nächsten Tage glichen dem ersten. Immer wieder war ich versucht zu lesen, und immer wieder machte ich kleine Entdeckungen: Versteckt zwischen Buchseiten, fand ich ein altes Kinobillett der Fern-Andra-Lichtspiele München, Nymphenburger Straße, vom Oktober 1926, mit dem Stempel VERBILLIGTE STUDENTENKARTE. Oder eine Postkarte, abgeschickt und abgestempelt in Bremerhaven, adressiert an Herrn Pavelino Reich, stud. jur., München, Sophienstraße. Die Schreiberin hieß Maxi Markones. Oder eine Eintrittskarte für das Undosa-Bad in Starnberg. Und immer wieder Kinobilletts: Marmorhaus, Lichtburg, Phoebuspalast. Große Entdeckungen machte ich nicht. Das Fotoalbum, in dem man hätte blättern können wie in einer Lebensgeschichte, fand ich nicht.

Die Gespräche mit Frau Keller drehten sich um Alltägliches, und meine Konversation mit der blonden Frau auf dem Bild über dem Kamin blieb einseitig. Ich stellte Fragen, aber sie blieb stumm.

Am Freitag holte Kitzinger acht volle Bücherkisten ab und stellte acht leere in die Bibliothek. Am Samstag zahlte mir Frau Keller zum erstenmal den Lohn aus, und sie kündigte an: »Am Dienstag kommt Herr Reich nach München.«

*

Sein silbergrauer Alfa Romeo stand vor der Garage, und er wartete in der Bibliothek auf mich. Er trug einen Automantel aus einem leichten, hellen Wollstoff. Offensichtlich wollte er schon wieder aufbrechen.

Wie beim erstenmal schien er zunächst befangen. Er lobte meine Arbeit, vor allem mein Tempo. »Ich sollte mir ein Beispiel nehmen an Ihnen und endlich mein Atelier räumen. Der Papierkram, die Zeitschriften . . . mir ist richtig angst davor.« Worauf wollte er hinaus? »Ich weiß nicht, wie es mit Ihrer Zeit aussieht . . .« Er stockte. »Was meinen Sie, wäre es denkbar, daß Sie mir behilflich sein könnten, das Atelier zu räumen?«

Ich zögerte. Ich weiß nicht warum, aber ich zögerte.

»Überlegen Sie es sich, vielleicht können Sie es einrichten.«

Ich war froh, daß er nicht drängte.

An den Fenstern rüttelte der Frühlingssturm: Er wirbelte das alte Laub auf, das auf der Terrasse lag, ließ es tanzen, warf es gegen die Scheiben. Ein einzelnes Blatt blieb am Fenster haften, flatterte eine Weile lautlos und sank wieder zu Boden.

»Föhn«, sagte er. »Wenn das so weiterbläst, ist es bald aus mit dem Skifahren. Heute früh auf der Zugspitze hatten wir eine Sicht, unvorstellbar schön . . . Ja, dann will ich Sie nicht länger aufhalten.«

Er sagte nichts mehr vom Atelier, schien es eilig zu haben.

»Bevor Sie gehen, noch eine Frage: Die Wörterbücher, was soll damit geschehen?«

»Die Wörterbücher? Wie viele sind es? Hundert? Oder mehr? Im Atelier liegen auch noch welche. Im ganzen Haus liegen Wörterbücher, sogar im Auto habe ich Wörterbücher.«

»Im Haus liegen keine mehr. Die sind alle hier in dieser Kiste.«

Er hatte es nicht mehr eilig, sondern ging kopfschüttelnd um die Kiste herum und setzte sich schließlich darauf.

»So ist das, wenn man auf der Schule acht Jahre lang Griechisch und Latein lernt, aber nur einen einzigen Satz Englisch. Mein Leben lang habe ich den Komplex, ein akademischer Analphabet zu sein.«

»Wissen Sie den englischen Satz noch?«

»Natürlich, wollen Sie ihn hören?«

»Unbedingt.«

»Also, passen Sie auf: *An Englishman who was travelling in China entered an eating-house and called for the waiter.* Altes Gymnasium Regensburg. Der Professor sprach Englisch, wie ein Berliner Hochdeutsch spricht.« Er stand auf. »Vielleicht haben Sie Verwendung für Wörterbücher, dann bitte, bedienen Sie sich! Überhaupt, wenn ein Buch Sie interessiert, nehmen Sie es! Es gehört Ihnen.«

»Sie sind ein leichtsinniger Mensch.«

Er sah mich überrascht an. »Heißt das, Sie beschlagnahmen jetzt alle Bücher für sich?«

»Und das Haus dazu.«

»Warum nicht . . .« Er zögerte, sah mich an, ». . . wenn Sie mir als Gegenleistung beim Räumen des Ateliers helfen, bin ich zu allem bereit.«

»Ich werd's mir überlegen.«

»Und hier, wann meinen Sie, daß Sie durch sind?«

»Das hängt davon ab, ob ich die Bücher, die Sie behalten, katalogisieren soll oder nicht. Sie wollten sich das noch überlegen.«

»Richtig. Ach was, wir katalogisieren nicht. Ich würde den Katalog doch nicht benützen. In meinem Leben ging es nie nach einem Katalog.«

»Also, nicht katalogisieren. Dann bin ich in vierzehn Tagen mit der Bibliothek durch. Die Bücher, die Sie behalten, kommen auch in Kisten, nicht wahr?«

»Ja.«

»Und ich mache eine Aufstellung der Bücher nach Sachgebieten.«

Er nickte. »Sagen Sie mal, ein Album mit Aufnahmen vom Glaspalast ist Ihnen nicht in die Hände gefallen?«

»Glaspalast?«

»Der Münchner Glaspalast . . . Es sind Fotografien, die ich als Student im Glaspalast gemacht habe.«

»Wie sieht das Album denn aus?«

»Brauner Karton mit schwarzen Leinenecken und mit einem schwarzen Band verschnürt, eigentlich nicht zu übersehen.«

»Ich werde darauf achten.«

»Danke.«

Nachdem er gegangen war, machte ich mich sofort auf die Suche nach dem Album vom Glaspalast. In Arbeitsstimmung war ich ohnedies nicht, ich war wirbelig und aufgekratzt. Das kam teils vom Föhn, teils von der Aussicht, noch länger hier im Haus zu bleiben und mit Pavelino das Atelier zu räumen.

Meinem Freund Jean-Didier würde ich nichts davon sagen. Seine ewigen Sticheleien langweilten mich, und ich wünschte, ich hätte ihm nie etwas von Pavelino gesagt. Auf Herrn Reich wäre er nie eifersüchtig gewesen.

Das Album vom Glaspalast fand ich nicht an diesem Nachmittag und auch in den nächsten Tagen nicht. Erst zwei Wochen später, als ich die juristischen Werke aus dem Regal nahm, kam es zum Vorschein, eingezwängt zwischen dem »Römischen Kirchenrecht« und dem »Code Napoleon«. Eigentlich hatte ich keine Zeit, denn es war ausgemacht, daß wir am nächsten Morgen mit dem Räumen des Ateliers beginnen, und in der Bibliothek gab es noch eine Menge zu tun. Aber meine Neugier war zu groß. Nur einen Blick. Ich setzte mich mit meinem Fund auf den Teppich und öffnete das schwarze Baumwollband. Es fühlte sich staubig an, brüchig. Auf der ersten Seite stand in handgeschriebenen Druckbuchstaben DER GLASPALAST. Ich zögerte weiterzublättern, fühlte mich plötzlich befangen. Was ich da machte, war nicht in Ordnung. Das war kein Buch, sondern eine Sammlung von Fotografien, also etwas sehr Persönliches, Intimes. Ach was! Nur einen Blick . . .

Das erste Foto zeigte ein Gewächshaus, Palmen, Sonne. Unter diesem Zelt aus Palmen stand eine weiße Bank, und auf der Bank lag ein Fotoapparat. MEIN FOTOATELIER stand handgeschrieben daneben.

Ich blätterte um: wieder Palmen, wieder Sonne, zwischen

den Palmen ein schmaler Weg, und auf diesem Weg kommt eine junge Frau gegangen; hohe Pumps, lange Beine, ein helles Kleid. Der Gürtel sitzt tief, der kleine Hut ist ins Gesicht gezogen. Sie schaut nicht in die Kamera. Das nächste Bild zeigt eine andere Frau. Eine Parade von Frauen unter Palmen im Sonnenlicht. Nicht alle sind jung, aber alle sind elegant, manche sogar exzentrisch. Kleider aus geblümter Seide, Perlenketten bis zum Rocksaum. Dann plötzlich Pelzmäntel, Muffs. Ist es Winter geworden? Im Palmenhaus nicht, dort scheint immer die Sonne.

Ich verglich jede der Frauen mit der auf dem Bild über dem Kamin, aber keine ähnelte ihr, keine kam ihr gleich an Schönheit und erotischer Ausstrahlung.

»Sie sollten mal Pause machen.« Es war Herr Reich, der in der Tür stand. Ich wollte das Album zuklappen, aber zu spät. Er hatte es schon gesehen und erkannt.

»Der Glaspalast! Zeigen Sie her!«

Ich versuchte, meine Verlegenheit zu überspielen. »Ich fand es in diesem Moment zwischen dem ›Römischen Kirchenrecht‹ und dem ›Code Napoleon‹.« Ich stand auf, gab ihm das Album.

»Ein gutes Versteck.« Er wog es liebevoll in den Händen. »Mein Glaspalast ... Sie wissen nicht, was das war, der Glaspalast. Sie sind zu spät auf die Welt gekommen ...« Sein Blick ging über die leeren Regale. »Traurig sieht es hier aus.« Er trat vor den Kamin und sagte zu der Frau auf dem Bild: »Das ist kein Ort mehr fur dich.« Er gab mir das Album und nahm das Bild vom Haken. »Kommen Sie, wir geh'n in mein Atelier.«

3

Vor dem großen Fenster des Ateliers war es Frühling; die Vögel zwitscherten, und der Krokus blühte. Im Inneren des Ateliers herrschte eine andere Jahreszeit – und ich habe nur einen Namen dafür: die Jahreszeit der Verzauberung.

War es das Feuer im Kamin, das knisterte und dem Tageslicht geheimnisvolle Farben beimischte? War es der Samowar, der summte und der Stille seine Stimme lieh? Oder war es der Mann, von dem der ganze Raum und jeder Gegenstand geprägt schien?

An der Wand gegenüber dem Fenster führte eine Holztreppe zu einer Galerie; an der einen Seitenwand war der Kamin mit einem altgedienten Ledersofa und einem altgedienten Lehnstuhl davor. Den freien Raum vor dem Atelierfenster nahm ein langes Ablagemöbel ein, und dahinter, im Gegenlicht nur als dunkle Silhouette erkennbar, standen zwei Projektionsapparate. Die Mauer der Wände war weiß getüncht, die Balkendecke dunkel gebeizt.

Pavelino hatte das Bild der Frau auf den Chesterfield-Sessel gestellt. Er wischte den Staub vom Rahmen, rückte es mehr ins Licht.

»Ich habe das Haus eigentlich nur wegen des Ateliers gekauft. Hier hatte ich Platz für mein Heimkino.«

»Heimkino?«

»Ja, dort drüben vor dem Fenster ist mein Vorführplatz. Der eine Apparat ist das alte Pathé-Baby, das erste Heimkino, das auf den Markt kam; der andere ist ein neuer Zeiss.«

»Und wo ist die Leinwand?«

Er deutete auf die Wand gegenüber vom Fenster. »Die Leinwand ist unter der Galerie angebracht. Probleme gab es nur mit der Verdunkelung des großen Fensters wegen der Höhe. Wir mußten einen kleinen Motor einbauen, jetzt geht es auf Knopfdruck. Manchmal sitze ich stundenlang hier, schaue mir alte Stummfilme an und komme mir dabei vor wie ein Junge, der die Schule schwänzt.« Er schwieg und fuhr dann fort: »Das Haus zu verkaufen fällt mir nicht schwer, aber das Atelier werde ich vermissen.«

»Das sieht man.«

»Sie meinen die Unordnung . . . Frau Keller leidet still vor sich hin, weil sie hier nicht aufräumen darf. Wir sind wie ein altes Ehepaar. Sie möchte so gern was Ordentliches aus mir machen, aber sie erreicht damit nur, daß ich ein schlechtes Gewissen habe. Ich liebe es, meine Bücher, meine Hefte, meine Fotosachen griffbereit zu haben, überhaupt alles, ein paar Tassen, ein paar Gläser, den Samowar, meine Schallplatten. Wenn ich müde bin, verkrieche ich mich in meine Schlafdecke auf der Galerie, wenn ich Durst habe, mache ich mir im Samowar einen Tee . . .«

Er ging zum Fenster und kehrte um. »Und in einer Woche ist alles leer und ausgeräumt, irgendwann ziehen dann fremde Leute ein.«

»Schade darum, wirklich. Ich glaube, an Ihrer Stelle würde ich das nicht aufgeben.«

»Sie meinen, ich mache einen Fehler?«

»Das kann ich nicht beurteilen. Ich weiß nur, dieser Turm und dieses Atelier, das sind Sie, das ist Pavelino. Das Haus dagegen, wie soll ich sagen, das Haus ist der Herr Reich.«

Meine Worte kamen aus der Stimmung dieses Moments, aus der Bezauberung, die der Raum auf mich ausübte. Erst als ich sie ausgesprochen hatte, wurde mir bewußt: Ich hatte mich verraten. Ich hatte ihn so genannt, wie ich ihn in Gedanken immer nannte. Vielleicht hatte ich all die Tage nur auf eine Gelegenheit gewartet, um mich zu verraten, oder soll ich sagen, mich erkennen zu geben? Dennoch erschrak ich jetzt. Wie würde er reagieren?

Ein Blick ging zwischen uns hin und her, ein Blick, aus dem kein Lächeln wurde. Dann sagte Pavelino: »Dieser Herr Reich interessiert mich. Wie ist er?«

»Ich weiß nicht, den gibt es wahrscheinlich gar nicht. Als ich das erste Mal herkam, führte mich Frau Keller in die Bibliothek und sprach in einem fort von Herrn Reich. Jeder Satz begann mit ›Herr Reich hat gesagt‹, und ich dachte, da kommt ein alter Herr, ein kleiner alter Herr in einem dunklen Anzug. Vielleicht hat er einen Stock mit Silberknauf in der Hand, vielleicht hat er eine Brille auf der Nase, vielleicht trägt er einen Mantel mit Biberkragen; eben ein alter Advokat, der sich schon lange vom Beruf zurückgezogen hat und vom Leben.«

Pavelino schmunzelte. »Wenn ich mich mit diesem Herrn Reich vergleiche, fühle ich mich wie ein Gymnasiast ... Aber lassen Sie sich nicht von einem weißen Anzug täuschen. Den Herrn Reich gibt es, und er ist ein Advokat, und er ist ein braver, friedliebender Bürger; kein Held, kein Original, alles in allem durchschnittlich.«

»Und Pavelino?«

»Pavelino ist ein anderer Fall. Auch nicht gerade ein Held und Drachentöter. Einer, der sich eher sagt, warum soll ich durch die Wand, wenn das Haus eine Tür hat. Ja, so ungefähr ... Mehr oder weniger habe ich immer in den Tag hineingelebt, hab' mich auf mein Glück verlassen und auf die

Wirkung meines Namens. Als Herr Reich wäre ich nicht weit gekommen, aber Pavelino, das ist wie das Glöckchenspiel aus der Zauberflöte, das geht ins Ohr. Wenn die Leute meinen Vornamen hören, schauen sie mich ein zweites Mal an. Postbeamte und Zöllner halten mich prompt für einen Ausländer, und die Frauen werden neugierig auf mich. Natürlich gibt es Ausnahmen, Sie zum Beispiel. Sie waren eine Ausnahme, Sie reagierten überhaupt nicht. Sie taten so, als sei Pavelino der gebräuchlichste Name der Welt. Na ja, sagte ich mir, sie ist ein junges modernes Wesen, ihr Freund heißt wahrscheinlich Joe, und sie findet Pavelino kitschig, und vielleicht hat sie sogar recht.«

»Ich liebe Kitsch, vor allem kitschige Namen.« Warum lachte er nicht? Warum gab er keine schlagfertige Antwort? Er stand dort, den Blick gesenkt, fast unsicher. Er hatte immer noch das Album vom Glaspalast unterm Arm und legte es jetzt auf den Tisch. »Der Glaspalast war vermutlich auch kitschig, aber seit er 1931 abbrannte, fehlt etwas in München, eine Insel der Phantasie ist verschwunden.« Er wandte sich um. »Können Sie sich überhaupt etwas vorstellen unter dem Glaspalast?«

»Ein Gebäude für Ausstellungen.«

»Der Glaspalast war genau, was der Name sagt: ein Palast aus Glas. Keine Mauern, alles Glas. Die Konstruktion bestand aus Gußeisen und Holz, aber sie war so leicht und fein, daß sie fürs Auge wie Filigran wirkte. Sie dürfen sich kein Gewächshaus vorstellen, auch keines von den größeren, wie sie im Botanischen Garten stehen. Der Glaspalast war zweihundertvierzig Meter lang, vierundachtzig Meter breit und fünfundzwanzig Meter hoch; und das alles aus Glas! Soviel Glas hat die Wirkung eines Brennspiegels und verstärkt das Licht. Ich will damit sagen, im Glaspalast herrschte jahrein, jahraus ein künstliches subtropisches Klima. Egal, wie das Münchner Wetter war, sobald man den Glaspalast betrat, spazierte man in den Sommer hinein. Springbrunnen plätscherten, Palmen warfen ihre Schatten, Lianen rankten sich um Säulen und Geländer ... Vor dem Ersten Weltkrieg fanden im Glaspalast große Industrieausstellungen statt und zur Faschingszeit Kostümfeste. Einmal bauten sie Venedig auf, richtig mit Wasser und Brücken und dem Markusplatz, aber das war vor meiner Zeit. Nach dem verlorenen Krieg fehlte das Geld, man machte nur noch Kunstausstellungen. In den zwanziger Jahren, als ich in München studierte, war der Glaspalast vor allem ein Treffpunkt ... Man sah dort immer schöne Frauen ... Es war eine neue Generation von Frauen. Früher wollten die Frauen wie Königinnen aussehen, in den zwanziger Jahren schlug es ins Gegenteil um, und das Vorbild waren die Sekretärinnen und Verkäuferinnen aus den Hollywood-Filmen: Bubikopf, kurze Kleidchen, kleine Hütchen, hohe Pumps, falsche Perlenketten und eine Zigarette in der Hand.« Während er sprach, ließ er aus dem Samowar Tee in zwei Tassen laufen.

Vor dem großen Atelierfenster stand immer noch die Helligkeit des Tages, aber sie verlor allmählich an Kraft, und sie zog sich allmählich aus dem Atelier zurück. Das Feuer im Kamin brannte still vor sich hin.

Pavelino stellte den Tee vor mich hin, eine Schale mit Kandiszucker, eine mit Ingwer. »Der zweitbeste Tee, den Sie in ganz München serviert bekommen.«

»Wieso der zweitbeste?«

»Ich denke mir immer, so gut man eine Sache auch macht, es gibt jemanden, der kann es besser. Es ist arrogant genug, zu behaupten, man ist der Zweitbeste, finden Sie nicht?«

Er setzte sich neben mich auf das Sofa, nahm das Album vom Glaspalast auf die Knie und schlug die erste Seite auf, das Foto mit der weißen Bank unter den Palmen. »Ich hatte eine Studentenbude in der Arnulfstraße, aber dort ging ich nur zum Schlafen hin. Meine eigentliche Wohnung war der Glaspalast. Damit ich nicht jeden Tag eine Eintrittskarte kaufen mußte, wurde ich für zehn Mark Jahresbeitrag Mitglied der Münchner Künstlergenossenschaft und hatte freien Eintritt. Zehn Mark war eine niedere Miete für einen ganzen Palast. Meine Studierstube war das Gemäldekabinett mit den orientalischen Diwanen. Im Café konnte ich essen, vorausgesetzt ich war bei Kasse. Mein Atelier war das Palmenhaus. Ich saß auf meiner Bank, die Leica bereit, und wartete auf *sie,* die schöne Unbekannte. Der Eingang lag genau gegenüber meiner Bank, etwa fünfundzwanzig Meter entfernt . . . Ich sah sie also von dem Moment an, in dem sie das Palmenhaus betrat. Dann kam sie auf dem Pfad zwischen den Palmen auf mich zu, Schritt für Schritt, zehn Meter, fünf Meter. Erst jetzt hob ich die Kamera – klick, und ich hatte ihr Bild ...« Er blätterte in dem Album, verweilte manchmal bei einem Bild.

»Sie haben ausschließlich Frauen fotografiert?«

Er nickte.

»Und dann?«

»Nichts.«

»Sie haben die Bilder nicht verkauft an diese Frauen?«

»Nein, nein! Ich kannte die Frauen doch gar nicht.«

Seine Hände lagen auf dem Buch, Hände mit glatter gebräunter Haut, Hände eines jungen Mannes. Aus der Manschette kam die Uhr hervor; sie hatte zwei Knöpfe, einen zum Aufziehen und einen zweiten zum Zeitnehmen.

»Sie kannten keine dieser Frauen?«

»Nein, ich fotografierte heimlich, nicht um Bekanntschaften zu machen. Sie finden mich wohl komisch, aber ich konnte das nie: eine Frau ansprechen. Ich habe mein Leben lang keine Frau angesprochen. Dazu fehlte mir der Mut.

Wenn mir eine sehr gefiel auf der Straße, bin ich ihr vielleicht gefolgt, aber in weiter Entfernung, daß sie nichts merkte ... und sogar dabei hatte ich Herzklopfen. Beim Fotografieren hatte ich auch jedesmal Herzklopfen. Ich kam mir wie ein Dieb vor, wie ein Frauenfänger. Mein Netz war meine Kamera, und wenn mir eine gefiel, fing ich sie einfach ein.«

Jede Fotografie hatte ein Datum, eine kleine Bemerkung über die Farbe des Kleides oder des Huts, und häufig stand auch ein Name dort. Die Namen interessierten mich. »Sie sagten, daß Sie die Frauen nicht kannten, was bedeuten dann die Namen unter manchen Bildern?«

»Das sind Phantasienamen: Gilberte ... ich las damals gerade Proust ... Bouboutte, keine Ahnung, wo ich den Namen aufgegabelt hatte ... Und die in ihrem durchsichtigen Fähnchen, zu ihr fiel mir nur Ô-là-là ein.«

Es war das letzte Bild in dem Album, dann folgten leere Seiten. Er ließ die Blätter durch die Finger laufen und klappte das Buch zu. Eigentlich war es an der Zeit, in die Bibliothek zurückzukehren und mit meiner Arbeit weiterzumachen, aber ich schob den Gedanken beiseite und fragte ihn: »Warum haben Sie mit dem Album aufgehört? Kamen keine schönen Frauen mehr in den Glaspalast?«

»Mir fehlte das Geld, Filme zu kaufen und sie entwickeln zu lassen. Ich hatte auch meine Leica nicht mehr. Ich hatte sie ins Leihhaus getragen und versetzt wie einen Monat vorher meinen Wintermantel.

Das war im Sommer 1927. München wimmelte von arbeitslosen jungen Männern, und ich war einer davon. Ich hatte mein juristisches Staatsexamen, aber ich konnte keine Stellung finden. Und nach Regensburg ins Notariat meines Onkels wollte ich nicht. Dabei war es so abgemacht, daß ich nach dem Studium bei ihm eintrete. Das berühmte gemachte

Bett . . . ich hätte dankbar sein müssen. Ein Notariat ist eine sichere Sache, auch in schlechten Zeiten. Ehekontrakte, Testamente, Kaufverträge, Konkurse, das läuft weiter, ob die Aktien oben sind oder unten, ob ein Krieg gewonnen wird oder verloren. Seit ich denken konnte, bekam ich zu hören, was für ein Glück ich hätte, mich mal ins gemachte Bett legen zu können. Mein Onkel war gleichzeitig mein Vormund. Mein Vater, das schwarze Schaf der Familie, verschwand, als ich fünf war. Er ging nach Amerika und wollte meine Mutter und mich nachholen, aber er ließ nie mehr etwas von sich hören. Mein Onkel nahm uns bei sich auf, gab meiner Mutter eine Wohnung in seinem Haus am Haidplatz in Regensburg, schickte mich aufs Gymnasium und bezahlte mein Studium. Auch er hatte sich vorgenommen, aus mir etwas Ordentliches zu machen . . . Nach dem Studium sollte ich sofort zurück nach Regensburg und meine Arbeit im Notariat antreten. Das neue Messingschild lag bereit: K. RATHGEBER UND P. REICH, NOTARIAT. Doch ich streikte. Ich wollte nicht weg von München. Alles hielt mich hier fest: die Stadt, der Glaspalast, die Kinos, meine Freunde – und natürlich auch eine Frau.

Sie hieß Maxi und arbeitete bei Hertie in der Änderungsschneiderei. Als ich zu ihr zog – sie hatte eine Mansarde in der Sophienstraße mit Blick auf den Glaspalast –, glaubte ich, das Große Los gezogen zu haben.

Nach manchem kurzen, oberflächlichen Abenteuer fand ich bei Maxi ein Zuhause. Sie kümmerte sich um meine Wäsche, sie kochte meine Lieblingsspeisen, sie verwöhnte mich in allem. Dabei war sie kein Hausmütterchen. Sie hatte unruhiges Blut, sie war lebenshungrig. Sie wollte etwas von der Welt sehen. Deshalb ging sie sechs Monate im Jahr, von April bis Oktober, als Bijouterieverkäuferin auf einen Dampfer des Norddeutschen Lloyd. Ich weiß nicht, wer früher die Miete während dieser sechs Monate bezahlt hat. Jetzt war ich an der Reihe. Aber ich hatte kein Geld, und ich konnte keine Arbeit finden. Ich schrieb Bewerbungen, ich wartete in Vorzimmern, ich stellte mich vor, vergeblich. Jede Bewerbung endete mit einer Absage. Meine letzte Hoffnung war der Posten eines ›wissenschaftlichen Hilfsarbeiters‹ – so hieß das – bei der Industrie- und Handelskammer ›auf Probe‹ mit einem Monatsgehalt von einhundertfünfunddreißig Mark. Auch daraus wurde nichts.

Ein halbes Jahr war es mir gelungen, mich über Wasser zu halten: Ich gab Tennisstunden, ich verdiente mir ein paar Mark als Komparse beim Film, half beim Malen von Filmplakaten. Aber das reichte nicht, und ich machte Schulden. Ich borgte mir Geld bei Freunden. So versetzte ich meinen Wintermantel und schließlich meine geliebte Leica.

Seit Juni war ich mit der Miete im Rückstand, der Hausbesitzer drohte mit dem Gerichtsvollzieher, wenn ich nicht bis zum 20. September bezahlte. Von mir gab es nichts zu pfänden, also würde er sich an die Sachen von Maxi halten, an die Stutzuhr, an die Nähmaschine, an das Silberbesteck. So weit durfte es nicht kommen! Ich mußte das verhindern. Ich redete mit dem Hausbesitzer und versprach, ihm bis zum 20. des Monats das Geld zu bringen. Er war einverstanden, doch nur unter der Bedingung, daß ich gleichzeitig mit der rückständigen Miete zwei Monate im voraus bezahlte. Das bedeutete, am 20. September mußte ich ihm dreihundert Mark auf den Tisch legen. Meine anderen Schulden bei Freunden und beim Schneider beliefen sich ebenfalls auf rund dreihundert Mark. Insgesamt sechshundert Mark also, in der damaligen Zeit ein kleines Vermögen.

Das Geld in München aufzutreiben war unmöglich, oder ich hätte stehlen müssen. Mir blieb keine andere Wahl, ich mußte bei meinem Onkel zu Kreuze kriechen. Ich mußte ihn bitten, meine Schulden zu bezahlen, und ich mußte ihn bitten, mich in Gnaden als Mitarbeiter aufzunehmen. Von meinen letzten zehn Mark kaufte ich mir eine Fahrkarte nach Regensburg.

Es war am 14. September 1927 gewesen. Auf dem Weg zum Bahnhof war mir zumute, als stünde ich vor einer lebenslangen Verbannung in ein sibirisches Straflager.

Ich war zu früh am Bahnhof. Sonst kam ich überall zu spät, sogar wenn ich zu einem Rendezvous ging, dieses eine Mal war ich zu früh, viel zu früh.

Der Zug stand schon da. Ich kaufte mir die ›Münchner Neuesten Nachrichten‹, was ein Luxus war, denn ich besaß bloß vier Mark, und nachdem ich die Zeitung bezahlt hatte, waren es nur noch drei Mark neunzig. Ich suchte mir ein Abteil, legte den Koffer ins Netz und wollte die Zeitung lesen, aber dann dachte ich, das kannst du auch noch während der Fahrt. Ich stieg wieder aus. Bis zur Abfahrt des Zuges um zwölf Uhr zehn war noch genügend Zeit. Ich ging durch die Sperre und hinaus auf den Bahnhofsplatz.

Auch damals war ein Föhntag, ein richtiger Münchner Föhntag. Die Luft moussierte und stieg einem in den Kopf. Etwas Verrücktes anstellen, etwas machen, was man sonst nur im Kino sah . . .

In zehn Minuten ging mein Zug nach Regensburg. Ich stand da, schaute in das Gewühl der Menschen, und das Herz wurde mir immer schwerer. Alle schienen unterwegs zu einem Abenteuer zu sein. Ich kam mir vor wie ein Verurteilter. Ein letzter Wunsch? Drüben vor dem Kaufhaus Hertie war ein Blumenstand. Also gut, sagte ich mir, mein letzter Wunsch ist eine rosa Nelke fürs Knopfloch.

Als ich am Telegrafenamt vorbeikam, hielt dort gerade ein Auto, und eine Frau stieg aus. Zuerst sah ich die Beine, dann sah ich den roten Hut. Sie ging die Stufen zum Telegrafenamt hinauf. Bei jedem Schritt bewegte sich der Rand ihres Hutes, bei jedem Schritt machte die lange Perlenkette, die sie trug, ein leises Geräusch.

Hotel Vier Jahreszeiten stand in Goldschrift auf dem Auto. Im Fond sah ich Reisegepäck und einen Tennisschläger. Der Chauffeur ging um das Auto und hob etwas vom Gehsteig auf. Es war ein Handschuh aus silbergrauem Leder, den die Frau hatte fallen lassen. Er klopfte den Staub ab und legte den Handschuh ins Auto.

Die Frau verschwand in der Flügeltür des Telegrafenamts, tauchte in der Menschenmenge unter, nur der rote Hut war noch zu sehen.

Ich konnte nicht anders, ich mußte ihr folgen. Während ich die Treppe hinauflief, dachte ich: Der zweite Handschuh! Wenn ich Glück habe, läßt sie auch den zweiten Handschuh fallen.«

Pavelino stand auf, ging zum Kamin und legte Holz nach. Im Schein der auflodernden Flammen wurde das Bild der Frau lebendig. Es war, als würde sie sich bewegen. Der Wind schien mit dem Rand ihres Huts zu spielen.

»Ist sie das?« fragte ich.

Er rückte den Sessel mit dem Bild vom Kamin weg. »Ja, das ist sie.«

»Und ließ sie den zweiten Handschuh fallen?«

»Nein, sie ließ den Handschuh nicht fallen. An diesem Tag kam alles anders, als ich dachte. Alles. Ich bin nicht nach Regensburg gefahren.«

»Sie sind nicht nach Regensburg gefahren?«

»Nein, ich bin nicht nach Regensburg gefahren, nicht an diesem Tag und nicht an einem der nächsten Tage. Nur mein Koffer fuhr nach Regensburg. Der Schaffner fand unterwegs den Koffer und brachte ihn zum Fundbüro des Münchner Hauptbahnhofs.«

»Und die Schulden, wie haben Sie Ihre Schulden bezahlt?«

»Ich habe meine Schulden nicht bezahlt, nein, ich habe noch mehr Schulden gemacht.« Er setzte sich auf den Lederhocker, dem Bild gegenüber. »Dieser 14. September 1927 war der wichtigste Tag in meinem Leben. Alles hat sich an diesem einen Tag entschieden. Alles, was später kam, nahm dort seinen Anfang. Es geschahen Dinge, die ich mir in meinen kühnsten Träumen nicht ausgemalt hatte. Manchmal wußte ich nicht mehr, ist es Wirklichkeit, was ich erlebe, oder Kino. Eine wilde Zeit ... Wäre ich im Zug geblieben, säße ich heute nicht hier, sondern in Regensburg im Notarsbüro Rathgeber und Reich am Haidplatz. Ich wäre der Mann, den Sie vorhin beschrieben haben: Herr Reich, ein Advokat im dunklen Anzug, ein Mann, der sein Leben damit verbringt, die Angelegenheiten anderer Menschen zu ordnen, und darüber versäumt, sein eigenes Leben zu leben.

Zum Glück bin ich aus dem Zug ausgestiegen, durch die Sperre gegangen und hinaus auf den Bahnhofplatz. Zum Glück herrschte Föhnwetter, und mein Verstand war abgeschaltet. Nur meine Sinne funktionierten. Ich war eine wandelnde Antenne, ich fing alle Morsezeichen auf, die in der Atmosphäre herumschwirrten, alle Impulse.

Ich machte es Fortuna leicht, ich überließ mich ganz ihrem Willen.

Und da war eine Frau mit einem roten Hut. Ich folgte ihr.«

September 1927

4

Sie stand in einer Telefonkabine, und ich konnte sie durch die Scheibe beobachten. Draußen hatte ich sie nur flüchtig gesehen, während der kurzen Momente, da der Rand ihres Hutes das Gesicht freigab. Jetzt hätte ich sie fotografieren können. Die Glühbirne an der Decke der Kabine warf Licht auf sie. Der Widerschein des roten Hutes und die Glanzreflexe auf der silbergrauen Seide ihres Kleides schufen rund um ihr Gesicht eine opalisierende Aura. Den Hörer hatte sie in der rechten Hand, für mich unsichtbar. Sie stand ganz still, lauschte, nickte, sagte etwas, ein Lächeln, lauschte wieder aufmerksam, mitfühlend.

Einmal wandte sie den Kopf in meine Richtung. Ein Blick, der mich traf, der mich festhielt und wieder losließ. Nach ein paar Sekunden der zweite Blick – wie eine Rückkehr zu mir.

Die Leute in den anderen Telefonkabinen redeten viel und schnell, gestikulierten dabei; sie waren in Eile, nervös, nur diese Frau schien alle Zeit der Welt zu haben.

Ein Rudel Amerikaner kam in die Schalterhalle; sie trugen rote Clubjacken mit einem weißen Polo-Emblem auf der Brusttasche. Einer kam auf mich zu, fragte mich etwas. Als er merkte, daß ich ihn nicht verstand, musterte er mich. »*French?*« Und schon begann er, französisch auf mich einzureden. Seine Kameraden kamen dazu. Ich war eingekreist von roten Clubjacken. Englisch, französisch, alle redeten durcheinander. Einer konnte ein paar Brocken Deutsch: »Oberwiesenfeld Flughafen, *do you know?*«

Es vergingen Minuten, bis der Aufsichtsbeamte erschien und mich befreite, indem er die gewünschte Auskunft gab. Mein erster Blick ging zu der Telefonkabine. Die Kabine war leer, die Frau verschwunden. Ich eilte zum Ausgang. Das Auto war fort.

Die große Bahnhofsuhr zeigte zwölf Uhr fünfzehn. Der Zug war weg, die Frau war weg. Der Zug fuhr nach Regensburg, die Frau ins Hotel »Vier Jahreszeiten«. Das war alles, was ich von ihr wußte.

Ich ging in die Schalterhalle zurück, zu der Telefonkabine. Ich fürchtete, sie könne schon wieder besetzt sein, aber die Tür stand offen. Ich trat ein, der Boden gab etwas nach, die Glühbirne an der Decke leuchtete auf. In der Luft schwebte noch ihr Parfüm, ein Duft, der im ersten Moment sehr leicht war. Erst wenn man ihn tiefer einsog, entfaltete er seine Intensität.

Ich nahm den Hörer von der Gabel und wählte alle Zahlen durch: 1-2-3-4-5-6-7-8-9-0 und wieder zurück 0-9-8-7-6-5-4-3-2-1. Mit wem hatte sie gesprochen? Sie kam hier in München an, wurde von einem Auto des Hotels »Vier Jahreszeiten« erwartet – und das erste, was sie machte, sie ließ sich die paar Meter zum Telegrafenamt fahren, um zu telefonieren. Ein heimliches Gespräch ... Sie hatte einen Geliebten, und sie hatte daneben einen Ehemann. Vielleicht war die Reihenfolge auch anders: Sie hatte einen Ehemann und daneben einen Geliebten. Eine Frau wie sie gehörte niemals einem Mann allein, nicht einmal, wenn sie sich das selber einredete. Im Moment gehörte sie mir und nur mir. Keinem anderen. Ich wußte nichts von ihr, ich wußte nicht einmal ihren Namen, dennoch gehörte sie mir. Ihr Bild war in mir, ihr Duft ...

Ich hängte den Hörer auf die Gabel und schaute mich in der Kabine um. Nirgends ein Handschuh aus silbergrauem Leder. Ich öffnete die Tür, und trat auf etwas Weiches. Ich bückte mich und hatte ein kleines Portefeuille aus Schlangenleder in der Hand. Ich zog die Tür der Kabine wieder zu. Es war ein kleines, flaches Ding mit einem Telefonnummernverzeichnis und einem winzigen Bleistift. Ins Seidenfutter war ein Name eingestickt: ANTOINETTE EBENSTEIN.

Antoinette Ebenstein, ich ließ den Namen auf mich wirken. Ein seltsamer Name, seltsam und einprägsam. Das Mäppchen war offenbar schon lange in Benützung, das feine Leder an den Kanten abgewetzt. Wie gut, daß sie nicht den Handschuh verloren hatte, sondern das Mäppchen. Im Handschuh wäre bestimmt nicht ihr Name eingestickt gewesen.

Natürlich hätte ich auch den Handschuh ins Hotel »Vier Jahreszeiten« gebracht. Ich wäre zum Portier gegangen und hätte ihm die Frau beschrieben, eine Frau mit einem roten Hut. So hätte ich ihren Namen erfahren. Ich hätte mich in die Halle gesetzt und gehofft, daß sie vorbeikommen wird.

So war es besser. Ich wußte ihren Namen. Ich konnte mich einfach bei ihr melden lassen. Wie mußte ich sie anreden? Gnädige Frau? Oder sollte ich die Anrede umgehen?

Ich weiß nicht, wie lange ich vor mich hinträumte. Irgendwann klopfte draußen jemand, aber so leicht ließ ich mich nicht vertreiben. Ich las das Telefonnummernverzeichnis durch: Stockholm, Kungsgatan ... Paris, Rue Monceau ... New York, Central Park ... München, Kaiserstraße ... Zuletzt entdeckte ich im Innenfach zwischen Seidenfutter und Leder flachgefaltete Geldscheine, große Noten: fünfhundert und noch einmal fünfhundert und zweihundert.

Eintausendzweihundert Mark. Ich war wie erschlagen. Soviel Geld! Die Scheine lagen vor mir auf dem zerfledderten Telefonbuch, neue Scheine, glatt und scharf gefalzt. Ich hatte noch nie soviel Geld auf einmal gesehen.

Was sollte ich jetzt machen? Das Geld einstecken und vor Freude tanzen? Eintausendzweihundert Mark! Davon konnte ich meine Schulden zahlen, davon konnte ich monatelang leben. Aber dann hätte ich auf die Frau verzichten müssen. Ich konnte das Mäppchen nicht ohne Geld zurückgeben.

Verfluchtes Geld!

Ich verließ das Telegrafenamt und machte mich auf den Heimweg. In der Sophienstraße stellte ich mich vor den Garderobespiegel und musterte mich kritisch. Der weiße Leinenanzug schien in Ordnung, Hemd und Krawatte waren es auch, zumindest nach meinem Urteil, aber war ich auch für *ihre* Augen gut genug? Ich nahm die Kreissäge ab und probierte den weißen Filzhut, der am Garderobeständer hing. Der Schneider, der mir den weißen Anzug genäht hatte, hatte mir den Filzhut aufgeschwätzt. Der Hut machte mich auch nicht älter; ich schob ihn leicht nach hinten, und der Bohemien war fertig; ich setzte ihn frech aufs rechte Ohr und sah aus wie ein Gigolo.

Eine Stimme in mir sagte: Behalte das Geld und vergiß die Frau! Die ist nichts für dich. Die lebt in einer anderen Welt. Ob sie die zwölfhundert Mark hat oder nicht, für sie spielt das keine Rolle. Sie sagt dir danke schön, und zwei Minuten später stehst du wieder vor der Tür. Schluß. Du hast beides gesehen, die Frau und die zwölfhundert Mark.

Nüchtern betrachtet stimmte das. Aber ich war nicht in nüchterner Stimmung. Ich wußte, ich benahm mich wie ein Verrückter, und das Verrückteste daran war: gerade *das* machte mich sicher. Ich hatte dieser Frau nichts zu bieten, nur mich und meine Verrücktheit.

*

Um halb zwei Uhr war ich im Hotel »Vier Jahreszeiten«.

»Ebenstein ...« Der Portier blickte zu den Schlüsselfächern. »Wen darf ich melden?«

»Pavelino.«

Die Idee, dem Portier nur meinen Vornamen zu nennen und mich damit als Freund auszugeben, war mir unterwegs gekommen. Es wirkte. Die Miene des Portiers hellte sich auf. »Sie werden erwartet?«

»Ja.«

Der Portier griff sich einen der Pagen, die bereitstanden. »Du bringst den Herrn zu Ebenstein, Beletage, Mozart-Suite.«

»Ebenstein« wiederholte der Page.

Ein anderer Portier fing den Namen auf und mischte sich unaufgefordert ein: »Frau Ebenstein ist heute vormittag abgereist.«

»Unmöglich!«

Ich hörte, wie ich »Unmöglich« sagte, und erschrak über meinen arroganten Ton.

Aber offensichtlich hatte ich richtig reagiert, denn die beiden Portiers entschuldigten sich und beugten sich über das Brett, an dem die Zettel mit den Zimmernummern und Namen steckten.

Sie fanden nichts von einer Abreise bei Ebenstein, entschuldigten sich, und der Page brachte mich in die Beletage zur Mozart-Suite.

Im Vorraum lag Tenniszeug herum. Ich gab dem Pagen von meinen letzten drei Mark neunzig ein Trinkgeld und schickte ihn weg.

Links und rechts führte je eine Tür weg; hinter der linken hörte ich Radiomusik, hinter der rechten war es still. Auf mein Klopfen kam keine Antwort. Ich öffnete und stand in einer Ankleide.

Die Schränke waren geöffnet; sie hatten Innenbeleuchtung und hingen voller Kleider. Hinter einer der Schranktüren bewegte sich etwas. Im Spiegel an der gegenüberliegenden Wand sah ich eine weibliche Gestalt in einem weißen Negligé, das reich mit Schwanenflaum besetzt war. Sie saß auf einem Hocker, bückte sich, griff nach einem weißen Seidenpantoffel, der am Boden lag, und schlüpfte hinein.

»Stellen Sie das Eis ins Schlafzimmer . . .« rief sie.

Ich war so aufgeregt, daß ich nichts erwidern konnte.

Sie erhob sich und kam hinter dem Schrank hervor: Es war nicht Antoinette. Ein Mädchen von etwa zwölf Jahren stand vor mir. Mit dem langen blonden Haar und dem weißen Negligé, das ihr zu groß war und am Boden schleifte, sah sie aus wie ein Weihnachtsengel in einem Krippenspiel.

Sie war überrascht, einen Fremden vor sich zu haben, aber keineswegs verwirrt oder verlegen. »Ich dachte, es ist der Etagenkellner. Ich warte schon eine Ewigkeit auf mein Himbeereis.« Sie musterte mich. »Bist du vielleicht der neue Tennislehrer? Auf den warte ich auch schon eine Ewigkeit.«

»Darüber können wir reden. Brauchst du einen Tennislehrer?«

»Eigentlich sollte meine Gouvernante mit mir spielen, aber sie hat Migräne. Sie verträgt das Münchner Klima nicht. Wenn wir in Paris sind, trainiere ich bei Suzanne Lenglen. Kennst du Suzanne Lenglen? Sie ist eine Freundin meiner Mutter. Vielleicht werde ich auch mal Weltmeisterin wie sie oder Fliegerin, oder ich geh' nach Hollywood, da braucht man nur schön zu sein, sonst nichts. Oder ich werde eine Florence Nightingale; das Dumme ist nur, manchmal gibt es jahrelang keinen Krieg.«

Ich war benommen und zugleich hellwach. Rundum in den offenen Schränken hingen die Kleider von Antoinette, das Mädchen trug ein Negligé von Antoinette. Im nächsten

Moment würde sie selber auftauchen. Wie würde sie reagieren, wenn sie mich hier fand, in der Ankleide mit ihrer Tochter?

»Bist du jetzt der Tennislehrer oder nicht?« fragte das Mädchen.

»Ich möchte gerne deine Mutter sprechen.«

»Ah, du willst zu meiner Mutter. Meine Mutter ist nicht da, sie ist heute früh nach Berlin gefahren. Sie ist die Ehrenpräsidentin des Berliner Polo-Clubs. Immer wenn die Geld brauchen, muß meine Mutter einspringen.«

»Und wann kommt deine Mutter wieder nach München?«

»Das ist noch ungewiß, lange hält sie es nie in Berlin aus.« Im Vorraum hörte ich eine Tür, und mir wurde unbehaglich. Das ist Herr Ebenstein, dachte ich, aber es war der Etagenkellner, der das Himbeereis brachte.

»Komm!« sagte das Mädchen, und ich folgte ihr wie ein Lamm ins Schlafzimmer, froh, daß sie mich nicht wegschickte. Ich kam mir vor wie in einem schönen, wirren Traum, in dem man wünscht, es solle weitergehen, immer weitergehen.

Das Schlafzimmer – Blau in Blau – war noch nicht aufgeräumt, das große französische Bett noch nicht gemacht. Obwohl die Sonne zum Fenster herein schien, brannten alle die vielen kleinen Lampen, die im Zimmer herumstanden.

Das Mädchen hielt mir den Becher mit dem Himbeereis hin. »Willst du auch mal schlecken, oder soll ich für dich was anderes bestellen?«

Sie war gleichzeitig ein Kind und eine große Dame. »Wie heißt du eigentlich?« fragte sie unbefangen, wie ein Kind ein anderes Kind fragt, mit dem es zum erstenmal spielt. Im nächsten Moment sah sie mich mit der Arroganz einer vollendeten Dame an. »Pavelino? Nie gehört. Ist das Italienisch?«

»Russisch.«

»Russisch? Ich habe auch einen russischen Namen. Meine Großmutter war Russin, und ich heiße nach ihr: Tita.«

»Bei mir war es der Großvater.«

»Dann bist du Viertelrusse, genau wie ich.« Sie verstummte und wurde ernst. »Wenn wir beide heiraten und Kinder haben, sind es wieder Halbrussen, oder? Aber ich heirate erst, wenn meine Mutter wieder geheiratet hat, nur so kann ich sie zwingen . . . Sie hat dir bestimmt nicht gesagt, daß sie Witwe ist, oder? Sie sagt es keinem. Sie verheimlicht es, wo sie kann, und tut so, als würde Vater noch leben.«

»Weißt du, eigentlich kenne ich deine Mutter nicht. Ich bin nur hergekommen, weil ich deiner Mutter etwas zurückgeben wollte, das sie verloren hat.« Ich zog das Portefeuille heraus. »Das gehört deiner Mutter. Sie hat es heute früh auf dem Telegrafenamt verloren.«

Tita stellte den Eisbecher auf den Tisch und wischte sich die Hände an einer Serviette ab. »Laß sehen! Ja, das gehört meiner Mutter. Wo hast du es gefunden?«

»In einer Telefonzelle auf dem Telegrafenamt.«

»Heute vormittag?«

»Ja, vor einer Stunde etwa.«

»Und woher weißt du, daß meine Mutter hier wohnt?«

»Ich sah sie in das Auto vom Hotel ›Vier Jahreszeiten‹ steigen. Und vorher sah ich sie in der Telefonkabine, ich wartete dort. Es ist Geld in dem Mäppchen.«

»Geld?« Tita nahm die Scheine heraus, zählte sie, schüttelte den Kopf. »Eintausendzweihundert Mark, und das gibst du zurück! Ich hätte es behalten. Und weißt du, was ich mit dem Geld gemacht hätte?« Sie stand auf und holte die Zeitung, die neben dem Bett am Boden lag. »Da schau!« Sie zeigte mir eine Seite mit einer großen Filmreklame. Der Film hieß »Rendezvous im Himmel« und hatte am Abend in den Fern-Andra-Lichtspielen Premiere. Jeder hundertste Besucher gewann einen Freiflug mit dem berühmten Piloten Hans Tropa. Das Flugzeug war abgebildet, ein Doppeldekker; neben dem Flugzeug stand Hans Tropa. Tita deutete auf das Foto »Mit den eintausendzweihundert Mark hätte ich mir das Flugzeug gemietet und hätte heimlich das Fliegen gelernt. Ich will damit nicht warten, bis ich einundzwanzig bin. Mit einundzwanzig habe ich keine Zeit mehr für so was, da bin ich schon verheiratet und habe Kinder. Meine Mutter hat mit siebzehn geheiratet. Also muß ich vorher das Fliegen lernen. Das Leben einer Frau ist schrecklich kurz, weißt du, schrecklich kurz.«

»Wenn du unbedingt das Fliegen lernen willst, kann ich dir helfen. Hans Tropa ist ein Freund von mir.«

»Ein richtiger Freund?«

»Ein richtiger Freund. Ich werde mit ihm reden.«

»Bist du auch Flieger?«

»Nein.«

»Tennislehrer?«

»Wenn du mich engagierst.«

»Gut, und wann spielen wir?«

»Wir können noch heute anfangen.«

»Heute geht es nicht, heute kommt die Lehrerin für Französisch. Aber morgen habe ich Zeit, sagen wir um zehn? Du holst mich ab. Bist du pünktlich?«

»Ich werde mir Mühe geben.«

»Was hast du für ein Auto?«

»Laß dich überraschen!«

»Ist es ein Sportwagen?«

»Du wirst es ja sehen.«

Das Geld lag immer noch auf dem Tisch. Sie nahm eine Fünfhunderternote und wollte sie mir geben. »Finderlohn.«

»Nein, das nehme ich nicht. Deine Mutter soll das Mäppchen so bekommen, wie es war.«

»Und was soll ich dir als Finderlohn geben?«

Auf der Kommode stand ein Strauß mit Rosen und Nelken. »Darf ich mir eine von den Nelken fürs Knopfloch nehmen?«

Tita brach eine rosa Nelke ab und steckte sie mir an. »Du kannst dir jeden Tag eine holen.«

5

Es war zwei Uhr, als ich das Hotel »Vier Jahreszeiten« verließ. Auf der Maximilianstraße blieb ich stehen und versuchte, Ordnung in meine Gedanken zu bringen. Mein Kopf glich einem Radioapparat, in dem die Musik verschiedener Sender durcheinander spielt: Einzelne Harfenakkorde, süß und lockend, das war Antoinette, die schöne Antoinette mit dem rotem Hut. Ein zwitscherndes Flötensolo, ein Lächeln in Tönen, das war Tita in dem weißen Negligé. Der »Rosenkavalier«-Walzer, das war die Ankleide mit den offenen Schränken, voll von Antoinettes Kleidern, und das war das Schlafzimmer, das ungemachte Bett . . . der Duft nach Frau, der Duft nach Blumen.

Hatte ich mich richtig benommen? Tita hielt mich für einen reichen Nichtstuer. Oder für einen Prinzen. Sie glaubte, ich hätte ein Auto, einen Sportwagen. Wenn sie wüßte!

Zuerst mußte ich Hans Tropa finden. Es kamen nur zwei Plätze in Frage: Entweder frühstückte er gerade im Café »Luitpold«, oder er kurierte einen Kater an der Bar des »Regina-Palast-Hotels« aus mit einem Wiederbelebungsdrink von Barkeeper Harry Rosenow.

Hans Tropa war ein ehemaliger Fliegeroffizier. Ich hatte ihn an der Universität kennengelernt, als er auf Rechtswissenschaft umsatteln wollte. Wir waren vom ersten Tag an Freunde. Er brachte mir das Autofahren bei, und ich erklärte ihm das Bürgerliche Gesetzbuch. Nach einem halben Jahr warf Hans Tropa das Studium wieder hin und schloß für eine Tournee als Kunstflieger durch Nord- und Südamerika ab. Er verpflichtete sich für zwei Jahre. Beim Abschied meinte er: »Entweder bringe ich eine Millionenerbin mit oder einen Sack voller Silberdollar, und dann gründen wir eine Fluggesellschaft und nennen sie Friedensengel.«

Offenbar hatte er weder die Millionenerbin noch den Sack voller Silberdollar mitgebracht, sonst würde er bestimmt nicht diese Rundflüge für die Fern-Andra-Lichtspiele machen. Ich wußte, daß er nichts so haßte, wie Leute herumzufliegen, die das erste Mal in einer Maschine saßen und vor Angst zitterten.

Im »Luitpold« fand ich ihn nicht, und an der Bar des »Regina-Palast-Hotels« war er auch nicht. Aber Harry Rosenow konnte mir Auskunft geben: »Tropa ist auf dem Oberwiesenfeld. Er bringt den Doppeldecker von dort zu den Fern-Andra-Lichtspielen. Riesensache! Die Feuerwehr muß dort draußen alle Straßen sperren. Hans Tropa ist mal wieder obenauf. Er wird sich freuen, wenn er Sie sieht. Er hat ein paarmal nach Ihnen gefragt.« Geb's Gott, dachte ich, denn wenn Hans Tropa mir nicht aus der Patsche hilft, hilft mir keiner.

Gestärkt mit einem Egg Nogg, den mir der Barkeeper spendierte – »zahlen können Sie ein andermal« –, machte ich mich auf den Weg zu den Fern-Andra-Lichtspielen. Als ich in die Nymphenburger Straße kam, war die Fahrbahn bereits gesperrt. Man hatte Umleitungsschilder aufgestellt und die Zufahrt der Seitenstraßen mit Holzböcken und roten Fähnchen blockiert.

Vor den Fern-Andra-Lichtspielen warteten die ersten Schaulustigen. Zwei Kriegsveteranen stritten miteinander, ob Udet oder Tropa mehr Abschüsse hatte, ob Udet oder

Tropa mehr Verwundungen hatte, ob Udet oder Tropa mehr Orden hatte.

Ich setzte mich auf die Stufen des Kinos. Der Egg Nogg von Harry Rosenow war stark gewesen. Ich hatte Füße wie Blei und einen Kopf wie ein himmelblauer Föhnballon. Aus den Schuhen steigen und davonfliegen ...

In der Ferne ertönte das Horn eines Feuerwehrautos; ein zweites fiel ein. Zwei rote Löschwagen kamen aus der Hindenburgstraße. Sie fuhren sehr langsam, fast im Schritt, schwenkten in die Nymphenburger Straße ein. Ihr Ta-tüü-ta-tüü, ta-tüü-ta-tüü erfüllte die Luft. In den Häusern gingen die Fenster auf. Kinder kamen gelaufen.

Hinter den Feuerwehrwagen kam ein Tieflader, und auf dem Tieflader stand das Flugzeug. Es war ein gelber Doppeldecker mit roten Flügelenden. Im hellen Widerschein des Gegenlichts schien er die ganze Straße einzunehmen. Die Tragflächen strahlten, schimmerten, schienen kein Ende zu nehmen.

Ein Junge rannte auf die Fahrbahn und rief immer wieder: »Ein Flieger! Ein Flieger!«

Die zwei Feuerwehrautos machten am Straßenrand halt, und die Hornsignale verstummten. Männer sprangen aus den Wagen und lotsten den Tieflader auf den Bürgersteig. Dort hielt er an. Die flache Laderampe wurde ausgefahren. Das Flugzeug setzte sich in Bewegung und rollte auf den Platz vor dem Kino. Links und rechts sperrten Feuerwehrmänner den Gehsteig ab. In der offenen Kanzel des Zweisitzers saß Hans Tropa und gab den Männern die Anweisungen für das Wendemanöver. Schließlich hatte das Flugzeug seine endgültige Position, und die Holzkeile wurden unter die Räder geschoben.

Der Doppeldecker wirkte jetzt nicht mehr gigantisch, sondern glich mit seiner gelben Farbe, den roten Flügelenden und den Kinderwagenrädern, auf denen er stand, eher einem etwas groß geratenen Spielzeug.

Hans Tropa stieg aus der Kanzel und bedankte sich bei den Feuerwehrmännern. Dann zog er den blauen Overall aus, nahm Mütze und Brille ab und warf alles in die Kanzel. Unter dem Overall trug er den weißen Uniformrock des längst aufgelösten Afrikakorps. Er trug ihn nicht als Protest gegen den verlorenen Krieg, sondern einfach als Talisman; er hatte darin einen Absturz und ein paar Luftkämpfe überlebt und hoffte, daß ihm der alte Rock – er war mehr grau als weiß – weiterhin Glück bringen würde. Jetzt kam er zum Kino. Er war in Gedanken und sah mich nicht.

»Ein Autogramm, bitte!« rief ich.

Hans Tropa blieb stehen. »Pavelino! Das gibt's nicht, du!«

Wir umarmten uns, und ich wollte wissen, seit wann er aus Amerika zurück war.

»Seit Juli.«

»Für diesen Film?«

»Nein, das hat sich zufällig ergeben. Sie brauchten einen Dummen für ein paar gefährliche Sachen, und ich brauchte Geld.«

»Ich dachte, du kommst mit einem Sack voller Silberdollar aus Amerika zurück.«

»So ähnlich habe ich's mir auch vorgestellt, aber erstens kommt es anders und zweitens, als man denkt.« Er lachte. Er sah älter aus als sechsunddreißig – so alt war er – und trotz der gebräunten Haut nicht gesund. Er war unrasiert, schien seit Tagen nicht mehr aus den Kleidern gekommen zu sein. Das braune, gekrauste Haar ergraute bereits. Über seine Stirn, vom Haaransatz bis zur Augenbraue, zog sich eine Narbe.

Ich fragte ihn, ob er in dem Film eine Rolle gehabt habe.

»Nein, dazu müßte ich so gut aussehen wie du. Ich war

der Stuntman. Von mir sieht man nur den Hinterkopf, und jeder hundertste Besucher der Fern-Andra-Lichtspiele gewinnt einen Gratisflug mit Hans Tropa als Pilot. Sensationshascherei! Drum haben wir auch die Maschine in die Stadt gebracht, alles Sensationshascherei. Was soll's, in Amerika machen sie ganz andere Sachen, um das Publikum anzulokken. Vor dem Flugzeug wird eine Tafel aufgestellt, rundum mit Glühbirnen, die Tag und Nacht blinken, und dann kann's losgehen. Mach' ich eben eine Woche lang Spazierflüge über München mit der guten, alten Grasmücke. Vom Oberwiesenfeld zum Friedensengel und zurück, als lupenreiner Achter geflogen.«

»Ohne Salto à la Tropa?«

»Nur kleine Hopser auf speziellen Wunsch der Damen. Hast du etwas Zeit?«

»Ich bin eigens wegen dir hergekommen, alter Freund!«

Im Foyer des Kinos roch es nach Bohnerwachs, Spiritus und Sidol. Eine Putzfrau polierte die Messingbeschläge der Türen, eine andere die Glasscheibe der Kasse. Im Hintergrund stand die Tafel bereit, die später draußen vor dem Doppeldecker aufgestellt werden sollte. Das T von Tropa war so hoch wie die Tafel, etwa einen Meter siebzig, der Querbalken des T stellte die Tragflächen eines Flugzeugs dar.

Hans Tropa grinste vor sich hin. »Nach einer amerikanischen Vorlage. Ich habe einen Haufen Plakate von drüben mitgebracht. Mein Manager verstand was von dem Geschäft. ›Der Mann mit den sieben Leben‹, so hat er mich der Presse verkauft. In jedem Artikel haben sie meine Abstürze aufgezählt. Mit der Zeit wurden es immer mehr, und das Stück Silberdraht, das meinen Unterkiefer zusammenhält, wurde auch immer größer. Zum Schluß dichteten sie mir silberne Rippen und weiß Gott was an.« Hans Tropa lachte. Es klang nicht fröhlich, aber immerhin lachte er. »Das hab' ich in Amerika gelernt, wie man die Journalisten nehmen muß: wie ein Torero den Stier, immer mit dem roten Tuch. Deswegen haben wir das Flugzeug hergeschafft, so was bringt sie auf die Beine. Du kommst heute abend zur Premiere. Nach der Vorstellung feiern wir.«

»In deinem alten Jagdrevier ›Pavillon Gruß‹?«

Tropa schüttelte den Kopf. »In Schwabing gibt's einen neuen Nachtclub: ›Flo und Jo‹. Streng privat, da kommt keiner rein, wenn er nicht ein Freund des Hauses ist. In der Villa von Jo Klyde, dem stinkreichen Stahlschweden. Du hast bestimmt schon von ihm gehört. Er hat sich in Flo Friedl verknallt, und um sie von der Bühne wegzuholen, hat er den Nachtclub für sie eingerichtet. Die alte Methode vom goldenen Käfig, aber ich bin nicht sicher, ob das bei Flo Friedl funktioniert. In unserem Film hat sie auf jeden Fall mitgespielt, obwohl Jo Klyde es ihr verboten hat. Er hat ihre Beine bei Lloyd in London für Zigtausende versichern lassen, und jetzt will er, daß sie nur noch für ihn allein tanzt.«

Bei mir fiel endlich der Groschen. »*Die* Flo meinst du, die Tänzerin?«

»Wen denn sonst?« Tropa zog mich vor den Schaukasten. »Das sind ihre Beine. Im Film zeigt sie noch mehr, aber am aufregendsten ist sie in einem Fliegeroverall aus Satin mit nichts drunter. Im Film lernt sie bei mir das Fliegen, so was verbindet. Wenn sie nicht verschlafen hat, lernst du sie gleich kennen. Der Mann von der Wochenschau wollte sie unbedingt dabeihaben.« Hans Tropa schaute auf die Uhr. »Wir haben uns für halb vier Uhr verabredet. Neuhaus von den ›Münchner Neusten Nachrichten‹ kommt auch, wichtiger Mann, will einen großen Artikel machen.«

Wir gingen zum Flugzeug zurück. Die zwei Feuerwehrautos standen nicht mehr vor dem Kino, und die Nymphenburger Straße war wieder für den Verkehr freigegeben. Immer mehr Schaulustige versammelten sich um das Flugzeug. Ein Junge versuchte eben, in die Maschine zu klettern, und rannte schnell weg, als er Tropa sah.

»Wir müssen Wachmänner aufstellen, sonst ist das Flugzeug am Morgen gestohlen.« Hans Tropa zündete sich eine Zigarette an und fragte »Wie geht's dir? Erzähl, was macht das Studium?«

»Mit dem Studium bin ich fertig.«

»Gratuliere! Und was bist du jetzt? Wie muß ich dich anreden? Herr Anwalt, Herr Doktor?«

»Hör bloß auf!«

»Nach deinem Äußeren zu schließen bist du dabei, Karriere zu machen. Weißer Anzug und so . . .«

»Der Anzug ist noch nicht bezahlt.«

»Verdienst du so wenig?«

»Ich verdiene überhaupt nichts. Seit einem halben Jahr laufe ich herum und suche eine Stellung, aber niemand braucht einen Juristen.«

»Und wovon lebst du?«

»Ich gebe Tennisstunden, und in der übrigen Zeit warte ich auf ein Wunder.«

»*Den* Zustand kenne ich: dasitzen und auf ein Wunder warten. Bei mir war es nach dem Krieg so. Vier Jahre lang hatte ich davon geträumt, wie es sein würde, wenn wieder Frieden ist. Ich weiß nicht, was ich mir vorstellte, vielleicht ein großes Fest, das eigens mir zu Ehren gegeben wird und das nie zu Ende geht. Endlich war es soweit: Der Krieg war vorbei. Ich war Flieger, aber Flieger brauchte man nicht mehr. Ich saß da und wartete auf ein Wunder. Damals habe ich gelernt, daß die Wunder nicht geschehen, wenn man darauf wartet.«

Vor dem Flugzeug machten sich jetzt Arbeiter daran, die

Tafel mit Hans Tropas Namen aufzustellen. Sie trieben mit einem Vorschlaghammer Holzpflöcke in die Erde. Bei jedem Schlag zitterte das Flugzeug leise, und durch die Flügel lief ein Knistern.

Hans Tropa starrte vor sich hin. »Solange ich in einem Flugzeug sitze, ist alles gut, da bin ich der glücklichste Mensch. Aber in dem Moment, in dem ich aussteige, beginnen die Probleme. Mit einem Flugzeug werde ich fertig, mit dem Leben nicht, da versag' ich. Vorhin, auf dem Oberwiesenfeld, dachte ich: starten, aufsteigen, immer höher und nie mehr landen, nie mehr.« Er schwieg und lächelte, während er dann weitersprach, ein seltsames, abwesendes Lächeln: »Und einmal tu ich das auch, vielleicht morgen, vielleicht erst in ein paar Jahren.«

Ich kannte diese Stimmungsschwankungen bei Hans Tropa, und ich wußte auch, gleich würde das Pendel wieder zurückschwingen. Man mußte ihn einfach reden lassen.

»Mit sechzehn war ich ein Wunderknabe«, fuhr Hans Tropa fort. »Ganz München war auf den Beinen, als ich mit meiner ›Irene‹ über die Theresienwiese flog. Mit sechsundzwanzig war ich ein Kriegsheld, und wenn ich auf Urlaub heimkam, war der Münchner Bahnhof mit Blumen geschmückt. Jetzt bin ich sechsunddreißig und Privatpilot von Jo Klyde.«

»Von Jo Klyde, dem reichen Schweden?«

»Ja, dieser Jo Klyde hat eine kleine Messerschmitt, und ich fliege ihn zwischen München und Cannes hin und her. Er besitzt dort ein Marmorschlößchen und eine Hochseeyacht. Er will mich für ganz engagieren, aber dann bin ich nicht mehr mein eigener Herr. Als Freund ist Jo Klyde gut zu haben, als Chef möchte ich ihn nicht.«

Eine Weile rauchte er schweigend vor sich hin, dann fragte er: »Das mit den Tennisstunden ist nicht dein Ernst. Davon kann man doch nicht leben.«

Ich nickte und ließ das Kleingeld in der Rocktasche klimpern. »Du hast es erraten. Ich besitze noch drei Mark siebzig.«

»Was bekommst du pro Stunde?«

»Nichts. Meine neue Schülerin unterrichte ich gratis.«

»Dann muß sie sehr hübsch sein.«

»Schön wie die nordische Lichterkönigin Lucia – und zwölf Jahre alt.«

»Und die Mutter?«

»Die Mutter ist auf Reisen.«

Hans Tropa packte mich an der Schulter und schüttelte mich: »Du Träumer, du! Und so was hat Jus studiert, nicht zu fassen!«

»Laß dich nicht täuschen von den dicken Gesetzbüchern. Die Juristerei ist ein Labyrinth. Vielleicht muß man ein Träumer sein, um sich darin zurechtzufinden, um mit geschlossenen Augen den Weg zu suchen. Nicht umsonst hat Justitia verbundene Augen.«

Die Arbeiter hatten die Tafel aufgerichtet, und die ersten Passanten blieben stehen. Die Fahrzeuge, die vorbeikamen, fuhren langsamer, manche hielten sogar an.

Hans Tropa starrte mit einem grimmigen Lächeln auf die Straße. »Wenn ich wüßte, wo ich das Geld auftreiben könnte, würde ich drei Maschinen kaufen und eine Fluggesellschaft gründen. Jetzt wäre der richtige Zeitpunkt für so was. Vorige Woche war ich in Dessau bei den Junkers-Werken. Eine nagelneue F 13 stand da, Sechssitzer, Heizung, Lederpolster. Ich war nahe daran, die Hand drauf zu legen und zu sagen: ›Die gehört mir, die kauf ich.‹ «

»Warum hast du's nicht getan?«

»Mir fehlt das nötige Kleingeld.«

»Dann geh zu deinem Vater, der hat das nötige Kleingeld.«

»Laß meinen Vater aus dem Spiel!«

»Seid ihr wieder mal verkracht?«

»Je älter er wird, desto tyrannischer wird er.«

»Du mußt ihn nur richtig nehmen.«

»Den Zeitpunkt habe ich verpaßt. Bevor ich nach Amerika ging, hätte er alles getan, um mich zu halten. Er fürchtete, ich könne nicht mehr aus Amerika zurückkommen. Er bot mir von sich aus das Kapital für eine Fluggesellschaft an. Das war der Moment, da hatte ich Oberwasser, aber jetzt, wo ich zurück bin, ist alles wie gehabt: Ich soll die Fliegerei an den Nagel hängen, ins Geschäft eintreten, heiraten und Enkel produzieren. Das ist seine fixe Idee: Er will Enkel haben. Er und meine Mutter, die beiden halten dauernd Ausschau nach einer Schwiegertochter. Die letzte war eine Holzhändlerserbin aus Furth im Wald, eine Walküre.« Hans Tropa warf die halbgerauchte Zigarette auf den Boden und trat sie aus. »Eine Woche habe ich's zu Hause ausgehalten, nachdem ich von Amerika zurück war, länger nicht. Dann bin ich aufs Oberwiesenfeld in meine Scheune gezogen, zu meinen alten Flugzeugmodellen, wie früher als Junge, wenn ich es daheim satt hatte.«

»Wenn dein Vater dir vor einem Jahr das Kapital für eine Fluggesellschaft geben wollte, dann gibt er es dir auch jetzt. Du mußt es nur richtig anstellen. Schließlich bist du sein einziger Sohn.«

»Das ist der wunde Punkt: Ich bin sein einziger; der einzige, der ihm geblieben ist von vier Söhnen. Die anderen drei sind im Krieg gefallen, nur ich bin zurückgekommen, ausgerechnet ich, der sich nicht fürs Geschäft interessiert. Ein Jahr lang hab' ich's versucht. Ich bin Tag für Tag ins Leihhaus marschiert und habe mich von morgens acht Uhr bis abends sechs ins Kontor gesetzt, dann hatte ich die Nase voll. Ich bin kein Büromensch, ich bin Flieger.«

Mein Kopf begann zu arbeiten; denken war es nicht; eine Vision. Ich sah etwas: Hans Tropa in Leuchtschrift auf einem Flugzeughangar. Hans Tropa auf dem Rumpf einer F 13, das Flugzeug blau, die Schrift weiß. »Was kostet eine F 13?« fragte ich.

»Dreißigtausend Mark. Das könnte ich zusammenkratzen, irgendwie würde es schon gehen. Ich müßte eben Schulden machen. Aber eine Maschine genügt nicht. Wenn die mal ausfällt – und jede Maschine fällt mal aus –, ist Feierabend. Zwei Maschinen sind das Minimum, und interessant wird es erst mit drei Maschinen. Dann kann man einen Fahrplan machen. Das heißt, ich brauche ein Kapital von fast hunderttausend allein für die Flugzeuge.«

Er zündete wieder eine Zigarette an und erzählte von seinem Besuch der Junkers-Werke in Dessau. »Du weißt, der alte Hugo Junkers ist wie ein Vater für mich. Wenn mir hier in München die Decke auf den Kopf fällt, gibt's nur eines: ins Auto und ab nach Dessau. Im Moment tüfteln sie dort an der Konstruktion eines neuen Typs: ein Großverkehrsflugzeug mit Platz für zehn Passagiere. Schon fast ein fliegender Pullman-Salon. Die Passagiere können schlafen und essen, ein Steward ist an Bord. Bisher war das Fliegen eigentlich nur etwas für Soldaten und Verrückte, aber jetzt wird das anders. Jetzt kommen die Flugzeuge, in denen man so bequem reisen kann wie im Zug, nur viel schneller. Von München nach Berlin sind das mit dem Zug fast elf Stunden. Wenn du das Flugzeug nimmst, bist du in zwei Stunden und zwanzig Minuten dort. Das ist ein Unterschied. Die Menschen werden bald auf den Geschmack kommen.«

Während Hans Tropa sprach, verdichtete sich die Vision in meinem Kopf, wurde immer verführerischer. Ich wußte, es war nichts weiter als eine Seifenblase; schon wenn ich davon sprach, würde sie zerplatzen. Hans Tropa würde mich auslachen. Was tat's? Probieren konnte ich es ja: »Den Namen für deine Fluggesellschaft habe ich schon.«

Hans Tropa sah auf. »Und?«

»Ganz einfach: Hans-Tropa-Flug.«

Er nickte, wiederholte den Namen, nickte wieder. »Klingt gut, sogar sehr gut.«

Er lachte mich nicht aus. Der Name gefiel ihm, und ich sah ihm an, daß ihm auch die Idee gefiel. Das machte mir Mut, und ich ließ die zweite Seifenblase steigen: »Du brauchst einen eigenen Hangar.«

»Kein Problem. Sie sind gerade dabei, den Flugplatz auf dem Oberwiesenfeld zu erweitern. Sie planen neue Flugzeughallen und ein neues Flughafengebäude. Mit meinen Beziehungen bekomme ich einen alten Hangar umsonst in dieser Übergangsphase.«

Unversehens nahm meine Vision realistische Formen an. Noch ein Schritt und das Ganze war keine Seifenblase mehr, sondern ein Plan, besser gesagt ein Stegreifprogramm für die nächsten Stunden und für den nächsten Tag: »Ist es möglich, daß die Junkers-Werke morgen eine F 13 nach München fliegen?«

»Ein Telefonanruf, und ich habe die Maschine.«

»Sie müßte morgen mittag auf dem Oberwiesenfeld landen. Du glaubst, das läßt sich machen?«

»Wie gesagt, ein Anruf bei Hugo Junkers, und er bringt die Maschine persönlich nach München. Und weiter?«

»Wir brauchen nur noch eine GmbH zu gründen, und du hast deine Fluggesellschaft.«

»Und woher nimmst du das Geld? Ich habe dir doch gesagt, drei Maschinen sind das Minimum. Das bedeutet ein Startkapital von fast hunderttausend Mark.«

»Wir machen es umgekehrt: zuerst die Fluggesellschaft, dann das Geld.« Ich staunte selbst über meine Frechheit, und

Hans Tropa schien ebenfalls beeindruckt. »Die amerikanische Masche, warum nicht? Drüben machen es alle so.«

»Der Zeitpunkt ist ideal. Du hast gesagt, die Wochenschau kommt hierher, um den Doppeldecker zu filmen und heute abend über die Premiere zu berichten. Da haben wir sie alle auf einem Haufen. Nach der Premiere improvisieren wir eine Pressekonferenz, und du gibst bekannt, daß du eine Fluggesellschaft eröffnest. Das ist Akt eins. Die Ankunft der Junkers F 13 auf dem Oberwiesenfeld, natürlich wieder mit Wochenschau und Reportern, ist Akt zwo. Ich garantiere dir, morgen um diese Zeit weiß es bereits ganz München, daß Hans Tropa eine Fluggesellschaft gegründet hat, und du bist etabliert.«

Hans Tropa hatte mit gesenktem Kopf zugehört. Jetzt richtete er sich auf. »Ich mache mit. Es ist Wahnsinn, aber ich mache mit. Unter einer Bedingung . . .« Er legte die Hand auf meine Schulter: »*Du* treibst das Geld auf. Ich will damit nichts zu tun haben, hast du gehört? Wenn du dir das zutraust, kann das Abenteuer steigen. Jetzt wird dir mulmig, gib's zu! Jetzt weißt du nicht weiter.«

Er hatte recht, ich wußte nicht weiter. Ich kannte niemanden, bei dem ich hunderttausend Mark lockermachen konnte, nicht einmal dreißigtausend.

Aufgeben? Die schillernde Seifenblase zerplatzen lassen?

Hans Tropa ließ meine Schulter los. »Verfluchtes Geld!«

Das gab den Ausschlag. Mein Mut kehrte zurück. Ich wußte, von jetzt an würde ich ohne Netz arbeiten. Kein angenehmes Gefühl für jemand wie mich, der nicht zum Helden geboren ist. Ich mußte mir einen Schubs geben, bevor ich sagte: »Du kannst dich auf mich verlassen, ich treibe das Geld auf.«

Hans Tropa wurde mißtrauisch: »Du willst zu meinem Vater gehen und ihn schröpfen?«

Wieder wußte ich nicht weiter, und Hans Tropa wiederholte seine Frage: »Stimmt's, du glaubst, du kannst das Geld bei meinem Vater rausholen?«

Ich wollte protestieren, aber dann hatte ich eine bessere Idee: »Dein Vater ist im Münchner Kaufmannsclub, nicht wahr?«

»Ja.«

»Gesetzt den Fall, wir nehmen Geld bei einer Bank auf, dann weiß er das noch am selben Tag. Und wenn wir einen privaten Geldgeber finden, ist es dasselbe. Moment, ich bin noch nicht fertig. Es ist also nur fair, wenn ich zuerst zu deinem Vater gehe und ihn über die Fluggesellschaft unterrichte. Wenn du bei fremden Leuten einen Kredit von hunderttausend Mark aufnimmst, gibt das ein dummes Gerücht, verstehst du, und damit schaden wir deinem Vater, und vor allem schaden wir uns. Deshalb gehe ich zu deinem Vater, nicht weil ich ihn anbetteln will, sondern um ihn zu informieren. Dann sehen wir weiter.«

»Schlaumeier.« Hans Tropa musterte mich mit einem langen Blick. »In dir steckt ein Diplomat.« Er nahm meine Hand. »Abgemacht, wir dreh'n das Ding, wir gründen eine GmbH. Ich bin der Flieger, du bist der Geschäftsführer.« Plötzlich begann er zu lachen und mich in die Rippen zu boxen. »Hochstapelei, alles Hochstapelei! Sag mal, was macht dich eigentlich so sicher?«

»Wir haben beide nichts zu verlieren, oder? Also ruf bei den Junkers-Werken an. Die Maschine muß morgen mittag in München sein.«

»Schon gut, schon gut.«

»Noch was: Wir brauchen eine Art Büro.«

»Meine Scheune auf dem Oberwiesenfeld ist wohl nicht das richtige.«

»Dann ziehst du eben ins Hotel. Am besten, du nimmst

dir im ›Regina‹ eine kleine Suite. Das ›Regina‹ war von jeher die Hochburg der Flieger. Direktor Volkhardt wird sich freuen, wenn er Hans Tropa unter seinem Dach hat.«

»Und Harry Rosenow an der Bar wird sich auch freuen, weil sein Umsatz steigt, wenn ich im Haus bin.«

Meine Gedanken konzentrierten sich auf das Nächstliegende. »Dieser Journalist, der jetzt kommt, ist das der richtige Mann für so eine Story? Macht der was draus?«

»Neuhaus ist ein Sensationsfritze. Bei dem gibt es nur Superlative. Du wirst sehen, ich stelle dich vor als Herrn Reich, Jurist, und schon bist du Doktor Reich. So macht er es mit allem.«

»Und was sagen wir ihm?«

»Ich sage überhaupt nichts. Die Story mit der Fluggesellschaft mußt *du* ihm verkaufen.«

»Es ist deine Fluggesellschaft.«

»Schon gut, aber du mußt das Eis brechen. Schließlich bist du der Geschäftsführer. Das macht Eindruck auf Neuhaus: eine Fluggesellschaft mit einem Geschäftsführer, der Jurist ist. Ich reibe ihm den Juristen so oft hin, bis er kapiert. In Amerika sind sie noch schlimmer, da hat jede kleine Fluggesellschaft einen Präsidenten und einen Vizepräsidenten.«

*

Auf der Straße hupte ein Auto, bog ab und rollte neben dem Flugzeug in die schmale Einfahrt. Ein rothaariger Mann stieg aus. Der Fahrer, ein untersetzter Herr, fuhr das Auto weiter und parkte es vor dem Kino.

»Der Rothaarige ist Neuhaus«, sagte Hans Tropa, »der andere ist Kirschner von der Wochenschau. Die beiden arbeiten zusammen und . . .« Hans Tropa sprach nicht weiter, denn Neuhaus kam auf uns zu.

»Sensationelle Sache! Ein Doppeldecker vor den Fern-Andra-Lichtspielen! Wie habt ihr das bloß geschafft, ohne Bruch zu machen?« Über den gelben Flügel weg streckte der Reporter Hans Tropa die Hand entgegen. »Sensationell!« Und dann mit einem fragenden Blick zu mir: »Von der Konkurrenz?«

»Nein.«

»Flieger?«

»Jurist«, antwortete Hans Tropa für mich und stellte mich vor: »Pavelino Reich, ein Freund.«

Neuhaus gab mir die Hand. »Für mich hat eine Reportage nur einen Wert, wenn ich der erste bin. Das ist so in unserem Geschäft. Die vierundzwanzig Stunden Vorsprung vor den anderen, die machen es aus.«

Er umkreiste den Doppeldecker, schaute ihn von allen Seiten an. »Die gute alte Grasmücke, Räder wie ein Kinderwagen, überhaupt ein Spielzeug. Ich würde mich zu gerne mal reinsetzen.« Er kletterte in die Kanzel, zwängte sich auf den Pilotensitz. »Sensationell unbequem!« Er holte seinen Stenoblock heraus.

»Flo hat versprochen, daß sie Punkt halb vier da ist«, sagte Tropa.

»Wenn sie nicht verschläft. Normalerweise steht sie um diese Zeit erst auf. Ich habe läuten hören, Flo lernt bei Hans Tropa das Fliegen?«

»Das ist eine Episode aus dem Film. Berliner Gör verliebt sich in Piloten und nimmt heimlich Flugstunden.«

»Wir machen ein Bild mit Flo und Ihnen im Doppeldekker, ein Bild über die ganze Seite, richtig klotzig. Der Aufhänger für die Reportage ist die Filmpremiere, aber über die möchte ich nur im Vorspann schreiben. Hans Tropa interessiert die Leute mehr, vor allem die Amerikatournee. Soll ja wild zugehen da drüben, Kunstfliegerei als Kriegsspiel. Da fliegen die Fetzen, da lösen sich Flugzeuge in der Luft in Einzelteile auf, und bei der Landung gibt es schnell noch eine Explosion.«

Hans Tropa machte ein undurchdringliches Gesicht. »Was man so im Kino sieht, da ist viel Trick dabei. Aber es stimmt, mit ein paar Loopings lockt man da drüben keinen Hund hinter dem Ofen hervor. Amerika ist eben das Land der Rekorde. Dort ist alles größer, schneller, riskanter.«

Neuhaus schrieb eifrig mit. »Was hat Sie in New York am meisten beeindruckt?«

»Daß es Löwenbräu-Bier gibt.«

Neuhaus lachte in sich hinein. »Wunderbar, Hans Tropa trinkt in New York Münchner Löwenbräu-Bier. Das wird den Lesern gefallen. Und Ihre Zukunftspläne. Ich habe läuten hören, Sie waren in Dessau bei den Junkers-Werken. Da steckt doch was dahinter, oder? Wollen Sie in Zukunft mehr als Konstrukteur tätig sein? Haben Sie in Amerika kräftig spioniert, neue Ideen mitgebracht?«

»Natürlich habe ich neue Ideen mitgebracht.«

»Also, lassen Sie die Katze aus dem Sack! Wird die nächste Maschine der Junkers-Werke eine Tropa-Konstruktion?«

Das war mein Stichwort. »Hans Tropa hat andere Pläne für die Zukunft«, mischte ich mich ein. »Sie sind noch ein Geheimnis.«

Neuhaus biß sofort an: »Ein Geheimnis? Heraus damit!«

»Eigentlich wollten wir die Sache erst morgen bekanntgeben.« Ich machte eine Pause, wechselte einen Blick mit Hans Tropa. Vielleicht hatte er es sich anders überlegt und wollte Neuhaus die große Neuigkeit selber sagen. Aber er reagierte auf meinen Blick nur mit einem unergründlichen Lachen.

Also sagte ich: »Hans Tropa macht eine eigene Fluggesellschaft auf.«

Damit hatte Neuhaus nicht gerechnet. Seine erste Reaktion war ein gemurmeltes »Mensch, Meier!« Schließlich fragte er: »Und wie soll das Kind heißen?«

»Hans-Tropa-Flug-GmbH.«

Neuhaus wiederholte: »Hans-Tropa-Flug-GmbH. Heißt das, es sind Gesellschafter beteiligt?«

Hans Tropa schüttelte den Kopf. »Ich bin lange genug für andere geflogen, von jetzt an bin ich mein eigener Herr.«

»Also ein Einmannbetrieb?«

Wieder schüttelte Hans Tropa den Kopf. »Ein Zweimannbetrieb. Mein Freund Pavelino Reich ist der Jurist und führt die Geschäfte, ich bin der Flieger und kümmere mich um die Flugzeuge und die Passagiere.«

»Und ich bin der erste, der das weiß?«

»Der erste.«

Neuhaus legte Block und Bleistift weg. Er schüttelte zuerst Hans Tropa und dann mir die Hand. »Gratuliere! Ich finde das toll, wirklich ganz toll. Gratuliere. Oder wie heißt das bei euch Fliegern?«

»Hals- und Beinbruch!«

»Richtig: Hals- und Beinbruch!« Dann nahm er wieder seinen Block und begann uns mit Fragen zu bombardieren.

6

Das Motorrad kam mitten durch die Menschenmenge, die auf dem Bürgersteig stand und das Flugzeug bestaunte. Es fuhr langsam, sehr langsam, aber es fuhr. Es kam so dicht an den Leuten vorbei, daß manche erschreckt zurückwichen.

Auf der schweren BMW-Maschine saß ein junger Stutzer in einer Montur aus weichem, schwarzem Leder und hohen, enganliegenden Stiefeln. Auf dem Kopf trug er eine gelb-schwarz karierte Schiebermütze.

Ich stand bei Kirschner von der Wochenschau, der inzwischen neben dem Flugzeug sein Stativ aufgebaut hatte. Kirschner war ein kleiner, dicklicher Mann, der unter der Zwangsvorstellung litt, seine Kamera könne kaputtgehen. Als er den Motorradfahrer sah, geriet er in Panik. Er zerrte das Stativ beiseite, stellte sich schützend davor.

»Deiner Kamera passiert schon nichts«, sagte der Motorradfahrer im Vorbeirollen.

Kirschner stutzte, ließ sein Wertobjekt im Stich und rannte hinter dem Motorrad her. »Flo! Ich habe Sie nicht erkannt.« Dann blieb er stehen und rief Tropa und Neuhaus zu: »Flo ist da! Mit dem Motorrad! Flo ist da!«

Hans Tropa, Neuhaus und Kirschner eilten zu Flo, umringten sie, umarmten sie. Ich wäre ihnen gerne gefolgt. Meine Neugier war groß.

Das also war Flo, die berühmte und berüchtigte Flo. Ich kannte sie von den Plakaten des Deutschen Theaters, wo sie ein Jahr lang der Star aller Revuen war. 1926 war man ihr überall in München begegnet, an allen Litfaßsäulen, auf allen Plakatwänden. Flos Beine, Flos biegsamer Körper mit dem langen Hals und dem aufreizenden Po, Flos Gesicht mit den Sphinxaugen, der kleinen Nase und dem pikanten Mund. Aus der Boulevardpresse kannte ich das Auf und Ab ihres Lebens. Der Scheidungsprozeß von ihrem ersten Mann, einem Musiker, dauerte drei Tage, ebenso lang wie die Ehe gedauert hatte. Der Skandal, als ein Gymnasiast in ihre Wohnung eindrang und dort seinen Vater erschoß, zog seine Kreise bis in die Bayerische Regierung. Im Moment beschäftigte ihr Verhältnis mit Jo Klyde, einem schwedischen Stahlmagnaten, die Gemüter, denn sie hatte seinetwegen die Bühne im Stich gelassen.

Jetzt stand sie dort, als Motorradfahrer verkleidet, die berühmten Beine in enganliegenden Stiefeln aus weichem, schwarzem Leder, das Gesicht verborgen unter einer Schirmmütze, die sie in die Stirn gezogen hatte. Die Verkleidung war perfekt – und doch nicht, denn jede ihrer Bewegungen verriet die Frau, deren Beruf es war, sich darzustellen, zu gefallen.

Kirschner hatte begonnen zu filmen: Hans Tropa und Flo vor dem Kino. Hans Tropa und Flo auf dem Motorrad. Jetzt kamen sie zum Flugzeug zurück. Eine Aufnahme von Flo im Cockpit.

Hans Tropa hatte eine andere Idee. »Wir machen eine Szene zu dritt. Komm her, Pavelino! Wir nehmen Flo in die Mitte.« Im nächsten Moment standen wir drei eingehakt nebeneinander und ließen uns fotografieren.

Ich fühlte mich benommen. Ich suchte nach Worten, nach irgendeiner passenden Bemerkung, aber es fiel mir nichts ein. Also machte ich es wie mein Freund und sah Flo, die zwischen uns stand, an.

»Wunderbar«, rief der Wochenschaumann, »so bleiben!«

Flo hatte die Mütze zurückgeschoben. Es war das Gesicht, das ich von den Plakaten und Fotos kannte. Es waren die dunklen Augen, die kleine, gerade Nase und der Mund. Es war Flo, aber zehn Jahre jünger als auf den Plakaten, nicht achtundzwanzig, sondern achtzehn.

Vielleicht ist alles Bluff, was über sie geredet wird, dachte ich. Vielleicht ist sie ein ganz normales Mädchen, das sich nur furchtbar anstrengt, die Mondäne zu spielen, die Halbweltdame.

»Etwas näher zusammen!« rief Kirschner. »Je näher, desto besser! Ja, so ist es gut.«

Schichten von Stoff und Leder waren zwischen ihr und mir – mein Sakko, ihre Lederjacke –, und doch spürte ich den Frauenkörper, einen Körper, der auch in der Ruhe weich und beweglich blieb. Es waren unmerkliche, schlangenhafte Reflexe ihres Rückens, die ihrer Gestalt eine verwirrende Lebendigkeit gaben.

Ich war nicht sicher, ob sie mir gefiel. Sie beunruhigte mich.

Das Surren der Kamera brach ab. Flos Arm löste sich aus meinem. Beim Filmen hatte sie nicht gelächelt, auch jetzt, als Hans Tropa mich vorstellte, lächelte sie nicht.

»Er behauptet, daß er dich nicht kennt.«

Sie ging auf Tropas Bemerkung nicht ein, sie sah mich an und fragte: »Pavelino? Ist das italienisch?« Ihre Stimme war leicht angerauht. Sie sprach Berliner Jargon.

»Mein Großvater war Russe . . .«

»Ein Großfürst natürlich«, fiel sie mir spottend ins Wort. »Russische Großväter sind immer Großfürsten.«

»Nein, meiner kam mit einem Schiff vom Schwarzen

Meer die Donau herauf und blieb in Regensburg hängen, weil . . .«

Wieder fiel sie mir ins Wort, und wieder klang es spöttisch: »Jeder Russe hat seinen kleinen Hausaltar, sonst ist er kein richtiger Russe. Hatte er das auch?«

»Ja, er hatte seinen kleinen Hausaltar, und er hatte seinen eigenen Schutzpatron, den heiligen Pavelino.«

Eine kleine Pause, bevor sie die nächste Frage stellte: »Jeder Schutzpatron hat sein Rayon, wofür ist Pavelino zuständig?«

Ihr Spott sagte mir, daß ich ihr gefiel. Ich zögerte mit der Antwort. Es lag mir daran, sie nicht zu enttäuschen. »Das Rayon des Pavelino ist das Paradies.«

»Das Paradies . . .« Sie war überrascht. »Angenommen, ich möchte seine Schutzbefohlene werden, wie wende ich mich an ihn?«

»Am besten über mich.«

Ihre Augen musterten mich, Augen unter feinen, langausgezogenen Brauen und dichten Wimpern. Dann sagte sie zu Hans Tropa: »Du kommst heute abend nach der Premiere in den Club?«

»Ich kann erst später.«

»Jo Klyde hat jeden Abend auf dich gewartet. Wie steht es eigentlich, hast du es dir überlegt? Wirst du sein Privatpilot?«

»Ich hab's mir überlegt. Ich fliege nicht mehr für andere Leute.«

»Was heißt das?«

»Das heißt, ich mache meine eigene Fluggesellschaft auf.«

»Du verkohlst mich!«

»Ausnahmsweise mal nicht. Es stimmt, ich mache eine Fluggesellschaft auf.«

Flo Friedl deutete auf mich. »Hat er damit zu tun?«

Hans Tropa nickte. »Ja, Pavelino ist mein Geschäftsführer.«

»Und das Geld? Woher kommt das Geld?«

»Wenn Jo Klyde hunderttausend übrig hat, kann er einsteigen bei uns.«

»Ich werd's ihm ausrichten.« Flo wandte sich an mich: »Sie kommen doch mit, Pavelino, heute abend, ja?«

»Gerne.«

Neuhaus trat wieder zu uns. »Wie ist es mit mir, bin ich auch eingeladen?«

Sie tat gnädig. »Du, du gehörst doch zum Inventar. Aber bitte, fang nicht wieder an zu politisieren!«

»Ich fange bestimmt nicht an. Das sind die Freunde von Jo. Immer müssen sie Hetzreden vom Stapel lassen.«

»Laß sie reden! Hunde, die bellen, beißen nicht.«

»Du schaust da nicht durch. Dir imponieren die Uniformen. Aber diese Nazis sind eine Gefahr.«

»Von wegen! Das sind die Männer von morgen.«

»Das glaubt Jo. Aber bitte, wenn er unbedingt diesem Hitler sein Geld in den Rachen werfen will . . .«

»Daß du's nur weißt, heute abend zur Premiere komme ich mit großem Gefolge, und Uniformen werden auch dabei sein. Ich habe eine Schwäche für Uniformen. Im Film habe ich zwar nur eine Nebenrolle, aber heute abend steche ich alle aus.« Sie wandte sich an Hans Tropa. »Bist du mit dem Amilcar da?«

»Ja.«

»Machen wir ein Rennen? Wetten, daß meine BMW schneller ist?«

»Heute nicht.«

Flo setzte sich aufs Motorrad und rollte auf mich zu. »Und was fahren Sie?«

»Ich laß mich fahren.«

Ein Moment Schweigen, dann sagte sie: »Wollen Sie aufsteigen?«

»Ein andermal vielleicht.«

Sie gab Gas und fuhr davon. Hans Tropa sah ihr nach und legte die Hand auf meine Schulter. »Ich warne dich, sie ist eine fleischfressende Pflanze.«

*

Nachdem wir im Büro der Fern-Andra-Lichtspiele mit den Junkers-Werken telefoniert und im »Regina« für Hans Tropa ein Zimmer bestellt hatten, eine sogenannte Junggesellensuite, die aus Schlafzimmer und Salon bestand, fuhren wir mit Hans Tropas rot-silbernem Amilcar zum Oberwiesenfeld.

Der Amilcar war ein offener Zweisitzer. »Elfhundert Kubik«, erklärte mir Hans Tropa, »und sechs Zylinder. Eigentlich ein Rennauto. Sobald wir auf der Leonrodstraße sind, wirst du dein Wunder erleben.«

Nach dem Hindenburgplatz war es soweit. »Wir starten«, warnte mich Hans Tropa. »Halt dich fest!« Ein Klaps auf die Hupe, um die anderen Fahrzeuge zu alarmieren, dann drückte Hans Tropa das Gaspedal durch. »Jetzt zeig' ich dir, was eine Rennmaschine ist.«

Der Amilcar wurde schneller und schneller. Hans Tropa schaltete in den höheren Gang.

»Er kommt allmählich. Er braucht eine Weile, bis er warm wird, aber dann ist er nicht mehr zu bremsen.«

Wir überholten eine Menge Autos, und Hans Tropa murmelte jedesmal zufrieden: »Revanche!« Er streichelte das Cockpit, eine Geste, die ich auch schon im Flugzeug bei ihm beobachtet hatte. Sein Verhältnis zu Maschinen war erotisch. Er saß ganz entspannt in seinem Sitz. Mit der rechten

Hand steuerte er den Wagen, die linke liebkoste den Knauf der Gangschaltung. Zwischengas, der nächste Gang. »Zeig diesen Kriechtieren, was ein Auto ist!« Und wieder das vertraute »Revanche!«

Für mich war es das erste Mal, daß ich in einem Rennauto saß. Die Kraft und die Beschleunigung überwältigten mich.

»Darf ich auch mal?« fragte ich.

»Gerne.« Hans Tropa fuhr an den Straßenrand, und wir wechselten die Sitze.

Nach langer Zeit wieder einmal am Steuer, ein Gaspedal unterm Fuß, den Knauf der Gangschaltung in der linken Hand. Ein unbeschreibliches Gefühl, etwas auszulösen, das stärker ist als man selbst. Der Tacho stieg.

»Nur Mut«, sagte Hans Tropa neben mir.

»Ich habe das Gefühl, gleich heben wir ab.«

»Wenn wir Flügel hätten, würden wir abheben.« Hans Tropa zündete sich eine Zigarette an. »Auf dem Oberwiesenfeld in der Scheune steht mein alter Opel, den kannst du haben.«

»Der Laubfrosch?«

»Ja, der Laubfrosch. Er steht dort, eingemottet, aber in Ordnung, nur die Räder müssen montiert werden. Das haben wir schnell gemacht, und du hast ein Auto. Der Geschäftsführer einer Fluggesellschaft kann nicht mit der Tram fahren. Wenn das herauskommt, sind wir reif fürs Witzblatt.«

Hans Tropas Scheune stand auf einer großen Wiese und war der Rest eines Bauernhofs, der nach einem Brand nicht mehr aufgebaut worden war. Aus dem hohen Gras ragten da und dort Teile der Grundmauern, ein Kamin, ein Ziehbrunnen. Der frühere Misthaufen, nun ein grüner Hügel, war von Brennesseln und wilden Brombeeren überwuchert.

Die Scheune hatte ein tief heruntergezogenes Dach. Im

Gebälk klebten Schwalbennester, und auf dem Giebel hockten Tauben.

Im Inneren der Scheune sah es nicht ländlich aus, sondern technisch. Hier hatte Hans Tropa seine Werkstatt, wo er von Jugend an seine Flugmodelle baute. Ein Teil des Dachs war mit Glas gedeckt, so daß Tageslicht hereinfiel. Der Heuboden diente als Stauraum für die alten Modelle.

Es hatte sich nichts geändert, seit ich vor zwei Jahren hier gewesen war. Hans Tropa »wohnte« hinter einem Bretterverschlag. Ein Feldbett und ein Schiffskoffer, das war alles. Die Kleider hingen an Nägeln; die saubere Wäsche lag in einem Koffer, die schmutzige in einem Waschkorb. Die Bretterwände waren bespickt mit Fotos von Frauen, eine Galerie dunkelhäutiger, üppiger Schönheiten, teils verschleiert, teils halb entkleidet, teils nackt.

In fünf Minuten hatte Hans Tropa gepackt. Zuletzt zog er unter dem Bett einen Lederkoffer hervor. Der Koffer war randvoll mit technischen Skizzen, mit Fotos von Flugzeugen, mit Plakaten seiner Amerikatournee. Dazwischen verstreut lagen Hundertmarkscheine.

Hans Tropa suchte eine Handvoll heraus. »Die Erbschaft einer Tante. Kam gerade zur rechten Zeit. Ein Haus gehört auch dazu, aber was soll ich als Junggeselle mit einem Haus?« Er zählte fünf Scheine ab und drückte sie mir in die Hand. »Dein erstes Gehalt.«

Ich wehrte ab. »Behalt dein Geld, du wirst es brauchen.«

»Du hast wohl vergessen, daß wir heute eine Fluggesellschaft gegründet haben und daß du der Geschäftsführer bist. Du wirst für zwei arbeiten müssen. Ich will nichts mit dem ganzen Papierkram zu tun haben, nichts mit den Behörden, nichts mit der Buchhaltung.«

Ich stand da, das Geld in der Hand, immer noch zögernd.

Hans Tropa suchte drei weitere Hundertmarkscheine aus

dem Koffer. »Und das ist für deine Schulden. Du hast doch Schulden, ja oder nein?«

»Das kann ich nicht annehmen!«

»Zahle deine Schulden, und vergiß es! Wenn ich dich nicht getroffen hätte, wäre ich jetzt im ›Luitpold‹, und Fünf-Uhr-Frauen aus dem ›Luitpold‹ sind nicht billig, vor allem, wenn man so wie ich am liebsten zwei von der Sorte hat. Mit zwei Frauen ist es anders als mit einer. Du solltest es mal ausprobieren. Mit einer ist es immer irgendwie nüchtern und animalisch, aber mit zwei Frauen ... Da wird es nicht bitterer Ernst, da kommt nicht das große, lähmende Schweigen. Eine will die andere übertreffen, in Worten und in Taten. Du solltest es wirklich mal ausprobieren. Ist es nicht mühsam mit diesen feinen Damen? Bis man die soweit hat, braucht man doch die Puste von einem Marathonläufer.«

»Vielleicht bin ich ein Marathonläufer.«

»Lohnt sich das?«

»Das frage ich mich nicht, wenn eine Frau mich fasziniert.« Ich dachte an Antoinette Ebenstein. Ich sah sie vor mir, das schöne Gesicht im Schatten des roten Hutes. Ohne sie wäre ich jetzt nicht hier, sondern in Regensburg. Ohne davon zu wissen, hatte sie Schicksal gespielt für mich.

»Übrigens – Tennisschülerinnen«, hörte ich Hans Tropa sagen, »damit ist Schluß.«

»Im Moment habe ich sowieso nur eine.«

»Tut mir leid. Sie muß sich einen anderen Lehrer suchen.«

»Sie ist zwölf Jahre alt und will bei dir Flugstunden nehmen. Ich habe ihr versprochen, mit dir zu reden.«

»Zwölf Jahre, sagst du? Und Flugstunden? Das klingt nach Dollarprinzessin. Wie heißt sie denn?«

»Tita Ebenstein.«

»Ebenstein? Eine von den reichen amerikanischen Ebensteins?«

»Sie wohnt im Hotel ›Vier Jahreszeiten‹.«

»Wenn sie eine amerikanische Ebenstein ist, dann ist sie tatsächlich eine Dollarprinzessin. Ich war vierzehn Monate in Amerika und habe keine Ebenstein kennengelernt. Wie machst du das bloß?«

»Tennis.«

»Sag ihr einen schönen Gruß, sie kann jederzeit Flugstunden bei mir haben ... und alle anderen Amerikanerinnen im ›Vier Jahreszeiten‹ ... Es sind einige tausend, die Jahr für Jahr im Sommer Deutschland abgrasen und *good old Europe.* Die sollten wir in unsere Flugzeuge bringen. Wir holen sie in Bremerhaven ab, wenn sie an Land gehen, und fliegen sie, wo immer sie hinwollen; nach Paris, Rom, Wien, München und natürlich auch zu allen Festspielen: Bayreuth, Salzburg, Oberammergau ... Das wär's!« Er klappte den Koffer zu. »Jetzt brauchst du noch dein Auto. Es steht dort drüben.«

Wir mußten uns erst einen Weg durch das Gerümpel bahnen: Autoreifen, Sperrholzplatten, Aluminiumteile, Drahtspulen, ein Rollwagen und darauf ein Flugzelt, eine Karossiere auf Schwimmern. Ein großes Flugmodell hing im Gebälk der Scheune, weitgespannte, durchsichtige Flügel, ein durchsichtiger Rumpf: ein Riesenschmetterling von einem anderen Stern.

Über dem Auto lag ein Segeltuch. Hans Tropa zog es weg und pustete den Staub von der grünen Kühlerhaube. »Da ist er, der Laubfrosch. Er gehört dir.«

»Ich will ihn nicht geschenkt.«

»Und ich will kein Geld dafür.«

»Dann fahr' ich ihn als Firmenwagen.«

»Wenn das dein Gewissen beruhigt.«

Wir montierten die Räder, und eine halbe Stunde später war das Auto fahrbereit. Als wir uns am Brunnen vor der

Scheune die Hände wuschen, fuhr sich Hans Tropa übers Gesicht.

»Seit zwei Tagen nicht mehr rasiert.« Er sah an sich hinunter. »Alles nicht mehr ganz neu. Sobald wir im ›Regina‹ sind, bestelle ich mir einen Barbier aufs Zimmer. Und dann beginnt ein neues Leben.«

7

»Schnell, schnell, hierher damit, schnell! Und wo sind die anderen Sachen?«

Hans Tropa stand unter der Tür des Schlafzimmers, und der Hoteldiener nahm das Gepäck, das er mitten im Salon abgestellt hatte, wieder auf.

»Schnell, schnell, ins Schlafzimmer damit!«

Die Hausdame erschien und wollte beim Auspacken helfen.

»Das mach' ich selber, aber ich habe etwas zum Bügeln.« Er öffnete den Koffer und kippte den Inhalt auf das Bett. Er fischte ein weißes Hemd heraus, eine dunkelblaue Hose und drückte beides der Hausdame in die Arme. »Es muß schnell gehen, bitte.«

Der Nächste, der unter der Tür auftauchte, war der Barbier.

»Da sind Sie ja endlich!« Hans Tropa bugsierte den Mann ins Badezimmer. »Schnell, wir haben nicht viel Zeit.«

Wieder klopfte es an der Tür. Ein Kellner rollte auf einem Tisch einen kleinen Imbiß herein, den Tropa bestellt hatte. Hans Tropa, der schon unter der Tür zum Bad war, kehrte noch einmal um und nahm ein Sandwich. »Schnell, schnell, einen Schluck Bier, ich verdurste.«

Mit dem Glas in der Hand kam er zu mir auf den Balkon. »In fünf Minuten bin ich rasiert, dann bist du dran. Nimm dir inzwischen ein Sandwich. Wir haben eine lange Nacht vor uns. Eine Unterlage kann nicht schaden.«

»Ich gehe nach Hause. Ich rasiere mich lieber selber. Und ich muß mich noch umziehen.«

»Also, dann verschwinde! Um halb acht hole ich dich ab. Noch eine Frage wegen der Journalisten: Soll ich etwas vorbereiten lassen, kalte Platte oder eine Bowle?«

»Wir improvisieren. Jeder bestellt, worauf er Lust hat.«

»Dann bis später. Ich komme schnell hinauf und schau' mir an, wie mein Geschäftsführer wohnt. Dein Name steht an der Klingel?«

»Ja, bei Markones.«

»Ist das die Vermieterin?«

»Nicht eigentlich . . .«

Hans Tropa sah mich von der Seite an. »Heißt das, du wohnst bei einer Frau?«

»Ja.«

Hans Tropa schwieg einen Moment, dann sagte er: »Es geht mich nichts an, aber bei einer Frau wohnen, das ist eine von den Dummheiten, die ein Mann vermeiden sollte. Was Neues?«

»Im Oktober wird's ein Jahr.«

»Willst du sie heiraten?«

»Nein.«

»Dann zieh sofort aus, hörst du, bevor du in Schwierigkeiten kommst.«

»Ich komme nicht in Schwierigkeiten.«

»Und ich sage dir, du kommst in Schwierigkeiten. So was endet immer mit einer Katastrophe. Sie bekommt ein Kind, du mußt sie heiraten, und dein ganzes Leben ist verbaut. So verrückt kannst du nicht sein, daß du das riskierst. Wer ist es denn, kenn' ich sie?«

»Sie heißt Maxi Markones und ist gelernte Schneiderin.

Im Moment arbeitet sie auf einem Schiff als Verkäuferin. Sie fährt auf der ›München‹ zwischen Bremerhaven und New York hin und her. Das macht sie jedes Jahr von April bis Oktober.«

»Ein weiblicher Leichtmatrose. Du mußt immer was Besonderes haben. Auf jeden Fall scheint sie sich ganz schön sicher zu fühlen, wenn sie dich so lange allein läßt. Hör auf mich, zieh aus, bevor sie zurückkommt! Stell sie vor vollendete Tatsachen!«

»Das ist nicht fair.«

»Eines Tages läßt du sie sowieso sitzen. Das ist dann auch nicht fair.«

»Ich habe ihr nichts versprochen.«

»Du wohnst bei ihr, das ist mehr als ein Versprechen.«

Ich kam mir wie ein dummer Junge vor. Hans Tropa hatte ausgesprochen, was ich selber oft gedacht hatte. Aber denken und tun sind zweierlei.

Hans Tropa nahm ein Sandwich vom Teller, wickelte es in eine Serviette und drückte es mir in die Hand. »Ab mit dir! Und erinnere den Portier an die Orchideen, die er für mich besorgen soll, sonst ist es zu spät. Die Blumengeschäfte schließen gleich.«

»Orchideen für Flo?«

Hans Tropa lachte. »Nicht einmal wenn ich verliebt wäre in Flo, würde ich ihr Orchideen schenken.«

»Wem schenkst du dann Orchideen?«

»Einer kleinen, dicken Italienerin, die noch nie im Leben Orchideen bekommen hat. Sie ist die Klavierspielerin im Kino. Du wirst sie heute abend kennenlernen. Ja, zum Glück ist die Welt voller Frauen; es gibt an die zwei Milliarden.«

»Ich werd's mir merken.«

Ich fuhr mit dem Lift hinunter und fragte beim Portier nach den Orchideen. Er legte zwei Zellophankartons auf die

Theke. Die eine Orchidee war lila, die andere weiß. Er hatte zwei kommen lassen, zur Auswahl.

Die weiße für Antoinette, dachte ich, wenn sie in München wäre. Zum Portier sagte ich: »Bitte, schicken Sie die lila Orchidee Herrn Tropa aufs Zimmer. Ich nehme die weiße.«

So machte ich mich auf den Heimweg, in der einen Hand die Schachtel mit der weißen Orchidee, in der anderen Hand das Sandwich. Und in der Tasche hatte ich achthundert Mark. Achthundert Mark! Unglaublich! Alles war unglaublich. Vielleicht träumte ich nur. Ich biß in das Sandwich. Das Sandwich war Wirklichkeit: Weißbrot, Butter und Salami. Ich hatte Hunger. Nein, ich träumte nicht.

In der Sophienstraße klingelte ich an der Haustür, so wie ich es machte, wenn Maxi zu Hause war, und ein zweites Mal an der Tür der Mansardenwohnung.

Auf dem Türschild stand M. Markones und daneben mein Name: P. Reich. Trotzdem klingelte ich immer, bevor ich aufschloß. Trotzdem fühlte ich mich immer zu Besuch.

Es war heiß in der Wohnung unterm Dach mit ihren niedrigen Räumen und den schrägen Wänden. Ich öffnete ein Fenster. Ein kurzer Blick hinüber zu »meinem« Glaspalast. Die Uhr vom Justizpalast schlug einmal. Ich mußte mich beeilen. Ich leerte meine Taschen aus und legte alles auf den Tisch: ein weißes Taschentuch, einen kleinen Hornkamm, den Studentenausweis, die acht Hundertmarkscheine von Hans Tropa, zuletzt das Kleingeld, drei Mark siebzig, und einen Telefonjeton.

Der Studentenausweis war längst ungültig, aber ich hatte ihn behalten, weil ich damit billiger ins Kino konnte. Die Fräuleins an der Kasse nahmen es nicht so genau. Jetzt brauchte ich ihn nicht mehr. Jetzt war ich ein gemachter Mann. Ja, genauso fühlte ich mich: ein gemachter Mann.

In der Ecke beim Fenster stand die Kleiderpuppe aus der

Zeit, als Maxi hier ein Schneideratelier unterhielt. Anfangs hatte ich die Puppe nicht gemocht, doch mit der Zeit gewöhnte ich mich an die stumme Dienerin, und manchmal redete ich sogar mit ihr. Sie trug das Faschingskostüm, das Maxi im letzten Winter für sich genäht hatte: einen schwarzen Domino, ein Visier vor dem Gesicht und den venezianischen Dreispitz auf dem Kopf.

Ich ging zu der Puppe, verbeugte mich: »Schöne Maske, vor dir steht ein gemachter Mann. Ja, du hast richtig gehört, ein gemachter Mann. Und morgen kannst du es in allen Zeitungen lesen.«

Ich nahm den Anzug aus dem Schrank, den ich zur Premiere anziehn wollte, duschte, rasierte mich. Ein frisches Hemd . . . Die Nelke am Revers des weißen Anzugs, der nun am Bügel hing, war noch frisch. Ich steckte sie an. Morgen würde ich mir eine neue holen, von dem Strauß in Antoinettes Schlafzimmer.

Punkt halb acht stand Hans Tropa vor der Tür. Er war außer Atem. »Wenn ich gewußt hätte, daß ich hier bis ins Juchhe herauf muß . . . Darf man einen Blick ins Liebesnest tun?«

Die meisten, die das erste Mal herkamen, machten eine Bemerkung über die Kleiderpuppe, Hans Tropa nicht. Er wollte ein Foto von Maxi sehen. »Das da?« Hans Tropa trat nahe vor den ovalen Rahmen mit dem Porträt von Maxi.

Er pfiff anerkennend durch die Zähne. »Das süße Münchner Mädel. Du bist ein Glückspilz.« Dann wiederholte er seine Warnung von vorher. »Trotzdem, du mußt ausziehen. Sie wäre keine Frau, wenn sie nicht erwarten würde, daß du sie heiratest.« Er ging zur Tür. »Und jetzt schnell, schnell, sonst kommen wir zu spät.«

*

Ich ließ den Laubfrosch in der Sophienstraße und stieg zu Hans Tropa in den Amilcar. Wir fuhren die Marsstraße stadtauswärts, und Hans Tropa überholte alles, was es zu überholen gab. Er hupte, er gab den anderen Fahrern Zeichen, und wenn er ein anderes Auto hinter sich zurückließ, murmelte er zufrieden: »Revanche.«

Er lächelte vor sich hin. »Heute ist der Tag der Revanche: Mein Vater sitzt zu Hause und ärgert sich, daß ich ihn nicht zur Premiere eingeladen habe. Und morgen erst, wenn er in der Zeitung liest, daß ich eine Fluggesellschaft aufmache, da möchte ich sein Gesicht sehen! Einerseits wird er fast platzen vor Stolz, andererseits wird seine Buchhalterseele vor Angst schlottern. Ein ganz schönes Fegefeuer für den alten Geizhals. Weißt du, so wie er rechnet, rentiert sich ein Geschäft nur mit hundert Prozent Gewinn. Ja, du hast richtig gehört: hundert Prozent. Ein Leihhaus ist eine Goldgrube, egal, ob die Zeiten gut sind oder schlecht. Es gibt immer Leute, die schnell Geld brauchen und von der Bank keines bekommen. Die gehen ins Leihhaus und versetzen Schmuck, Uhren, alles mögliche. Sie bekommen so gut wie nichts dafür, und wenn sie die Sachen nicht mehr einlösen, verkauft mein Vater sie mit hundert Prozent Gewinn.«

»Die Händler sind die Schlauen auf dieser Welt«, fuhr er fort. »Mit dem Fliegen macht man nicht hundert Prozent, aber verdienen kann man schon. In Chicago gibt es eine Fluglinie, die besteht aus einem Mann und drei Kunden: ein Wanderprediger, ein Viehhändler und ein Mafiaboß.«

»Und wie funktioniert das?«

»Jeder zahlt ein Fixum, damit sind die laufenden Unkosten und der Lebensunterhalt des Fliegers abgedeckt; dazu kommen die Tagessätze, das ist sein eigentlicher Verdienst.«

»München ist nicht Chicago.«

»Allerdings, aber reiche Leute gibt es auch hier, diesen Jo Klyde zum Beispiel.«

Hans Tropa stieg aufs Gas, der Wagen schoß voran. Eine Tram, die von links kam, klingelte schrill und bremste inmitten einer Staubwolke. Hans Tropa lächelte. »Revanche.«

Es dunkelte allmählich, und im gläsernen Blau des Himmels blitzten da und dort die ersten Sterne auf.

Was Hans Tropa über seinen Vater gesagt hatte, beschäftigte mich. Ich kannte Theo Tropa nur flüchtig, von einem Nachmittag im »Augustiner«-Biergarten, wo er mit Freunden Brotzeit machte, bevor sie gemeinsam zur Jagd an den Tegernsee aufbrachen. Von seiner Mutter sprach Hans Tropa selten. Von ihrer Seite kam das Geschäft und das Geld, Theo Tropa hatte eingeheiratet. Es schien mir wichtig zu wissen, was für eine Rolle diese Frau spielte. Also fragte ich ihn: »Und wie wird deine Mutter reagieren, wenn sie erfährt, du hast eine Fluggesellschaft gegründet? Hast du sie auf deiner Seite?«

»Meine Mutter ... Sie ist das Echo meines Vaters. Ich glaube, seit dem Ja vor dem Altar hat sie nie mehr etwas anderes gesagt als ja. Mein Vater könnte am hellichten Tag behaupten, es ist stockfinstere Nacht, sie würde nicht widersprechen, sondern ja sagen. Das ist meine Mutter: total passiv und voller Lebensangst. Sie ist gegen das Fliegen, schließlich hat sie drei Söhne verloren. Sie ist auch gegen Autos, gegen Kinos. Autos können verunglücken, im Kino kann es brennen. Meine Mutter denkt nur in Katastrophen.«

Wir waren nicht mehr weit vom Kino entfernt. Auf der Straße stauten sich die Fahrzeuge, auf dem Gehsteig drängten sich die Menschen. Scheinwerfer machten den Platz vor dem Kino, wo der Doppeldecker stand, taghell. Die bunten Lampen der Leuchtreklame blinkten unruhig. Jemand unter den Umstehenden erkannte Hans Tropa und rief seinen Namen. Alle Blicke richteten sich auf uns und auf den rotsilbernen Amilcar.

Ich gab Hans Tropa einen Stoß. »*Allez hopp!* Dein Auftritt. Ich fahr' den Wagen hinters Kino.«

Hans Tropa zog die Handbremse. Menschen umringten den Wagen, ein Reporter drängte sich vor. »Was sind die drei wichtigsten Dinge in Ihrem Leben?«

Hans Tropa stieg aus dem Auto. »Das Fliegen ist Nummer eins.«

»Und dann?«

»Und dann«, Hans Tropa machte eine Pause, »dann kommt gleich wieder das Fliegen.«

Der Reporter strahlte: »Und Nummer drei?«

»Das ist ein Geheimnis. Kommen Sie nach dem Film mit ins ›Regina‹, dann verrat' ich es Ihnen.«

8

Bis zu diesem Abend hatte ich Filmpremieren nur als Zaungast erlebt. Von der Straße aus hatte ich die Auffahrt der Luxuslimousinen beobachtet, die Ankunft der geladenen Gäste und schließlich den Einzug der Stars. Die Premieren im Phöbus-Palast an der Sonnenstraße waren Ereignisse, zu denen die Münchner Gesellschaft erschien; die Reichen, die Mächtigen, die Berühmten, kurz die Hautevolee, wie man damals noch sagte, was sehr französisch und sehr vornehm klang und dabei nichts anderes hieß als: Leute, die ein guter Wind in die Höhe getragen hat.

Wenn ich ihre teuren Autos sah, ihre livrierten Chauffeure, ihre schönen Frauen in Abendkleidern, in Pelzen, mit Diademen im Haar, hatte ich mir manchmal gedacht: Wer weiß, vielleicht kommt eines Tages ein glücklicher Wind, hebt dich auf, und du bist auch Hautevolee.

Und siehe da, heute war es passiert. Ich gehörte dazu, ich war Hautevolee. Ich stand in einem blumengeschmückten Kinofoyer, hatte ein Glas Champagner in der Hand, und rund um mich drängten sich Männer und Frauen, die ich bisher nur aus der Zeitung kannte.

Es war zwar nicht der elegante Phöbus-Palast, es waren die bescheideneren Fern-Andra-Lichtspiele, und auch unter den Ehrengästen gab es manche, die nur so taten, als wären sie reich, mächtig und berühmt. Hans Tropa gab halblaut seine Kommentare dazu: »Der ägyptische Konsul mit Ehefrau und Freundin, ein stadtbekanntes Trio ... Prinz Albrecht von Bayern, ausnahmsweise nicht im Lodenmantel ... Die Schauspielerin Simundt und ihr dritter Ehemann, ein jüdischer Seidenimporteur, schon zweimal Konkurs gemacht, im Moment ist er wieder mal obenauf.«

Seinen Freunden stellte mich Hans Tropa einfach als Pavelino vor. Das stiftete Verwirrung, vor allem bei den Männern. Sie gaben mir unsicher die Hand. War ich nun jemand, den sie eigentlich kennen sollten oder nicht? Die Frauen bestanden die Probe besser. Sie hielten meine Hand einen Moment länger als notwendig, wiederholten meinen Namen: »Pavelino ...« und fragten dann: »neu in München?« oder »vom Film?« oder »auch Flieger?« Bevor ich eine dumme Antwort geben konnte, standen neue Menschen vor mir. Als letzte hielt Flo Einzug, am Arm eines großen blonden Mannes und im Gefolge einen Schwarm von Männern, teils im Smoking, teils in den braunen und schwarzen Naziuniformen der SA und SS. Flo war der Feuervogel in ihrer Mitte: in einem Zipfelkleid aus vielen Schichten Chiffon in Rot und Apricot. Auf dem gelackten schwarzen Haar trug sie einen Stirnreif aus Straß, von dem eine rote Feder aufrecht in die Höhe stand.

Sie erreichte, was sie sich vorgenommen hatte. Sie stach alle anderen Frauen aus, und die Fotografen stürzten sich auf sie.

Hans Tropa zog mich etwas zur Seite. »Der Blonde ist Jo Klyde, außen ein Wikinger, innen eine Ratte, aber eine Ratte mit Herz. Seine Manschetten sind aus Schwedenstahl, und in der Mitte sitzt ein Diamant.«

»Womit macht er sein Geld?«

»Jo Klyde macht kein Geld, er gibt es aus; für Frauen, für Häuser, für Yachten, für Feste. Neuerdings finanziert er auch die Nazis. Schau dir diese Leibgarde an! Ein Mafiaboß in Amerika macht es diskreter.«

Flo hatte uns entdeckt und kam auf uns zu, allein, ohne Jo Klyde, ohne ihr Gefolge. Ein Kuß für Hans Tropa, ein Kuß für mich. Küsse in die Luft gehaucht, aber ihr Körper machte dabei eine Bewegung, die mehr war als ein Kuß: Sie schien sich gegen die Luft zu lehnen, bog den Kopf leicht zurück, öffnete die Lippen und senkte langsam die langen, dunklen Wimpern über die Augen.

»Einen Gruß von deinem alten Kriegskameraden Hermann Göring«, sagte sie zu Hans Tropa. »Er möchte bei dir ein Flugabonnement für das nächste halbe Jahr, du verstehst, Reichstagswahl.«

»Ist er auch da?«

»Nein, Jo hat mit ihm telefoniert.«

Man öffnete die Türen des Kinosaals, die Leute drängten hinein. Ich spürte, wie Flo meine Hand nahm. Sie zog mich mit nach vorne zu den Plätzen, die für die Künstler reserviert waren. Ein Klavier begann zu spielen, dann setzte das Orchester ein. Der Film »Rendezvous im Himmel« war harmlos, sogar die Szenen mit dem Flugzeug und mit Flo.

Vermutlich hätte ich an diesem Abend auch einen spannenden Film harmlos gefunden. Es war zuviel passiert an diesem Tag, ich war zu sehr mit mir selber beschäftigt – und neben mir spürte ich Flo Friedl, manchmal ihren Ellbogen, manchmal ihr Knie, wenn sie die Beine übereinanderschlug, manchmal ihren Blick von der Seite. Was wollte sie von mir? Oder war das einfach ihre Art: sich anbieten, einen Mann verrückt machen, egal, ob dieser Mann sie interessierte oder nicht? Eine Schlange. Sie ist eine Schlange, sagte ich mir, und ich versuchte, mich der zwingenden Wirkung ihrer Gegenwart zu entziehen. Aber eine kleine zufällige Berührung genügte, und ich war wieder elektrisiert.

Als der Film zu Ende ging, während der letzten verklingenden Akkorde des Orchesters, war ihr Mund plötzlich nahe an meinem Ohr: »Ich erwarte dich eine halbe Stunde vor Mitternacht im Club.«

Ihre leise Stimme, ihr Atem, die Wärme und der Duft, den ihr Körper ausströmte – ich hätte zu allem ja gesagt, was sie verlangte. »Eine halbe Stunde vor Mitternacht«, wiederholte ich.

Sie kam noch näher. Ich spürte die Bewegung ihrer Lippen, als sie weitersprach. »Und sei pünktlich! Wenn du zu spät kommst, schau' ich dich nicht mehr an.«

Beifall, Lichter, das Defilee der Künstler auf der Bühne. Dann ging man auseinander. Die Münchner Hautevolee stieg in ihre Limousinen. Umgeben von ihrem Gefolge, am Arm von Jo Klyde verschwand Flo. Ich fuhr mit Hans Tropa ins »Regina« zur Pressekonferenz.

Wir hatten eine stille Ecke der Hotelhalle dafür reserviert, und wir rechneten mit einem halben Dutzend Journalisten. Aber es kamen doppelt so viele. Die Neuigkeit, daß Hans Tropa eine Fluggesellschaft eröffnen wolle, war offensichtlich interessant genug, daß alle Münchner Zeitungen damit in die Morgenausgabe wollten. Es begann hektisch und nervös; das Fragen und Antworten in einer so großen Runde war etwas mühsam. Erst als der Sekt kam, wurde die Stimmung gelöster.

Hans Tropa verkaufte sich und seine Sache sehr gut. Ich bewunderte seine Ruhe und die Schlagfertigkeit. Auch die heikle Frage nach der Flugsicherheit, nach der Garantie gegen Abstürze, meisterte er mit Bravour: »Abstürze?« er tat verwundert. »Das Wort gibt es bei mir nicht, sonst säße ich nicht hier vor Ihnen. Meine Flugzeuge sind noch immer *gelandet.* Zugegeben, manchmal waren es unkonventionelle Landungen, aber es waren Landungen.«

Unkonventionelle Landungen, das gefiel den Journalisten, alle notierten dieses Stichwort. Dann wollten sie wissen, ob er die Namen der Piloten nennen könne.

Hans Tropa ließ sich Zeit mit der Antwort. Er blickte zu mir her und sagte: »*Er* ist der wichtigste Pilot in meiner Fluggesellschaft, er ist mein Geschäftsführer, ein Freund und ein Jurist, Pavelino Reich.« Einen Moment war es still, alle schrieben mit, machten sich Notizen. Mein Name bereitete Schwierigkeiten.

»Pavelino? Wie schreibt sich das, mit B oder mit P?«

»Mit P wie Paradies.«

»Und in der Mitte? Ist das ein V oder ein W?«

»V wie . . .« mir fiel kein Wort ein. »V wie Vogel.«

»Aha, Paradiesvogel«, rief einer. Ein anderer hob das Glas. »Auf den Paradiesvogel!«

Ich fühlte, ich hatte gewonnen. Meine Befangenheit wich. Wenn es mir jetzt noch gelang, ihre Fragen so zu beantworten, wie sich das für den Geschäftsführer einer Fluggesellschaft gehörte . . . Ich versuchte, den Arrivierten zu spielen, den Weltmann, und wie es schien, machte ich es nicht schlecht, denn als die unvermeidliche Frage kam, woher ich stamme, war die Überraschung groß. »Ein Regensburger?« »Der Paradiesvogel aus der Provinz!« Schon war ich abgestempelt als der junge, ehrgeizige Mann aus der Provinz, der nach München gekommen ist, um Karriere zu machen. Ein Stempel, der mir von dieser Stunde an blieb und der mir nicht schadete.

Zuletzt die große Frage: »Wann wird die Fluggesellschaft den Betrieb aufnehmen?«

Hans Tropa erhob sich und ließ eine Pause eintreten, um die Erwartung zu steigern. Er verstand es tatsächlich, mit den Journalisten umzugehen. Dann verkündete er: »Morgen landet die Maschine Nummer eins auf dem Oberwiesenfeld.

Sie sind alle herzlich zu einem Probeflug eingeladen. Also morgen, vierzehn Uhr auf dem Oberwiesenfeld.«

*

Es war nach Mitternacht, als wir aus dem »Regina-Palast-Hotel« kamen und in den Amilcar steigen wollten, um nach Schwabing in den Club zu fahren. Aber der Amilcar stand nicht an seinem Platz. Ein übereifriger Türhüter des Hotels hatte Hans Tropas Wagen bereits in die Garage bringen lassen, und so gingen wir die paar Schritte in die Sophienstraße zu meinem Laubfrosch.

Es war dort still und menschenleer, auch wir schwiegen, jeder mit den eigenen Gedanken beschäftigt. Plötzlich stieß Hans Tropa einen seltsamen Laut aus, ein dunkles, kehliges Grrr-grrr-grrr wie ein Motor, der startet. Gleichzeitig breitete er die Arme aus, zog den Kopf zwischen die Schultern, rannte los und spielte Flieger wie ein Junge. Er »flog« einen Bogen, kam zurück zu mir. »Mach mit!« rief er. »Eine Ehrenrunde!«

»Grrr-grrr-grrr«, ich startete meinen Motor, breitete die Arme aus, und wir rannten nebeneinander durch die nächtliche Sophienstraße. Aus der Ehrenrunde wurden zwei und drei. Der verrückte Tropa schrie mir Kommandos zu, die ich nicht verstand. Er drehte sich um sich selbst, sprang in die Höhe, segelte mit rudernden Armen durch die Luft.

Ich weiß nicht, wie lange wir so herumrasten. Schließlich ging uns die Puste aus und wir »landeten« unter der Laterne, wo das Auto stand.

»Revanche«, keuchte Hans Tropa. »Gut leben ist die beste Revanche. Merk dir das! Gut leben ist die Devise! Gut leben! Von morgens sieben bis abends acht und die ganze Nacht.«

»Wie war das? Von abends acht bis morgens sieben?«

»Falsch! Von morgens sieben bis abends acht und die ganze Nacht. Und jetzt, auf nach Schwabing, in die Lasterhöhle von Flo!«

»Wo in Schwabing?«

»Jot we de, wie der Berliner sagt: janz weit draußen.«

»Weißt du zufällig die Straße und die Hausnummer?«

»Feine Leute haben keine Hausnummer und auch keinen Namen an der Tür. Jetzt fahr erst einmal bis zur Biedersteiner Straße, dann sag' ich dir, wie's weitergeht.«

Auf der Fahrt nach Schwabing überlegte ich mir, wie ich mich bei Flo für die Verspätung entschuldigen sollte. Sie hatte gesagt, daß sie mich eine halbe Stunde vor Miternacht erwarte, jetzt ging es auf halb eins; eine ganze Stunde zu spät. Sie hatte auch gesagt: »Wenn du zu spät kommst, schau' ich dich nicht mehr an.«

Ob ihre Drohung ernst gemeint war? Mir fiel die weiße Orchidee ein, die ich im Wagen hatte. Eine weiße Orchidee war besser als eine lange Entschuldigung. Dann wurde ich unsicher, ob die Idee gut war: Marschierte ich mit der Zellophanschachtel in den Händen in den Nachtclub hinein, gab ich eine Witzblattfigur ab. Also weg mit der Seidenschleife und Zellophanschachtel! Die Orchidee einfach in die Hand nehmen, ganz unfeierlich, als hätte ich sie gerade im Englischen Garten gepflückt.

Das Siegestor, die Leopoldstraße mit den hohen Pappeln links und rechts und mit den vielen Laternen. Die Nacht war klar und geschmückt mit Sternen, wie gemacht zum Schwärmen und Feiern. Ich hätte mich nicht gewundert, wenn unsere Fahrt vor einem Feenpalast geendet hätte. Ja, so etwas Ähnliches stellte ich mir vor unter einem Nachtclub, und ich war ziemlich enttäuscht, als wir am Ende der Biedersteiner Straße in einen Privatweg einbogen und vor einer ganz normalen Villa hielten. Das schmiedeeiserne Tor wurde von zwei Pfeilern aus grauem Sandstein flankiert, und auf diesen Pfeilern standen eiserne Laternen, die mattes Licht spendeten. Zu beiden Seiten der Auffahrt zog sich eine Taxushecke hin, in einer Ausbuchtung dieser Hecke ein Remisengebäude. Das Haus selber war ein grauer Steinbau im Jugendstil. Nirgends brannte Licht, nirgends gab ein helles Fenster den Blick ins Innere frei. Nicht einmal aus den kleinen, vergitterten Fenstern beiderseits des Haupteingangs – zwei dunkle Marmorsäulen trugen das Vordach – drang ein Lichtschimmer. Eine Eisenlaterne war die einzige Beleuchtung.

Hans Tropa schien mir die Enttäuschung anzusehen. Während er auf den Klingelknopf neben der schwarzlackierten Haustür drückte – ein Namensschild gab es nicht –, sagte er: »Wahrscheinlich erwartest du, daß uns ein hübsches Mädchen die Tür aufmachen wird, aber ein Diener wird uns öffnen, und wenn er dich anschaut, wirst du das Gefühl haben, du bist unmöglich angezogen. Dafür mixt dir an der Bar eine Prinzessin einen Champagnercocktail, nach dem du eine Stunde lang auf rosa Wolken wandelst.«

»Eine echte Prinzessin?«

»Jo Klyde wechselt immer ab, mal Tänzerinnen, mal Prinzessinnen.«

Die Tür ging auf, und ein älterer Diener in schwarzem Frack ließ uns ein. Er war so, wie Hans Tropa ihn beschrieben hatte: würdig, streng und kritisch. Er nahm meinen Hut, zögerte. »Darf ich Sie aufmerksam machen, die Nelke an ihrem Revers ist nicht mehr frisch. Wenn Sie erlauben . . .« Er entfernte die verwelkte Blume, und es gab mir einen Stich, als er sie in den Papierkorb warf. Der Talisman aus dem Schlafzimmer von Antoinette Ebenstein. Mir schien, daß Tage vergangen waren seither. Mein Blick ging zu der weißen Orchidee, die ich in der Hand hatte. Der Stil fühlte sich glatt und seidig an wie Frauenhaut.

Der Diener machte eine Geste, wir sollten ihm folgen. Vor zwei Mauernischen mit einem Sternmosaik in Blau und Gold standen lebensgroße Frauenfiguren, die eine auf einer Mondsichel, die andere auf einem Kometen.

Man hörte nur das Geräusch unserer Schritte auf dem schwarz-weißen Marmorboden. Keine Musik, keine Stimmen. Das soll ein Club sein, dachte ich.

Der Diener öffnete eine Flügeltür aus Spiegelglas, und plötzlich war alles anders. Licht strömte uns entgegen, Musik, Stimmengewirr. Wir betraten eine achteckige Halle, in der alles glänzte und funkelte: die schwarzlackierten Wände, die Spiegelfüllungen, der Deckenlüster, das blau-goldene Sternmosaik der Nischen. Die Leute saßen an kleinen runden Tischen. Blau und Gold war auch der Jacquardbezug der kleinen Sessel und Zweiersofas. Der schwarze Lack und die vielen Spiegel – sogar die kleinen runden Tische hatten Platten aus Spiegelglas – schufen ein verwirrendes Bild. Drei mit Spiegelglas verkleidete Flügeltüren – alle drei geöffnet – führten nach rechts, links und geradeaus in die anderen Räume. Ober mit Tabletts und Eiskübeln eilten hin und her; aus dem Hintergrund kam Musik. Zuerst hatte nur das Klavier gespielt, jetzt setzte das Saxophon ein. Ein langsamer Charleston erklang, einer, den ich sehr mochte: *»Je n' peux pas vivre sans amour«*.

Hans Tropa wollte nach links in die Bar, aber mich zog es zur Tanzfläche. Menschen umsäumten sie, und in der Mitte der Tanzfläche – ein blau-goldenes Glasmoasik, das von unten beleuchtet war – tanzte Flo. Sie tanzte ganz allein.

Sie trug nicht mehr das rote Chiffonkleid wie bei der Filmpremiere, sondern etwas Schmales aus Silberlamé. Der Stoff war sparsam mit perlmuttfarbenen Pailletten bestickt, die in allen Farben irisierten.

Eine Schlange. Und wie eine Schlange tanzte sie. Jede Bewegung ging von ihrem biegsamen Rücken aus und endete wieder dort. Der Rhythmus ihrer Beine war übermütig und wild, die Bewegungen ihres Rückens waren verhalten und sexy. Ihr Gesicht hatte einen abwesenden Ausdruck. Sie schien nur für sich allein zu tanzen.

Ich stand am Rand der Tanzfläche. *»Je n' peux pas vivre sans amour«.* Ich sang leise den Refrain mit und begann unwillkürlich Flos Tanzbewegungen mitzumachen.

Bisher hatte Flo so getan, als sehe sie mich nicht, doch jetzt begegneten sich unsere Blicke. Sie hob die Hand, winkte mich zu sich auf die Tanzfläche. Als ich zögerte, kam sie auf mich zu und klatschte in die Hände. »Damenwahl.«

Meinte sie mich? Oder war es eine Aufforderung ans Publikum? Ein Raunen ging durch die Zuschauer. Die Musik wurde lauter. Flo kam im Tanzschritt auf mich zu. »Damenwahl.« Sie sagte es diesmal so leise, daß nur ich es hören konnte. Dann machte sie eine halbe Drehung, so daß sie mir den Rücken zukehrte, und wir begannen zu tanzen: sie mit dem Rücken zu mir, ich einen Schritt hinter ihr, quer über die Tanzfläche, eine Diagonale nach links, dann rückwärts, eine Diagonale nach rechts.

Unter dem Silberlamé zeichnete sich Flos Körper ab; die lange Taille, der Rücken, der Po. Für die schlanke Figur hatte sie einen hinreißenden Po. Und als ich sie so vor mir tanzen sah, dachte ich: Eine Frau ist das Schönste!

Sie blickte über die Schulter, ein Lächeln. Hatte sie meine Gedanken erraten? Sie wandte sich um. »Für wen ist die weiße Orchidee?«

»Für dich.«

»Dann steck sie mir an . . . da, unter den Träger.«

Der Stengel der Orchidee war glatt und seidig, aber Flos Haut war viel glatter, viel seidiger.

»Bist du das nächste Mal pünktlich?«

»Versprechen kann ich es nicht.«

Die Musik hörte auf, die Zuschauer klatschten und umringten uns. Flo stellte mich ihren Freunden vor: »Pavelino.«

Eine schwere Hand legte sich auf meine Schulter, und eine dunkle Stimme sagte hinter mir: »Gut gemacht, junger Freund.« Es war Jo Klyde, den ich bei der Premiere gesehen hatte; einen Kopf größer als ich, doppelt so schwer wie ich. Wir gaben uns die Hand.

»Darf ich mich vorstellen«, sagte er. »Ich bin hier der Hausherr, mein Name ist Jo Klyde. Kommen Sie, wir gehen an die Bar! Flo wird uns einen Champagnercocktail mixen.« Er gab sich freundschaftlich, aber in seiner Stimme schwang ein feindlicher Unterton mit. Er wollte mich wohl warnen, und geschmeichelt dachte ich: Jo Klyde hat Angst vor dir. Er fühlt sich nicht so sicher, wie er tut.

Um so sicherer fühlte ich mich: Charleston tanzen, weiße Orchideen verschenken, von morgens sieben bis abends acht und die ganze Nacht.

In der Bar war es ruhiger als in den anderen Clubräumen, das Licht gedämpfter. Der Raum hatte etwas von einer luxuriösen Hauskapelle. Die Decke war leicht gewölbt, und das Halbrund hinter der Bar bestand aus bunten Glasfenstern. Auch die kleinen Wandnischen mit den Sofas hatten bunte Glasfenster. Die flackernden Kerzen der verspiegelten Wandleuchter machten die Illusion einer Kapelle vollkommen. Es fehlte nur ein Schrein mit einer Heiligenfigur, statt dessen gab es einen großen, goldenen Käfig mit einem bunten Papagei.

»Quatsch keene Opern!« begrüßte uns der Papagei. »Quatsch keene Opern!« Er sprach sehr deutlich und mit einer durchdringenden Stimme.

Hans Tropa saß am Ende der Theke und hatte einen grünen Cocktail vor sich. Jo Klyde legte die Hand auf Tropas

Schulter. Klyde schien es zu lieben, andere Männer seine körperliche Überlegenheit spüren zu lassen. »Was trinkst du da für ein grünes Teufelszeug?« Er nippte an dem Glas. »Pures Gift.« Dann begann er darüber zu philosophieren, was das Leben ohne Alkohol wäre und ohne die anderen Gifte – Opium, Morphium, Meskalin, Kokain – die höllischen Gifte. Er sprach in halben Sätzen und machte immer wieder Pausen. »Kokain . . . schon mal probiert?« Er zog eine flache, goldene Dose aus der Tasche, ließ sie aufschnappen und nahm mit Daumen- und Zeigefingerspitze etwas von dem weißen Pulver. »Der weiße Schnupftabak . . . eine kleine Prise, und man ist wie neugeboren.« Er hielt mir die Dose hin. »Bitte, sich zu bedienen . . . Nein? Dann eben nicht. Was haben Sie für ein Rezept, wenn Sie mal aus der eigenen Haut heraus wollen? Sind es die Frauen? Hab' ich's erraten? Die Frauen . . . das Gift der Gifte, das sind die Frauen . . . Ohne dieses Gift sind wir nichts, nichts, leider.«

»Quatsch keene Opern!« schrie der Papagei dazwischen.

Flo, die für eine Weile verschwunden war, tauchte hinter der Theke auf. Sie stellte Champagnerkelche vor uns hin. Die Gläser waren von der Kälte beschlagen, und die Ränder dick gezuckert.

Jo Klyde wurde feierlich: »Jetzt trinken wir auf alles, was mit F beginnt. Zuerst auf Flo, auf das schöne Gift meines Lebens!« Er wandte sich an Hans Tropa: »Und auf die Fluggesellschaft! Und auf unsern gemeinsamen Freund Hermann Göring, der bald Reichstagsabgeordneter sein wird.« Ein Blick zu mir, halb freundschaftlich, halb warnend, dann senkte er die Stimme: »Wißt ihr schon, wo ihr das Geld hernehmt? Wenn ihr jemanden sucht – könnte sein, daß ich Lust habe, einzusteigen bei euch. Denkt darüber nach!«

Hans Tropa schwieg und zündete sich eine Zigarette an. Jo Klyde schob den leeren Champagnerkelch über die Theke.

»Ich bin durstig, Flo.« Er griff nach ihrer Hand. »Den nächsten Charleston tanzen wir beide.« Er verstummte und deutete auf die Orchidee an ihrem Kleid. »Laß mal sehn! Was hast du da für Gemüse angesteckt? Nimm dieses Gemüse vom Kleid! Es paßt nicht. Zu dir paßt nur eins, und das sind Brillanten.«

»Ich hab' nichts gegen Brillanten, aber heute ist die Nacht der weißen Orchidee.«

»So ist das . . . Und von wem hast du die Orchidee?«

»Pavelino hat sie mir geschenkt.«

»Pavelino . . .«

Mir wurde unbehaglich unter seinem Blick. Klyde nahm Maß wie ein Boxer, bevor er einen Kinnhaken landet. Um mir den Anschein von Ruhe und Sicherheit zu geben, versuchte ich es mit dem alten Trick und zündete mir eine Zigarette an. Zu meinem eigenen Erstaunen funktionierte er.

Jo Klyde ließ mich in Ruhe und richtete seinen Zorn gegen Flo: »Nimm das Gemüse vom Kleid!« Er sagte es so laut, daß alle in der Bar es hören konnten. Als Flo nichts dergleichen tat, riß er ihr die Orchidee vom Kleid. Mit der Blume in der Hand marschierte er zum Käfig des Papageis. Er warf die Orchidee durch die Stäbe und putzte sich die Finger ab.

Der Papagei schwang auf der Schaukel hin und her. »Quatsch keene Opern! Quatsch keene Opern!«

Ich war gespannt auf die Reaktion von Flo. Äußerlich schien sie gleichgültig, aber das täuschte mich nicht. Sie war bestimmt nicht die Frau, die sich so etwas gefallen ließ. Sie würde es Jo Klyde heimzahlen, aber wie?

Sie nahm die Brillantgehänge von den Ohren, zuerst das rechte, dann das linke, und ließ sie nacheinander auf die Theke fallen. Dann sagte sie zu Klyde: »Hol den Papagei her! Ich möchte ihn mit Brillanten füttern.«

Jo Klyde steckte die Hände in die Taschen und grinste unsicher. »Das Biest hackt.«

Flo lächelte. »Bei mir ist er lammfromm.« Sie kam hinter der Bar hervor und ging zum Käfig, öffnete die Gittertür und streckte dem Vogel die Hand hin. Der Papagei senkte den Kopf, beäugte Flos Handschuh aus Silberlamé. Behutsam setzte er einen Fuß darauf, den zweiten, kletterte auf ihren Arm und blieb beim Ellbogen sitzen, lammfromm. Flo streichelte ihn. Ihre schmalen langen Finger glitten über das bunte Gefieder. Sie kraulte ihn am Hals, und er rollte verzückt die Augen.

In der Bar wurde es still; alle Augen folgten Flo, als sie den Papagei zur Bar trug. Sie setzte ihn auf die Theke zwischen die Champagnerkelche.

Was dann geschah, ging alles sehr schnell. Jo Klyde schwenkte die Ohrgehänge vor dem Schnabel des Papageis, der Papagei schnappte zu, aber er erwischte nicht die Brillanten, sondern Jo Klydes Hand. Der spitze Schnabel drang in das Fleisch zwischen Daumen und Zeigefinger. Jo Klyde schrie auf und stieß den Vogel weg. Der Papagei rutschte auf der glatten Metallfläche der Theke aus, spreizte die Flügel und warf zwei Gläser um. Der Champagnercocktail ergoß sich über ihn, und so, tropfend vom Cocktail, ging der Papagei auf Jo Klyde los. Blitzartig hackte er nach seinem Gesicht und bekam die Unterlippe zu fassen.

Jo Klyde verlor die Nerven. Mit einem Wutschrei packte er zu und schleuderte den Papagei in die Luft. Ein allgemeiner Tumult entstand. Die Leute sprangen auf, um sich vor dem wild flatternden Papagei in Sicherheit zu bringen. Stühle fielen um, Frauen kreischten. Der Papagei landete auf einem Sektkübel. »Quatsch keene Opern!«

Jo Klyde blutete am Mund und fluchte laut. »Du gottverdammtes Biest! Ich dreh' dir den Hals um!«

Kellner eilten mit einer Decke herbei, um den Papagei einzufangen, doch der Papagei entkam und flüchtete aus der Bar in die Halle. Flügelschlagend hing er am Lüster und äugte angriffslustig auf die Leute. »Quatsch keene Opern! Quatsch keene Opern!«

Flo lachte. Sie hatte erreicht, was sie wollte, und Jo Klyde seinen Eifersuchtsanfall wegen der Orchidee heimgezahlt. Er war der Blamierte, und ich war der Anlaß für die Szene gewesen. Eine peinliche Situation, der ich mich nicht gewachsen fühlte. Zum Glück war Hans Tropa in solchen Dingen erfahren. Er zog mich unauffällig von der Bar weg. »Ein voller Erfolg, deine Orchidee! Du kannst dir was einbilden. Wenn du jetzt noch den Papagei einfängst und im Triumph in den Käfig zurückbringst, bist du der Held des Abends.«

Flos Lachen wurde laut, unkontrolliert, vulgär. Ich hatte nur den einen Wunsch, dieses Lachen nicht mehr zu hören, und sagte zu Hans Tropa: »Laß uns verschwinden!«

*

An die folgenden Stunden dieser Nacht kann ich mich nur verschwommen erinnern. Hans Tropa zeigte mir den Dschungel der Münchner Unterwelt: Die Lokale wurden immer kleiner, die Frauen immer exotischer und die Klänge der Musik immer heißer; amerikanischer Ragtime von Schwarzen gespielt; ein Rhythmus, der wie eine Droge ins Blut stieg.

Um fünf Uhr morgens machten wir uns auf den Weg zum »Regina«. Wir mußten durch die ganze Stadt. Hans Tropa saß am Steuer, unter seinen Händen schien der Laubfrosch einen Motor mit doppelt soviel PS zu haben. Der Tacho stieg und stieg. In der Schwanthalerstraße begann Hans Tropa Slalom zu fahren, Slalom in spitzen Kurven, immer haarscharf am Randstein vorbei, dann wieder aufs Gas, quer über die Fahrbahn und in voller Fahrt auf die nächste Laterne zu.

Plötzlich tauchte im Scheinwerferlicht eine Gestalt auf: eine Zeitungsfrau, die einen zweirädrigen Karren vor sich herschob. Zum Bremsen war es zu spät. Hans Tropa riß das Steuer herum, zog die Handbremse, und das Auto drehte sich wie ein Kreisel um sich selbst, einmal, zweimal, dreimal. Gleichzeitig schlidderten wir auf den Karren der Zeitungsfrau zu. Das Ganze war eine Sache von Sekunden, aber diese Sekunden dauerten eine Ewigkeit. Ein Unglück schien mir unabwendbar, aber wie durch ein Wunder brachte Hans Tropa das Auto in dem Moment zum Stehen, als es mit der Stoßstange den Karren berührte. Der Karren stürzte um, die Zeitungsbündel öffneten sich, und die Straße war bedeckt mit der Morgenausgabe der »Münchner Neuesten Nachrichten«. Der Austrägerin war nichts passiert.

Wir brauchten alle drei eine Weile, bis wir den ersten Schock überwunden hatten. Die Austrägerin fing sich zuerst. »Da hat nicht viel gefehlt«, sagte sie trocken und begann, die Zeitungen aufzusammeln. Wir stiegen aus, um der Frau zu helfen. Rund um das Auto war der Boden mit Zeitungen bedeckt. Das Licht der Scheinwerfer fiel auf eine fettgedruckte Schlagzeile, die über die ganze erste Seite ging: TEUFELSFLIEGER HANS TROPA GRÜNDET FLUGGESELLSCHAFT. Ein großes, hochformatiges Foto von Hans Tropa, ein zweites im Querformat von Hans Tropa und mir. Auf der Straße im Licht der Scheinwerfer überflogen wir den Artikel. Da standen unsere Namen, da prangten unsere Fotos.

TEUFELSFLIEGER HANS TROPA UND SEIN FREUND PAVELINO REICH, EIN JUNGER ANWALT, DER DIE GESCHÄFTSFÜHRUNG DER FLUGGESELLSCHAFT ÜBERNEHMEN WIRD ... DIE MASCHINE NUMMER EINS DER HANS-TROPA-FLUG-GMBH TRIFFT HEUTE MITTAG

14 Uhr auf dem Oberwiesenfeld ein ... Bei dem Tempo von Hans Tropa darf man sicher sein, dass die Fluggesellschaft bereits Anfang Oktober den Betrieb aufnimmt ... Sobald uns der Flugplan und die Flugtarife bekannt sind, werden wir unsere Leser davon unterrichten. Eines steht schon jetzt fest: Der Jungfernflug geht nach Berlin. Zwei Reservierungen für den Jungfernflug sind bereits vergeben, und zwar an den Revuestar Flo Friedl und den Fürsten Bariatiusky.

Hans Tropa wollte der Frau ein Dutzend Zeitungen abkaufen, aber sie konnte ihm nur die sechs Werbenummern geben, die sie bei sich hatte. Er drückte ihr einen Hundertmarkschein in die Hand. Sie steckte das Geld kopfschüttelnd ein und ging kopfschüttelnd ihres Weges.

Hans Tropa setzte sich nicht mehr ans Steuer, sondern überließ mir den Wagen. Mit sechs Nummern der »Neuesten Münchner Nachrichten« im Arm lehnte er sich zurück und schloß zufrieden die Augen. Kurz darauf war er eingeschlafen.

Der Morgen dämmerte in Grau und Rosa. Am Himmel zogen Schäfchenwolken, die Luft schmeckte nach Tau. Die ersten Trambahnen bimmelten durch die Stadt, und ich fuhr den schlafenden Hans Tropa zum »Regina-Palast-Hotel«.

9

Das Oberwiesenfeld wimmelte von Menschen. Die Zeitungsartikel über Hans Tropa hatten halb München mobilisiert, so schien es. Man wollte dabeisein, wenn die Maschine Nummer eins der Hans-Tropa-Flug-GmbH in München landete. Nebenbei konnte man den Bauplatz besichtigen, wo das neue Flughafengebäude und die neuen Hangars entstehen sollten. Der alte Flughafen bestand nur aus einer Abfertigungsbaracke nebst drei provisorischen Flugzeughallen und war schon lange ein Ärgernis.

Ich wunderte mich über die vielen Frauen unter den Zuschauern, und Hans Tropa schmunzelte selbstgefällig. »Früher waren es die Seefahrer, heute sind es die Flieger. Frauen sind nun mal verliebt ins Abenteuer. Als Charles Lindbergh im Mai mit seiner ›Spirit of St. Louis‹ den ersten Atlantikflug von New York nach Paris machte, waren Tausende von Frauen auf den Beinen; sie kampierten auf dem Flughafen Le Bourget, um nur ja dabeizusein, wenn der große Lindbergh auf französischem Boden aufsetzte.«

Wir standen am Rand des Flugfeldes, auf dem die Junkers F 13 – unsere erste F 13! – landen würde. Wir hielten uns etwas abseits, um in Ruhe sprechen zu können. Unmittelbar bei der Absperrung warteten eine Trachtenkapelle und zwei Männer mit dem blau-weißen Transparent: HANS-TROPA-FLUG-GMBH. Beides, die Trachtenkapelle und das Transparent, hatten wir in letzter Minute organisiert. Wir waren überhaupt sehr emsig gewesen an diesem Vormittag, trotz der langen Nacht, die hinter uns lag. Zum Ausnüchtern hatten wir weder Eisbeutel noch Alka Selzer benötigt. Das Wundermittel, das unsere Lebensgeister auferstehen ließ, war die Münchner Morgenpresse. In allen Blättern konnten wir lesen, daß wir zwei Männer seien, die das Tempo der Zukunft im Blut hätten, zwei Teufelskerle.

So etwas verpflichtet. Also krempelten wir die Ärmel hoch und stürzten uns in die Arbeit. Wir borgten uns aus dem Sekretariat des »Regina« eine Schreibmaschine und verwandelten Hans Tropas Zimmer in ein Büro.

Als erstes tippten wir ein Merkblatt für die Journalisten, auf dem die technischen Daten unserer F 13 aufgeführt waren. Das Ganzmetallflugzeug mit seiner mattsilbernen Wellblechverplankung aus Duralumin war ein freitragender Tiefdecker und verfügte daher über eine hervorragende Horizontsicht. Die Spannweite betrug fast achtzehn Meter, die Länge über zehn Meter. Außer dem Piloten war für fünf Passagiere Platz, und angetrieben wurde das Flugzeug von einem wassergekühlten Zweihundertdreißig-PS-Junkers-Motor.

Als nächstes machten wir das Programm für die folgenden Tage: Wir mußten die Fluggesellschaft erst ordnungsgemäß gründen. Wenn auch alle Zeitungen von der Hans-Tropa-Flug-GmbH berichteten, strenggenommen gab es diese Fluggesellschaft gar nicht, denn sie war noch nicht ins Handelsregister eingetragen. Dergleichen ging nicht von heute auf morgen. Bis wir alle bürokratischen Formalitäten erledigt hatten, würde es Oktober werden.

Wir brauchten einen Hangar auf dem Oberwiesenfeld; wir brauchten einen Schalter für die Abfertigung der Fluggäste und einen eigenen Telefonanschluß am Flugplatz.

Sollten wir auch ein Stadtbüro aufmachen? Hans Tropa winkte ab: »Du bist größenwahnsinnig!« Wir mußten Piloten engagieren, Bordmechaniker, Bodenpersonal, eventuell eine Sekretärin. Wir überlegten uns, wie das Firmensignet aussehen sollte, das Geschäftspapier.

Eins kam zum andern. Es hätte uns himmelangst werden müssen vor all den Ausgaben, die uns bevorstanden, aber wir dachten nicht ans Geld – noch nicht. Wir sahen nur unsere Fluggesellschaft. Am liebsten hätten wir alles in den wenigen Stunden bis zur Ankunft unserer Maschine Nummer eins aus dem Boden gestampft, zumindest den eigenen Hangar, auf dem in großen Lettern leuchtendblau HANS-TROPA-FLUG-GMBH prangte, und das eigene Treppchen zum Aussteigen, nicht aus rohem Holz wie das der Lufthansa, sondern eine Gangway aus Leichtmetall mit Geländer – für die Damen – und auch darauf in leuchtendblauen Lettern: HANS-TROPA-FLUG-GMBH.

Wir telefonierten noch einmal mit Dessau und erfuhren, daß Hugo Junkers persönlich mit nach München kommen würde. Das war Wind in unsere Segel. Hugo Junkers, der große alte Mann der deutschen Flugzeugbauer. Die Tatsache, daß er Hans Tropa die F 13 heute mittag am Oberwiesenfeld persönlich übergab, würde durch die ganze deutsche Presse gehen. Damit waren wir endgültig etabliert.

»Wir bestellen noch heute die zwei nächsten Maschinen bei ihm«, kündigte mir Hans Tropa an, »und ich fliege noch heute mit Junkers zurück nach Dessau. Zwei Tage genügen, um mit den Konstrukteuren die Änderungen festzulegen, die ich für die andere F 13 will und für die dreimotorige G 31. Technisch sind sie großartig. Dreihundert Kilometer in der Stunde machen sie mühelos, aber es fehlt der Luxus in der Ausstattung; ich will bequeme Sitze, eine schönere Innenverkleidung der Kabine.«

Einerseits teilte ich Hans Tropas Euphorie, andererseits war mir etwas bange vor der Begegnung mit Hugo Junkers. Ein Mann wie er, der soviel geleistet hatte, mußte auf den ersten Blick sehen, daß ich von Tuten und Blasen keine Ahnung hatte. Hans Tropa versuchte, mich zu beruhigen: Er wird dir einige unangenehme Fragen stellen, das schon, das ist so seine Art. Und bestimmt hat er die Rechnung für das Flugzeug dabei. Eine Rechnung mit sofortigem Zahlungstermin, das ist üblich in der Branche. Eigentlich zahlt man bereits bei der Bestellung eines Flugzeugs ein Drittel vom Kaufpreis an.

»Tut mir leid, ich kann ihm keine dreißigtausend Mark auf den Tisch blättern.«

Hans Tropa strahlte mich an. »Hast du vergessen, was du mir gestern gesagt hast? Minus mal minus ist plus, zu deutsch: Wenn man kein Geld hat, muß man noch mehr Schulden machen. In unserem Fall heißt das, anstatt zu bezahlen, bestellen wir zwei weitere Flugzeuge. Kapiert?«

»Das mußt *du* machen, du kennst Junkers schon lange.«

»Nein, nein, das ist *deine* Aufgabe. Du bittest ihn um einen vernünftigen Zahlungstermin, sagen wir 15. Oktober, und dann bestellst du zwei weitere Flugzeuge, noch eine F 13 und ein Großverkehrsflugzeug vom Typ G 31.«

»Und wenn er Schwierigkeiten macht?«

»Er macht keine Schwierigkeiten. Er kommt nicht zum Zeitvertreib nach München. Er ist ein alter Hase in dem Geschäft. Er weiß, mit *einem* Flugzeug kann man keine Fluggesellschaft aufmachen. Er rechnet damit, daß wir weitere Maschinen bestellen. Er rechnet auch damit, daß ich mit ihm nach Dessau zurückfliege. Er wird auch dich einladen nach Dessau, aber du mußt in München bleiben. Am besten ziehst du hierher ins Hotel. Hier bist du telefonisch erreichbar. Nach der Presse, die wir haben, müßten uns eigentlich die Geldgeber die Tür einrennen. Einen besseren Start hätten wir uns wirklich nicht wünschen können.«

Ja, die Vorzeichen waren gut. Unser Unternehmen stand unter einem guten Stern, so schien es. Sogar das Wetter spielte mit. Wir hätten uns keinen schöneren Tag wünschen können. Wolkenloser Himmel, leichter Südwind – immer noch Föhn – und die Sonne warm wie im Hochsommer. Hans Tropa schaute auf die Uhr und dann zum Himmel. »Gleich wird sie auftauchen. Ich kann sie noch nicht sehen, aber ich höre sie schon, mit ihren zweihundertdreißig PS. Unverkennbar, so zufrieden summt nur ein Junkers-Motor.«

»Was ist das für ein Mensch, dieser Hugo Junkers?«

»Schwer zu sagen. Er ist der einfachste Mensch und zugleich der komplizierteste. Im Grunde kommt alles darauf an, ob du ihm gefällst.«

»Wie alt ist er?«

»Achtundsechzig.«

Wieder schaute Hans Tropa zum Himmel und schirmte die Augen mit der Hand gegen die Sonne ab. »Da ist sie ja!«

Das Flugzeug wurde im Blau des Himmels sichtbar, zuerst nur ein kleiner silberner Vogel. Das Geräusch des Motors wurde lauter, der Vogel wuchs und wurde zu einem Flugzeug. Auf dem Oberwiesenfeld machten sich alle zum Empfang bereit. Die Trachtenkapelle nahm die Instrumente auf, die Leute von der Wochenschau brachten die Kamera in Position, die Zuschauer drängten sich rund um das Flugfeld und blickten hinauf zu dem Flugzeug, das langsam einschwebte.

Pünktlich um vierzehn Uhr setzte die Junkers F 13 auf dem Boden auf. Zu den Klängen der Trachtenkapelle entrollte sich das blau-weiße Transparent HANS-TROPA-FLUG-GMBH. Die Zuschauer applaudierten, und zwei Männer vom Bodenpersonal stellten die Holztreppe neben das Flugzeug.

Drei Männer stiegen aus: der Pilot, der Bordmechaniker und Hugo Junkers. Der Pilot und der Bordmechaniker trugen weiße Overalls, Hugo Junkers' Kleidung erinnerte an die Flieger aus den Pionierjahren: helle Breeches, Schnürstiefel aus weichem Leder, eine dreiviertellange Jacke mit Gürtel und großen, aufgesetzten Taschen, auf dem Kopf eine karierte Schildmütze.

Das also war der große alte Mann der deutschen Fliegerei! Trotz des weißen Haars wirkte er jung, trotz der militärischen Haltung und der knappen Gesten, mit denen er Hans Tropa und die Journalisten begrüßte, wirkte er herzlich. Mir gefiel der Mann, und ich konnte nur hoffen, daß auch ich ihm gefiel. Ich drängte mich nicht vor, sondern blieb im Hintergrund und wartete, bis Hans Tropa mich mit ihm bekannt machte. Hugo Junkers hatte die »Münchner Neusten Nachrichten« offenbar genau gelesen, denn als er mir die Hand gab, sagte er: »Der junge Mann aus Regensburg. Wir sind über Regensburg geflogen, auf der Donau war eine Ruderregatta.«

Später saß ich mit ihm im Warteraum der Abfertigungsbaracke. Draußen auf dem Flugfeld startete Hans Tropa zum Rundflug mit den Journalisten, und die Fenster klirrten vom Dröhnen des Motors. Vor uns auf dem rohen Holztisch standen zwei Tassen schwarzer Kaffee und zwei Glas Wasser.

Ich war darauf gefaßt, daß Hugo Junkers mich auf Herz und Nieren prüfen würde, aber zuerst sprach er einmal von Hans Tropa: »Ich kenne ihn seit einer Ewigkeit, er ist wie ein Sohn für mich. Sein Anruf gestern, daß er sofort eine F 13 braucht, hat mich irritiert. Eine Fluggesellschaft gründet man nicht von einer Stunde zur andern. Also dachte ich, vielleicht steckt eine politische Partei dahinter, die für den Wahlkampf kurzfristig eine Maschine haben will und einen

Piloten. Im Oktober beginnt der Wahlkampf, und es sieht so aus, als ob die Parteien sich diesmal die Schnelligkeit der Flugzeuge zunutze machen wollen. Mit einem Flugzeug kann ein Kandidat doppelt und dreimal soviel Wahlveranstaltungen absolvieren. Außerdem ist es eine gute Propaganda, wenn eine Partei sich so modern gibt. In den letzten Wochen haben alle Parteien bei mir vorgefühlt, ob ich ihnen für die Zeit des Wahlkampfs ein Flugzeug mitsamt Piloten zur Verfügung stellen könnte – zu einem patriotischen Preis oder noch besser gratis. Das waren die Nazis; sie wollten Flugzeug und Pilot gratis. Ich bin Flugzeugbauer und kein Wahlhelfer, also habe ich die Herren abgewimmelt. Nun, nachdem, was ich in der ›Münchner Neuesten‹ gelesen habe, handelt es sich bei der Hans-Tropa-Flug-GmbH um eine richtige, ehrliche Fluggesellschaft und nicht um ein getarntes Parteienunternehmen. Stimmt das?«

»Das stimmt.« Ich fühlte, diese Antwort genügte Hugo Junkers nicht, und so erzählte ich ihm in kurzen Zügen, wie Hans Tropa zu dem Entschluß gekommen war, eine Fluggesellschaft zu gründen. Die Tatsache, daß Hugo Junkers Hans schon lange kannte, machte es einfacher. Ich konnte den Hergang wahrheitsgetreu schildern, ohne befürchten zu müssen, falsch verstanden zu werden. Ich weiß nicht mehr im einzelnen, was ich alles sagte, ich weiß nur, daß ich redete und redete. Ich wollte diesen Mann für unsere Sache gewinnen, ich wollte es nicht meinetwegen, sondern für meinen Freund Hans Tropa. Schließlich war ich es, der ihn verführt hatte, sich in dieses Abenteuer zu stürzen und eine Fluggesellschaft zu gründen.

So übernächtigt ich auch war, diese Tatsache war mir vollkommen bewußt. Mir war auch bewußt, daß ich Hugo Junkers nicht ein X für ein U vormachen konnte. Ich legte unsere Karten offen auf den Tisch. Trümpfe waren es nicht. Ich konnte nur gewinnen, wenn Hugo Junkers ein Mann war, der nicht vergessen hatte, daß auch er einmal fünfundzwanzig war und bei null angefangen hatte.

Hugo Junkers hatte mir aufmerksam zugehört. Jetzt fragte er: »Und Sie, haben Sie schon mal für eine Fluggesellschaft gearbeitet?«

»Nein, ich bin erst im Frühjahr mit dem Studium fertig geworden.«

»Und dann?«

»Arbeitslos.«

»Davon kann man nicht leben. Oder haben Sie reiche Eltern?«

»Reiche Eltern habe ich nicht. Ich brachte mich mit Tennisstunden durch, Plakatmalen, Filmkomparse, wie es gerade kam, und ich habe meinen Wintermantel und meine Leica ins Leihhaus getragen.«

»Das ist zwar keine Berufserfahrung, aber keine schlechte Schule für einen jungen Mann.« Er musterte mich mit einem langen, wohlwollenden Blick. »Wissen Sie wenigstens, was ein Flugzeug kostet?«

»Das weiß ich, wenn auch erst seit gestern.«

»Und wie steht es mit den Flugtarifen? Haben Sie davon eine Ahnung? Eine Fluggesellschaft ist ein Unternehmen wie jedes andere, es steht und fällt mit der Buchhaltung. Ich hoffe, das ist Ihnen klar.«

Hugo Junkers hatte das Glas Wasser ausgetrunken und bestellte ein zweites. Ich durfte nicht warten, bis er mir die Rechnung für das Flugzeug präsentierte. Es machte einen besseren Eindruck, wenn ich ihm zuvorkam. Also sagte ich: »Ich nehme an, Sie haben die Rechnung für das Flugzeug dabei.«

Hugo Junkers nickte, holte ein Kuvert aus der Tasche und schob es über den Tisch zu mir.

Ich legte die Hand auf das Kuvert: »Ich weiß, daß ich jetzt dreißigtausend Mark aus der Tasche ziehen sollte, dann wäre der Kauf in Ordnung. Aber ich möchte Sie bitten, uns einen späteren Zahlungstermin einzuräumen.«

Hugo Junkers brach ein Stück Zucker entzwei und tränkte es mit schwarzem Kaffee. »Eine Frage, was seid ihr eigentlich, eine AG oder eine GmbH?«

»Eigentlich eine GmbH, doch vorläufig sind wir weder das eine noch das andere. Wir sind einen Tag alt, wir haben seit einer halben Stunde eine Junkers F 13 und Schulden, das ist alles.«

Auf dem Gesicht von Hugo Junkers breitete sich ein Lächeln aus. »Typisch Hans Tropa: Hals über Kopf! Den Kopf in den Wolken und die Füße zwei Meter über der Erde, das ist Hans Tropa. Wenn aus eurem Unternehmen etwas werden soll, müssen *Sie* mit *vier* Füßen auf der Erde stehen.«

»Ich werde es versuchen.«

»Wann können Sie die dreißigtausend bezahlen?«

»Heute ist der 15. September. Geben Sie mir einen Monat Frist.«

»Das ist eine lange Zeit. Mein kaufmännischer Direktor wird mir eine Standpauke halten.«

Jetzt hieß es mutig sein. Mutig? Nein, mutig war ich nicht, ich war frech und sagte: »Wir bestellen zwei weitere Maschinen, eine zweite F 13 und dann ein Großverkehrsflugzeug vom Typ G 31.«

»Die G 31 kostet hundertzwanzigtausend.« In der Stimme von Hugo Junkers war ein warnender Unterton, aber ich ließ mich nicht beirren. Ich nahm die Rechnung, die vor mir lag und ergänzte sie um die zwei weiteren Maschinen. Maschine Nummer zwei, Typ F 13, dreißigtausend Mark. Maschine Nummer drei, Typ G 31, hundertzwanzigtausend Mark. Das ergab eine Gesamtsumme von hundertachtzigtausend Mark.

Ich bemühte mich ebenso gestochen zu schreiben wie der Buchhalter der Junkers-Werke, der die Rechnung aufgestellt hatte. Dann kamen die Fristen. Für die Maschine Nummer eins war der 15. Oktober der Zahlungstermin. Darauf war Hugo Junkers offensichtlich eingegangen. Ich durfte den Bogen nicht überspannen. Flugzeuge konnte man nicht in Ratenzahlung kaufen. Die Gesamtsumme betrug hundertachtzigtausend Mark. Ich traute mir zu, das Geld bis zum 15. Oktober aufzutreiben, aber vorsichtiger war es, sich mehr Zeit einräumen zu lassen. Ich schob Hugo Junkers das Blatt hin, damit er die Aufstellung prüfen konnte.

»Hundertachtzigtausend Mark, und wie stellen Sie sich die Zahlungsweise vor?«

»Ich weiß, daß ein Drittel des Kaufpreises bei Bestellung fällig wäre, also sofort. Aber ich bitte Sie auch in diesem Fall um ein späteres Zahlungsziel. Sagen wir, am 15. Oktober neunzigtausend und am 15. November neunzigtausend.«

Er schien überrascht. »Sie sind sich Ihrer Sache sehr sicher.«

Es stimmte, ich war meiner Sache sehr sicher, so sicher, wie man nur mit fünfundzwanzig einer Sache sicher sein kann.

»Also gut, am 15. Oktober neunzigtausend, am 15. November neunzigtausend.« Hugo Junkers wollte mir die Rechnung zurückgeben, aber ich bat ihn, die Fristen zu vermerken und seine Unterschrift darunterzusetzen.

»Sie haben mein Wort, wozu brauchen Sie meine Unterschrift?«

»Dieses Schriftstück ist die einzige Sicherheit, die ich dem Geldgeber vorlegen kann.«

Er sah mich verständnislos an, und ich erklärte ihm: »Ihre Unterschrift ist so etwas wie ein Vorauskredit und damit eine Art Sicherheit.«

»Mir soll's recht sein.« Er machte den Fristenvermerk und setzte seine Unterschrift darunter. »Weiß der Geldgeber schon von seinem Glück?«

»Ja und nein.«

»Ich bin nicht gut im Rätselraten.«

»Der Vater von Hans Tropa ist ein reicher Mann, und Hans ist sein einziger Sohn.«

»Hoffentlich geht Ihre Rechnung auf! Soviel ich weiß, vertragen sich die beiden nicht.«

»Ich werde versuchen, Frieden zu stiften.«

»Sie haben sich viel vorgenommen.« Er streckte mir die Hand hin. »Auf mich können Sie zählen, auch wenn mal was schiefgeht.«

Ich nahm seine Hand und suchte nach Worten, aber ich war zu bewegt, und so sagte ich einfach: »Danke.«

10

Als ich zum Hotel »Vier Jahreszeiten« fuhr, um Tita abzuholen, war ich in einer seltsamen Verfassung. Ich fühlte mich übernächtigt und fiebrig. Doch nicht mein Körper fieberte, meine Phantasie fieberte. Wenn ich an die Zukunft der Fluggesellschaft dachte, schwankte ich zwischen Skepsis und Größenwahn. Denken war es freilich nicht, es waren Fiebervisionen meiner Phantasie, entweder schrecklich oder wunderbar. Entweder sah ich mich als Bankrotteur auf der Flucht vor den Gläubigern mit falschem Paß und falschem, angeklebtem Bart auf dem Zwischendeck eines Auswandererschiffs, oder ich sah mich glücklich und sorglos über einen Flugplatz stolzieren, auf dem blau-weiße Tropa-Maschinen standen und Stewards jeder Dame, die an Bord ging, einen Strauß Veilchen überreichten.

Es waren Visionen wie aus einem Film. Kein Wunder, mein Leben glich tatsächlich einem Film: gestern noch ein arbeitsloser Jurist, heute der Geschäftsführer einer Fluggesellschaft; ein Mann, dessen Name und Foto in allen Münchner Zeitungen zu finden waren.

Gestern hatte ich das »Vier Jahreszeiten« mit einer gewissen Scheu betreten, heute ging ich selbstbewußt durch die Halle. Sogar pünktlich war ich, ein seltener Umstand bei mir. Aus dem Lift kam ein Mann mit einer Nelke am Revers, und ich dachte mitleidig: Er muß sie kaufen, der Arme. Auf mich jedoch wartet eine Vase voller Nelken. Ich darf mir die schönste aussuchen, und Tita wird sie mir anstecken.

Vielleicht empfing Tita mich wieder in der Ankleide, vielleicht durfte ich wieder einen Blick in die Schränke tun, in denen Antoinettes Kleider hingen und ihre Negligés, den Duft ihres Parfüms einatmen, ihr Fluidum spüren.

Wenn ich eines Tages ein reicher Mann bin, nahm ich mir vor, werde ich eine Art Hauskapelle haben. In dem Heiligtum ist kein Altar und kein Betstuhl. Drei Schreine stehen da. Im ersten Schrein Negligés, Zaubergebilde aus Seide und Phantasie; im zweiten Schrein eine Sammlung von Frauenschuhen, die schönsten und raffiniertesten; im dritten eine Sammlung aller Düfte Arabiens. Und ich werde einen eigenen Kalender für dieses Heiligtum erfinden, mit Feiertagen, die in keinem anderen Kalender stehen, mit einer Schutzpatronin, die keines anderen Mannes Schutzpatronin ist, und einem weiblichen Schutzengel, der keines anderen Mannes Schutzengel ist. Wenn das kein Grund war, ein reicher Mann zu werden!

Was Tita wohl ihrer Mutter über mich erzählt hatte, als sie mit ihr telefonierte? Der hochherzige Finder ... Wie sie mich beschrieben hatte? Hoffentlich nicht zu jung! Ob Antoinette Ebenstein sich an mich erinnerte? An den jungen Mann im weißen Anzug, der sie im Telegrafenamt unentwegt angestarrt hatte?

Auf dem Korridor begegneten mir zwei Hausdiener, die auf einem Karren einen Schiffskoffer zum Gepäcklift transportierten. Ich erschrak. Den Schiffskoffer kannte ich, den hatte ich gestern in der Ankleide von Antoinette Ebenstein gesehen, ein Ding, groß wie ein Schrank, mit Messingecken, Messingscharnieren und dem Messingmonogramm A. E.

Die Tür zur Mozart-Suite stand auf. Im Salon war niemand. Aus der Ankleide hörte ich Geräusche.

»Tita!« Ich klopfte an die Tür, rief ihren Namen. Sie ließ mich ein, eine andere Tita als gestern, keine Zwölfjährige, sondern »über achtzehn«, ein *American girl* auf Reisen. Sie trug ein kupferrotes Reisecape um die Schultern und auf dem Kopf eine kupferrote Autokappe. Die Kappe hatte die Form eines Helms und beschattete Stirn und Augen, was dem Mädchen einen erwachsenen Ausdruck gab. An den Füßen hatte sie Pumps, die sie fünf Zentimeter größer machten. Ein gepackter Handkoffer stand bereit und eine halbvolle Reisetasche.

»Du reist ab? Heute schon?«

»Ich habe mich im Datum vertan. Es ist heute schon soweit, heute abend geht der Schlafwagen nach Hamburg.«

In der Ankleide herrschte ein Chaos. Schuhe, Handtaschen, Schals lagen verstreut; in den offenen Schränken hingen noch Kleider.

»Ich helfe dir packen.«

»Danke, ich hab's gleich.« Sie fischte aus dem Chaos eine kleine weiße Handtasche, einen weißen Gürtel und warf beides in die Reisetasche.

»Die Kleider in den Schränken und die anderen Sachen, was geschieht damit? Das ergibt noch einen Schiffskoffer voll.«

»Was in den Schränken ist, bleibt hier. Das holt meine Mutter ab. Sie kommt Anfang Oktober nochmals für ein paar Tage nach München.« Tita machte eine Pause, sah mich an. »Sie läßt dir herzlich danken wegen des Portefeuilles. Sie wollte deine Adresse wissen, um dir zu schreiben, aber ich wußte deine Adresse nicht. Heute früh, als ich in der Zeitung dein Foto sah, habe ich sie sofort angerufen, damit sie sich auch eine Ausgabe der ›Münchner Neuesten‹ kauft. Warum hast du mir nicht gleich gesagt, daß du eine Fluggesellschaft hast?«

»Das wußte ich gestern noch nicht, das ist erst nachher passiert.«

Tita sah mich ungläubig an, dann bekam ich von ihr dasselbe zu hören wie von Hugo Junkers: »Eine Fluggesellschaft gründet man nicht von einer Stunde auf die andere.«

»Aber es war so.«

Tita machte Augen wie die amerikanischen Filmschauspielerinnen in Hollywood-Filmen, wenn sie ein Opfer prüfen. »Du mußt ganz schön reich sein.«

»Die Fluggesellschaft gehört nicht mir.«

»Verstehe.« Tita lächelte wissend. »Meiner Mutter gehört auch nichts. Die Warenhäuser, das ist alles eine Gesellschaft. Aber wir haben die Mehrheit.«

Ein absurder Lachreiz stieg in mir auf. Ich hatte auch eine Mehrheit, eine Minusmehrheit: hundertachtzigtausend Mark Schulden. Ganz schön für einen Anfänger!

Tita wollte einen *farewell drink* mit mir nehmen. Sie wußte auch schon, wo. »Wir gehen ins ›Luitpold‹, dort spielt der Tangogeiger Zebedia.«

Sie überraschte mich immer wieder. »Du kennst das ›Luitpold‹?«

»Nein, ich habe nur eine Karte gefunden vom ›Luitpold‹, gestern im Lift. Willst du sie sehen?«

Es war eine der Animierkarten, mit denen das Café »Luitpold« Reklame machte: FREMD IN MÜNCHEN? ALLEIN IN MÜNCHEN? NICHT IM »LUITPOLD«. IM »LUITPOLD« HABEN SIE DIE GROSSE CHANCE, MAL WAS ANDERES ZU ERLEBEN! EINE AUFREGENDE STUNDE MIT EINER TANGOFRAU. EINE UNVERGESSLICHE STUNDE MIT EINER EXOTIN. EIN SOUPER IM TÜRKISCHEN SALON ZU TÜRKISCHER MUSIK MIT DER TÜRKISCHEN BAUCHTÄNZERIN FATIMA (TISCHBESTELLUNG UNBEDINGT ERFORDERLICH) . . .

Tita legte die Karte weg. »Ich habe noch nie eine Bauchtänzerin gesehen.«

Das »Luitpold« war ein einziger Tangotempel. Überall tanzten sie, im großen Saal, in den Nebenräumen und auch draußen auf der Straßenterrasse unter den Palmen.

Im großen Saal spielte das Orchester Bernhard Etté, auf der Terrasse spielte der Tangogeiger Zebedia, ein schlanker Mann mit einem blassen Gesicht und gelacktem, schwarzem Haar, halb Paganini, halb Zigeunerprimas. Er spielte inmitten der tanzenden Paare, und auch er tanzte Tango, allein mit seiner Geige.

Wir hatten einen Platz im Hintergrund der Terrasse, von wo aus wir das Drinnen und Draußen überblicken konnten. Tita sog genüßlich an ihrer Grenadinelimonade und beobachtete, was rundum vorging. Auch ich ließ meine Augen schweifen, weniger aus Neugier, mehr aus Vorsicht. Einige von den Frauen, die täglich im »Luitpold« herumsaßen, kannte ich. Jeden Moment konnte eine auftauchen, Lydia oder Claude oder Salomé. Ich schaute heimlich auf die Uhr. Sechs Uhr vorbei. Das war die Zeit von Salomé. Das Risiko einer Begegnung war mir zu groß, und ich schlug Tita vor, ihr die übrigen Sehenswürdigkeiten des »Luitpold« zu zeigen. Wir streiften durch die Wandelgänge, taten einen kurzen Blick ins Panoptikum, und schauten uns die Fotos der türkischen Bauchtänzerin Fatima an.

Als wir wieder auf die Straße traten, dunkelte es. Die Terrasse begann sich zu leeren, auf der Tanzfläche war nur noch ein Paar. Die beiden tanzten nicht, sondern standen reglos dort, hielten sich umschlungen. Der Tangogeiger Zebedia lehnte unter einer Palme und stimmte sein Instrument.

An einem der Tische saß eine Frau in Schwarz. Sie hatte einen Schleier vor dem Gesicht und hielt eine Zigarettenspitze in der Hand, eine endlos lange Zigarettenspitze. Es war Salomé. Sie hatte mich gesehen, aber sie gab kein Zeichen des Erkennens. Im ersten Moment war ich dankbar für ihr diskretes Verhalten, aber dann plötzlich ärgerte ich mich über meine spießige Ängstlichkeit. Zum Teufel damit!

Ich ging mit Tita zu Salomé und begrüßte sie wie eine gute Freundin. In gewisser Weise war Salomé das auch. Im Leben von Salomé gab es Kunden und Freunde. Ich gehörte zu den Freunden. Die Kunden waren gutsituierte Herren mit ausgefallenen erotischen Wünschen, Salomés Freunde waren junge Männer, bevorzugt Studenten. Die Kunden empfing Salomé in ihrer »Praxis« im zweiten Stock des Luitpold-Blocks. An der Tür stand auf einem Messingschild Dr. Salomé und darunter wie bei einem arrivierten Modearzt Sprechstunde nur nach Vereinbarung. Das war ihr Beruf. Privat war sie eine ganz normale Frau, hatte eine verspielte Wohnung am Hofgarten und eine Schwäche für junge Männer.

Seit ich bei Maxi eingezogen war, sah ich Salomé nur noch selten.

»Pavelino . . .«

Mehr sagte sie nicht, doch darin lag so viel Zärtlichkeit, daß mir warm ums Herz wurde.

Ich stellte ihr Tita vor. Salomé nahm Titas Hand und sagte halb im Scherz, halb im Ernst: »Sie also haben mir Pavelino gestohlen.«

Tita schob die Hand unter meinen Arm, wie um ihre Beute festzuhalten. »Ich gebe ihn auch nicht wieder her.«

Im Hintergrund begann der Tangogeiger Zebedia zu spielen. Es war ein langsamer Charleston: *»Je n' peux pas vivre sans amour.«*

Während ich Tita zum Hotel fuhr, dachte ich an Flo und daß ich um Mitternacht im Club sein würde. Und ich wünschte mir viele, viele Tage im Leben, die wie dieser mit Gedanken durchflochten sein sollten, die einen Frauennamen trugen.

11

RAUCHEN VERBOTEN. Jeder, der das Münchner Leihhaus in der Augustenstraße betrat, mußte das Schild sofort sehen. Es war etwa einen Meter lang und hing an zwei Blechketten von der Decke herunter.

Drei Lampen beleuchteten den langgestreckten, kahlen Raum. Sie hatten weiße Blechschirme und brannten auch tagsüber, denn der Raum bekam nur wenig Tageslicht.

Der Schalter war groß und niedrig und mit Blech beschlagen wie der Schalter der Gepäckaufbewahrung am Hauptbahnhof. Dahinter sah man auf die Rückwände der Holzgestelle, in denen die deponierte Ware aufbewahrt wurde.

Es gab zwei Holzbänke; die eine stand gegenüber dem Kassenschalter, die andere neben der Tür zum Büro. Dort saß ich und wartete auf den Mann, dem das Münchner Leihhaus gehörte: Theo Tropa.

Die Sekretärin, Fräulein Küster, hatte mir gesagt: »Herr Tropa müßte auf der Börse sein wie jeden Morgen. Wenn Sie sich etwas gedulden wollten, um elf Uhr könnte er ins Büro kommen.«

Fräulein Küster sprach ausschließlich im Konjunktiv, und sie war selber ein Konjunktiv, eine grauhaarige Person in einem grauen Kleid, der man ansah, daß sie lieber ein Mann geworden wäre, am liebsten ein Kirchendiener. So hatte Hans Tropa sie mir beschrieben, und so war sie tatsächlich:

durch und durch gottgefällig, durch und durch wachsam. In ihrem Büro hingen eine kolorierte Fotografie von Papst Pius XI. und eine Weihwasserschale mit einem vertrockneten Buchszweig. Im Hintergrund stand wie ein Bollwerk der Panzerschrank.

Meine Gedanken kreisten um den Panzerschrank. Ich wollte Geld von Theo Tropa, viel Geld: zweihundertfünfzigtausend Mark.

Ich bildete mir ein, daß diese Summe in bar und großen Scheinen im Panzerschrank lag. Ja, genau das bildete ich mir ein. Große Scheine, Tausendernoten in Zehnerbündeln, ein Bündel ums andere schön aufgestapelt. Zehn Bündel waren hunderttausend Mark, zwanzig Bündel zweihunderttausend ... Viel mehr wollte ich nicht, nur eine Viertelmillion.

Seit dem Bankkrach im Frühjahr waren viele Geschäftsleute dazu übergegangen, einen Teil ihres Barvermögens im Panzerschrank aufzubewahren.

Das Geld lag also bereit. Jetzt kam es nur noch darauf an, daß Theo Tropa damit herausrückte. Am Morgen, beim Rasieren vor dem Spiegel, hatte ich mir zurechtgelegt, was ich Hans Tropas Vater sagen wollte. Ich hatte laut geredet, und ich hatte überzeugende Worte gefunden. Jetzt war mein Kopf absolut leer. Alles hatte sich verflüchtigt.

Es ging auf elf Uhr. Noch ein paar Minuten, und Theo Tropa würde zur Tür hereinkommen. Ich war nervös, nervöser als ich mir eingestand. Vielleicht half eine Zigarette.

Ich besaß ein neues Etui. Es war klein und flach, und es paßten nur fünf Zigaretten hinein, eigentlich ein Damenetui. Aber das war nicht das Besondere daran. Das Besondere an diesem Etui war: Jo Klyde hatte es mir in der vergangenen Nacht geschenkt, als ich im Club war. Die weiße Orchidee schien vergessen, und an das Duell mit dem Papagei erinnerte nur noch eine kleine, rote Narbe an Jo Klydes Mund.

Vielleicht war er von Natur aus nicht nachtragend, vielleicht war es Taktik, einen möglichen Nebenbuhler als Freund zu behandeln und damit zu entschärfen. Wie auch immer, als ich in den Club gekommen war, hatte er mich mit offenen Armen empfangen. Er hatte darauf bestanden, daß wir Brüderschaft tranken und die Friedenspfeife rauchten, eine Friedenspfeife in Form von Zigaretten. Dabei hatte ich sein Zigarettenetui bewundert, weil es so klein war, so leicht, so schmucklos. Es bestand aus Schwedenstahl, die Oberfläche war von einem feinen Streifenmuster durchzogen. Und schon hatte Jo Klyde mir das Etui in die Hand gedrückt: »Es gehört dir.«

Eine Zigarette war noch darinnen. Ich nahm sie heraus, zündete sie an, und mit den ersten Zügen fühlte ich, wie ich mich entspannte.

Im Leihhaus herrschte ein ständiges Kommen und Gehen: ein Mann mit einem zusammengerollten Teppich auf der Schulter; eine Frau mit einem Radioapparat im Arm, den sie sorgsam in eine karierte Decke eingewickelt hatte; ein junger Mann mit einem Koffer voller Bücher.

Der Teppich wurde angenommen, der Radioapparat ebenfalls, der junge Mann mit den Büchern hatte kein Glück. Der Angestellte schüttelte den Kopf. »Für Bücher bekommen Sie hier nichts.«

Ich kannte die Prozedur. Im Mai hatte ich meinen Wintermantel dort auf den blechbeschlagenen Schalter gelegt, und es war noch keinen Monat her, daß ich meine Leica hergebracht und versetzt hatte. Lieber ins Leihhaus gehen, als meinen Onkel in Regensburg anbetteln oder meine Mutter! Komisch, für hundert Mark hatte ich meinen Stolz nicht überwinden können. Jetzt, wo es um eine Viertelmillion ging, brachte ich es fertig, zu bitten.

Wieso kannst du es jetzt, fragte ich mich.

Weil du es nicht für dich willst.

Für einen anderen zu bitten, das geht. Für sich selber, das ist schwer, manchmal unmöglich.

Die Zigarette tat ihre Wirkung. Die Nervosität legte sich, meine Sicherheit kehrte zurück.

Zuerst wird der Alte nein sagen, ganz klar.

Das darf dich nicht entmutigen.

Kann sein, daß er auch grob wird.

Du mußt die Ruhe bewahren, darauf kommt es an.

Nicht betteln, das auf keinen Fall.

Ich werde mit ihm reden wie ein Mann, der ihm ein Geschäft anbietet.

Eingehüllt in den Zigarettenrauch, führte ich mein stummes Selbstgespräch, machte mir selber Mut, betrieb Autosuggestion.

Eine barsche Stimme riß mich aus meinen Gedanken: »Können Sie nicht lesen? Rauchen verboten!« Ein kleiner, dicker Mann stand vor mir, rot vor Zorn. »Das Schild ist groß genug, sollte man meinen.«

Ich murmelte eine Entschuldigung und wollte die Zigarette ausmachen, aber nirgends war ein Aschenbecher.

»Unterstehen Sie sich, und werfen Sie die Zigarette auf den Boden!« Der Mann machte einen Schritt auf mich zu. Es sah aus, als wolle er mir die Zigarette aus der Hand reißen.

Erst in diesem Moment kam mir zu Bewußtsein, daß der Mann, der vor mir stand, Theo Tropa war. Als ich ihn das erste Mal gesehen hatte, trug er eine Jägerkluft aus Loden, jetzt war er städtisch gekleidet.

»Mein Name ist Reich, Pavelino Reich. Wir kennen uns.«

Das brachte ihn vollends außer sich.

»Es interessiert mich nicht, wer Sie sind«, schrie er. »Verschwinden Sie endlich mit Ihrer Zigarette, haben Sie gehört?«

Die Tür zum Büro ging auf, und Fräulein Küster kam heraus. Sie hatte einen Aschenbecher in der Hand, einen Aschenbecher aus Blech mit dem Aufdruck PSCHORR-BRÄU. Rauchte sie heimlich? Rauchte jemand vom Personal heimlich?

»Da wäre ein Aschenbecher . . .«

Etwas in mir hatte während der ganzen Szene gelacht, jetzt wurde diese Lachlust übermächtig, aber ich durfte ihr nicht nachgeben, sonst verdarb ich mir noch alles. Oder hatte ich mir bereits alles verdorben?

Mit schuldbewußter Miene drückte ich die Zigarette in dem Aschenbecher aus, den Fräulein Küster mir hinhielt. Sie fächelte mit der Hand die letzte Rauchwolke weg und sagte zu Theo Tropa: »Das wäre Herr Reich.«

*

Das Büro von Theo Tropa war im Stil der Gründerjahre eingerichtet: dunkle Eichenmöbel mit neugotischem Schnitzwerk, eine Standuhr, am Boden ein Teppich, auf ihm verschiedene Brücken, an den Fenstern Samtvorhänge, die nur wenig Tageslicht einließen. Der Teppich und die Brücken waren abgetreten, die grünen Samtvorhänge an den Kanten verschossen, und die Streifentapete an den Wänden hatte eine Patina von einigen Jahrzehnten.

In einem Ständer waren drei Jagdgewehre aufgereiht, und an einer freien Wand hingen Hirschgeweihe.

Theo Tropa schloß die gepolsterte Doppeltür und hängte den Bowler an die Garderobe. Dann ging er hinter seinen Schreibtisch. Es war ein Riesending mit Schubladen und Kästen bis zum Boden.

Theo Tropa knöpfte die Jacke auf, bevor er sich setzte. Seit wir in seinem Büro waren, hatte er kein Wort und keinen

Blick für mich übrig gehabt. Jetzt wies er mit einer stummen Geste auf den Besucherstuhl gegenüber dem Schreibtisch. Es war keine einladende Geste. In seinem Gesicht arbeitete es. Er hatte einen Bauernkopf, aber hinter der Stirn dachte ein Buchhalter, wie ich bald merken sollte.

»Herr Reich, ich kann mir denken, warum Sie gekommen sind. Mein Sohn braucht Geld, und Sie sollen mich anbetteln. Aber das ist die falsche Tour. Sagen Sie ihm das! Eine Fluggesellschaft gründen . . . Er muß wahnsinnig geworden sein, komplett wahnsinnig. Dazu habe ich nicht ein Leben lang geschuftet und gespart, daß er mein Geld zum Fenster hinauswirft. Von mir bekommt er nichts, nicht eine Mark. Sagen Sie ihm das!«

Theo Tropa wurde immer lauter und heftiger, und doch klangen seine Worte irgendwie vorbereitet. Er hatte sich diese Brandrede offensichtlich zurechtgelegt und wollte sie jetzt loswerden.

Er schlug mit der Faust auf den Tisch. »So ein Feigling, den Freund vorschieben! Was denkt er sich eigentlich, was ich mir noch alles gefallen lasse? Hat er überhaupt keinen Stolz im Leib? Wenn er was will von mir, dann soll er gefälligst selber herkommen. Sagen Sie ihm das! Zu feige, zum eigenen Vater zu gehen . . .«

Theo Tropa wiederholte immer dieselben Sachen und steigerte sich dabei immer mehr in seine Wut hinein.

Ich saß ihm gegenüber und zwang mich, ruhig zu bleiben. Etwas anderes konnte ich im Moment nicht tun. Stillhalten und warten, bis er sich ausgetobt hatte.

Irgendwann verstummte er, zog ein Taschentuch heraus und fuhr sich über die Glatze. War es nur eine Pause, bevor er wieder loslegte, oder konnte man jetzt mit ihm reden?

»Herr Tropa, darf ich etwas richtigstellen . . .«

Er ließ mich nicht zu Wort kommen. »Richtigstellen? Faxen! Meinen Sohn kenne ich besser als Sie! Ich bin der letzte Dreck für ihn, ja so ist es. Er wartet nur darauf, daß ich krepiere und er an die Erbschaft kommt. Nur mein Geld interessiert ihn . . .«

»Sie tun Ihrem Sohn unrecht. Er weiß nicht, daß ich hier bin. Darf ich Ihnen erklären?«

»Bitte.«

»Den Stand der Dinge kennen Sie . . .« Weiter kam ich nicht.

»Den Stand der Dinge?« fuhr Theo Tropa auf. »So kann man's auch nennen. Ihr Juristen habt für alles einen schönen Namen. Eine Katastrophe ist das. Daß Sie als Jurist überhaupt bei so was mitmachen! Es wäre Ihre Pflicht gewesen, meinen Sohn daran zu hindern. Diese Fluggesellschaft ist eine Totgeburt, das ist es.«

Theo Tropa stand auf und ging hinterm Schreibtisch auf und ab, mit kleinen Schritten, das Kreuz hohl, den Bauch vorgeschoben.

Mir wurde allmählich klar: Mit Vernunft richte ich hier nichts aus. Aber wie dann? Ich ließ einen Versuchsballon steigen: »Hugo Junkers glaubt an die Fluggesellschaft«, sagte ich vorsichtig. »Er ist persönlich nach München gekommen.«

»Das heißt nichts«, murmelte Theo Tropa, aber ich fühlte, das Eis war gebrochen.

Ich berichtete von meiner Unterredung mit Hugo Junkers. Als ich zu Ende war, setzte sich Theo Tropa wieder an den Schreibtisch und sagte: »Flieger sind alle verrückt. Hugo Junkers ist auch verrückt. Jetzt passen Sie mal auf!« Er nahm aus einer Schublade eine blaue Kladde. »Ich habe durchgerechnet, wieviel Kapital man braucht, um eine Fluggesellschaft mit drei Maschinen aufzuziehen. Ich wette, mein Sohn hat diese Rechnung nicht aufgestellt.«

»Wir haben die Rechnung aufgestellt«, log ich. Ich mußte lügen, es ging nicht anders.

»Und auf was für eine Summe sind Sie gekommen, ich meine Flugzeuge plus Startkapital?«

»Das Minimum sind zweihundertfünfzigtausend Mark.«

Theo Tropa nickte. »Stimmt. Das ist das Minimum, eine Viertelmillion. Und wie teilt sich dieses Budget auf?«

Auf diese Frage war ich vorbereitet: »Hundertachtzigtausend für die Anschaffung der drei Flugzeuge und zwanzigtausend Gründungskapital der GmbH. Bleiben fünfzigtausend als allgemeines Startkapital für die Firma.«

»Richtig, aber es ist Ihnen hoffentlich klar, mit diesen fünfzigtausend können Sie keine großen Sprünge machen. Nach ein paar Monaten ist davon keine Mark übrig, und dann muß sich der Laden selber tragen. Habt ihr mal ausgerechnet, wie viele Passagiere ihr pro Tag braucht, damit sich das Geschäft rentiert? Nehmen wir die Route München – Berlin: Ich habe es ausgerechnet, auf der Basis von drei Flügen pro Tag, Morgenflug, Mittagsflug, Abendflug, der Flugkilometer zum Tarif von vierzehn Pfennig. Der Lufthansa-Tarif liegt bei siebzehn Pfennig. Ihr müßt die Lufthansa unterbieten, deutlich unterbieten, nur dann habt ihr eine Chance . . . Kommen Sie her zu mir, schauen Sie sich das an!«

Ich ging um den Schreibtisch herum, und Theo Tropa breitete die Papiere mit den Berechnungen vor mir aus. Zahlen, Zahlen, nichts als Zahlen, und auf jeder Seite unterm Strich Soll und Haben.

Er hatte all die Posten durchgerechnet, die wir nur vage geschätzt hatten: Personal, Flugplatzgebühren, Treibstoff, Wartung.

Theo Tropa schloß die Kladde und legte die Hände darüber, Bauernhände mit breiten Knöcheln, fast zu breit für die gestärkten Manschetten.

»Gesetzt den Fall, ich steige in die Fluggesellschaft mit meinem Geld ein, dann wird Buch geführt, Tag für Tag und über jeden Pfennig, das garantiere ich Ihnen.«

Er fuhr fort, über Buchhaltung zu reden, aber ich hörte nur mit halbem Ohr hin.

Er hatte zugesagt, oder? »Gesetzt den Fall, ich steige in die Fluggesellschaft ein« – das war soviel wie eine Zusage. Noch kein definitives Ja, aber mehr als ein Vielleicht. »Gesetzt den Fall« – auch seine Kalkulationen waren ein Zeichen der Bereitschaft. Er mußte Stunden damit verbracht haben.

Ich war an meinen Platz vor dem Schreibtisch zurückgekehrt. Theo Tropa sprach noch immer über Buchhaltung, eindringlich, lehrhaft, aber ruhig. Sein Zorn war verraucht, und seine Stimmung schien allmählich ins Gegenteil umzuschlagen. Sein Blick wurde weicher, manchmal tauchte ein Lächeln in seinen Augen auf.

»Ich weiß, wovon ich rede. Ich habe als Buchhalter angefangen. Was Sie auf der Universität gelernt haben, in Ehren, aber jetzt kommt eine andere Schule. Ich werde einen Kaufmann aus Ihnen machen. Bei meinem Sohn hat es nicht geklappt. Er ist Flieger und sonst nichts, so wie meine Jagdhunde eben nur Jagdhunde und sonst nichts sind. Ich habe mir immer eingebildet, ich muß einen Kaufmann aus ihm machen. Mal sehen, vielleicht steckt in Ihnen einer. Die Juristerei ist keine schlechte Basis dafür. Am besten, wir fangen gleich an.« Er stand auf. »Ich habe Ihnen meine Berechnungen gezeigt, jetzt möchte ich die Kalkulationen sehen, die Sie gemacht haben. Sie haben doch sicher ein paar Unterlagen mitgebracht.«

Ich hatte die Rechnung der Junkers-Werke dabei mit den Zahlungsfristen, die Hugo Junkers mir eingeräumt hatte. Das war alles.

Theo Tropa setzte den Zwicker auf und studierte das Blatt.

»Neunzigtausend am 15. Oktober«, murmelte er, »die restlichen neunzigtausend am 15. November. Das ist großzügig. Haben Sie das ausgehandelt?«

»Ja.«

»Alle Achtung!« Er gab mir das Blatt zurück und sah mich erwartungsvoll an. »Ihre Kalkulationen?«

»Tut mir leid, die habe ich nicht dabei.«

»Sie haben keine Kalkulationen dabei? Das heißt, Sie haben gar keine gemacht.« Der Umschwung kam blitzartig. Ich hatte buchstäblich das Gefühl, als würde der Zorn von Theo Tropa wie ein Blitz auf mich niederfahren. Er war vom Stuhl aufgesprungen. »Das ist unerhört! Sie wollen eine Viertelmillion und haben nicht einmal eine Kalkulation vorzuweisen. Sie sind noch schlimmer als mein Sohn. Ihr seid mir ein schönes Gespann: ein Verrückter und ein Hochstapler. Ihr werdet im Zuchthaus enden. Ein Wunder, daß ihr mir den Safe noch nicht ausgeräumt habt, aber vielleicht kommt das noch.«

Eine Weile ging es so weiter. Sollte ich mich verteidigen? Sollte ich auch zu schreien anfangen? Oder aufstehen und gehen? So oder so, zu retten war die Sache nicht mehr.

Mit gerötetem Gesicht, zitternd vor Wut stand Theo Tropa da. »Sagen Sie meinem Sohn: Wenn er an mein Geld will, muß er auf meinen Tod warten, und es steht nirgends geschrieben, daß ein Vater vor dem Sohn sterben muß. Ich habe schon drei Söhne begraben . . .« Er brach ab, erschrokken, wohin der Zorn ihn geführt hatte.

Ich erhob mich. »Bevor ich gehe, möchte ich nur eines sagen: Ich bin nicht hergekommen, um eine Viertelmillion von Ihnen zu erbitten.«

»Warum dann?«

»Ich wollte Sie informieren.«

Ich machte eine Pause. Wie weit sollte ich gehen beim Bluffen? Nicht, daß ich mir einbildete, ich hätte noch etwas retten können. Ich wollte nur Revanche. Ich wollte Theo Tropa zeigen, daß wir ihn nicht brauchten. Weder ihn noch sein Geld.

»Wir haben einen Geldgeber für die Fluggesellschaft. Bevor wir die Sache festmachen, wollte ich Sie davon unterrichten. Es schien mir nur fair. Sie verstehen, man wird darüber reden, warum Hans einen ausländischen Geldgeber hat . . .«

Ich konnte den Satz nicht zu Ende führen, Theo Tropa fiel mir ins Wort: »Ist es dieser Schwede? Dieser Stahlmillionär Klyde? Nimmt mein Sohn den in die Firma? Dann sind wir endgültig geschiedene Leute.«

Er hatte sich wieder in der Gewalt. Er schrie nicht mehr, dafür wurde er gehässig.

»Sie hätten sich den Weg sparen können, Herr Reich. Mein Sohn ist ein erwachsener Mann, er kann tun und lassen, was er will. Er tut mir einen Gefallen, wenn er seine Fluggesellschaft von diesem Schweden finanzieren läßt. Es wird sowieso eine Pleite. Ich gebe euch ein paar Monate, dann habt ihr das Geld von Klyde verpulvert, und ihr kommt gekrochen, daß ich euch aus der Patsche helfe. Sagen Sie meinem Sohn einen schönen Gruß, von mir sieht er keine Mark – und ich werde dafür sorgen, daß er auch sonst nirgends Geld bekommt. Ich sitze im Münchner Kaufmannsclub. Ein Wort von mir, und alle Hähne sind zugedreht, auch bei den Banken. Er soll selber sehen, wie er zurechtkommt. Sagen Sie ihm das, damit er sich darauf einrichten kann.«

Die kalte Gehässigkeit war schlimmer als vorher der Wutausbruch. Ich hatte nichts dagegenzusetzen. Die Worte Tropas hatten das Gewicht eines Urteils, und ich bezog dieses

Urteil auf mich persönlich: Ich hatte versagt. Theo Tropa, ein hochgekommener Buchhalter, hatte mich gewogen und zu leicht befunden.

Als ich mich verabschiedete, sagte er: »Ich gebe euch ein paar Monate, mehr nicht. Dann seid ihr pleite. Blast die Sache lieber jetzt noch ab, bevor ihr in Schwierigkeiten kommt. Und ihr werdet in Schwierigkeiten geraten, das garantiere ich . . .«

Ich setzte den Strohhut auf, und gab frech zur Antwort: »Wetten, daß ich Ihnen das Gegenteil beweise!«

*

Nach dieser Niederlage verkroch ich mich im »Regina« und studierte das Münchner Branchenadreßbuch unter dem Stichwort Bank: Bayerische Hypotheken- und Wechselbank, Bayerische Vereinsbank, Deutsche Bank, Dresdner Bank, Bankhaus Merck, Finck & Co., Bankhaus Schneider & Münzing, Städtische Sparkasse . . .

Wenn ich zu einer Bank ging und einen Kredit wollte, mußte ich Sicherheiten bieten. Hans Tropa besaß das Grundstück am Oberwiesenfeld, auf dem die Scheune stand, und er besaß ein Mietshaus in der Liebigstraße, das er ein halbes Jahr zuvor von einer Tante geerbt hatte. Das Grundstück am Oberwiesenfeld war zwölftausend Quadratmeter groß, das Mietshaus in der Liebigstraße hatte vier Stockwerke und acht Wohnungen.

Auf das Grundstück konnten wir nach meiner Schätzung eine Hypothek von zwanzigtausend Mark aufnehmen, auf das Mietshaus eventuell fünfzigtausend.

Außer dem Grundstück und dem Mietshaus verfügte Hans Tropa noch über zwei Sparbücher mit einem Gesamtguthaben von gut elftausend Mark und über Pfandbriefe im

Wert von fünfzehntausend. Schließlich noch das Bargeld, das offen in seinem Koffer herumlag: sechstausendsechshundertzwölf Mark.

Ich addierte die drei Posten und kam auf eine Summe von zweiunddreißigtausendachthundert Mark sechzig Pfennig. Das reichte gerade zur Gründung der GmbH und für die laufenden Kosten der nächsten Wochen.

Und dann?

Was machte ich am 15. Oktober, wenn der Termin für die neunzigtausend Mark kam, die ich Hugo Junkers schuldete?

Falschmünzer müßte man sein! Das Geld, das einem fehlte, selber machen.

Wenn ich einen gekannt hätte, ich glaube, an diesem 16. September 1927 wäre ich zu ihm gegangen und hätte gesagt: »Mach mir eine runde Million, dann sehn wir weiter.«

Um auf andere Gedanken zu kommen, ging ich in die Stadt.

In den Schaufenstern von Kielleuthner an der Maximilianstraße sah ich einen Smoking. Der Smoking war ein Ausstellungsstück, und ich bestellte einen nach Maß. Als der Schneider mit der Prozedur des Maßnehmens fertig war, entdeckte ich ein fabelhaftes, grüngestreiftes Hemd. Das grüngestreifte Hemd inspirierte mich zu einer gelben Krawatte; die gelbe Krawatte inspirierte mich zu einer hellgrauen Sportjacke. Ich hätte so weitermachen können, aber ich sagte mir, auch der Leichtsinn hat Grenzen. Die Kombination Jacke, Hemd, Krawatte ließ ich ins Hotel schicken. Natürlich auf Rechnung. Um mein Gewissen zu beruhigen, sagte ich mir: Einen Smoking hat man einfach, das ist ein Muß. Die Kombination ist ebenfalls ein Muß. Und daß ich heute wieder einen Besuch im Nachtclub machen werde, ist auch ein Muß.

Alles andere hat bis morgen Zeit.

12

Die Auffahrt zum Nachtclub war mit Fackeln beleuchtet. Sie steckten in mannshohen Pfählen und bildeten ein Spalier aus Flammen.

Vor der Tür der Villa parkte eine weiße Limousine. Ich hatte noch nie eine so große Limousine gesehn.

Auf den Stufen zur Tür lagen Blütenblätter, ein dunkelroter Teppich von Rosenblüten; auch im Foyer war der Boden mit dunkelroten Blütenblättern bestreut.

»Was wird hier gefeiert?« fragte ich den alten Diener.

»Hoher Besuch.«

»Eine Dame?«

Er nickte, nahm meinen Hut.

»Verraten Sie mir den Namen?«

Er machte ein feierliches Gesicht: »Pola Negri ist da.«

»Pola Negri! Sie scherzen, Pola Negri ist in Amerika.«

»Heute ist Pola Negri hier.«

Ich schwärmte für Pola Negri, seit ich sie zum erstenmal auf der Leinwand gesehen hatte. In den Film »Die Bergkatze«, der 1922 nach Regensburg kam, lief ich ein halbes dutzendmal, und eine Zeitlang hatte ich Fotos von ihr unterm Kopfkissen.

Pola Negri saß an der Bar, umringt von Männern. Ich blieb am Eingang der Bar stehen, um sie mir erst einmal aus der Entfernung anzuschauen, meine Pola Negri.

Sie trug etwas Orientalisches. Schleierstoffe in Rosa, Orange und Gold. Ein goldbesticktes Bolero mit weiten, durchsichtigen Ärmeln, an den Handgelenken klimpernden Schmuck, an den Händen Ringe mit großen Steinen.

Sie sprach, sie lachte, aber das wichtigste war ihre Ausstrahlung. Sie verbreitete ein Klima, das Männer unwiderstehlich anzog. Sie brauchte einen Mann nur anzuschauen, und schon dachte er, diese Frau habe ihr Leben lang einzig und allein auf ihn gewartet. Damit behexte sie die Männer im Kino, und jetzt behexte sie die Männer hier im Club.

Die Frauen machte das eifersüchtig; sie kamen sich überflüssig vor und saßen da mit gelangweilten Gesichtern. Auch Flo war eifersüchtig. Es paßte ihr nicht, daß eine andere im Mittelpunkt stand, und sie versuchte aufzutrumpfen. Schon ihr Kleid! Was heißt Kleid – sie trug ihre Haut zu Markt, garniert mit etwas schwerer Spitze. Und sie ließ ihre Reize spielen, aber es war eben gespielt.

Sie machte auf Vamp, auf verrucht. Ihr Opfer war ein rothaariger Amerikaner, Typ Viehzüchter, der in gebrochenem Deutsch lamentierte, der Münchner Oberbürgermeister habe sich geweigert, ihm, Williston Winchester, den Friedensengel zu verkaufen. Er benahm sich wie in einem Saloon. Er nannte Flo sein Baby, und als sein Glas leer war, schob er eine Dollarnote über die Theke: »Whiskey für Williston Winchester!«

Flo revanchierte sich, indem sie ihm seine Zigarre anzündete und daraus eine obszöne Pantomime machte, die zwei volle Minuten dauerte und nach der die Zigarre so feucht war, daß sie nicht mehr brennen wollte.

Wäre Flo mir gleichgültig gewesen, hätte ihr Benehmen mich nicht gestört. Aber sie war mir nicht gleichgültig, und es ärgerte mich, daß sie sich wie ein Flittchen aufführte. Abgelenkt durch den Amerikaner, hatte sie mein Kommen nicht bemerkt. Ich war froh und bahnte mir den Weg zu Pola Negri. Leichter gesagt als getan. Pola Negri war belagert. Aber wie das so ist bei einer verwöhnten Frau, umringt von Anbetern, schweifte ihr Blick immer wieder mal schnell in die Ferne, suchte etwas Neues – und fand mich. Der Blick abenteuerte nicht weiter, sondern ließ sich auf mir nieder und sagte zu mir: Da bist du ja endlich! Ich habe mein Leben lang auf dich gewartet . . .

Ich weiß nicht wie, aber plötzlich war der Weg zu ihr frei. »Das ist Pavelino, meine Liebe«, Jo Klyde schob mich zu ihr hin. Ich suchte nach Worten und fand keine. Ich war hypnotisiert von ihrer Nähe. Schließlich stotterte ich etwas von der »Bergkatze« und daß ich ein halbes dutzendmal in dem Film gewesen sei.

Pola Negri lachte ihr wunderbares Lachen. Sie wurde noch schöner, wenn sie lachte. »Ein halbes dutzendmal in der ›Bergkatze‹, ist das die Wahrheit?«

»Ich schwöre.«

Pola Negri hob die geschmückten Hände und legte sie um meinen Hals. Die Geste war vertraut, war selbstverständlich, als würden wir uns seit Jahren kennen. »Dafür haben Sie einen Kuß auf die Augen verdient.«

Sie saß und ich stand. Ich mußte das Knie beugen, oder sollte ich ganz in die Knie sinken? Zumute war mir jedenfalls wie einem frommen Pilger, der eine himmlische Erscheinung hat. Ich schloß die Augen, mein Atem stand still, mein Herz stand still.

Danach wich ich nicht mehr von ihrer Seite, und sie schien Gefallen daran zu finden, bildete ich mir wenigstens ein. Wir plauderten, wir lachten, wir sprachen über ihre Filme, über die »Madame Dubarry« und über »Sumurun«, eine Haremsgeschichte, an die mich ihr orientalisches Kleid erinnerte.

Inzwischen braute sich zwischen Flo und Jo Klyde etwas zusammen. Offenbar gehörte das zum Programm, daß sie sich Nacht für Nacht eine Szene machten. Es geschah nicht ganz so offiziell wie die Sache mit der Orchidee und dem Papagei am Abend nach der Premiere. Jo Klyde stand mit Flo hinter der Bar, hielt sie an den Schultern fest und redete auf sie ein, beschwörend, bittend, flehend. Ich konnte nicht hören, was er sagte, ich hörte nur das Nein, das Flo ihm zornig entgegenfauchte. Nein und wieder nein und wieder nein – bis Jo Klyde die Geduld riß und er ihr ins Gesicht schlug. Flo zuckte nicht einmal mit der Wimper. Sie fauchte wieder ein Nein. Jo Klyde zerrte sie mit sich durch die Tür hinter der Bar.

Um Mitternacht trat ein Magier auf, wobei die Tanzfläche als Bühne diente. Nachdem es dunkel geworden war und nur noch die beiden Scheinwerfer für die Tanzfläche brannten, war plötzlich Flo neben mir.

»Ich muß hier weg«, flüsterte sie mir zu, »heute nacht noch . . . Ich bleibe nicht mehr. Du mußt mir helfen!« Dann verschwand sie.

Als der Zauberkünstler abtrat, kündigte Jo Klyde einen Auftritt von Flo an: eine Sensation, einen Striptease à la Josephine Baker, nur ohne Bananen – also ganz ohne.

Schon die Ankündigung löste wilden Applaus aus, und als kurz darauf Flo erschien, zitterten die Wände von dem Getrampel und dem Pfeifen der Männer. Am lautesten gebärdete sich Williston Winchester, der am Rand der Tanzfläche auf dem Boden hockte, im Mundwinkel noch immer die Zigarre, die nicht brennen wollte.

Striptease hieß in Deutschland damals nicht Striptease, sondern Schönheitstanz oder etwas brutaler Nackttanz. Die Kostümierung der Schönheitstänzerinnen bestand aus Schleiern, die sie nach und nach fallen ließen, allerdings nur bis zum vorletzten. Die Nackttänzerinnen trugen mehr oder weniger raffinierte Unterwäsche, derer sie sich mehr oder weniger raffiniert entledigten. Am Schluß flüchteten sie dann wie aufgestöbertes Wild von der Bühne, oder sie sanken zu Boden à la Anna Pawlowa im »Sterbenden Schwan« oder à la Mata Hari in ihrem berühmten »Tanz der Bajadere«.

Flo trug keine Schleier und kein Dessous. Sie hatte ein Kleidungsstück an, das erst viele Jahre später für den Striptease entdeckt werden sollte: einen Männertrenchcoat. Der Mantel war an der Taille mit einem Gürtel zusammengebunden, sehr, sehr eng, der Kragen hochgeschlagen. Auf dem Kopf trug sie einen Herrenhut.

Flo stand mitten auf der Tanzfläche, nur von unten beleuchtet. Die Scheinwerfer an der Decke waren erloschen. Die Kapelle spielte etwas Südamerikanisches: Schlagzeug, Trommel, Macumba und eine Mundharmonika, die nach einem lange anhaltenden Tremoloton eine kleine melancholische Melodie spielte, die sich immer wiederholte.

Flo schnippte den Hut aus der Stirn und zog etwas aus der Tasche des Trenchcoats: zwei zerknüllte schwarze Seidenstrümpfe. Sie schüttelte die Strümpfe aus, zeigte sie nach allen Seiten herum, wie zuvor der Zauberkünstler die Gegenstände, die er verschwinden ließ. Dann sagte sie: »Ein Paar Damenstrümpfe, reine Seide, einmal getragen, zum ersten ... Wer bietet?«

Einen Moment herrschte stumme Verblüffung. Williston Winchester begriff als erster. »Zehn Rentenmark!« rief er laut und schwenkte einen Geldschein in der Hand.

»Zehn Mark? Zwanzig Mark!« riefen andere. Im Nu war das Gebot für den Strumpf auf hundert Mark.

»Zweihundert!« trumpfte Williston Winchester auf und fing die Strümpfe, die Flo ihm zuwarf, aus der Luft.

Als nächstes zog sie einen Strapsgürtel aus der Manteltasche. Schwarze Lackbänder, schwarze Spitzen, Straß. Flo zeigte das Ding nach allen Seiten: »Paris, Maison Clairon, leicht beschädigt.«

»Hundert Rentenmark!« schrie Williston Winchester und sprang auf die Füße, aber er bekam ihn noch nicht. Andere boten dagegen, und schließlich mußte er sechshundert Mark dafür bezahlen.

Die Spannung stieg. Was würde Flo als nächstes versteigern? Den Hut? Die Handschuhe? Den Gürtel des Trenchcoats?

Flo gab Williston Winchester den Strapsgürtel, kassierte die sechshundert Mark und steckte die Geldscheine in die Manteltasche.

Die Musik im Hintergrund wurde sehr leise, man hörte nur noch Trommel und Macumba. Flo salutierte, tippte mit dem Zeigefinger an den Hutrand, und sagte im Berliner Jargon: »Leute, das war's. Fortsetzung demnächst in einem anderen Theater.« Sie verließ die Tanzfläche, und im Abgehen rief sie meinen Namen: »Pavelino, komm! Bring mich weg von hier!«

Ich erschrak. Sie wollte Jo Klyde provozieren, das war klar. Sie wollte ihm eins auswischen wie vorgestern, als sie den Papagei aus dem Käfig geholt hatte. Was war heute ihre Absicht? Eine Schlägerei?

Sie kam auf mich zu, nahm meinen Arm. »Komm, bring mich weg von hier!«

Wie sollte ich mich verhalten? Ich konnte nicht anders, ich mußte ihren Willen tun, ihr den Arm geben.

»Tausend für den Trenchcoat«, rief Williston Winchester. »Und tausend mal tausend für den Rest!«

Er hielt Flos Abgang für einen Gag, auch das Publikum reagierte so. Man applaudierte. Die Musik wurde lauter.

*

Im Foyer stand der Koffer von Flo. Sie wollte, daß ich sie zum Bahnhof fahre. Ich versuchte, sie zur Vernunft zu bringen, aber sie ließ sich auf keine Diskussion ein.

»Fährst du mich, oder fährst du mich nicht? Du mußt es nur sagen.«

Im Auto, auf dem Weg zum Bahnhof, packte sie aus: Nach ihren Worten war Jo Klyde ein Monster. Das ist wohl immer so, wenn eine Frau einen Mann satt hat. Aber warum erzählte sie ausgerechnet mir das alles, das Intime und das Intimste. Es ging mich nichts an, und es interessierte mich auch nicht. Die Neugier des Voyeurs, die man haben muß, um ein guter Beichtvater zu sein, fehlte mir. Jo Klyde war ihre Sache. Wenn sie ihn satt hatte, konnte sie gehn. Aber wieso mitten in der Nacht? Und warum mußte sie mich mit hineinziehen?

»Für Klyde gibt's zwei Klassen Menschen«, sagte Flo. »Erste Garnitur, zweite Garnitur. Pola Negri ist erste Garnitur, ich bin zweite. Aber den Abend hab' ich ihm tüchtig vermasselt. Jetzt kann er sich von seiner Pola Negri trösten lassen. Weißt du, wie alt sie überhaupt ist? Dreiunddreißig!«

Es war kurz vor zwei Uhr morgens, als wir zum Hauptbahnhof kamen. Ich hielt mit dem Auto vor dem Osteingang.

»Wo willst du überhaupt hin?«

»Nach Berlin.«

»Schau mal auf die Uhr! Es ist zwei Uhr nachts. Der Schnellzug nach Berlin geht morgen früh um sieben Uhr fünfunddreißig.« Ich kannte den Zug, weil er über Regensburg ging.

»Dann wart' ich eben bis morgen früh.«

»Und wo willst du warten?«

»Im Wartesaal.«

»Ich bringe dich in ein Hotel.«

Sie gab keine Antwort. Sie blickte durch die Frontscheibe auf den verlassenen Bahnhofplatz, der in das Blau und Rot der Lichtreklame getaucht war, die von der Fassade des Telegrafenamts leuchtete. Das Blau war NIVEA CREME, das Rot KAFFEE HAG.

Auch um Flos Gesicht spielten blaue und rote Reflexe. Sie hatte den Hut im Schoß und saß mit untergeschlagenen Beinen wie ein Kind neben mir.

Ohne mich anzusehen, fragte sie: »Wo wohnst du eigentlich?«

Instinktiv hatte ich schon die ganze Zeit gewußt, daß es darauf hinauslaufen würde. Sie wollte mich. Ohne mich war der Streich, den sie Jo Klyde spielte, nicht komplett, und das verdroß mich.

»Meine liebe Flo«, sagte ich und kam mir sehr überlegen vor. »Ich gebe dir einen guten Rat. Dort drüben steht ein Taxi. Nimm es, und fahre nach Schwabing zurück zu deinem Jo Klyde, dort gehörst du hin!« Ich hoffte, sie würde explodieren, mich beschimpfen, ja, genau das hoffte ich. Ich suchte Streit, alles war mir recht, um aus der Sache mit heiler Haut herauszukommen. Aber Flo wurde nicht wütend.

»Das Haus von Jo Klyde betrete ich nicht mehr. Ich hätte es nie betreten sollen. Das war der Anfang vom Ende. Vorher hatte ich Jo in der Hand, er tanzte nach meiner Pfeife. Sobald ich bei ihm einzog, buchstäblich von der ersten Stunde an, hat sich das Blatt gewendet. Er spielte sich auf, der große Jo Klyde, und ich war die kleine Tänzerin aus Berlin. Er der Herr und Gebieter, ich die Sklavin. Wie ein Flittchen hat er mich behandelt.«

»Da bist du selber schuld, du benimmst dich wie ein Flittchen. Deine Unterwäsche versteigern, mitten in der Nacht wegrennen, was soll das alles? Wenn du nicht wie ein Flittchen behandelt werden willst, mußt du dich anders benehmen.«

»Pah! In Nullkommanichts habe ich diesem Williston Winchester achthundert Piepen abgeknöpft, und für den Mantel hätte ich noch viel mehr bekommen. Auf die vornehme Tour hätte ich das nicht geschafft. Und, verdammt noch mal, ich brauche Reisegeld. So ist das, jetzt weißt du's. Jo Klyde gibt mir kein Geld. Er gibt mir alles, Schmuck, Pelze, alles, alles, nur kein Geld. Um jede Mark muß ich betteln. Ich habe alles dort gelassen, den Schmuck und die Pelze. Ich will das Zeug nicht, eines Tages kann ich mir das alles selber kaufen. Ich brauche kein Almosen von Jo.« Einen Moment schwieg sie, dann sagte sie unvermittelt: »Fahren wir jetzt zu dir, oder wohnst du vielleicht bei deinen Eltern?«

»Nein, so ist es nicht.«

»Hast du eine strenge Hauswirtin? Damenbesuch verboten?«

»Auch nicht.«

»Ist dein Bett zu schmal für zwei?«

»Das Bett ist breit genug, nur . . . die Wohnung gehört einer Frau, und die Frau ist meine Freundin.«

»So ist das . . . du hast eine Freundin.« Flo schien beeindruckt, verwirrt, aber sie fing sich rasch. »Und warum versteckst du sie? Warum hast du sie nie mitgebracht in den Club? Wie du weißt, haben Damen Zutritt. Oder kommst du heimlich, und sie darf nichts davon wissen?«

»Sie ist zur Zeit nicht in München. Sie arbeitet sechs Monate im Jahr als Verkäuferin auf einem Schiff des Norddeutschen Lloyd.«

»Auf einem Schiff? Amerikaroute?«

»Ja, die ›München‹. Bremerhaven – New York.«

»Und du bist nicht eifersüchtig auf die Bekanntschaften, die sie dort macht? An Bord mitten auf dem Atlantik haben die Männer viel Zeit, am Tag und in der Nacht. Warst du ihr vielleicht die ganzen sechs Monate treu?«

Sie neigte sich vor, betrachtete mich wie etwas Seltenes. Dann geschah das Unerwartete. Sie nahm mich in die Arme. Es war nicht ein Impuls ihres Körpers, sondern ein Impuls, der unmittelbar aus ihrem Herzen kam, spontan, fast kindlich. Sie sagte nichts, sie küßte mich nicht. Sie hielt mich nur fest umschlungen, lange, lange, als wolle sie mich nie mehr loslassen, als habe sie endlich das gefunden, was sie immer gesucht hatte, den Vater, den Bruder, den Freund, was weiß ich . . . den lieben Gott . . .

Ihren Verführungstricks wäre ich gewachsen gewesen – das bildete ich mir zumindest ein –, diese Umarmung jedoch pulverisierte mich. Es gibt kein anderes Wort dafür. Ich löste mich in brennbare Materie auf, es fehlte nur noch ein Funke, und ich stand in Flammen.

Ein letztes Warnsignal meiner Vernunft, leise wie das Rasseln einer Macumba: Du machst eine Dummheit, wenn du jetzt mit ihr in die Sophienstraße fährst. Tu's nicht!

Es ist nur für diese eine Nacht, beruhigte ich mich selbst. Morgen früh sitzt Flo im Zug nach Berlin, und die Sache ist vorbei.

Dann startete ich das Auto, und wir fuhren zu mir in die Sophienstraße.

13

Die erste Nacht mit einer Frau ... Eigentlich ist es immer anders, als man erwartet. Verspricht man sich viel, wird es eine Enttäuschung, geht man ohne hochgespannte Hoffnungen an die Sache, erlebt man meist eine angenehme Überraschung.

Als ich in der Sophienstraße Flos Koffer die Treppe hinauftrug, dachte ich: Vermutlich gibt Flo jetzt eine Vorstellung als Verführerin. Sie wird perfekt sein in dieser Rolle, so perfekt, daß ich keinen Moment vergessen werde, sie spielt, und mit einem anderen Partner würde sie diese Rolle genauso perfekt spielen.

Zuerst sah es tatsächlich danach aus.

Ich wollte ihr Hut und Mantel abnehmen, doch sie wehrte ab. »Nee, nee ... so nich! Jetzt tanze ich den Striptease zu Ende, für dich allein. Etwas Musik, wenn ich bitten darf! Langsame Musik ...«

»Tut mir leid, ich habe kein Grammophon – und ich biete auch nicht tausend Mark für deinen Trenchcoat wie Williston Winchester.«

Flo blickte mich erstaunt an. »Du willst wohl 'ne Dame aus mir machen.«

»Das kommt auf dich an.«

»Wenn ich eine Dame bin, gibt mir keiner mehr tausend Mark für meinen Trenchcoat.«

»Du mußt es nur sagen, dann bring' ich dich zurück in den Club. Williston Winchester erhöht vielleicht noch ...«

Sie löste den Gürtel des Trenchcoats und lächelte. »Ab morgen früh kannst du's versuchen, aus mir eine Dame zu machen. Heute ist es zu spät, mit oder ohne Trenchcoat.«

Sie war nicht nackt unter dem Mantel, wie ich vermutet hatte, sondern sie trug einen grobgestrickten Herrenpullover, der ihr viel zu groß war und dessen Bund unterm Po endete. Auch das wurde erst fünfunddreißig Jahre später Mode, als Marilyn Monroe solche Dinger trug.

Während Flo im Bad war, ging ich in die Küche und holte etwas zu trinken. Champagner hatte ich nicht im Haus, nicht einmal Wein, nur Apollinaris und Himbeersirup. Ich suchte in allen Schubladen nach einer Kerze und konnte nirgends eine finden.

Keine Musik, kein Champagner, keine Kerzen, und wir brauchten keine Musik, keinen Champagner, keine Kerzen. Sobald wir nicht mehr redeten, war alles ganz einfach. Sobald wir uns berührten, geschah alles von selbst. Die Mißverständnisse der ersten Nacht – bezaubernd oder peinlich, je nachdem –, wir hatten sie nicht. Für unsere Körper schien dies nicht die erste Nacht zu sein, es war, als würden wir uns wiederfinden. Wir waren einander so vertraut, so füreinander bereit, wie zwei Menschen, die gemeinsame Erinnerungen haben und sich nach einer langen Trennung wiederfinden.

*

Flo schlief, mir zugewandt, den Mund an meiner Schulter. Ich spürte ihren Atem, eine zärtliche Berührung, die zu fühlen ich nicht müde wurde. Schlief sie? Träumte sie? Oder war sie wach wie ich und hielt nur die Augen geschlossen, um noch eine Weile dahinzutreiben zwischen den nächtlichen Lagunen der Lust, bevor uns die Strömung am Ufer des hellen Tages absetzte.

Durch das Mansardenfenster sickerte Tageslicht herein. In den Bäumen des Alten Botanischen Gartens zwitscherten die Vögel. Die Uhr von St. Bonifaz schlug sechs Uhr.

Der Zug nach Berlin ging um sieben Uhr fünfunddreißig. Es mußte ja nicht der erste Zug sein. Um zwölf Uhr zehn ging ja wieder ein Zug.

Das Schlafzimmer war sehr klein, eigentlich nur ein Alkoven in der Dachschräge. Außer dem Bett hatte nichts Platz; an der Wand hing neben einem ovalen Spiegel eine billige Chinalampe aus roter Seide mit goldenen Fransen und Glöckchen.

Im Haus wurde es allmählich laut. Schritte und Stimmen im Stiegenhaus, Türen, die schlugen.

Flo erwachte mit einem Seufzer. Sie rückte näher zu mir. Was würde sie als erstes sagen? Meinen Namen? Ihre Worte kamen sehr leise: »Was machen wir, wenn Klyde mit einer Kanone zur Tür hereinkommt?«

»Die Tür ist abgesperrt.«

»Klyde bringt mich um, wenn er mich hier findet. Damit hat er immer gedroht.«

»Er kennt meine Adresse nicht.«

»Das ist kein Problem für ihn, die findet er heraus. Du kennst ihn nicht, er ist gefährlich. Er läßt mich nicht so einfach ziehen. Er rächt sich.«

Ich war noch nicht wach genug, um zu erschrecken, aber ich war wach genug, um gerührt zu sein. Ein Bösewicht bedrohte mein Mädchen. Ich mußte sie beschützen. »Hab keine Angst!«

Flos Phantasie arbeitete weiter: »Oder er lauert am Bahnhof auf mich. Das hat er schon mal gemacht.«

»Bist du Klyde schon öfter weggelaufen?«

»Zweimal.«

Das Geständnis machte mich endgültig wach. »Zweimal bist du schon weggelaufen? War es so wie diesmal, bist du bei einem anderen Mann untergeschlüpft?«

»Nein. Einmal bin ich zu Freunden an den Starnberger See, das andere Mal wollte ich nach Berlin zu meinen Eltern, aber da hat Klyde mich aus dem Zug geholt.«

»Hier bist du sicher, hier holt er dich nicht raus.«

Flo blieb im Bett, ich wagte mich hinaus ins feindliche Leben. Jo Klyde lauerte nicht vor der Wohnungstür und auch nicht auf der Sophienstraße. Im »Regina« fand ich eine Nachricht von ihm. Wie ein zivilisierter Mensch bat er mich, ihn anzurufen.

Am Telefon sagte er kein Wort über Flo. Er verabredete sich mit mir für zehn Uhr im »Regina«. »Zum Frühstück!« Ein bizarrer Vorschlag, fand ich, aber beruhigend. Klyde schien keine Eifersuchtstragödie im Sinn zu haben, sondern den diplomatischen Weg vorzuziehen.

Er kam im Reitanzug, schmutzige Reitstiefel an den Füßen, eine Reitpeitsche in der Hand. Er bestellte kein Frühstück, sondern zwölf Austern. »Machen Sie mit?«

Daß wir Brüderschaft geschlossen hatten, schien er vergessen zu haben. Wir waren wieder per Sie.

Wir sprachen von der Fluggesellschaft, von nichts anderem. Eine Stunde lang fragte er mich aus. Seine letzte Frage war: »Haben Sie schon das nötige Kapital?«

»Nein.«

»Wieviel brauchen Sie?«

»Dreihunderttausend.«

Er tauchte die Fingerspitzen in die Wasserschale mit der Zitronenscheibe und reinigte sie sich sorgfältig.

»Sorgen Sie dafür, daß Flo zu mir zurückkommt, dann

sorge ich für das Geld. Sobald Flo bei mir ist, haben Sie den Scheck über dreihunderttausend Mark. Denken Sie darüber nach, und sagen Sie mir morgen Bescheid. Selbe Zeit, selber Ort. Abgemacht?«

»Abgemacht.«

Flo war immer noch im Bett, als ich zurückkam. Das Angebot von Jo Klyde empörte sie. »Nur dreihunderttausend bin ich ihm wert! Williston Winchester hat eine Million geboten. Na warte, wir treiben auch Klyde in die Höhe. Morgen verlangst du fünfhunderttausend.«

»Und dann? Gehst du dann zurück?«

»Natürlich nicht. Und wenn er mir ganz Schweden schenkt und den Nordpol dazu.«

Flos Entschluß war unumstößlich: Berlin, Bühne, Film, große Karriere, aber vorher Klyde alles heimzahlen, ihn blamieren, ihm Hörner aufsetzen.

»Und alle sollen es wissen. Wir gehen jeden Abend groß aus. Früher hat Klyde die Frauen ausgewechselt, jetzt beweise ich ihm, daß es auch andersrum geht.«

Von ihrer Abreise war nicht mehr die Rede.

Klyde nahm es humorvoll, als ich ihm am nächsten Morgen Flos Entschluß mitteilte, nicht zu ihm zurückzukehren. »Daran glaubt sie selber nicht. Eine Frau, die wirklich die Absicht hat, Schluß zu machen, nimmt den Schmuck mit und die Pelze, und Flo hat beides zurückgelassen, *ergo* ... Auf einen Tag kommt es mir nicht an. Wir sehen uns morgen wieder. Ist eine belebende Sache, so ein paar Austern am Morgen, finden Sie nicht?«

Wir bewegten uns wie auf einem Schachbrett: Klyde der König, Flo die Königin ... Was war ich? In lichten Momenten wußte ich, daß ich nur ein Läufer war. Aber diese Momente waren selten, und so hielt ich mich für den Gegenkönig. Schließlich war ich es, dem Flo jetzt gehörte.

Am nächsten Tag kam Hans Tropa aus Dessau. Mein Geständnis, daß Flo in der Sophienstraße eingezogen war, löste einen Tobsuchtsanfall bei ihm aus. Als er dann von Klydes Angebot hörte, schlug seine Wut ins Gegenteil um, und er lachte sich halb krank.

»Du bist der erste, der durch Flo profitiert. Nicht zu fassen! Laß dir den Scheck schnell geben, bevor Klyde es sich anders überlegt.«

»Aber Flo geht nicht zurück zu ihm.«

»Dann schieb sie nach Berlin ab, und zwar sofort. Klyde schaut nicht lange zu, ich warne dich. Daß er es zuerst mit Geld versucht, ist sowieso ein Wunder. Laß dir das gesagt sein. Männer wie Klyde sind keine guten Verlierer.«

»Was soll ich tun?«

»Schick sie zum Teufel, nur weg mit ihr.«

Eine Woche später wohnte Flo immer noch bei mir. Sie hatte die Wohnung in ein einziges Chaos verwandelt. Es gab keinen Stuhl mehr, auf den man sich setzen, und keinen Fleck am Boden, auf den man treten konnte. Über den Stühlen hingen ihre Kleider, am Boden lagen Zeitschriften, leere Zigarettenschachteln, Schuhe, Strümpfe. Sie kochte nicht, und doch hatte sie allmählich das ganze Geschirr aus dem Küchenschrank geholt, Schüsseln für Gesichtsbäder, tiefe Teller zum Anrühren von Gesichtsmasken oder Haarpakkungen. In einem Topf stand Kleie, mit der sie die Fußsohlen pflegte. Und dann die Wassergläser, die überall herumstanden, jedes mit dem roten Abdruck ihrer Lippen am Rand.

Sie fand das Durcheinander gemütlich. Nur wenn ich sie fotografierte, machte sie schnell Ordnung, was darin bestand, daß sie alles, was auf dem Bett lag, mit zwei großen türkischen Schals zudeckte und sich in Odaliskenpose darauf niederließ.

Sie war in Hochstimmung, wenn ich sie fotografierte. Ich machte am liebsten Schnappschüsse, denn ich liebte ihre Art, sich zu bewegen. Sie dagegen wollte Starfotos, schmachtend und mit viel Haut. Sie war die geborene Exhibitionistin. »Ich zieh' mich gerne aus«, erklärte sie immer wieder. »Es macht mir Spaß, und den Männern macht es auch Spaß. Die meisten Frauen tun so vornehm, weil sie nichts zu zeigen haben. Ich kann alles zeigen, rund um die Uhr. Nur du willst es nicht, du willst eine Dame aus mir machen. Hat das nicht noch etwas Zeit? Sagen wir, bis ich neunundzwanzig bin?«

Als ich dann den ersten Film entwickeln ließ und sie ihre Bilder sah, meckerte sie nicht mehr. »Mann o Mann, das ist ja 'ne Klassefrau! Abendfüllend! Leinwandfüllend!« Sie fiel mir um den Hals: »Du darfst nie mehr etwas andres machen, nur noch Fotos von mir. Laß die doofe Fluggesellschaft und werde mein Filmproduzent! Mit der Tanzerei wird man nicht reich und mit der Fliegerei auch nicht. Aber beim Film kann man Millionen machen.«

Ihr Denken kreiste um nichts anderes. Zuerst kam sie selber und ihre Schönheit, dann kam die Karriere und dann das Geld. Sie wollte nach oben, ganz nach oben. Sie wollte, daß ihr Bild und ihr Name groß auf Kinoplakaten prangten. Sie wollte, daß jeder sie kannte. Sie wollte jeden Tag in der Zeitung stehen mit Foto und Skandalmeldung.

Im Grunde ihres Herzens war sie enttäuscht, daß Jo Klyde wegen ihr kein blutrünstiges Drama inszeniert hatte, keine Verfolgungsjagd durch den Münchner Hauptbahnhof oder durch das »Regina-Palast-Hotel«, die mit einem Sprung vom Dach endete oder mit einer Schießerei. Jo Klyde der Bösewicht, ich der *Prince Charming,* sie eine Heldin im Trenchcoat mit nichts darunter als Haut und viel Coty-Parfüm *Coque d'or,* in der Hand eine kleine Damenpistole.

Das Schlußbild dieses Melodrams, das sie sich in verschiedenen Variationen ausdachte, zeigte das Liebespaar nicht in der Hochzeitskutsche oder vor dem Traualtar, sondern in der mittelalterlichen Werkstatt eines Goldschmieds, der mir Handfesseln anpaßte, Handfesseln aus Gold mit unseren Monogrammen und einem Ewig-Dein zum Zeichen, daß ich nun für alle Zeit ihr Sklave war und keine andere Frau eine Chance hatte, mich zu stehlen.

Die Idee von den Handschellen hätte sie am liebsten in die Tat umgesetzt. Sie malte sich die Wirkung aus, wenn sie mich gefesselt in die »Regina«-Bar schleppen würde. Es mußte die »Regina«-Bar sein und keine andere, denn das war die Zentrale für den Münchner Klatsch. Also saßen wir jeden Tag zwischen fünf und sechs in der »Regina«-Bar. Schließlich sollten alle wissen, daß Flo Friedl dem reichen Jo Klyde davongelaufen war, wegen einem anderen – wegen mir. Das trug mir den Ruf eines Frauenlieblings ein, und ich hatte nichts dagegen.

Ich war fünfundzwanzig und fand das alles großartig: mit Flo ausgehen, neue Menschen kennenlernen; sie hatte viele Freunde, Künstler, Halbweltfiguren, aber auch Persönlichkeiten der Münchner Gesellschaft und des bayerischen Adels.

Flo und ich, wir waren das Paar des Monats. Man lud uns ein, reichte uns herum, Cocktails, Partys ... »Am nächsten Sonntag das Pferderennen in Daglfing. Ihr kommt doch.«

Der Sonntag war der 25. September. In München herrschte Oktoberfestwetter, warm, schwül, gewittrig, so daß Flo sich Sorgen machte um ihr Ensemble in Lachs und Weiß: »Wenn ich damit in einen Platzregen komme, kann ich's wegwerfen.«

Ich hatte andere Sorgen. Erstens hatte ich mit Flo in zehn Tagen das ganze Geld ausgegeben, mit dem ich einen Monat hätte reichen sollen, zweitens drohte die Rückkehr von Maxi. Sie hatte nicht mehr geschrieben, also blieb es bei dem vagen Hinweis, den sie selber vor ihrer Abreise auf dem Kalender eingetragen hatte, der in der Küche hing: eine rote Wellenlinie, die am 26. September einsetzte und die sich bis zum 1. Oktober hinzog. An einem dieser Tage würde Maxi in München eintreffen, je nachdem, ob sie direkt von Bremerhaven nach München fuhr oder unterwegs einen Abstecher zu ihrer Schwester nach Nürnberg machte, um dort ein paar Tage zu verbringen.

Es blieb mir nichts andres übrig, ich mußte mit Flo ein ernstes Wort reden. Sie machte keine Szene, wie ich befürchtete, sondern reagierte vernünftig. »Nur noch das Pferderennen, dann bist du mich los. Morgen dampfe ich ab.«

Hoffentlich stimmte der Hinweis auf dem Kalender. Hoffentlich nahm Maxi nicht den Nachtzug von Bremerhaven und stand Montag morgens um sechs vor der Tür.

Das Pferderennen wurde ein voller Erfolg für Flo. Die Pressefotografen knipsten sie, das Wetter blieb gut, auch wenn die Wolken immer dunkler wurden, und das Pferd, auf das sie setzte, machte den ersten Preis. Mit einer Handtasche voller Geld kehrten wir von Daglfing heim. Unterwegs schmiedete Flo Pläne für den Abend.

»Wir feiern unseren ersten Abschied ganz groß, so, als wäre es unser erstes Wiedersehen. Einverstanden?«

»Einverstanden.«

Dann erklärte mir Flo, was sie unter feiern verstand: Kaviar essen, eine ganze Schüssel voll, nichts anderes, keinen Toast, kein gehacktes Ei, keine Blinis, keine *baked potatoes.* Nur Kaviar, großkörnigen grauen persischen Kaviar, der milder als der russische sei, ein richtiges Kaviarfest.

»Und wo feiern wir unser Kaviarfest?«

»Im ›Walterspiel‹, nirgends sonst, vornehmer geht's nicht.

Du im Smoking und ich ganz Dame, so nobel, daß allen die Spucke wegbleibt. Sie werden tuscheln: ›Dieser junge Mann, mit dem man sie neuerdings sieht, hat eine Dame aus Flo Friedl gemacht. Das muß eine große Liebe sein.‹«

Das war ihre Art, von der Liebe zu reden: unsentimental, fast schnoddrig. Sie fragte mich nicht, ob ich sie liebe, um so verschwenderischer war sie mit ihren Liebeserklärungen. Ohne Vorwarnung warf sie mir immer wieder an den Kopf: »Du bist meine große Liebe.« Sie sprach auch von unserer Zukunft. Es stand für sie fest, daß unsere Affäre nicht vorbei war, wenn sie nach Berlin fuhr. »Du kommst nach Berlin, sobald ich eine Wohnung habe.«

Mich verwirrte das. Vielleicht fand sie es nur schick, so zu reden. Vielleicht sagte sie das zu jedem Mann, mit dem sie ins Bett ging.

Am Nachmittag auf dem Rennplatz in der drückenden Schwüle hatte ich mich matt gefühlt, jetzt erwachten meine Lebensgeister wieder. Ich freute mich auf die verspätete Siesta mit Flo ohne Musik, ohne Champagner – und auf das anschließende Kaviarfest.

Wir reservierten im »Walterspiel« für neun Uhr einen Tisch und fuhren nach Hause.

Während der letzten Stunde hatte der Himmel sich mit dunklen Regenwolken bezogen, und als wir in der Sophienstraße aus dem Laubfrosch stiegen, fielen die ersten Tropfen. Flo lief in die schützende Hauseinfahrt, ich schloß das Verdeck.

In der Hauseinfahrt hingen die Briefkästen, und dort steckten kleine Hakenkreuzfahnen aus Papier, Propaganda für die kommenden Wahlen. Bei zwei Briefkästen war das Fähnchen bereits entfernt, beim Hausmeister Griedl und bei Markones/Reich. Komisch, dachte ich, wer geht an meinen Briefkasten . . .

Flo schwenkte ein Fähnchen. »Mein Schatzi heißt Lumpazi und ist ein Hitler-Nazi, mein Schatzi heißt Lumpazi ...«

Im Stiegenhaus roch es noch nach Sonntagsbraten; aus den Wohnungen klang Opernmusik, die obligate Opern- oder Operettenübertragung, die der Rundfunk jeden Sonntag ab achtzehn Uhr dreißig brachte. Passend zum ersten Oktoberfestsonntag, war es heute der »Vogelhändler«.

Als ich die Wohnungstür aufschloß, stutzte ich. Die Tür war nicht abgesperrt. Wieder dachte ich: Komisch, habe ich beim Weggehen vergessen abzuschließen?

Das Fähnchen in der erhobenen Hand wie ein Tambour den Stock und im Stechschritt marschierte Flo durch die halbdunkle Garderobe ins Schneideratelier. »Mein Schatzi heißt Lumpazi, mein Schatzi ...« Plötzlich verstummte sie, ließ das Fähnchen sinken.

Ich achtete nicht darauf. Flos Launen wechselten immer von einer Sekunde zur anderen. Ich machte in der Garderobe Licht, nahm den Strohhut ab, betrachtete stolz den neuen Smoking, der dort hing, am Vortag von Kielleuthner geliefert.

»Du hast Besuch«, kam die Stimme von Flo aus dem Atelier. Sie blickte hilfesuchend zu mir her und wiederholte: »Du hast Besuch.«

Im selben Moment sah ich die zwei Koffer aus dunkelbraunem Vulkanfiber, beide mit dem blau-weißen Aufkleber NORDDEUTSCHER LLOYD und dem gelb-schwarzen Aufkleber MÜNCHEN.

Maxi!

Sie mußte kurz vor uns gekommen sein. Sie war noch in ihrem dunkelblauen Reisekostüm mit der weißen Bluse. Ihr Gesicht war so weiß wie die Bluse. Sie saß an dem Tisch im Atelier, mit hängenden Schultern und hängenden Armen. Zu ihren Füßen lag ein Fähnchen mit dem Hakenkreuz.

Im Schneideratelier war es dämmrig. Der Regen prasselte auf das Dach, durch die offene Wohnungstür klangen verschwommen die Melodien des »Vogelhändlers« herein.

Ich fühlte mich wie betäubt, unfähig zu denken, unfähig, etwas zu sagen.

Was hätte ich auch sagen können? Eine Entschuldigung gab es nicht. Die Wohnung sprach für sich selbst: das zerwühlte Bett im Schlafzimmer, das schmutzige Geschirr in der Küche, das Chaos im Atelier, am Boden Flos Schuhe, Flos Zeitschriften, auf den Stühlen Flos Kleider.

Maxis Gesicht, dieses hübsche Gesicht mit den weichen Zügen, die wie geschaffen zum Lächeln waren, hatte einen starren Ausdruck. Nur ihre Augen waren lebendig, und diese Augen wanderten langsam zwischen mir und Flo hin und her. Sonst geschah nichts. Die Zeit stand still. Alles stand still. Es war unerträglich. Ein böser Traum hielt mich gefangen. Ich wollte sprechen und hatte keine Stimme, ich wollte wegrennen und kam nicht von der Stelle.

Maxi knipste die Tischlampe an, eine gelbe Porzellanvase mit einem breiten weißen Schirm. Im Lichtschein sah ich, daß der Tisch mit Fotografien von Flo bedeckt war. Ich selber hatte sie gestern dort ausgebreitet, um sie Flo zu zeigen.

Maxi schob die Fotos mit einer einzigen Bewegung zusammen und begann, sie zu zerreißen, eine Fotografie nach der anderen, jede in vier Teile.

»Was machen Sie da . . .« Flo fand als erste ihre Kaltblütigkeit wieder. »Lassen Sie das! Lassen Sie meine Fotos!«

Maxi hielt inne und sah auf. Eben noch schien sie apathisch, jetzt brach der Sturm los: »Das ist meine Wohnung!« schrie sie Flo an. »In meiner Wohnung kann ich tun, was ich will.« Sie zerriß die restlichen Fotos, warf die Schnitzel Flo vor die Füße. »Da haben Sie Ihre Fotos!« Sie war aufgesprungen. Drohend stand sie vor Flo und schrie: »Verschwinden

Sie hier, haben Sie gehört? Packen Sie Ihre Sachen, und verschwinden Sie!« Dann wandte sich Maxi zu mir. »Und du auch. Packe deine Sachen, mach, daß du wegkommst und laß dich nie mehr blicken! Hast du gehört, nie mehr!«

Sie ließ uns stehen, lief in die Küche und schmetterte die Tür hinter sich zu. Ich folgte ihr. Sie stand an dem kleinen Fenster, starrte in den Regen hinaus. Sie zitterte am ganzen Körper, schluchzte krampfhaft.

»Maxi . . . laß dir erklären!« Ich trat hinter sie. »Es tut mir leid. Ich weiß selber nicht, wie es passieren konnte.«

Sie fuhr herum. Ihr Gesicht war naß von Tränen. »Rühr mich nicht an!« Sie hob die Arme zur Abwehr. »Rühr mich nicht an! Diese Person in meiner Wohnung . . . So eine Gemeinheit . . .« Sie stammelte in schnellen, abgerissenen Sätzen, stockte, nur um noch einen stärkeren Ausdruck für ihre Empörung zu suchen. »Quartierst diese Hure bei mir ein . . . in meiner Wohnung . . . schläfst in meinem Bett mit ihr . . . Du Schwein . . . Du bist ein Schwein . . . in meinem Bett mit dieser Hure.« Sie stürzte an mir vorbei zurück ins Atelier und schrie Flo an: »Sie sollen verschwinden! Haben Sie gehört, Sie Hure? Raus mit Ihnen!«

Flo stand da und zündete sich eine Zigarette an. Als Maxi das sah, packte sie blinde Wut. Sie raffte die Kleider zusammen, die auf den Stühlen lagen, rannte damit zur Wohnungstür und warf alles auf den Gang. In der Garderobe riß sie meinen Hut vom Haken, den neuen Smoking, und auch die flogen auf den Gang.

Sie blickte sich um, was sie als nächstes packen sollte: meinen Tennisschläger, das Netz mit den Bällen. Die Bälle sprangen die Treppe hinunter, das Racket schlug laut auf. Ich trat dazwischen und schloß die Wohnungstür. »Denk an die Nachbarn, Maxi, bitte!«

Mein Versuch, sie zu beruhigen, empörte sie noch mehr.

»Die Nachbarn?« schrie sie. »Ich soll an die Nachbarn denken? Das ist die größte Frechheit. Du haust mit dieser Hure in meiner Wohnung, in meinem Bett, und du sagst mir, ich soll an die Nachbarn denken!« Sie hob die geballten Fäuste und stieß mich weg. »Verschwinde, oder es passiert etwas!«

Flo hatte begonnen, ihre Sachen einzusammeln, und ich half ihr dabei. Wir warfen alles in den Koffer, auch die zerrissenen Fotos, auch die leeren Zigarettenschachteln. Dann packte ich meine Sachen. Wir redeten nicht, wir vermieden es auch, uns anzusehen.

Maxi war wieder in der Küche verschwunden. Die Stille, die dort herrschte, beunruhigte mich. Ich hatte Angst, sie könne sich etwas antun. Ich mußte mit ihr sprechen, bevor ich die Wohnung verließ.

Es war fast dunkel dort. Sie hatte das Fenster geöffnet, und in der Stille hörte ich den Regen. Einzelne Tropfen fielen in die Küche, und es gab ein helles Geräusch, wenn sie auf das Linoleum klatschten.

Maxi stand am offenen Fenster und ließ sich anregnen. Aus der Dunkelheit kam ihre Stimme.

»Bist du immer noch da . . .«

»Nur ein Wort, Maxi. Bitte, glaub mir, es war nicht meine Schuld.«

»Es war nicht deine Schuld«, äffte sie mich nach. »Das ist gut.« Sie stieß einen seltsamen Laut aus, ein heiseres, hysterisches Auflachen. »Dann ist es also meine Schuld! Du machst es dir wirklich leicht. Ihr Männer macht es euch immer leicht. Ich dachte, du bist anders, aber du bist noch schlimmer. Du taugst noch weniger als die andern. Der feine Herr – und legt sich mit einer Hure in mein Bett. Du hast alles kaputtgemacht. Am liebsten würde ich die Wohnung anzünden, ja, das wäre das beste, alles verbrennen. Hier kann ich sowieso nicht mehr leben.«

Sie begann zu weinen. Sie wandte sich nicht ab, sie unternahm nichts, um ihre Tränen zu verbergen. Sie stand da, die Tränen liefen ihr übers Gesicht, und sie wiederholte mit rauher, erschöpfter Stimme immer dieselben Worte: »Hier kann ich nicht mehr leben, unmöglich, hier kann ich nicht mehr leben, du hast alles kaputtgemacht.«

Ich fühlte mich hilflos und beschämt. »Du hast recht«, murmelte ich, und in dem Wunsch, sie zu trösten, fuhr ich fort: »Verzeih mir! Es wird alles wieder gut.«

Sie sah mich an, schüttelte den Kopf, und in ihrem Blick war die ganze Verzweiflung einer verratenen Frau. »Leg den Wohnungsschlüssel auf den Tisch im Atelier, und dann geh ... geh endlich!«

*

Flo verließ noch in dieser Nacht München. Sie nahm den Dreiundzwanzig-Uhr-Zug nach Berlin, und der Schlafwagenschaffner, der sie erkannte, verschaffte ihr ein Einzelabteil.

Ich blieb auf dem Bahnsteig, bis die roten Schlußlichter des Zugs im Dunkeln verschwanden. Durch die Bahnhofshalle zog der Schützenverein von Grafrath. Die Männer kamen vom Oktoberfest.

Sie hatten die Vereinsfahne dabei und grölten den »Bayerischen Defiliermarsch«.

Ich brauchte eine Bleibe für die Nacht.

Ich hatte ein Auto, das mir nicht gehörte, einen Smoking, der noch nicht bezahlt war, und kein Dach überm Kopf.

Ich fuhr zum »Regina« und hielt vor dem Eingang. Die erleuchteten Fenster, die funkelnde Drehtür, die Menschen in der Halle, alles wirkte einladend, aber Hans Tropa war nicht da. Ich stieg wieder ins Auto und fuhr in die Sophienstraße. Das Haus lag im Dunkeln, nur das Licht über den Klingelknöpfen brannte. Mein Name stand nicht mehr dort. Auch vom Briefkasten hatte Maxi meinen Namen entfernt. Auf dem Gehsteig lag ein Fähnchen mit dem Hakenkreuz, vom Regen aufgeweicht.

Meine nächste Station war der Flughafen Oberwiesenfeld. Ich fand Hans Tropa bei einem Postflugzeug, das startbereit gemacht wurde. Es war die Maschine nach Wien. Der Pilot hatte sich den Arm gebrochen, und Hans Tropa sprang für ihn ein.

Er war sehr erstaunt, mich zu sehen, und begrüßte mich halb spöttisch, halb frostig. »Was ist los? Wo brennt's? Oder bringst du den Scheck von Jo Klyde?«

»Das nicht . . . leider . . .«

»Hab' ich auch nicht erwartet. Was tust du eigentlich? Seit Tagen läßt du dich nicht mehr blicken. Ich fliege, und du faulenzt. Weißt du eigentlich, was für ein Datum wir haben? Den 25. September. Am 10. Oktober beginne ich mit den planmäßigen Flügen. Das ist in vierzehn Tagen, und in diesen vierzehn Tagen ist noch eine Menge zu tun.«

»Am 10. Oktober? Davon hast du mir nichts gesagt.«

»Das ist schlecht möglich, wenn ich dich nie sehe. Soll ich dir vielleicht nachlaufen und dich suchen? Ich bin den ganzen Tag hier heraußen und mache die Rundflüge für die Fern-Andra-Lichtspiele, falls du das vergessen hast. Du ziehst mit Flo herum und machst dir ein schönes Leben. So geht's nicht, wirklich. Entweder du spielst den Weiberhelden, oder du bist mein Partner. Entweder du packst an, oder ich ziehe die Sache allein durch, verstanden? Phantasie und Frechheit, gut und schön. Jetzt aber heißt es die Ärmel aufkrempeln, sonst sind wir geschiedene Leute.«

Ich konnte nichts zu meiner Verteidigung vorbringen. Hans Tropas Vorwürfe stimmten. Außer dem Besuch bei Theo Tropa und ein paar Behördengängen für die Gründung der GmbH hatte ich nichts gemacht; ein paar Anträge, ein paar Vollmachten, die Arbeit von ein paar Stunden, das war alles.

»Hast du Flo dabei?« fragte Hans Tropa.

»Nein, sie ist abgereist. Ich komme vom Bahnhof, sie hat den Nachtzug nach Berlin genommen.«

»Na, endlich! Wie bist du sie losgeworden? Im Guten oder im Bösen?«

»Maxi ist zurückgekommen.«

»Ah, ich verstehe: Schichtwechsel.«

»Nein, ich bin rausgeflogen.«

»Du bist rausgeflogen? Maxi hat dich hinausgeworfen? Heißt das, sie hat euch *in flagranti* erwischt?«

»Das gerade nicht . . .«

»Verdient hättest du's. Ich bin kein Tugendapostel, aber mit Flo in der Wohnung von Maxi und so weiter, das war ein starkes Stück.«

Wieder konnte ich mich nicht verteidigen. Was ich von ihm zu hören bekam, sagte mir auch mein eigenes Gewissen, nur mit härteren Worten.

»Ich wollte dich fragen, ob ich in der Scheune übernachten kann.«

Hans Tropas Gesicht hellte sich auf. »Die erste vernünftige Idee seit langem. Der Schlüssel liegt auf dem Balken über der Tür. Auf dem Bett hat sich bestimmt die graue Katze breitgemacht. Wenn es nachts in der Scheune geistert, dann ist es die Katze. Und am Morgen läßt sie sich aus dem Heu auf dich plumpsen. Du mußt dich schlafend stellen, dann leckt sie dir die Augenlider. Ein komisches Vieh . . . Ab morgen wohne ich auch wieder in der Scheune. Im ›Regina‹ bleibe ich nicht. Mich hat's umgehauen, als ich gestern die Wochenrechnung bekam. Elfhundert Mark für neun Übernachtungen, ein paar Flaschen Champagner und ein paar Drinks an der Bar . . . Elfhundert Mark . . . Das ›Regina‹ war auch so eine Schnapsidee von dir. Morgen packe ich meine Sachen. Am besten, du holst mich ab. Im Amilcar bring' ich nicht alles unter.«

»Ich werde versuchen, ein Zimmer zu finden.«

Hans Tropa fuhr auf. »Wozu brauchst du ein Zimmer? Das ist wieder typisch, ein Zimmer suchen! Ich lasse eine Militärbaracke neben der Scheune aufstellen. Vier Räume: einen für mich, einen für meine zwei Piloten, einen für dich. Kein Komfort, kein Nichts, wie in einer Kaserne. Das wird dir guttun. Ein hartes Feldbett und zwölf Stunden Dienst pro Tag. Ein bißchen studieren, ein bißchen Tennisspielen, Weibergeschichten, dazu gehört nicht viel. Wenn du mein Partner bleiben willst, mußt du beweisen, daß du mit anpakken kannst. So, jetzt hab' ich dir alles gesagt, was ich auf dem Herzen hatte.«

Es regnete nicht mehr; am Nachthimmel zwischen den Wolkenfetzen, die der Wind vor sich hertrieb, blitzten da und dort Sterne. Die braunen Leinensäcke mit der Post waren im Flugzeug verstaut. Zwei Männer rollten einen Karren mit Petroleumleuchten zum Flugfeld und markierten mit den Lampen die Startbahn.

In der Scheune würde ich die ganze Nacht mit offenen Augen auf dem Feldbett liegen und grübeln. Mein schlechtes Gewissen würde zwischen Bahnhof und Sophienstraße hin und her geistern, zwischen Flo und Maxi, ohne daß etwas besser würde dadurch.

»Hast du einen Platz im Postflugzeug für mich?« fragte ich Hans Tropa.

Er sah mich verblüfft an. »Du willst mitfliegen?«

»Ja.«

»Es wird nicht gemütlich. Am Alpenrand sind noch Gewitter.«

»Macht nichts.«

»Ich kann dir nicht einmal einen Sitz anbieten, nur eine Kiste zwischen den Postsäcken.«

»Das genügt mir.«

»Und geheizt ist auch nicht.«

»Dann gib mir eine Fliegerkluft.«

»*Okay.*« Hans Tropa schlug mir auf die Schulter. »Vielleicht wird doch noch was aus dir.«

Zehn Minuten später steckte ich in einem warmen Flie- geroverall. Als ich in die Maschine kletterte, lief der Motor bereits, und die Instrumente leuchteten in einem fluoreszierenden Grün.

Es war mein erster Nachtflug. Die Vorbereitungen hatten etwas Geheimnisvolles. Hans Tropa stand mit einem Monteur neben dem Flugzeug, und die beiden studierten im Schein einer Taschenlampe den Wetterbericht. Sie sprachen die Flugroute durch, bestimmten die Flughöhe. »Start nach Norden mit Rückenwind.« Der Monteur übergab Hans Tropa das Bordbuch, und Hans Tropa stieg in die Führerkanzel.

Er steckte das Bordbuch und eine Schnapsflasche in die Tasche neben dem Sitz, dann konzentrierte er sich auf die Instrumente, drehte den Steuerkurs ein und schnallte sich fest. Sobald Hans Tropa im Flugzeug saß, ging eine Veränderung mit ihm vor. Sein Körper und seine Züge entspannten sich. An die Stelle nervöser Lebhaftigkeit traten Ruhe und Sammlung. Man spürte, er war in seinem Element.

Von draußen kam das Kommando des Monteurs: »Motor frei!«

»Motor frei!« bestätigte Hans Tropa und schaltete die Magnete ein. Die Preßluft zischte, der Motor machte einen ohrenbetäubenden Lärm, und die Auspuffstutzen spuckten Feuer.

Hans Tropa blickte sich kurz um und fragte mich: »Alles *okay?*«

»Alles *okay.*«

»Wir weichen den Gewittern aus und fliegen den nördlichen Kurs, Seitenwind haben wir auch dort genug. Also, keil dich gut fest!«

Hans Tropa schnallte seine Handschuhe am Handgelenk fest, stopfte seinen Wollschal in den Overall.

»Von mir aus können wir«, rief er dem Monteur zu.

Der nickte. »Start frei!«

Die Klappe schloß sich, und Hans Tropa legte innen die Hebel vor. Bevor er Gas gab, wandte er sich nochmals zu mir: »Halt dir die Ohren zu! Die alte Kaffeemühle macht einen Höllenlärm beim Start.«

Er löste die Bremsen, und wir rollten zum Startpunkt, den eine weiße Petroleumlampe markierte. Dann gab er Vollgas.

Ich hatte das Gefühl, als würde im Innern des Flugzeugs ein Orkan ausbrechen, aber Hans Tropa, der konzentriert die Instrumente beobachtete, schien alles in Ordnung zu finden.

Das metallische Dröhnen des Motors steigerte sich, die Räder rumpelten und schlugen. Wir passierten die erste grüne Lampe, die zweite, die dritte. Wir wurden schneller, immer schneller. Die rote Lampe, die das Ende der Startbahn signalisierte, war noch in weiter Ferne. Bereits bei der vorletzten grünen Lampe hoben wir ab.

Die ersten fünfhundert Meter über dem Boden hockte uns der Rückenwind auf den Flügeln und hinderte uns hochzukommen. Wir flogen nicht, wir machten Sprünge. Der Motor warf uns in die Höhe, der Wind drückte uns wieder hinunter.

Ich weiß nicht, wollte ich dem Flugzeug Mut machen oder mir selber, ich weiß nur, ich beugte mich vor zu Hans Tropa und brüllte »Revanche!«

Er nickte und brüllte zurück: »Revanche!«

Über Feldmoching drehten wir auf Südostkurs. München lag rechts von uns. Ich konnte die Lichter des Hauptbahnhofs erkennen und die Lichter der großen Ausfallstraßen.

Wir stiegen weiter, und die Lichter der Stadt wurden zu Lichtpunkten, klein wie die Sterne am Himmel. Es gab keine Erde mehr, nur noch die Nacht und die Sterne, die mit uns um die Wette flogen.

Oktober 1927

14

In der Scheune war es dunkel und still. Ich lag auf dem Feldbett und wußte nicht, wie lange ich geschlafen hatte. Eine Stunde? Vierundzwanzig Stunden? Mehr als zwei konnten es nicht gewesen sein.

Ich hatte bis weit nach Mitternacht gearbeitet, dann war ich wie ein Toter umgefallen, in den Kleidern, in dem alten Overall, zu müde, um mich auszuziehen oder zu waschen. Nur aus den Stiefeln war ich gestiegen, schon draußen vor der Scheune.

Ich lauschte ins Dunkel. Hans Tropa regte sich nicht. Auch unsere beiden Piloten, die mit uns in der Scheune kampierten, schienen tief zu schlafen.

Der Dunkelheit nach mußte es noch Nacht sein. Ich schloß die Augen, versuchte wieder einzuschlafen, aber es ging nicht. In mir war eine Spannung, eine Bangigkeit, eine Freude, die Schlaf unmöglich machte. Der große Tag war endlich gekommen: Heute würden wir unseren regulären Flugbetrieb eröffnen mit zwei F-13-Maschinen, Tropa I und Tropa II.

Gestern noch zweifelten wir, klappt es, oder gibt es eine Blamage?

Gestern erst war die zweite F 13, die Tropa II, aus Dessau eingetroffen. Gestern erst war unsere neue Baracke fertig geworden. Der zweite Anstrich der Baracke – ein helles, leuchtendes Blau – war noch naß. Gestern erst hatten die Monteure der Post das Telefon angeschlossen.

Abends um acht Uhr war es dann soweit gewesen, die Handwerker räumten ihre Sachen zusammen, und wir konnten mit dem Saubermachen beginnen. Zu viert halfen wir zusammen: Hans Tropa, die Piloten Moser und Urban und ich. Nach dem Saubermachen kam der Umzug. Wir trugen unsere Sachen aus der Scheune in die Baracke und räumten sie ein.

Um zwei Uhr morgens hatten wir es geschafft. Wir löschten die Lichter und kehrten ein letztes Mal in die Scheune zurück. Noch ein paar Stunden Schlaf, dann war die große Stunde da, und die Tropa I und Tropa II starteten zum Jungfernflug. Der Abflug war für zehn Uhr vorgesehen, unmittelbar hintereinander.

Ein paar Minuten Luftballett für die Zuschauer, dann würde die Tropa I von Hans Tropa gesteuert nach Berlin fliegen und die Tropa II mit Moser und Urban nach Wien und Budapest.

Da wir mit dem Amtlichen Bayerischen Reisebüro in München und mit dem Mitteleuropäischen Reisebüro in Berlin Verträge geschlossen hatten, waren beide Maschinen seit dem 1. Oktober ausgebucht, praktisch von der Stunde an, als unser Flugplan offiziell feststand. Ein Husarenstück: Flugscheine für Plätze in einem Flugzeug zu verkaufen, das halbfertig in den Junkers-Werken in Dessau stand.

Unser ganzes Unternehmen war ein Husarenstück.

Über mir im Heuboden regte sich die graue Katze. Zuerst fiel etwas Heu herunter, dann landete sie mit weichen Pfoten auf meinen Beinen und verharrte dort. Ich rührte mich nicht, atmete gleichmäßig, stellte mich schlafend. Sie stieg über mich, suchte sich den Winkel zwischen Kopf und

Schulter. Ich spürte ihr weiches Fell, hörte ihr zufriedenes Schnurren. Hin und wieder leckte sie mit ihrer kleinen rauhen Zunge behutsam über meine Augenlider.

Mit dem ersten schwachen Lichtschein, der in die Scheune drang, trollte sie sich. Und auch ich stand auf. An einem Balken hingen die alten, ausgebeulten Fliegeroveralls der beiden Piloten, der eine lang und schmal, der andere kurz und schmal. Urban war einssechsundneunzig groß, und um ins Cockpit zu steigen, mußte er sich zusammenklappen wie ein Taschenmesser.

Moser und Urban hatten wie Hans Tropa den Krieg mitgemacht, beide ruhige Männer. Moser war ein glühender Anhänger der Nazis, Urban ein passionierter Bergsteiger. Seine Kletterausrüstung nahm eine ganze Ecke in seiner Stube ein.

Auf Zehenspitzen schlich ich aus der Scheune. Die drei hatten einen anstrengenden Tag vor sich und brauchten ihren Schlaf.

Die graue Katze hockte vor der Scheune neben meinen Stiefeln und wartete auf mich. Noch war es nicht Tag. Himmel und Erde verschmolzen in einem gläsernen Grau, kaum getrennt durch die Schattenlinie des Horizonts. Die Luft schmeckte herbstlich und frisch. Alles deutete darauf hin, daß der Tag schön wird.

Der leuchtendblaue Anstrich hatte die Baracke völlig verwandelt. Nun haftete ihr nichts Militärisches mehr an. Sie war ein Mittelding zwischen einer Badehütte und einem etwas großgeratenen Bienenhaus. Vorsichtig, um die frische Farbe nicht zu beschädigen, sperrte ich die Baracke auf. Trotz der offenen Fenster roch es in den Räumen intensiv nach Farbe und dem Teerbelag der Dachpappe.

Die Räume der Baracke hatten alle dieselbe Größe, knapp zehn Quadratmeter, und dieselbe Einrichtung: Feldbett,

Spind, Tisch, Bücherbord, Radio. Bei Hans Tropa stand das Funkgerät, bei mir waren das Telefon und ein Rollschrank untergebracht, weil mein Zimmer gleichzeitig als Büro diente.

Das ungebeizte Fichtenholz wirkte frisch, die kleinen Fenster schufen ein angenehmes Licht. Um den Räumen eine fliegerische Note zu geben, hatten wir zwei Plakate von Tropas Amerika-Tournee und drei vergrößerte Pressefotos, die ihn neben Hugo Junkers zeigten, mit blauen Holzleisten und Fensterglas rahmen lassen.

Auf dem Tisch in meinem Zimmer lagen die Zeitungsausschnitte der letzten Tage mit den Reportagen zum Auftakt unserer Fluggesellschaft. Man bedachte uns mit Vorschußlorbeeren und nannte uns »ein junges Unternehmen, das dazu beitragen wird, München einen Platz im internationalen Flugverkehr zu sichern, perfekt organisiert nach amerikanischem Vorbild.«

Von wegen!

An der Wand hing unser erster Flugplan. Er war sehr einfach. Wir flogen die Strecken München – Berlin, München – Berlin – Kopenhagen und München – Wien – Budapest. Unsere Tarife lagen deutlich unter denen der Lufthansa. Während dort der Flug München – Berlin fünfundachtzig Mark kostete, beförderten wir die Passagiere für siebzig Mark. Rückflugbillette boten wir mit einer weiteren Verbilligung an: München – Berlin und retour kostete nur hundertzwanzig Mark.

Mein Blick wanderte zum Kalender, gleich neben dem Flugplan. In fünf Tagen war der 15. Oktober, der Termin, an dem die neunzigtausend Mark an Hugo Junkers fällig wurden. Das Husarenstück, eine Fluggesellschaft ohne eigenes und ohne fremdes Kapital zu gründen, wie würde es weitergehen?

Vorläufig war nirgends am Horizont der Geldgeber aufgetaucht, den ich Hans Tropa prophezeit hatte. Jo Klyde ließ nichts mehr von sich hören. Meine eigene Schuld, das hatte ich mir selber eingebrockt. Geld von einer Bank aufzunehmen, schied aus, das war zu teuer. Blieb nur Tropa senior. Daß mein erster Anlauf bei ihm fehlgeschlagen war, hatte ich noch nicht verdaut. Doch war mir klar, ich mußte den Bittgang ein zweites Mal tun. Und ich fürchtete mich davor. Aber ich hatte keine Wahl. Am 15. Oktober mußte ich die neunzigtausend Mark für Hugo Junkers haben. Wie auch immer, ich mußte das Geld haben.

Noch heute rufe ich Theo Tropa an, nahm ich mir vor, sobald die Maschinen gestartet sind und der Rummel vorbei ist. Ich suchte seine Nummer aus dem Telefonbuch heraus, kein dicker Schmöker wie heute mit zwei Bänden, sondern ein schmales Verzeichnis. Mehr Teilnehmer gab es damals noch nicht in München.

Tropa senior hatte zwei Anschlüsse, einen privaten und einen im Geschäft. Ich notierte beide Nummern und heftete den Zettel an das Schwarze Brett, das gleich neben dem Wandtelefon hing.

Und wenn Theo Tropa dich ein zweites Mal hinauswirft, was dann? Möglich war es. Er brauchte uns nicht. Wir brauchten ihn. Wie ich es auch anstellte, ob geschickt oder dumm, die Entscheidung lag bei ihm. Ich war der Bettler.

Mir wurde es zu eng in der Stube. Ich ging wieder nach draußen und setzte mich auf die Stufen der Baracke. Mach dich nicht verrückt, sagte ich zu mir, das bringt nichts. Hör auf zu denken, und zünde dir eine Zigarette an! Nachher stellst du dich unter die Dusche – was für ein Luxus nach den Zeiten in der Scheune ohne Bad! Wenn du dich geduscht und rasiert hast, ziehst du deinen grauen Flanellanzug an mit einem weißen Hemd und der neuen gelben

Krawatte. Dann beginnt sowieso schon der Rummel für den Start um zehn Uhr, und du wirst den jungen erfolgreichen Mann spielen, für den man dich hier hält. Wenn der Rummel vorbei ist, rufst du Tropa senior an und bittest ihn um eine Unterredung. Du erzählst ihm, daß sich die Partnerschaft mit dem anderen Geldgeber zerschlagen habe und daß euch hunderttausend Mark fürs erste reichen würden. Du mußt in den sauren Apfel beißen, das ist nun mal das Los der Männer seit Adam, daß sie in Äpfel beißen müssen, an denen was faul ist.

Während ich meine Zigarette rauchte, konnte ich beobachten, wie es Tag wurde. Vor mir dehnten sich die Wiese und das Flugfeld bis hin zum Horizont. In der zunehmenden Helligkeit begann der Tau auf der Wiese zu funkeln. Auf dem Giebel der Scheune sang eine Amsel ihr Morgenlied.

Lautlos gesellte sich die graue Katze zu mir. Ich tat so, als sähe ich sie nicht – Katzen scheinen sich sowieso einzubilden, unsichtbar zu sein – und blies mit dem Zigarettenrauch Ringe in die Luft. Zuerst verfolgte sie die Ringe nur mit den Augen, dann schnellte eine Pfote nach oben, und zuletzt sprang sie in die Höhe, um einen Rauchring zu fangen.

Eine Katze müßte man sein, oder eine Amsel, alles, nur nicht um Geld betteln müssen.

*

Tropa senior war in Hemd und Weste. Der Kragen des weißen Hemdes stand offen, die Ärmel hielten Gummibänder über den Ellbogen in der gewünschten Länge. Sein verschwollenes Gesicht ließ darauf schließen, daß er nach dem Mittagessen auf dem Sofa im Büro etwas geschlafen hatte.

Er begrüßte mich einsilbig, ohne ein persönliches Wort.

»Sie haben die Unterlagen mitgebracht? Gut.« Er setzte sich an den Schreibtisch. »Geben Sie her!«

Ich wollte ihm erklären, nach welchem System ich die Buchhaltung der Fluggesellschaft führte.

Er sah mich voller Sarkasmus an: »Es gibt nur *ein* System der Buchhaltung. Auf der einen Seite steht das Minus, auf der anderen das Plus und unterm Strich der Saldo.«

Er knipste die Lampe mit dem grünen Schirm an, nahm einen Rotstift und machte sich daran, meine Buchhaltung zu prüfen. Er ging mit pedantischer Genauigkeit vor, von Zeile zu Zeile, von Posten zu Posten. Manchmal stockte er, schüttelte den Kopf, und ich erwartete eine Frage, aber er blieb stumm. Er kreuzte den fraglichen Posten mit dem Rotstift an oder machte sich eine Anmerkung auf einem Notizblock, nichts sonst. Fünf Minuten verstrichen ohne ein Wort, zehn Minuten, eine Viertelstunde. Ich schien nicht zu existieren für ihn.

Nachdem er mit der Buchhaltung fertig war, nahm er das Budget vor und schließlich die Aufstellung über die bisher getätigten Reservationen und die bisher verkauften Flugscheine. An der Wand hinter ihm tickte die Standuhr, das Messingpendel schwang hin und her, der Zeiger rückte weiter. Die Stille und das Schweigen im Raum wurden immer lastender.

Ich war mit wenig Hoffnungen hergekommen, und jetzt sanken sie auf den Nullpunkt. Schon am Telefon, als wir uns verabredeten, hatte er mich wie einen lästigen Bittsteller behandelt: »Sie wollen mich sprechen, Herr Reich, so, so . . .« Schweigen. »Ich weiß nicht, ob das geht.«

Ich fürchtete, er wolle mich abwimmeln, also wiederholte ich meine Bitte. Stolz zu sein konnte ich mir nicht leisten. Ich hörte durchs Telefon, wie er in seinem Terminkalender blätterte und nebenbei mit Fräulein Küster sprach. Dann knackte es in der Leitung und Fräulein Küster meldete sich. Sie teilte mir mit, ich solle um vierzehn Uhr im Büro sein. »Aber bitte pünktlich.«

Da saß ich nun. Er spielte nicht den wilden Mann wie beim erstenmal, er brütete hinter seinem Schreibtisch über den Zahlen der Fluggesellschaft und hüllte sich in Schweigen. Seit einer geschlagenen halben Stunde hatte er den Mund nicht mehr aufgemacht. Es war unerträglich. Es war ein Fegefeuer. Ich glaubte zu wissen, wie diese Prüfung endete. Er würde mir die Unterlagen zurückgeben und mich wegschicken. Ohne Geld. Er war ein Geschäftsmann, der sein Leben lang ohne Risiko Geld verdient hatte. Ihm mußten bei dieser Buchhaltung, die nur aus Minusposten bestand, die Haare zu Berg stehen. Ausgaben, Ausgaben, Ausgaben. Neunundneunzig Prozent Ausgaben, ein Prozent Einnahmen. Dieses eine Prozent stammte von den Buchungen für die ersten vierzehn Tage, achtzehntausend Mark für verkaufte Flugscheine. Aufgrund dieser Zahl hatte ich eine Schätzung gemacht: An ausgebuchten Tagen kamen wir auf rund zweitausend Mark, an schwachen Tagen auf achthundert. Bei einem Schnitt von eintausendfünfhundert Mark pro Tag und sechsundzwanzig Flugtagen pro Monat sollten wir am Monatsende neununddreißigtausend Mark eingenommen haben. Eine schöne Zahl, aber eine Bruttozahl. Theo Tropa interessierten Nettozahlen, das, was blieb unterm Strich: der Gewinn. Das Leben hatte ihm recht gegeben, er war ein reicher Mann geworden. Warum sollte er in seinem Alter plötzlich leichtsinnig werden. Einem Sohn zuliebe, der sein Haus nicht mehr betrat? Ihn mit einer großmütigen Geste zurückzugewinnen? Ich konnte nur ahnen, was in dem Mann dort am Schreibtisch vorging. Sein Bauerngesicht war leicht gerötet, die Glatze bleich und wächsern. Der breite Ehering, den er trug, schnitt in den Finger ein.

Theo Tropa legte den Rotstift weg. Er nahm den Zwicker ab und rieb sich die Nasenwurzel. »Sie haben eine erstaunlich klare Handschrift«, sagte er, »wie gedruckt. Wo haben Sie das gelernt? Auf dem Gymnasium?«

»Bei meinem Onkel. Er ist Notar. Ich habe ihm geholfen, Dokumente zu schreiben.«

Er nickte. »Und warum sind Sie nach dem Studium nicht in sein Notariat eingetreten? So war es doch wohl gedacht, oder?« Er wartete nicht auf meine Antwort, sondern fuhr fort: »Das wäre vernünftiger gewesen. Ein Notariat ist eine sichere Sache. Das da hingegen«, er deutete auf meine Unterlagen, »das da ist ein Vabanquespiel.«

Er sprach im Kanzelton eines Predigers. Das fehlte mir noch! Ich brauchte Geld, und er speiste mich mit einer Predigt ab. Das demütigte mich mehr als ein schroffer Hinauswurf. Die halbe Stunde Schweigen hatte mich mürbe gemacht. Ich fühlte, meine Selbstbeherrschung ging zu Ende. Entweder vergaß ich im nächsten Moment meine Selbstachtung und begann zu bitten und zu betteln, oder ich gab dem aufsteigenden Zorn nach und verfluchte ihn und sein Geld. Besser, ich verabschiedete mich, bevor das eine oder das andere geschah.

Ich stand auf und sagte: »Sie geben Ihrem Sohn also kein Geld.«

Auch Theo Tropa erhob sich. »Nein, ich gebe meinem Sohn kein Geld. Nicht einen Pfennig gebe ich ihm. Ich habe Ihnen schon das letzte Mal gesagt, wenn er etwas von mir will, soll er selber herkommen.« Er breitete die Arme bedauernd aus. »Tut mir leid, ich bin auch nur ein Mensch . . .«

Ich haßte ihn wegen seines Geizes und wegen seiner Scheinheiligkeit, und dieser Haß verhalf mir wieder zu einem kühlen Kopf. »Darf ich Ihnen eine Frage stellen?«

»Bitte sehr.«

»Warum haben Sie mich überhaupt herkommen lassen?«

»Sie haben mich um ein Gespräch gebeten.«

»Es wäre mir lieber gewesen, Sie hätten mir am Telefon gesagt, daß es keinen Zweck hat. Darf ich Sie bitten, mir die Unterlagen zu geben? Ich will Sie nicht länger aufhalten.«

»Moment, Sie haben mich mißverstanden.«

»Das glaube ich nicht. Sie haben deutlich gesagt, Sie geben Ihrem Sohn kein Geld.«

»Richtig. Setzen Sie sich wieder, und hören Sie mir zu!«

Ich gehorchte widerwillig. Fräulein Küster huschte herein, stellte ein Silbertablett mit zwei Tassen Kaffee auf den Schreibtisch und verschwand wieder.

»Ich habe lange nachgedacht«, begann Theo Tropa. »Sie sind Jurist, korrigieren Sie mich, wenn ich Fehler mache. Ich habe folgenden Plan.«

Er setzte sich wieder hinter den Schreibtisch, rückte die Lampe etwas beiseite. »Sie sind der Geschäftsführer der Fluggesellschaft, das heißt, Sie haben Handlungsvollmacht, unumschränkte Handlungsvollmacht. Das heißt weiter, Sie wickeln den Kauf der Flugzeuge ab. Das ist der Punkt. Hören Sie gut zu! Ich gebe das Geld nicht meinem Sohn, und ich gebe es auch nicht der GmbH. Ich gebe es Ihnen. Ein zinsloses Darlehen an Sie persönlich. Dieses persönliche Darlehen ist eine Sache, die nur uns zwei angeht. Wir werden einen Schuldbrief aufsetzen, nur wir zwei, ohne Notar. Darin wird auch der Verwendungszweck des Geldes festgelegt. Sie kaufen mit dem Geld die Flugzeuge, und ich bin damit indirekt der Besitzer dieser Flugzeuge.« Er machte eine Pause und sah mich an. »Gibt es juristische Einwände?«

»Juristische Einwände gibt es nicht. Aber Sie wissen, ich kann Ihnen keine Sicherheiten bieten.«

»Die Flugzeuge sind die Sicherheit.«

»Gesetzt den Fall, ein Flugzeug stürzt ab, dann hafte ich für den Gegenwert.«

»Für höhere Gewalt mache ich Sie nicht haftbar. Wir setzen eine entsprechende Klausel in den Schuldbrief. Nun, was sagen Sie zu diesem Vorschlag?«

Ich brauchte Zeit, um mich in der neuen Situation zurechtzufinden. Sein Vorschlag klang einfach, und doch sträubte sich in mir alles dagegen. Mein Instinkt warnte mich: Dieser Schuldbrief ist eine Falle. Damit bist du verkauft und verraten.

»Geben Sie das Geld Ihrem Sohn«, sagte ich. »Es ist *seine* Fluggesellschaft.«

»Niemals.«

»Indirekt geben Sie es ihm ja doch.«

»Nein, mir gehören dann die Flugzeuge, und er ist sozusagen mein Angestellter.«

»Und ich der Diener zweier Herren.«

Er lachte hämisch. »Daß wir uns recht verstehen, ich zwinge Ihnen das Geld nicht auf. Ich stelle nur meine Bedingungen. Es steht Ihnen frei, ja zu sagen oder nein. Was ist?«

Ich zögerte. Ich stand zwischen den Fronten, zwischen Vater und Sohn, und so würde es von jetzt an bleiben. Vielleicht ging es gut, wenn nicht, gab es Krieg. Eine vertrackte Situation. Und doch, ich mußte den Pakt eingehen. Ich mußte das Geld haben. Ohne Geld keine Flugzeuge, ohne Geld brach alles zusammen.

Ich nickte. »Also gut, setzen wir den Schuldbrief auf!«

Theo Tropa klappte das Tintenfaß auf und tauchte den Federhalter ein. Es war eine Geste voller Entschiedenheit, und mit derselben Entschiedenheit setzte er auf das weiße Blatt, das vor ihm lag, mit schwungvoller Schönschrift das Wort Schuldbrief. Er unterstrich das Wort nicht mit der üblichen verschnörkelten Schlangenlinie, sondern machte einen flachen Bogen, der am Ende in einen Schnabel auslief, so daß die Silhouette einer Gondel entstand, auf der das Wort SCHULDBRIEF schwebte.

Er benützte eine breite Feder, und wenn er seine energischen Abstriche machte, hörte man sie kratzen. Bevor er mit dem Text begann, sah er auf. »Wichtige Dokumente schreibe ich immer selber, auch wichtige Briefe. Das geht niemanden etwas an. Und ich bewahre sie an einem Ort auf, wo sie sicher sind vor fremden Augen. Hinter diesem Schrank dort ist mein Panzerschrank. Ja, der Schrank ist eine Attrappe. Und im Safe von Fräulein Küster draußen im Büro ist nur das Kleingeld, die Tageskasse, mehr nicht.«

Er sprach mir jeden Satz vor, ehe er ihn hinschrieb, und fragte jedesmal: »Einverstanden?«

Nun hatte ich das Geld, und seltsam, ich empfand keine Freude. Keine Dankbarkeit, nicht einmal Erleichterung. Etwas Feindseliges arbeitete in mir. Zahle es ihm heim, sagte eine Stimme. Nimm Revanche!

Nachdem Theo Tropa den Schuldbrief geschrieben hatte, stand er auf. »Kommen Sie her! Setzen Sie sich auf meinen Platz und lesen Sie alles durch!«

Ich gehorchte. Während ich las, blieb er hinter mir stehen und blickte mir über die Schulter. »Bevor Sie unterschreiben . . . Ich möchte Sie warnen, ein bequemer Partner bin ich nicht.«

Ich nahm den Federhalter und setzte meinen Namen unter den Schuldbrief.

»Das Datum«, mahnte er.

Ich schrieb das Datum unter meinen Namen: »10. Oktober 1927«.

Theo Tropa war noch nicht zufrieden. »Es fehlt noch was: München.«

Also schrieb ich unter das Datum »München«.

Er nahm mir den Federhalter aus der Hand, und ich erhob mich. Theo Tropa beugte sich über das Dokument, betrachtete es. Dann drückte er mir feierlich die Hand. »Wir sind jetzt Partner, und deshalb möchte ich, daß Sie jede Woche einmal hierherkommen, in mein Büro, und mir Rapport erstatten. Sagen wir, jeden Dienstag um elf Uhr?«

»Wie Sie wünschen.« Es kam arrogant, fast feindselig.

Theo Tropas Augen wurden wachsam. »Das klingt nicht enthusiastisch.«

Ich zögerte aus Furcht, meine nächste Antwort könnte noch weniger nach seinem Geschmack ausfallen. Er deutete das Schweigen zu meinen Gunsten. »Sie nehmen es nicht auf die leichte Schulter, gut so. Ich bin sicher, wir werden uns zusammenraufen, das gehört dazu. Ich werde Sie nicht immer mit Samthandschuhen anfassen.«

Er legte den Schuldbrief in eine Kladde.

»Den behalte ich, Sie bekommen jetzt Ihr Geld.« Er öffnete den großen Schrank mit den neugotischen Schnitzereien. Hinter der Tür kam ein Panzerschrank zum Vorschein. Tropa drehte an dem Rad, und ich hörte das leise Klicken, wenn die Nummern einrasteten. Die Panzertür schwang langsam auf. Ich hätte gern einen Blick in den Schrank getan, aber Theo Tropa verstellte die Sicht. Während ich auf seinen breiten Rücken starrte, stellte ich mir den Schrank vollgestopft mit Banknoten vor. Bündel auf Bündel. Wieviel hatte er dort wohl? Eine Million, zwei Millionen? Oder mehr? Die hunderttausend, die er mir gab, waren sicher nur ein Bruchteil. Es ging alles sehr schnell, dann schloß er den Panzerschrank wieder. Als er sich umwandte, hatte er eine lederne Geldtasche in der Hand, wie Kassenboten sie verwenden, ein schwarzes, abgegriffenes Ding. Er kam damit zum Schreibtisch und zählte das Geld hin: zehn Bündel mit je zehn Tausendernoten.

Es war still im Raum, nur das Tick-tack der Standuhr war zu hören, sonst nichts.

Nachdem er das letzte Bündel hingelegt hatte, sagte Theo Tropa: »Bitte, zählen Sie nach.«

»Es wird schon stimmen.«

»Zählen Sie nach!« beharrte er. »Wenn Sie das Geld zur Bank bringen und einzahlen, wird der Kassierer es wieder nachzählen und nicht nur er allein, sondern noch ein zweiter Kassierer zur Gegenprobe. Was glauben Sie, wie oft diese Zehnerbündel schon gezählt wurden! Und so wird das weitergehen: Sie werden immer wieder nachgezählt, immer wieder. Das hat Geld so an sich, es will gezählt werden. Sie sind nicht der letzte, der es nachzählt.«

In diesem Moment brannte bei mir eine Sicherung durch. »Sie sind nicht der letzte, der es nachzählt«, hörte ich ihn noch sagen. Ja, da passierte es: Du bist der letzte, der es nachzählt, dachte ich. Denn du behältst das Geld. Du brennst damit durch. Hunderttausend Mark, das ist ein Vermögen. Damit hast du ausgesorgt ... Ich legte die linke Hand auf das erste Bündel, hielt die schmale Kante der Scheine mit dem Daumen. Mit dem Zeigefinger der rechten Hand zählte ich. Schein für Schein.

*

Es war vier Uhr nachmittags, als ich das Büro von Theo Tropa verließ. Mein Auto stand vor dem Leihhaus auf der Augustenstraße. Ich hatte das Geld in einer alten Ledermappe aus der Studienzeit verstaut und trug diese unter den Arm geklemmt. Auch im Auto legte ich sie nicht auf den Beifahrersitz, sondern steckte sie in die Seitentasche der Tür.

Ich startete den Motor und fuhr los. Wo wollte ich eigentlich hin?

Nicht zur Bank.

Dieses Geld zählt keiner mehr nach.

Dieses Geld gehört dir.

Weg aus München! Sofort losfahren und über die nächste Grenze.

Mit Theo Tropa ist ausgemacht, daß ich ihm noch heute den Bankbeleg vorbeibringe, der die Einzahlung von neunzigtausend Mark auf das Konto von Hugo Junkers ausweist.

Theo Tropa wartet auf mich. Er bleibt länger im Büro. Es wird sieben Uhr. Er schöpft Verdacht, nein, nicht sofort. Vielleicht werde ich nur aufgehalten, durch eine Autopanne.

Vielleicht ruft er auf dem Oberwiesenfeld an. Er hat die Nummer. Wenn er dort anruft, erfährt er, daß ich nicht da bin. Auch das besagt noch nichts. Schließlich hängen meine Kleider im Schrank.

Erst morgen würde er erfahren: Ich bin mit dem Geld auf und davon. Und dann? Würde er die Polizei auf mich hetzen?

Nicht unbedingt. Vielleicht schont er mich, um seinem Sohn den Skandal zu ersparen. Vielleicht bringe ich die beiden wieder zusammen mit meiner Schurkerei.

Ich mußte lachen bei diesem Gedanken. Eine teure Versöhnung, aber Theo Tropa hat einen Panzerschrank voll Geld. Er ist nicht ruiniert.

Eine Schurkerei bleibt es trotzdem. Hans Tropa ist mein Freund. Wer weiß, vielleicht findet er es großartig, daß ich mit dem Geld seines Vaters durchgehe.

Ich war wie im Fieber. Ein Gedanke jagte den anderen. Ich fuhr in die Stadt. Augustenstraße bis zur Karlstraße, dann die Karlstraße stadteinwärts. Am »Regina-Palast-Hotel« vorbei, Salvatorplatz, Buchhandlung Hugendubel.

Meine Mappe unter den Arm geklemmt, ging ich in die Abteilung, wo sie Landkarten und Straßenkarten verkauften. Geographie war nicht meine Stärke. Zuerst studierte ich die Karte von Bayern. Wo war die nächste Grenze? Freilassing? Hier ging es nach Österreich. Von Konstanz aus war man schnell in der Schweiz, von Kehl aus in Frankreich. Ich kaufte die Straßenkarte von Süddeutschland, von der Schweiz und von Frankreich. Im Auto faltete ich die Karte von der Schweiz auseinander. In meiner Hast riß ich sie ein.

Ruhe, sagte ich mir, alles mit der Ruhe! Erst mal nachdenken. Was mußt du machen, bevor du losfährst?

Im Auto hatte ich keine Ruhe, nirgends in der Stadt hatte ich Ruhe. Ich fuhr zum Glaspalast. Mit den Karten und mit dem Geld in der Mappe ging ich ins Palmenhaus.

Seit Wochen endlich wieder in meinem alten Paradies! Das Licht der Nachmittagssonne fiel durch die Glasfront. Es war hier viel wärmer als im Freien, warm und feucht. Es roch nach Erde, nach Grün, nach den Säften der Pflanzen.

Meine weiße Bank unter dem Baldachin von Palmblättern war frei. Ich setzte mich. Vor mir lag der Weg. Hier hatte ich stundenlang mit meiner Leica gelauert, bis eine schöne Frau kam. Hier hatte ich mir die Zukunft ausgemalt. Ich faltete die Karte von Süddeutschland auf und versuchte, die Entfernung bis Konstanz abzuschätzen. Vier Autostunden, vielleicht fünf. Und morgen weiter nach Genf. Von Genf an die Riviera und nach Marseille. Und dort auf ein Schiff.

Halt! Gehen von Marseille überhaupt Schiffe nach Amerika?

Der Hafen nach Amerika ist Le Havre.

Ich schaute mir die französische Karte an.

Heute komme ich nicht mehr bis Le Havre, auch nicht nach Paris. Aber morgen bin ich in Paris. Ich kaufe mir Koffer, neue Garderobe und ein Schiffsbillett. Und dann weiter nach Le Havre und Amerika.

Ich kann nicht Englisch. Kleinigkeit, Englisch lerne ich

schnell. Ich fange gleich auf dem Schiff an. Da habe ich Zeit. Bis ich in New York ankomme, kann ich das Nötigste.

Und dann? Lassen sie mich überhaupt hinein? Das wäre gelacht. Ich komme nicht als Einwanderer, sondern als Reisender. Ich gebe mich als Geschäftspartner von Frau Ebenstein aus. Dann macht mir niemand Schwierigkeiten.

Ich habe Geld. Wenn man Geld hat, ist nichts schwierig.

In meinem Kopf drehte sich alles; wie in einer Zentrifuge wurde das Innerste nach außen geschleudert. Bilder formten sich, und schnell wie im Traum verschwanden sie wieder.

Ich hatte ruhig denken, einen Plan machen wollen, und jetzt saß ich da auf meiner alten Bank im Glaspalast, und die Phantasie ging mit mir durch, trug mich nach New York, in jenes New York, das ich aus dem Kino kannte. Ich sah die Waterfront vor mir, die Freiheitsstatue, ich stand im Lift des »Waldorf-Astoria« und schwebte in die Höhe zum Dachgartenrestaurant, wo Antoinette Ebenstein auf mich wartete. Sie saß an dem großen Fenster unter einer Palme. Sie trug einen roten, durchsichtigen Hut und ein blaßlila Kleid.

»Bitte, wieviel Uhr ist es?« Ein Junge mit Schulranzen auf dem Rücken stand vor mir.

Ich schaute auf die Uhr. »Bald fünf.« Der Junge bedankte sich und lief zum Ausgang.

Die Unterbrechung wirkte auf mich, als wäre im Kino der Film gerissen. Man sitzt im Dunkeln und wartet, daß es weitergeht.

Genau das war die Frage: Wie geht es weiter? Fünf Uhr. Die Sparkasse schloß gleich. Ich mußte mich entscheiden. Neben mir lag die Mappe mit dem Geld. War ich der Mann, der mit hunderttausend Mark durchgeht und in Amerika ein neues Leben beginnt? Oder war ich der Mann, der das Geld zur Bank bringt, und den Pakt, den er mit Theo Tropa geschlossen hat, einhält?

Amerika war das Abenteuer. Und der Pakt mit Tropa? Was war das?

Während des Studiums hatte ich mich immer wieder gefragt, ob brave Bürger oder Abenteurer sich all die Gesetze ausgedacht hatten, die unser Leben bestimmten. Jetzt stellte ich mir dieselbe Frage. Der Pakt mit Tropa – was war daran bürgerlich? Allenfalls die Form und die Formulierungen. Nicht der Inhalt. Also auch ein Abenteuer? Wahrscheinlich jenes Abenteuer, das mehr Mut erfordert, als mit dem Geld durchzubrennen und nach Amerika zu verschwinden.

Das waren so ungefähr meine Gedanken. Es wäre gelogen, wenn ich behaupten würde, es sei mein Gewissen gewesen, das mich auf den rechten Weg zurückbrachte.

Ich war fünfundzwanzig Jahre alt, und ich war an dem Punkt, wo ich dahinterkommen wollte, wieviel ich wert war. Abenteuer der Phantasie genügten mir nicht mehr. Ich war begierig, mich in wirkliche Abenteuer zu stürzen. Oder mit einem einfachen Wort gesagt: Ich wollte es mit dem Alltag aufnehmen.

Ich verließ den Glaspalast, setzte mich ins Auto und fuhr zur Sparkasse im Tal.

Der Kassierer bekam einen gelinden Schock, als ich kurz vor Dienstschluß die Geldbündel hinlegte. Mit einem Blick, als wäre ich ein gefährlicher Dieb, winkte er einen Kollegen zur Hilfe, und wie Tropa senior es prophezeit hatte, zählten sie das Geld zu zweit, während ich die Einzahlungsquittung über neunzigtausend Mark für das Konto von Hugo Junkers ausfüllte.

Die restlichen zehntausend Mark legte ich in ein Tresorfach, das ich mietete. Einen Tausender nahm ich weg und ließ ihn wechseln. Ich war der letzte in der Schalterhalle. Nach mir schlossen sie die Tür, und das Gitter wurde heruntergelassen.

Theo Tropa wartete in seinem Büro auf mich. Aber ich hatte keine Lust, ihn heute noch einmal zu sehen. Von der Hauptpost aus telefonierte ich mit ihm.

Und was jetzt? Zurück aufs Oberwiesenfeld in die Barakke?

Nach der ununterbrochenen Männergesellschaft während der letzten vierzehn Tage in der Scheune war ich ausgehungert nach Frauen. Ich ging ins »Luitpold« und hoffte, Salomé zu treffen. Sie saß an der Bar, wie immer in Schwarz, wie immer reizvoll, und ich lud sie zu einem Glas Champagner ein. Später aßen wir eine Kleinigkeit in den »Torggelstuben«, die sie liebte, weil dort Künstler verkehrten. Dann nahm sie mich mit zu sich in ihre Wohnung am Hofgarten, und wie in alten Zeiten verbrachte ich die Nacht bei ihr.

15

Dichter Nebel lag über dem Oberwiesenfeld, der Flugverkehr ruhte. Schon am Abend vorher hatten die letzten Maschinen der Lufthansa aus Paris und London nicht mehr in München landen können und mußten nach Augsburg umgeleitet werden.

Uns machte der Nebel nichts aus. Dienstags flogen wir nicht. Das war der Tag für die Inspektion der Maschinen. Moser und Urban schliefen noch. Ich saß mit Hans Tropa in der Küche am Frühstückstisch. Er hatte schlechte Laune wie an jedem Morgen, und wie an jedem Morgen ließ er seine schlechte Laune an mir aus. Jedes Wort war ein Angriff, nichts paßte ihm. Er suchte Streit, aber ich ging nicht darauf ein, ich stellte mich taub, und das ärgerte ihn noch mehr.

Obwohl es mir gelang, äußerlich Ruhe zu bewahren, ging mir dieser tägliche Kleinkrieg auf die Nerven. Es war mir klar, alt würde ich nicht werden in der Baracke. Und wenn es nur ein Zimmer war, das ich mir in der Stadt mietete, ein kleines möbliertes Zimmer, oder meinetwegen auch leer, ich brauchte vier Wände, wo ich allein sein, wo ich eine Tür zumachen konnte und meinen Frieden hatte.

»Der Kaffee, den du machst, wird von Tag zu Tag dünner«, brummte Hans Tropa. »Du zählst wohl die Bohnen ab wie mein Vater. Sparmaßnahmen, das kenne ich. Es kommt noch so weit, und du zählst die Zigaretten mit, die ich rauche. Wenn ich das gewußt hätte, daß du eines Tages mit ihm unter einer Decke steckst! Seit er uns das Geld gegeben hat, ist im Grunde er der Chef hier. Aber da mache ich nicht mit.« Nebenan ging das Telefon. »Ich bin nicht da«, fuhr Hans Tropa auf. »Für niemanden!«

Die Sekretärin des Flughafenschalters war am Apparat und sagte mir, daß eine Dame mich sprechen wollte: »Frau Ebenstein . . .«

Es gab mir einen Stich. Hatte ich richtig gehört? Wie war der Name?

Als ich schwieg, fragte die Sekretärin: »Haben Sie verstanden? Ebenstein aus New York.«

»Ja, ist sie bei Ihnen?«

»Nein, sie ist im Warteraum. Sie ist gebucht für Stuttgart – Hamburg. Sie möchte Sie gerne sprechen.«

»Ich komme rüber.«

An der Tür merkte ich, daß ich in Hemd und Hose war, das Hemd nicht gerade frisch, und daß meine Hände vom Frühstückmachen rochen. Umziehen dauerte zu lange, warten lassen wollte ich Antoinette Ebenstein nicht, also Händewaschen, mit der Bürste durchs Haar, in den Trenchcoat und einen Hut auf den Kopf.

Es war nicht nur neblig, es war auch kalt. Auf der Wiese vor der Baracke lag da und dort noch Reif von der Nacht. Drüben auf dem Flugfeld standen zwei Lufthansa-Maschinen, nur als Schemen erkennbar. Es waren die Flüge München – Stuttgart – Hamburg und München – Nürnberg – Königsberg. Beide konnten nicht abfliegen, weil auch Stuttgart und Nürnberg Nebel hatten.

In der Turbulenz der letzten Wochen hatte ich nur selten an die Frau mit dem roten Hut gedacht. Jetzt, auf dem Weg zum Flughafengelände, stand ihr Bild wieder deutlich vor mir. Ohne daß ich sie persönlich kannte, hatte ich mit dieser

Frau eine Geschichte: Der Fund ihres Portefeuilles in der Telefonkabine, die Bekanntschaft mit ihrer Tochter Tita, das war die reale Seite. Daneben aber gab es etwas anderes. In meiner Phantasie spukten gewisse Bilder: Antoinettes Ankleide im »Vier Jahreszeiten«, die Negligés in den offenen Schränken, ihr Schlafzimmer, das ungemachte Bett mit der blauen Seidendecke, unter der ein schlafender Frauenkörper verborgen zu sein schien.

Diese Bilder hatten sich in meiner Vorstellung festgesetzt; ich mochte sie vergessen, meine Phantasie würde sie nie vergessen. Die Phantasie vergißt nicht, sie ist die Gegenwart, die immer Gegenwart bleibt.

Es ging mir noch vieles durch den Kopf, auch die Möglichkeit, daß die Frau, die ich antreffen würde, gar nicht *meine* Ebenstein war. So oder so war es ratsam, nicht Wunder zu erhoffen, und mit diesem Gedanken betrat ich den Warteraum.

Es ging laut zu; die wegen des Nebels aufgehaltenen Passagiere saßen auf den Bänken längs der braungestrichenen Holzwände, jeder sein Gepäck bei sich, und alle redeten durcheinander. Es waren ausschließlich Männer. Da die meisten rauchten, schwebte über ihren Köpfen der Qualm so dicht wie der Nebel über dem Flugfeld.

An der Schmalseite des Raums befand sich ein Fenster. Dort stand sie, ein Schattenriß mit weichen Konturen vor dem diffusen Grau des Nebeltags.

Sie war in einem Reisecape aus leichtem weißen Wollstoff mit einer Kapuze am Rücken. Das Cape war Hollywood, die Frisur, sehr blond, sehr weich, war Hollywood. Ihre Gegenwart machte den tristen Raum zu einer Filmdekoration und die qualmenden Männer zu Filmstatisten.

Die schöne einsame Frau auf Reisen, wie oft hatte ich das im Kino gesehen! Jetzt war es Wirklichkeit, und doch reagierte ich nicht anders als im Kino: Instinktiv wollte ich die Rolle ihres Beschützers übernehmen. Leider gab es schon einen: Ein massiger Mann in einem graubraunen Karomantel stand bei ihr und redete auf sie ein. Der Kleidung nach ein Amerikaner, der Sprache nach Deutscher oder Deutschamerikaner.

Ich wartete, bis er eine Pause machte, dann ging ich zu ihr, stellte mich vor, begrüßte sie. Doch bevor sie noch reagieren konnte, streckte mir der Mann im graubraunen Karomantel die Hand hin: »Wurlitzer, Gottfried Wurlitzer, Wurlitzer-Orgeln.«

Ich murmelte ein »Angenehm« und wandte mich ostentativ Antoinette Ebenstein zu. »Was kann ich für Sie tun?«

Ihre Hand kam unter dem Cape hervor, langsam, und gerade weil es langsam geschah, bekam die Geste, mit der sie mir die Hand gab, etwas Besonderes. Ihr Lächeln war ebenso langsam, ein Lächeln nur in den Augen, nur für mich sichtbar, nur mir zugedacht. »Man hat Ihnen ausgerichtet? Das Fräulein am Schalter wollte zuerst nicht.«

»Sie sehen, ich bin da.«

Sie nickte. *»Evidemment.«*

Ich war immer noch befangen, vor allem wegen Wurlitzer, der nicht wich und wankte. Mit diesem französischen *»Evidemment«,* vertraulich hingesagt, schien sie ihn auszuschließen. Wurlitzer sah nicht so aus, als könne er Französisch.

»Evidemment«, wiederholte ich, und um zu bekräftigen, daß ich mit ihr auf familiärem Fuß stand, fragte ich: »Wo ist Tita? Ich dachte, sie ist hier.«

»Tita ist in Hamburg, wahrscheinlich bereits an Bord der ›New York‹. Sie liebt es, die erste zu sein, das Schiff und die Besatzung für sich allein zu haben, alle Stewards zu beschäftigen, alle Offiziere.«

Wurlitzer hatte nur auf dieses Stichwort gewartet. Er wandte sich an mich. »Die ›New York‹ läuft heute nacht aus, verstehen Sie, heute nacht. Wir *müssen* das Schiff erreichen, wir *müssen* nach Hamburg, aber das Flugzeug geht nicht. Der Nebel, verstehen Sie, der Nebel! Weil in Stuttgart Nebel ist! Dabei will ich gar nicht nach Stuttgart, ich will nach Hamburg. Aber hier sagt man uns, es wird nicht geflogen, weil in Stuttgart Nebel ist. Verstehen Sie das? Ich versteh' das nicht. Nach Stuttgart kommt man auch mit dem Zug, aber Hamburg schaffen wir nicht mehr. Wir *müssen* ein Flugzeug haben, wir *müssen* das Schiff erreichen, mit oder ohne Nebel.«

Wurlitzer zog eine dicke Brieftasche heraus. »Was kostet eine Maschine nach Hamburg? Sie können sich ein schönes Stück Geld verdienen.«

»Tut mir leid, ich bin nicht Pilot.«

»Ich dachte . . . Frau Ebenstein sagte, Sie helfen uns. Sie sind von der Tropa-Fluggesellschaft.«

»Das stimmt, aber ich bin kein Pilot.«

»Verstehe, Sie sind der *salesman.* Um so besser. Ich bin der *salesman* von Wurlitzer. Wir werden uns verstehen. Also, was kostet eine Maschine nach Hamburg? Sie haben bestimmt einen Piloten, der gerne nach Hamburg fliegt. Das wäre das erste Mal, daß ich ein Schiff verpasse.«

»Ich werde tun, was möglich ist.«

»Das genügt nicht. Sie müssen das Unmögliche fertigbringen, sonst sitzen wir noch heute abend in München und die ›New York‹ dampft ohne uns ab, verstehen Sie?«

»Gut, ich werde versuchen, das Unmögliche zu tun. Aber wenn in Hamburg auch Nebel ist, bin ich machtlos. Bei Nebel kann man zwar starten, aber nicht landen.«

Als erstes mußte ich zum Funker der Wetterstation, dann mußte ich mit Hans Tropa reden. Aber ich wollte Antoinette Ebenstein nicht bei diesem Wurlitzer lassen. Also sagte ich zu ihr: »Darf ich Sie bitten, mit mir zu kommen.« Und damit Wurlitzer nicht auf die Idee kam, sich anzuschließen, vertraute ich ihm Antoinette Ebensteins kleinen Koffer zur Aufsicht an.

Ich brachte Antoinette Ebenstein in die kleine Kantine, die eigentlich nur dem Personal des Flughafens vorbehalten war. Um dorthin zu kommen, mußten wir ein paar Schritte im Freien machen. Es war der erste Moment mit ihr allein, und ich fühlte mich befangen und feierlich, voller vager Erwartungen.

»Gehen wir in Ihr Büro?« fragte sie.

»Wir haben kein Büro . . . noch nicht. Wie Sie sehen, wird der Flughafen total umgemodelt. Bis der Neubau steht, dauert es noch zwei Jahre, solange behelfen wir uns schlecht und recht.«

»Muß schön sein, mitzumachen, wenn etwas Neues entsteht. Ich beneide Sie.« Sie ging auf Zehenspitzen, suchte die paar trockenen Stellen in der aufgeweichten Erde. »Das ist ein alter Wunsch von mir, eine Wohnung oder ein Haus selber einzurichten. Aber ich wurde immer in ein fertiges Nest gesetzt.« Ohne Übergang fuhr sie fort: »Ich habe mich noch nicht bedankt bei Ihnen wegen des Portefeuilles. Ich war froh, daß es gefunden wurde. Tita hat Ihnen das bestimmt gesagt.«

Ich wartete auf ein persönliches Wort, auf die Frage, wieso ich an jenem Morgen auch auf dem Telegrafenamt war, oder was ich mir dachte bei dem Fund. Aber die Angelegenheit schien für sie erledigt. Sie hatte der Form Genüge getan, und Schluß. Ich ärgerte mich über meine Empfindlichkeit, aber das änderte nichts. Ich fühlte mich verletzt. Einen Moment später bekam ich die zweite Ohrfeige. »Tita hat mich an Sie erinnert, sonst hätte ich mich nicht an Sie gewandt. Gestern abend telefonierten wir. Ich sagte ihr, daß wir in

München Nebel haben und es vielleicht Probleme gibt mit dem Flug. Tita dachte sofort an Sie, und sie meinte, Sie würden bestimmt einen Flug organisieren.«

»Mal sehen«, erwiderte ich trocken. »Versprechen kann ich noch nichts.«

In der kleinen Kantine herrschte Hochbetrieb. Die Monteure und Mechaniker hatten Vormittagspause. Nicht *eine* Frau, nur Männer in ölverschmierten und verdreckten Arbeitskleidern. Das Erscheinen der schönen und eleganten Antoinette Ebenstein wirkte sensationell. Die Männer hoben die Köpfe und starrten sie an; einer konnte sich einen anerkennenden Pfiff nicht verkneifen.

Die Bewunderung, die ihr zuteil wurde, besänftigte mich etwas. Wir fanden einen Tisch, der gerade frei wurde, und bestellten Tee mit Rum.

Ich saß ihr gegenüber und betrachtete sie mit einer neuen Aufmerksamkeit, der Aufmerksamkeit des verletzten Mannes, der das Objekt seiner Verehrung für einen Moment so kalt und ungeniert betrachtet wie ein Fremder. Sie war schön. Alles an ihr war fein und zart, die helle Haut, das blonde Haar, und über allem lag ein warmer Schimmer. Aber das war nur ein Teil ihrer Wirkung. Sie hatte noch etwas, nicht sichtbar, nur spürbar, eine Intensität der Ausstrahlung, gerade weil sie so ruhig war, so gesammelt. Und diese Ruhe gab ihr etwas Geheimnisvolles.

Während ich sie betrachtete, dachte ich: Wenn sie Hans Tropa bittet, fliegt er hundertprozentig nach Hamburg. Doch bevor ich mit Hans Tropa sprach und ihn bat, diesen Sonderflug zu organisieren, mußte ich noch etwas wissen. »Ich habe eine Frage: Ist Herr Wurlitzer ein Verwandter von Ihnen?«

»Nein, wie kommen Sie darauf?«

»Er hat sich so familiär benommen.«

»Ah, das ist so üblich unter Deutschamerikanern. Irgendwie sind wir eine große Familie, zumindest die Deutschamerikaner, die jedes Jahr herüberkommen. Man trifft sich immer wieder, auf dem Schiff, im Zug, im Hotel, das geht über Jahre. So ist es auch mit Wurlitzer. Ich kenne ihn seit 1922, damals kaufte er eine ganze Vorstellung der Oberammergauer Passionsspiele auf und lud seine Geschäftsfreunde aus Amerika und aller Welt dazu ein. Es war eine Riesensache. Wir wurden auch eingeladen, denn in unseren Kinos stehen ebenfalls Wurlitzer-Orgeln.«

»Sie haben Kinos?«

»Indirekt. Mir gehören Häuser, in denen Kinos sind.«

»Jetzt beneide ich Sie, denn das ist mein alter Wunsch: ein Kino besitzen und immer eine reservierte Loge für mich.«

»Das können Sie haben. Sie brauchen nur nach Amerika zu kommen, dann sorge ich dafür, daß Sie in allen meinen Kinos eine reservierte Loge haben.«

»Das lasse ich mir nicht zweimal sagen.«

»Waren Sie schon mal in Amerika?«

»Nein, ich kenne Amerika nur aus den Filmen. Ist es so wie in den Filmen? Ist es der achte Schöpfungstag?«

»Der achte Schöpfungstag?« Sie war irritiert. »Ich dachte, Gott ruhte sich schon am siebenten Schöpfungstag aus.«

»Eben, da konnte er keine Fehler machen.« Zufrieden mit dem Bonmot, das mir zufällig geglückt war, erhob ich mich und versprach ihr: »In zehn Minuten bin ich zurück.«

»Und dann wissen Sie, ob wir fliegen können oder nicht?«

»Ja.«

Sie sah mir direkt in die Augen, als könne sie die endgültige Antwort dort jetzt schon ablesen.

Der Wetterbericht für Hamburg lautete: Bedeckt, aber klare Sicht, Winde aus West/Nordwest.

Hans Tropa lag auf dem Bett und las Zeitung. Seine Laune

hatte sich nicht gebessert, eher verschlechtert. »Laß mich in Frieden«, murrte er, als ich sein Zimmer betrat.

»Jemand sucht ein Flugzeug nach Hamburg.«

»Interessiert mich nicht.«

»Es ist dringend.«

»Hamburg steht morgen auch noch und übermorgen.«

»Aber die ›New York‹ legt dort heute nacht ab.«

»Dann muß dieser Jemand mit einem anderen Schiff nach New York fahren.«

»Soll ich Urban fragen, ob er fliegt, oder Moser?«

»Du hast wohl den Mund mal wieder zu voll genommen und den Flug schon versprochen.«

Wenn Hans Tropa schlechter Laune war, mußte man viel einstecken, das hatte ich gelernt in den vier Wochen, die wir jetzt Tag für Tag zusammen waren. Es gab nur eines: Ruhe bewahren.

»Das Wetter in Hamburg ist gut. Bedeckt, aber klare Sicht, Winde aus West/Nordwest.«

»Tüchtig. Warum fliegst du nicht selber?«

»Gute Idee, mit dir als Copilot.«

Hans Tropa ließ die Zeitung zu Boden fallen und begann zu lachen: »Das muß eine Frau mit viel Geld sein, die ein ganzes Flugzeug mietet, um nach Hamburg zu kommen. Eine Amerikanerin?«

»Ja. Es ist Antoinette Ebenstein aus New York.«

»Deine Ebenstein? Du hast doch mal gesagt, die ist abgereist.«

»Das war Tita, ihre Tochter.«

»Moment, heißt das, du kennst gleich zwei Ebenstein-Frauen? Ich war in Amerika und habe nicht mal eine kennengelernt, und du rührst dich nicht vom Fleck und kennst zwei. Verkehrte Welt. Das ist also die Mutter. Und wie ist sie, die Mutter?«

»Sie sieht aus wie eine Schwester von Greta Garbo.«

»Du nimmst mich wohl auf den Arm. Reich und schön, das hab' ich schon lange gesucht. Will sie das Flugzeug für sich allein oder ist noch jemand da – für Hamburg?«

»Ein gewisser Wurlitzer.«

»Wurlitzer? Der Orgel-Wurlitzer?«

»Ich glaube, ja. Er hat so was gesagt, der *salesman* von Wurlitzer.«

»Gute Kundschaft! Einen Wurlitzer und eine Ebenstein, das hat man nicht alle Tage, da muß schon Nebel kommen.«

Er nahm die Fliegermontur aus dem Schrank und stieg hinein. »Worauf wartest du? Du fliegst doch mit, oder?«

»Sicher flieg' ich mit.«

»Also, dann mach dich fertig! Moment! Was du vom Wetter gesagt hast, das stimmt? Darauf muß ich mich verlassen können.«

»Frisch von der Wetterstation. Ich war selber beim Funker.«

»*Okay.* Auf nach Hamburg!«

*

Seit zwei Stunden flogen wir in einer Waschküche. Nach dem Wetterbericht sollte die Nebelzone nur bis zum Main reichen, aber wir hatten den Main schon längst überflogen und immer noch schwebten wir inmitten weißer Schwaden.

Manchmal brach die Sonne durch und tauchte uns in schneeweißes blendendes Licht, manchmal sahen wir ein Stück blauen Himmels. Wir hätten auf zweitausend Meter steigen müssen, um über die Nebeldecke zu kommen, was jedoch nicht ratsam war, weil dann die Luft dünner wurde, und Tropa wußte aus Erfahrung, daß viele Passagiere das nicht vertragen.

Wurlitzer war schon jetzt, bei eintausendsiebenhundert Meter Höhe, etwas kurzatmig. Allerdings redete er auch ununterbrochen in der Lautstärke eines Marktschreiers, um den Motorenlärm zu übertönen. Er hatte die Art, sich in ein Thema zu verbeißen. So ritt er die erste halbe Stunde auf der Frage herum, wie es am 13. Mai zum Schwarzen Freitag der Börse gekommen war, und wer die Schuld hatte.

»Das abgekartete Spiel von ein paar Spekulanten. Es gibt immer Leute, die wissen, wie man sich die Taschen füllt, egal, ob die Zeiten gut sind oder schlecht.«

Sein nächstes Thema war Josephine Baker, die gerade in Paris Triumphe feierte. »Typisch, daß ausgerechnet den Franzosen so was gefällt. Bei uns in Amerika müßte sie Kartoffeln schälen . . .«

Von Josephine Baker kam er auf die Negermusik. »Die gehört verboten, und wer sie trotzdem macht, gehört bestraft.«

Gerade verbohrte er sich in die Frage, ob man in Passagierflugzeugen Fallschirme mitführen sollte oder nicht.

»Charles Lindbergh würde nicht mehr leben ohne Fallschirm. Einmal erwischte es ihn bei einer Geschwaderübung; er rammte ein Nachbarflugzeug, und beide Maschinen machten Bruch. Für Lindbergh und den anderen Piloten der sichere Tod, wenn sie nicht den Fallschirm gehabt hätten. Und zweimal passierte es ihm auf Postflügen, nachts und bei nebligem Wetter, ohne Sicht. Der Treibstoff ging ihm aus, und er war in viertausend Meter Höhe. Wieder war der Fallschirm seine Rettung.«

Wurlitzer tischte die tausendmal erzählten Beinahekatastrophen aus dem Leben von Charles Lindbergh wie etwas ganz Neues auf, dabei kannte sie jeder von uns. Nur ist es ein Unterschied, ob man etwas in der Zeitung liest oder ob man in einem Flugzeug sitzt, inmitten einer dichten Nebelbrühe, und einem allmählich das ungute Gefühl den Rücken heraufkriecht, nie mehr aus dieser Waschküche herauszukommen.

Mein Blick ging zu Antoinette Ebenstein. Seit wir im Flugzeug waren, hatten wir nur einmal ein paar Worte gewechselt, als ich nach dem Start den Steward spielte und aus zwei Thermosflaschen Kaffee und Tee anbot. Daß sie wie in der Kantine Tee vorzog, daß sie zwei Stück Zucker nahm, jede Kleinigkeit bedeutete für mich eine Entdeckung: Ihre weißen Pumps hatten eine rote Ziernaht; unter dem Reisecape trug sie ein Kostüm aus blaßgelbem Gabardine; am Revers steckte eine Nadel aus Silber und schwarzem Emaille in der Form eines Pfeils; als Reiselektüre hatte sie das Oktoberheft der »Jugend« bei sich. Sie blätterte darin, von hinten angefangen, und gerne hätte ich sie gefragt, ob sie das bei Büchern auch so hielt und vom Ende her las. Natürlich schwieg ich, ich wollte ihr nicht das Gefühl vermitteln, beobachtet zu sein. Trotzdem konnte ich es nicht verhindern, daß mein Blick sie immer wieder suchte.

Sie wirkte entspannt. Die Beine übereinander, die »Jugend« auf den Knien, saß sie in den Lederpolstern. Gegen Wurlitzers Katastrophenmache schien sie immun, aber vielleicht täuschte der Schein. Sie war eine Frau, in die man nicht hineinschauen konnte. Jetzt klappte sie das Heft zu und blickte durch das kleine Fenster neben ihrem Sitz. Dann sagte sie mit einem Seufzer: »Ich schlafe ein bißchen. Weckt mich auf, wenn es etwas zu sehen gibt!« Sie zog die Kapuze über den Kopf, vergrub die Hände in den Ärmeln und machte es sich bequem. »Gute Nacht!«

Ob sie wirklich schlafen wollte oder ob sie es nur satt hatte, sich Wurlitzers Vorträge anzuhören? Wie auch immer, der dachte nicht daran, Ruhe zu geben. Er verstand Antoinettes Gute Nacht auf seine Weise und holte aus seinem graubraunen Karomantel eine Mundharmonika. »Mit Musik schläft sich's besser, meine Liebe«, sagte er und begann, »Guten Abend, gute Nacht« zu spielen.

Bis zu diesem Moment hatte ich diesen Wurlitzer störend und aufdringlich empfunden. Jetzt änderte sich das. Bei mir ist es nämlich so: Wenn jemand musizieren kann, hat er mich gewonnen. Und Wurlitzer konnte musizieren. Nachdem er das Lied einmal durchgespielt hatte, variierte er die Melodie. Antoinette Ebenstein dachte nicht mehr ans Schlafen, sondern bat Wurlitzer um eine Zugabe. Wir applaudierten alle.

Wurlitzer wehrte bescheiden ab. »Meinen Vater hätten Sie hören sollen! Er spielte wie der liebe Gott, und er sang dazu, das heißt, er summte andere Stimmen zur Mundharmonika. Sie verstehen? Er spielte und sang zugleich. Sein Ziel war siebenstimmig zu singen, er ganz allein. Alle hielten ihn für einen Spinner. Das ist immer so, wenn einer seiner Zeit voraus ist. Mein Vater ließ sich nicht beirren. Er wollte siebenstimmig singen, und er schaffte es. Er bastelte eine elektrische Orgel mit Registern für schwebende Stimmen, verstehen Sie, das war die Lösung. Später entwickelte er weitere Register für alle möglichen Geräusche. Daraus wurde die Wurlitzer-Kino-Orgel. Das war mein Vater. Mein Lieblingsprojekt ist der automatische Plattenspieler. Vollautomatisch.« Wurlitzer zeigte uns einen Prospekt. »Die neue Wurlitzer-Generation. Vollautomatisch! Ein Cent in diesen Schlitz da, und schon leuchtet der ganze Apparat in den schönsten Farben. Dann drückt man die Nummer der Platte, die man hören will. Eins, zwei, drei, wie durch Zauberei ist die Musik da. Der Apparat macht alles allein. Das wird *der* Renner. Rund um den Erdball werden diese Dinger stehen, in Tanzlokalen, Restaurants, Hotels, Bars. Wir machen auch Modelle für den Privatgebrauch zu Hause, nach Wunsch auch Einzelanfertigungen. Den schönsten Wurlitzer hat

Mary Pickford: vergoldet, mit blauem Emaille eingelegt und so weiter und so fort, ein Prachtstück.«

Als Wurlitzer den Prospekt aus dem Koffer holte, hatte ich das Cockpit verlassen und mich auf den Passagierplatz gegenüber von Antoinette Ebenstein gesetzt. Schließlich flog ich nicht mit, um ihr während der ganzen Reise den Rücken zuzukehren. Wurlitzer faltete den Prospekt zusammen. »Das Geschäft mit den Orgeln geht bald zu Ende. Man wird sie nicht mehr brauchen. Der Tonfilm ist nicht aufzuhalten.«

Antoinette Ebenstein nickte mit einem Seufzer. »Leider, leider ...«

Ihre Reaktion überraschte mich. »Sie sind gegen den Tonfilm? Man verspricht sich doch so viel davon.«

»Was ich bisher gesehen habe, war nichts. Das ganze Kino hat gelacht. Und das in einem Don-Juan-Film! Ich habe auch gelacht. Ein Don Juan, der eingelernten Text aufsagt, das ist einfach komisch. Im Stummfilm kann das nicht passieren. John Gilbert braucht nichts zu sagen, um eine Frau zu erobern. Er schaut sie an, das genügt. Und er ist immer im richtigen Moment da, das ist besser als viele Worte.«

Wurlitzer schüttelte den Kopf. »Ich verstehe nicht viel von diesen Sachen, aber meine Frau will immer wieder hören, daß ich sie liebe.«

»Das ist etwas anderes. In der Ehe ist alles anders. Ich meine die Zeit vorher, und noch früher, bevor es überhaupt beginnt. Da sollte ein Mann sparsam umgehen mit großen Worten. Ein Mann, der einer Frau imponieren will, kann alles mögliche tun, nur eines soll er bleiben lassen, von Liebe reden. Es sei denn, er sucht ein flüchtiges Abenteuer.«

Eine Pause entstand.

Ich dachte: Das werde ich mir merken.

Wurlitzer fragte mit gespielter Naivität: »Und wie soll der Mann zeigen, was er für eine Frau empfindet?«

»Indem er Zeit für sie hat. Das ist das wichtigste, daß er für sie da ist, dann wird er ihr ganz von selbst unentbehrlich. Große Worte machen, das ist billig.«

Wurlitzer schmunzelte und meinte väterlich: »Sie haben gut reden. Ihr Mann brauchte keine großen Worte, der konnte Sie mit Geschenken verwöhnen.«

Ein Schatten ging über ihr Gesicht, und sie nickte unmerklich. »Mein Mann hat mich verwöhnt, das ist wahr.«

Sie sagte es nicht im Ton einer trauernden Witwe, und doch schien Wurlitzer das Gefühl zu haben, sie trösten zu müssen. »Sie werden wieder einen Mann finden, der sie verwöhnt, meine Liebe. Eine Frau wie Sie . . .« Und als sie stumm blieb, fuhr er fort: »Es gibt sicher schon Anwärter.«

Sie lächelte, aber es war nur ein Lächeln der Höflichkeit.

Ich überlegte, wie ich dem Gespräch eine andere Wendung geben könnte, aber mir fiel nichts ein. Wurlitzers Bemerkung über eine zweite Ehe hatte mich gelähmt. Die Frau, die eben noch zum Greifen nahe schien, war wieder unerreichbar geworden.

»Es lichtet sich!« rief Hans Tropa aus dem Cockpit. »Gleich sind wir aus der Waschküche.«

Wurlitzer wollte aufspringen und knallte mit dem Kopf an die Kabinendecke. »Darf ich nach vorne kommen und kiebitzen?«

Ein Sonnenstrahl huschte durch die Kabine. Die Flügel der F 13 begannen zu funkeln. Dann waren wir wieder mitten in treibenden Wolken.

»Um achtzehn Uhr sind wir in Hamburg«, kam Hans Tropas Stimme. »Was ist, haben wir noch einen Schluck Kaffee in der Thermosflasche?«

Diesmal nahm auch Antoinette Kaffee, ohne Zucker und

ohne Milch. Während ich servierte, hatte sie das Cape abgestreift und sich frisch parfümiert. Zwischen uns war der kleine Klapptisch, und darauf standen zwei weiße Tassen.

»Wir überfliegen Lüneburg«, rief Wurlitzer uns aus dem Cockpit zu.

Der Tisch mit den beiden Tassen schuf eine Insel der Intimität. Wir machten keine Konversation. Wir tranken den Kaffee und lächelten uns zu, wenn Wurlitzer uns wieder eine Meldung zurief. Manchmal ruhten ihre Augen für einen Moment auf mir, nicht forschend, nicht fragend, nicht einmal sinnend. Sie ruhten einfach auf mir, und ich hielt still, um diese Augen nicht zu verscheuchen.

Nicht reden, dachte ich, mit Reden kann man ihr sowieso nicht imponieren.

Ich wollte ihr nicht imponieren. Ich wollte nur, daß ihre Augen noch eine Weile auf mir ruhten.

*

Die letzte Stunde des Flugs wartete ich auf das Meer. Zum erstenmal im Leben würde ich das Meer sehen.

Die Sicht war inzwischen klar. Wir flogen unterhalb einer aufgelockerten Wolkendecke, von der sinkenden Sonne angestrahlt, über die Lüneburger Heide. Mit dem Fernglas rückten die einzelnen Gehöfte zum Greifen nahe, eine Rinderherde, Pferde auf der Koppel eines Gestüts, Schafe.

Das Meer. Ich suchte den Horizont ab. Ich wollte es sehen, solange es noch hell war. Seit meiner Kindheit verfolgte mich der Traum vom Meer, so wie er meinen Großvater und meinen Vater verfolgt hatte. Das Meer ging in unserer Familie um. Mein Großvater hatte das Meer aufgegeben. Als junger Mann kam er auf einem russischen Handelsschiff vom Schwarzen Meer die Donau aufwärts nach Regensburg, verliebte sich dort in ein schönes Bürgermädchen und kehrte nie mehr nach Rußland und ans Schwarze Meer zurück. Er blieb in Regensburg, deutschte seinen Namen ein, heiratete das Mädchen und wurde Kapitän bei der Donau-Dampfschiffahrtsgesellschaft.

Meinen Vater lockte das Meer, weil es ihn nach Amerika führte, und diese Verlockung war stärker als die Liebe zu seiner jungen Frau. Eines Tages verließ er Regensburg und verschwand über das Meer nach Amerika.

Welche Rolle würde das Meer in meinem Leben spielen? Ich hatte es noch nie gesehen, noch nie Seeluft geatmet. Ich kannte es nur aus zweiter Hand, aus den Erzählungen meines Großvaters.

»Wo ist das Meer?« fragte ich Hans Tropa.

»Um es zu sehen, müßten wir höher fliegen.«

»Ich werde es nicht sehen?«

»Wir landen in fünf Minuten.«

»Und das Meer?«

»Keine Spur. Vom Hamburger Hafen bis zum Meer sind es -zig Kilometer. Du siehst nicht mal den Leuchtturm. Du riechst es nicht einmal.«

Ich schwieg und ärgerte mich über meine Unwissenheit. Ich kam mir wie ein dummer Junge vor. Hinter mir hörte ich Wurlitzer über das neueste französische Passagierschiff reden, die »Ile de France«. Ich schnappte nur einzelne Brocken auf: »Dreiundvierzigtausend Tonnen; das Modernste auf dem Atlantik. Natürlich mit Kino und Wurlitzer-Orgel.« Dann zählte er andere Schiffe auf, die mit einer Wurlitzer-Orgel ausgestattet waren: die »Aquitania«, die »Berengeria«, die »Deutschland«, die »Mauretania«. »Die ›Titanic‹ . . . Gott hab' sie selig! Ja, auch auf der ›Titanic‹ war eine Wurlitzer-Orgel. Jetzt spielen vermutlich Polarnixen darauf, oder sie ist eingefroren in einem schwimmenden Eisberg.«

Der Angeber, dachte ich, tut so, als hätte er das Pulver erfunden. Gleichzeitig beneidete ich ihn, daß er schon so viel von der Welt gesehen hatte. Was ich vom Erdball kannte, hatte ich mir im Kino zusammengeschaut. Auch das Meer kannte ich nur aus dem Kino. In den Filmen war das Meer entweder spiegelblank wie eine Tanzfläche oder es schäumte und brodelte und brandete mit haushohen Brechern gegen eine Felsküste. Verrückte Welt! Für eine Mark Eintritt konnte ich in München ins Kino gehen, und schon war ich mitten auf dem Atlantik. Und jetzt, in Hamburg, würde ich das Meer nicht sehn. Es ging mir nicht in den Kopf. Ein Hafen mitten in der Stadt, ein Ozeandampfer mitten in der Stadt. Verrückte Welt!

Hans Tropa grinste. »Nobel geht die Welt zugrunde. Na schön, ich bleibe beim Flugzeug und schlafe ein Stündchen. Sobald du zurück bist, starten wir. Also, bitte keine ausgedehnte Abschiedsparty auf der ›New York‹.«

»Schon gut.«

*

Es war bereits Nacht, als wir den Hafen erreichten. Der Kai wimmelte von Menschen. Unser Taxi kam nur schrittweise voran. Gepäckträger, die sich etwas verdienen wollten, folgten dem Auto. Wurlitzer drehte die Scheibe herunter und schickte sie fort. »Kein Gepäck, nichts zu verdienen.« Murrend blieben sie zurück.

Ich weiß nicht wieso, aber den Hamburger Hafen hatte ich mir immer unmittelbar an der Nordseeküste vorgestellt. Dabei war er mitten in der Stadt. Werften, Lagerhäuser mit langen düsteren Backsteinfronten, Kräne, immer wieder Kräne, Schuppen. Hin und wieder eine Hafenkneipe, eine Würstchenbude, ein Stand mit billigen Andenken. Nicht einmal die Schiffe an den Piers ließen das Meer erspüren. Dunkel und schwerfällig lagen sie da, an schweren Tauen, Gefangene in alle Ewigkeit.

Durch das offene Autofenster drang Stimmengewirr, die Melodie einer verstimmten Drehorgel. Ohne die Schiffe an den Piers hätte man glauben können, auf einem Jahrmarkt zu sein.

Wir mußten bis zum Ende des Hafenbeckens fahren. Die »New York« ankerte am letzten Pier. Vom Taxi aus hatte ich nur den dunklen Rumpf gesehen. Erst jetzt, als ich aus dem Taxi ausstieg, bot sich mir der Anblick des ganzen Schiffes dar, und es war ein Bild, dessen Schönheit mich überwältigte. Schneeweiß, taghell erleuchtet, an Bug und Heck geschmückt mit der großen Flaggenparade, die im Nachtwind flatterte.

Mit klopfendem Herzen stand ich an der Gangway. In der Tiefe schlug das Wasser leicht gegen die Kaimauer. Alles war mir fremd hier, und nun plötzlich dieses Geräusch, das meine Kindheit begleitet hatte: die Donau und die Sommernächte an Deck des Dampfers, auf dem mein Großvater Kapitän war, ich ausgestreckt auf den Holzplanken, über mir der Nachthimmel mit seinen Sternen, rund um mich der Strom und seine vertrauten Stimmen, sein stetiges Rauschen, und dazwischen in einem sanften regelmäßigen Rhythmus das leichte Anschlagen der Wellen zwischen Ufermauer und Schiff. Wenn das Wasser gegen die Ufermauer schwappte, rief es leise: »Schöne Lau, schöne Lau.« Gleich darauf am Schiff wurde die Stimme heller: »Lilofee, Lilofee.« So sank ich in den Schlaf, eingewiegt vom Lied der Nixen: »Schöne Lau und Lilofee«, »Schöne Lau und Lilofee«.

Jetzt stand ich hier im Hamburger Hafen an der Gangway der »New York« und lauschte in die Tiefe. Die Wellen schlugen schwerer und dunkler als damals, der Rhythmus war langsamer, und doch hörte ich dasselbe Lied der Nixen: »Schöne Lau und Lilofee«, »Schöne Lau und Lilofee«.

Wurlitzer ging als erster an Bord, dann Antoinette. Ich folgte ihr mit ihrem kleinen Koffer.

Nur ein paar Schritte, und ich setzte den Fuß in eine neue Welt. Ich war geblendet: die schneeweißen, funkelnden Decks, die taghelle Beleuchtung. Wir durchschritten ein Spalier von Stewards und kamen zu dem Platz, wo die Schiffsoffiziere – alle in weißen Uniformen –, zu einem Halbkreis formiert, die Passagiere empfingen. In ihrer Mitte stand der Kapitän. Er war ein kleiner, rundlicher Mann, allem Anschein nach ein – wie man so sagt – aufgeräumtes Haus.

Einer der Offiziere nahm Antoinettes Ticket und verkündete laut: »Herr und Frau Ebenstein.« Aus dem Halbkreis löste sich der Kapitän und trat auf uns zu. Er gab Antoinette die Hand. »Willkommen an Bord! Ich wünsche Ihnen und Ihrem Gatten eine gute Überfahrt auf unserer ›New York‹. *Good luck,* wie der Engländer sagt.«

Sie wehrte ab. »Ihr Offizier hat sich geirrt, das ist Herr Reich. Er war so liebenswürdig, mir trotz Nebel den Flug von München nach Hamburg zu ermöglichen.«

Der Kapitän ging nonchalant über den Fehler hinweg: »*Honni soit qui mal y pense,* wie der Franzose sagt.« Dann wandte er sich an mich: »Nichts für ungut, Herr Reich.« Und mit einem Seitenblick zu Antoinette: »Wer weiß, was nicht ist, kann noch werden. Eine Hochzeit aus heiterem Himmel und auf hoher See, *molto* schick, wie der Italiener sagt. Also, ein Wort, und ich stehe zu Ihrer Verfügung.«

Wir lachten alle drei, und der Kapitän übergab uns einem Steward. Es ging durch eine Halle, in der sich Gepäck und Blumenarrangements türmten, halb Bahnhof, halb Hotel. Eine Tür, ein Korridor, eine Treppe, wieder eine Tür. Dann fühlte ich unter den Füßen einen dicken Teppich, und ich wußte: wir sind in der ersten Klasse. Der dicke Teppich war nicht das einzige Merkmal, hier roch es anders, nicht mehr nach Schiff, sondern nach Parfüms, nach Luxusfrauen. Von den üblichen Geräuschen war nichts mehr zu hören, statt dessen Schlagermusik. Durch eine offene Tür sah ich eine Gesellschaft bei der Abschiedsparty. Die Männer trugen Smokings, die Frauen Abendkleider. Alle hatten Sektgläser in der Hand, ein Paar tanzte engumschlungen einen Slowfox zu Grammophonmusik.

Antoinette Ebenstein hatte eine Suite mit vier Kabinen: »Eine für Tita, eine für die Gouvernante und zwei für mich«, erklärte sie mir. Die Gouvernante hatte das Schild »Bitte nicht stören« an die Tür gehängt. Titas Kabine war so groß wie ein veritables Hotelzimmer, aber leer. Wir fanden das Mädchen – wo auch sonst – im Schlafzimmer ihrer Mutter beim großen Schiffskoffer, und sie begrüßte uns stürmisch. Sie war in einem rosa Bademantel, am Kopf hatte sie große rosa Papierwickler, mit denen sie sich Schillerlocken machen wollte, wie sie uns erklärte. Sie war sehr enttäuscht, als ich ihr sagte, ich würde gleich wieder verschwinden. Schmollend gab sie mir einen Abschiedskuß. Bevor sie verschwand, deutete sie auf einen Strauß dunkelroter Rosen. Ich hatte noch nie einen Strauß dieser Größe gesehen, es mußten hundert Rosen sein oder mehr. »Von unserem getreuen Heinrich, dem Baron Vantongerloo«, sagte sie zu ihrer Mutter mit einem Komplicenlächeln. »Ein Brief ist auch da von ihm. Er liegt auf dem Schreibtisch.«

Die Tür fiel hinter ihr zu, und ich war mit Antoinette Ebenstein allein. Ich suchte nach einem Wort des Abschieds, aber es fielen mir nur unpersönliche Floskeln ein: »Dann wünsche ich Ihnen eine angenehme Reise.«

»Danke, ich bin in Ihrer Schuld. Ohne Sie wäre ich nicht

weggekommen aus München. Fliegen Sie auch Paris – München?«

»Ja, ab November, sobald wir das Großverkehrsflugzeug haben.«

»Bisher bin ich immer mit dem Zug gefahren. Eine lange Reise, achtzehn Stunden, fast ein ganzer Tag.«

»Mit dem Flugzeug sind es nur viereinhalb Stunden.« Ich gab ihr eine von unseren Geschäftskarten. »Anruf genügt! Wissen Sie schon, wann Sie wieder nach München kommen?«

»Nein, das ist noch nicht sicher. Ich habe nur ein festes Datum, das ist der 1. Mai, da möchte ich in Paris sein. Am 1. Mai feiert Paris das Fest der Maiglöckchen. Das versäume ich nie. Wie ein Zugvogel bin ich pünktlich am 1. Mai in Paris. Mein Jahr beginnt sozusagen am 1. Mai. An diesem Tag schwimmt die ganze Stadt in Maiglöckchen. Überall sind weißgekleidete Mädchen unterwegs mit einem Körbchen am Arm und verkaufen Maiglöckchen . . .«

Während sie sprach, überlegte ich, wie ich herausbringen konnte, in welchem Hotel sie abstieg. Direkt fragen wollte ich nicht. Also versuchte ich es auf einem Umweg. »Sie haben eine eigene Wohnung in Paris?«

»Leider nein, aber das ›Ritz‹ ist fast ein Zuhause. Ich habe immer dasselbe Zimmer, seit Jahren, wie ein Zugvogel eben, der immer an den alten Platz zurückkehrt.«

Das »Ritz«! Was sonst als das Ritz, das hätte ich mir denken können. Sie sah nicht nur aus wie eine Hollywood-Frau, sie lebte auch diesen Stil. Eine Suite im »Vier Jahreszeiten«, eine Suite auf der »New York«, eine Suite im »Ritz« – und überall, wo sie hinkam, ein Strauß roter Rosen wie der dort, hundert Stück aufwärts, von einem getreuen Heinrich, einem Baron Vantongerloo.

Plötzlich hatte ich das Gefühl, das Ganze müsse ein Tagtraum sein, im nächsten Moment würde ich aufwachen in meinem Feldbett in der Baracke auf dem Oberwiesenfeld und merken, daß ich alles nur geträumt hatte: den Flug im Nebel, den Hamburger Hafen, die »New York« und diese schöne Frau, die dort vor mir stand.

Sie trug noch immer das Reisecape, und sie sah noch immer so frisch aus wie am Morgen. Jetzt nahm sie das Cape ab und warf es über einen Stuhl. Am Revers ihres Kostüms kam die Nadel zum Vorschein, die ich schon während des Flugs heimlich bewundert hatte.

»Sie haben eine hübsche Nadel am Revers«, sagte ich.

Meine Bemerkung überraschte sie. Sie griff mit der Hand ans Kostüm, als müsse sie sich vergewissern, daß dort wirklich eine Nadel war. »Ah, der Pfeil . . .« Sie nahm die Nadel aus dem Stoff und betrachtete sie. Dann machte sie einen Schritt auf mich zu. »Wenn Ihnen die Nadel gefällt, möchte ich sie Ihnen gerne schenken.«

»So war es nicht gemeint.«

Sie lächelte. »*Honni soit qui mal y pense,* wie der Franzose sagt.« Sie trat noch einen halben Schritt näher. »Bitte, stillhalten!« und sie befestigte die Nadel an meinem Anzug.

Sie stand so nahe vor mir, daß ich die schwarzgraue Zeichnung im dunklen Blau ihrer Iris sah. Ihre Gesichtshaut war sehr hell und sehr fein, fein wie Seide, aber nicht blaß, sondern durchpulst von Leben. Sie betrachtete ihr Werk und murmelte: »*Molto* schick, wie der Italiener sagt.«

»Sie werden sich in den Kapitän verlieben.«

»Schon passiert.«

»Sie brechen mir das Herz.« Sie stand vor mir und sah mir in die Augen, ruhig, ohne Koketterie. Vielleicht machte ich einen Fehler, aber ich konnte nicht anders, ich nahm sie in die Arme und küßte sie auf die Wange. »Bis zum Fest der Maiglöckchen!«

Verwirrt über meine eigene Kühnheit, verließ ich sie, ehe sie reagieren konnte. Völlig durcheinander, wie ich war, fand ich mich in dem unbekannten System von Gängen und Treppen nicht zurecht und landete schließlich oben auf der Brücke.

In dem Glasaufbau war es dunkel, nur der beleuchtete Instrumententisch verbreitete einen schwachen Schein. Kein Mensch weit und breit. Ich ging nach vorne und blickte über das Vorschiff und den Bug auf den Hafen. Weit draußen, -zig Kilometer entfernt, begann erst das Meer. Das war zu weit, um es zu hören, auch zu weit, um es zu riechen. Der Nachtwind, der mir entgegenstrich, schmeckte nach Hafen, nach Schiffsküche.

Ich starrte ins Dunkel. Ich wollte meine Augen zwingen, mir das Meer zu zeigen – aber alles, was ich sah, war ein Ozean von Maiglöckchen.

November 1927

16

Ein Monat war vergangen, seit ich Antoinette Ebenstein nach Hamburg und aufs Schiff begleitet hatte, und das Glücksgefühl, das ich von dieser Reise heimgebracht hatte, hielt immer noch an. Es war mehr als ein Gefühl. Ich lebte in dem Bewußtsein, daß ein guter Stern über mir waltete, eben das Glück.

Als sichtbares Zeichen dieses Glücks hing an meinem Schwarzen Brett die Postkarte, die Antoinette Ebenstein während der Überfahrt an mich abgeschickt hatte. Die Karte zeigte das Schiff »New York« und im Hintergrund die Silhouette von New York; sie war einmal auf dem Schiff abgestempelt und ein zweites Mal in Southampton. Die erste Hälfte des Textes hatte Tita geschrieben: »Lieber Pavelino, schade, daß Du nicht mit uns nach New York kommst.« Dann folgte von Antoinette der Nachsatz: »Nun, vielleicht ein andermal. Von Herzen Ihre Antoinette Ebenstein.«

New York. Warum nicht. Ich war fünfundzwanzig, das Leben lag vor mir wie eine Startbahn im Sonnenlicht, die bis zum Horizont reicht. Tag für Tag sah ich die Maschinen auf dem Oberwiesenfeld starten. Das Abheben, das Aufsteigen, die Schleife, mit der sie auf ihren Kurs einschwenkten, schließlich das Verschwinden im Himmel, und immer flog meine Phantasie mit: Paris, New York . . .

Hätte ich an einem besseren Platz leben können als an einem Flugplatz? Unser Männerhaushalt spielte sich recht und schlecht ein. Die Fluggesellschaft verfügte jetzt über drei Maschinen. Anfang November war die G 31 in München eingetroffen, ein Großverkehrsflugzeug für Langstreckenflüge mit Platz für zehn Passagiere, und wir hatten das übliche Pressetamtam veranstaltet. Die positive Wirkung auf die Buchungen, die wir uns davon erhofften, blieb leider aus. Die Journalisten schrieben brav, was wir ihnen sagten, daß die Witterungsverhältnisse im Herbst und Winter weder die Flugsicherheit noch den Flugkomfort beeinträchtigen; trotzdem zogen es die meisten vor, ab November mit der Bahn zu reisen und nicht mit dem Flugzeug. Das bedeutete, unsere Maschinen flogen halb leer, und wir mußten froh sein, wenn wir die Unkosten decken konnten.

Am 15. November wurde die zweite Rate an Hugo Junkers fällig. Ich bildete mir ein, Tropa senior würde mir das Geld anstandslos geben, und ich brachte die Sache bei unserem wöchentlichen Treffen am Dienstag, genau eine Woche vor dem Zahlungstermin, zur Sprache.

Theo Tropa saß in Hemdsärmeln hinter seinem Schreibtisch, den Rotstift in der Hand, und brütete über den Buchungen. »Ihr braucht die G 31 nicht. Schickt sie zurück an die Junkers-Werke! Im Frühjahr, wenn ihr wieder mehr Passagiere habt, können wir darüber reden.«

»Der Flugplan für die G 31 nach Paris und London ist ausgedruckt.«

»Ihr werdet diese Flüge mit der F 13 machen. Ihr braucht das große Flugzeug nicht, also gebe ich auch das Geld nicht.«

»Die große Maschine war bestellt und ist mit dreißigtausend anbezahlt. Ich habe einen Vertrag mit Hugo Junkers. Ich werde dazu stehn.«

»Ich gebe das Geld. Und wer das Geld gibt, hat das letzte Wort. Wenn Ihnen das nicht paßt, können wir die Sache jederzeit annullieren.«

Tropa holte den Schuldschein aus dem Safe und legte ihn vor mich hin. »Geben Sie mir die hunderttausend Mark zurück. Ich steige aus.«

Er suchte eine Kraftprobe. Mich in die Knie zwingen, das wollte er. Oder ging das Ganze gegen seinen Sohn? Das war's. Und ich zwischen den beiden als Puffer.

Ich weiß nicht, was in mich fuhr. Mut war es nicht. Ich bin kein Drachentöter. Aber es gibt Momente, da schlägt es Dreizehn, und das war so ein Moment. Ich nahm den Schuldschein und riß ihn mitten durch.

Theo Tropa war fassungslos. »Was tun Sie da!« fauchte er mich an.

»Das sehn Sie doch. Ich zerreiße den Schuldschein.«

»Sie sind wahnsinnig.«

»Das war ich, als ich den Schuldschein unterschrieben habe, jetzt bin ich ganz nüchtern.«

»Ich will mein Geld zurück.«

Ich stopfte die Papierschnitzel in die Tasche und erhob mich. »Kommen Sie, wir fahren zum Oberwiesenfeld. Sie schaun sich unsern Betrieb an, und bei der Gelegenheit schließen Sie Frieden mit Ihrem Sohn.«

»Sie haben wohl nicht gehört. Ich will mein Geld zurück.«

»Ihr Geld ist weg. Sie können unsere zwei Maschinen konfiszieren. Aber damit schaden Sie sich selber, denn ich werde die Geschichte der Presse erzählen. Wenn Sie einen Skandal wollen, bitte sehr.«

»Das ist Erpressung.«

»Richtig. Anders bringe ich Sie nicht dazu, mit Ihrem Sohn Frieden zu schließen. Also, was ist, kommen Sie mit zum Oberwiesenfeld?«

»Jetzt sofort?«

»Jetzt sofort. Heute sind die Maschinen in der Revision. Am Dienstag fliegen wir nicht. Ihr Sohn ist da.«

Er war so überrumpelt, daß er sich fügte. Er nahm den Gehrock und den Bowler und wir verließen das Büro. Im Auto sagte er kein Wort. Er hatte den Bowler auf den Knien und starrte verbissen auf die Straße. Auch in der Baracke blieb er zunächst stumm. Dann sah er die zwei Plakate von der Amerika-Tournee seines Sohnes als Kunstflieger. Er trat näher, setzte den Zwicker auf. »Mit diesem Verrückten soll ich Frieden schließen! Es geht keine fünf Minuten gut. Nach fünf Minuten haben wir wieder Krach, auch mit den besten Vorsätzen.«

»Glauben Sie mir, er wartet die ganze Zeit darauf, daß sein Vater mal auftaucht hier draußen.«

»Sie meinen . . .« Theo Tropa setzte den Bowler auf. »Also gut.«

Im Hangar herrschte ohrenbetäubender Lärm; die Motoren der beiden Maschinen liefen. Vater und Sohn standen voreinander, der eine im Gehrock, der andere im ölverschmierten Overall. Der Vater streckte dem Sohn steif die Hand hin und sagte etwas. Der Sohn machte ihm Zeichen, daß er nichts verstand. Dann, in einer Aufwallung des Herzens, umarmte er den Vater.

Wir gingen zu dritt ins »Schottenhamel« zum Mittagessen.

Nachmittags gab Theo Tropa mir die hunderttausend Mark für die zweite Rate an Hugo Junkers, ohne daß ich ihn bitten mußte, und ohne daß er mich einen neuen Schuldschein unterschreiben ließ.

Abends stieg in der Baracke wie jeden Dienstag ein Skat, diesmal endlich mit einem vierten Mann. Dieser vierte Mann war Theo Tropa. In Hemdsärmeln und sichtlich verjüngt saß er am Tisch, notierte auf einer Schultafel Gewinn und Verlust und jammerte bei jeden halben Pfennig, den er einbüßte.

*

Am Sonntag darauf, es war der 13. November, feierte Hans Tropa seinen Geburtstag. Wir hatten den Hangar in einen Ballsaal verwandelt, mit Girlanden, roten Lämpchen und einem Geschwader roter Papierdrachen. Eine Kapelle spielte amerikanische Tanzmusik, und viele schöne Frauen waren da: aus der Münchner Gesellschaft, aus der Schwabinger Bohème, aus dem »Luitpold«-Milieu.

Ich hatte Maxi Markones eingeladen. Wir waren wieder gut miteinander. Vierzehn Tage nach dem Unglückstag, an dem sie mich wegen Flo aus der Wohnung warf, hatte sie mir Post von meiner Mutter aus Regensburg nachgeschickt. Ich revanchierte mich mit einer Einladung zum Abendessen und seither waren wir wieder Freunde, wenn auch nicht mehr.

Auf Hans Tropas Geburtstagsball sah ich nicht viel von Maxi. Hans Tropa ließ sie nicht von seiner Seite, es sei denn, er lieh sie mal seinem Vater für einen Tanz aus. Wie es schien, hatten beide sich in Maxi verliebt.

Irgendwann in der Nacht fing es an zu schneien. Wir liefen ins Freie und tanzten im fallenden Schnee weiter.

Danach folgte eine ruhige Zeit. Trostloses Wetter, trostlos wenig Buchungen. Trotzdem flogen wir.

Ich war einer der besten Kunden, ich flog so oft wie möglich nach Berlin zu Flo, die im Metropol-Theater eine Silvester-Revue einstudierte.

Der andere Dauerpassagier war Hermann Göring. Der Wahlkampf für die Reichstagswahlen im Mai 1928 hatte begonnen, und Hans Tropa flog seinen alten Kriegskameraden jede Woche zwei- bis dreimal in Deutschland herum.

Hermann Göring war damals vierunddreißig Jahre alt. In diesem Alter hatte er schon zwei Karrieren hinter sich, und er schickte sich gerade an, eine dritte zu machen. Die erste Karriere machte er als Flieger. 1917 wurde er der Kommandant des berühmten Jagdgeschwaders Freiherr von Richthofen. Seine zweite Karriere machte er in der Politik. Er schloß sich Hitler an und wurde 1922 Chef der SA.

Jetzt, im Jahre 1927, stürzte er sich in den Wahlkampf, um bei der Reichstagswahl im Mai 1928 ein Mandat zu erringen.

Hermann Göring hatte damals keinen festen Wohnsitz in Deutschland. Seine lungenkranke Frau lebte in Stockholm, und er hatte ein Zimmer im Hotel »Kaiserhof« in Berlin.

Ich lernte ihn an einem stürmischen Tag Ende November auf dem Oberwiesenfeld kennen. Er sah grau und aufgeschwemmt und müde aus. Stumm gab er mir die Hand, stumm richtete er sich im Flugzeug auf zwei Sitzen ein Lager her, und ohne ein weiteres Wort schlief er dort ein, im Mantel, den Hut vor dem Gesicht.

»Ist er krank?« fragte ich Hans Tropa.

»Ja und nein. Die alte Verletzung, der Bauchschuß. Wenn die Schmerzen kommen, spritzt er sich Morphium. Anders hält er es nicht aus. Sobald er aufwacht, ist er wie ausgewechselt.«

So war es tatsächlich. Als er in Berlin-Tempelhof aus dem Flugzeug stieg, war er jener Mann, den die Öffentlichkeit kannte: strahlend, kraftstrotzend, leutselig – und hungrig.

»Wir gehn zu ›Horcher‹. Ich lad' euch ein.«

Hans Tropa konnte nicht mitkommen, er mußte nach Hamburg weiterfliegen.

Hermann Göring wandte sich an mich. »Was ist mit Ihnen? Sind Sie frei, oder sind Sie mit einer schönen Frau verabredet?«

»Bin ich, aber erst später.«

»Wunderbar, dann gehn wir zwei zu ›Horcher‹. Vor einem Rendezvous soll man gut essen, das beruhigt die Nerven.«

Im Taxi stellte Hermann Göring bereits das Menü zusammen: »Wir beginnen mit der berühmten Bouillon à la Horcher. Bouillon ist nicht das richtige Wort. Wie soll ich es erklären? Am besten, ich gebe Ihnen das Rezept: Man nehme ein großes Stück Rindfleisch, rohes Rindfleisch, und presse in rohem Zustand den Fleischsaft heraus. Den Fleischsaft erhitze man über kleiner Flamme und würze ihn mit Pfeffer, Salz und wenig Fenchelsamen. Zur Abrundung etwas Cognac. Serviert wird dieses Lebenselixier in einer winzigen Tasse, ein Fingerhut von einer Tasse. Dreimal dürfen Sie raten, was man dafür bezahlt?«

Ich zögerte. Ich hätte Hermann Göring gerne die Freude gemacht und den Provinzler gespielt, der noch nie was von Horchers Bouillon gehört hatte. Der Haken war, man kannte mich bei ›Horcher‹, und man würde mich laut und deutlich, wie es dort Sitte war, mit meinem Namen begrüßen.

»Dreimal dürfen Sie raten«, wiederholte Hermann Göring seine Frage.

»Wenn sie seit dem letzten Mal nicht aufgeschlagen haben bei ›Horcher‹, dann kostet die Bouillon zehn Mark.«

Hermann Göring nahm es mit Humor. »Eins zu null für Sie!« Er musterte mich interessiert. »Um bei ›Horcher‹ reinzukommen, braucht man so was wie einen Bürgen. Darf ich fragen, wer Sie dort eingeführt hat?«

»Dr. Linthen.«

»Georg Linthen, der Bankier?«

»Ja.«

»Sie haben die richtigen Freunde, wie mir scheint. Ich kenne Linthen von Jugend an. Waren Sie schon mal in seinem Haus auf einer Party? Tolle Sache, sage ich Ihnen. Heute steigt wieder was. Soll ich Sie mitnehmen?«

»Danke, Dr. Linthen hat mich eingeladen.«

»Zwei zu null für Sie. Ihnen kann man offenbar nichts Neues bieten in Berlin. Gutes Prinzip, oben einsteigen. Ist auch mein Prinzip. Vor vielen Jahren gab mir ein gescheiter Mann einen Rat. Er sagte zu mir: ›In einem Haus, in dem du als Diener gearbeitet hast, kannst du nie der Herr werden. Merk dir das!‹ Ich habe es mir gemerkt. Man muß oben einsteigen, wenn man oben mitmischen will.«

Das »Horcher« war eine Mischung aus englischem Club und Restaurant. Man konnte nicht einfach eintreten, sondern mußte klingeln und warten, bis sich das Kläppchen öffnete, durch das man begutachtet wurde, von Herrn Horcher persönlich, von dem rothaarigen Herrn Hirschfeld oder dem schwarzhaarigen, pomadisierten Herrn Heck.

Das Restaurant selber war nicht groß, zwei Räume mit dunkler Holzvertäfelung und ein separater Salon für geschlossene Gesellschaften.

Hermann Göring und Horcher beratschlagten mit Verschwörermiene das Menü. »Ein paar Ostender Austern, klein, aber fein, wahre Gaumenschmeichler. Danach ein Fingerhut voll Bouillon; als erster Gang Salm in Champagnersauce. Und nach dem Fisch? Lammkotelett? Flugente? Oder Perlhuhn?« Eine schwere Entscheidung. Beim Wein ging es schneller. Hermann Göring lehnte sich zurück. »Einen leichten weißen Franzosen. Wir wollen schließlich nicht einschlafen.«

Während wir auf die Austern warteten, fragte er: »Jetzt rücken Sie mal heraus! Ihr Rendezvous, ist das eine verheiratete Frau?«

»Nein.«

»Vorsichtiger Mann. Lüften Sie schon das Geheimnis!«

»Es ist Flo Friedl, die Tänzerin.«

»Wo tritt sie auf?«

»Nirgends. Sie probt im Metropol-Theater für die Silvesterrevue.«

»Flo Friedl ... da klingelt's bei mir. Richtig! Ich dachte, die ist mit Jo Klyde zusammen.«

»War sie. Sie hat ihn sitzenlassen.«

»Donnerwetter! Das ist Klyde noch nicht passiert, aber ich gönne es ihm, das tut ihm gut. Wenn einer so reich ist wie er, bildet er sich am Schluß ein, für Geld bekommt man alles.«

»Sie kennen Jo Klyde?«

»Das Enfant terrible der Stockholmer Gesellschaft. Ich bin ja selber ein halber Schwede durch Heirat und Beruf. Unverschämt reich dieser Klyde. Daß eine Frau ihn sitzenläßt, hat er noch nicht erlebt. Diese Flo Friedl imponiert mir. Die möchte ich mir mal ansehen.«

»Kein Problem. Wir werden heute zusammen auf der Party von Dr. Linthen sein.«

»Gut, dann ist mein Abend gerettet. Der erste Tag nach einer Wahlreise, da fällt mir die Decke auf den Kopf, da muß ich unter Leute.«

Zwei Ober servierten die Austern. Die waren klein und fleischig und zergingen auf der Zunge wie salzige Pralinen. Hermann Göring verdrehte die Augen. »Ein perverser Genuß! Absolut pervers, aber der menschliche Gaumen ist ein Zentrum perverser Gelüste.«

Während der Bouillon und dem Fisch hechelten wir den Münchner und Berliner Gesellschaftsklatsch durch. Erst beim Dessert – es waren Crêpes Suzettes – kamen wir auf das Thema Politik. Hermann Göring fragte ganz direkt: »Interessieren Sie sich für Politik?«

»Die Frage habe ich mir noch nie gestellt.«

»Um so besser, dann haben Sie keine Vorurteile. Kommen Sie mal mit auf eine Wahlversammlung! Schaun Sie sich den Betrieb an! In Deutschland tut sich einiges. Die Zeit ist reif für ein neues Regime.«

»Und Sie glauben, die Nazis . . .«

Er schmunzelte. »Sie haben doch Vorurteile.« Er senkte die Stimme. »Aber warten Sie die Reichstagswahlen im Mai ab. Die Zeit ist reif für ein neues Regime . . . Der Putsch von 1923 war ein Fehler. Wir waren zu jung, zu ungeduldig. Wir wollten es erzwingen. Wir haben aus den Fehlern gelernt. Heute wissen wir, die Deutschen gewinnt man nicht mit Straßenschlachten. Die Deutschen wollen eine legale Revolution – und die sollen sie haben. Sobald wir im Reichstag sind, wird ein anderer Wind wehen in Deutschland.« Nach einer Pause fragte er: »Wie alt sind Sie eigentlich?«

»Fünfundzwanzig.«

»Sie sind Jurist.«

»Ja.«

»Die Fluggesellschaft ist eine gute Schule. Sie lernen organisieren, Sie lernen mit Menschen umzugehn, ja, ja, eine ausgezeichnete Schule, falls Sie eines Tages Lust bekommen, in die Politik einzusteigen.«

Ich schwieg und er sagte: »Sie mögen wohl die Nazis nicht. Geben Sie es ruhig zu! Ich kann es verstehn, Hitler hat zu viele Proleten um sich. Mein Geschmack ist das auch nicht. Hier in Berlin hat die Partei ein anderes Gesicht. Hier sind wir gesellschaftsfähig. Deshalb habe ich meine Zelte in Berlin aufgeschlagen, verstehen Sie? Der Stil von Hitler ist nicht mein Stil.«

Das Lokal leerte sich allmählich. Am Nebentisch legten zwei Kellner bereits die Gedecke für den Abend auf.

Wir tranken noch einen Aquavit und trennten uns dann.

»Bis heute abend!« sagte Göring, als er ins Taxi stieg.

Ich eilte zu Flo ins Metropol-Theater.

Die Garderobe war überheizt und Flo stand hinter dem Paravent beim Waschbecken.

»Pünktlich bist du nie!« rief sie zur Begrüßung. »Eines Tages werd' ich Wurzeln schlagen.« Ein Handtuch flog durch die Luft, ein Schuh schlitterte über den Boden. Sie kam hinter dem Paravent hervor, fertig zum Ausgehen, in einem dunkelgrünen Wollmantel und einer dunkelgrünen Kappe.

Wir umarmten uns.

»Verzeih! Ich war mit Hermann Göring beim Mittagessen und es dauerte etwas länger.«

»Nein, ich verzeih' dir nicht! Zur Strafe mußt du mit mir jetzt zu Köppke fahren.«

»Köppke?«

»Wir kaufen eine Schlange. Ich erzähle dir alles unterwegs. Ich werde eine Schlange um den Hals tragen, im letzten Bild der Revue. Der tollste Gag! Komm schon! Und dann möchte ich zu Novotný, Felle anschauen. Er ist der tollste Kürschner, und dann . . .«

»Moment«, ich hielt sie fest. »Du weißt, wir sind heute abend auf der Party von Dr. Linthen.«

»Nicht vor Mitternacht.« Sie sah mir in die Augen. »Es bleibt uns Zeit genug im Hotel vor der Party, Zeit genug, dich schamlos zu mißbrauchen.«

Silvester 1927/28

17

Silvester in Berlin, Silvesterrevue im Metropol-Theater mit Flo Friedl als Star.

Der Zuschauerraum summte wie ein Ballsaal. Ein paar Ungeduldige, die es nicht erwarten konnten, bis es Mitternacht schlug, warfen aus den Rängen jetzt schon Konfetti und Luftschlangen ins Parkett.

Der Gong kündigte das letzte Bild an, und die Lichter erloschen. Allmählich wurde es still. Keine Musik? Die Köpfe reckten sich. Was war los? Der Orchestergraben dunkel? Die Spannung stieg, die Neugierde auf das letzte Bild wuchs. Der Vorhang hob sich – immer noch in absoluter Stille –, und ein Ah ging durchs Haus.

Die Bühne war eine schneeweiße, glitzernde Winterlandschaft. Ein Himmel voller Schneeflocken, ein zugefrorener See. Nichts auf der Bühne, nur ein Schneemann, ein großer, kugelrunder Schneemann mit einer roten Clownsnase im Gesicht, der Schlittschuh lief. Jetzt blieb er stehen und holte etwas aus seinem dicken Schneemannkleid: eine silberne Querflöte. Er setzte sie an die Lippen und begann zu spielen. Süß stiegen die einzelnen Töne auf, glasklar und glitzernd schwebten sie im Raum, halb melancholisch, halb fröhlich. Die Zuschauer waren verstummt; alle lauschten verzaubert dem Lied des einsamen Schneemanns.

Das Orchester fiel ein. Eins-zwei-drei, eins-zwei-drei:

Walzertakt. Ein Trommelwirbel, ein Paukenschlag, etwas großes Weißes flog durch die Luft und landete mit einem Plumps. Von links und rechts sprangen Schneemänner auf die Bühne, machten Saltos, schlugen Purzelbäume.

Die Musik wechselte den Rhythmus, wurde laut, schnell und frech: ein Cancan. Tänzerinnen wirbelten herein, weiße Hasenohren am Kopf, weiße Stiefelchen an den Beinen. Der Rest des Kostüms bestand hauptsächlich aus dem großen weißen Pelzbommel am Po. Sie warfen die Beine, sie jauchzten, sie stießen die spitzen Schreie aus, die zum Cancan gehören, und die Zuschauer klatschten im Rhythmus mit.

Nach dem Cancan folgte eine akrobatische Hetzjagd der Schneemänner auf die Hasen. Der Schneemann mit der Flöte beteiligte sich nicht daran. Er spielte wieder die kleine Melodie vom Anfang, halb melancholisch, halb fröhlich, und so marschierte er mit den Hasen davon.

Dann wurde es Nacht auf der Bühne. Am violetten Himmel sprühten Feuerwerkssterne, zu Sphärenklängen sang eine Sphärenstimme: »Ich bringe euch das neue Jahr, ich mache alle Wünsche wahr«, und auf einem großen funkensprühenden Kometen schwebte Flo herab, eine Zauberin in Weiß mit einem silbernen Zylinder auf dem Kopf und einem silbernen Zauberstab in der Hand.

Ihr Kostüm bestand aus einem weißen Cape, aus einem tiefausgeschnittenen Silberoberteil und einem langen, hautengen Rock, seitlich hoch geschlitzt. Um den Hals trug sie keinen Schmuck, sondern eine lebende Schlange. Um die Presse und das Publikum schon vor der Premiere auf Trab zu bringen, hatte Flo sich einige Gags ausgedacht, und die Schlange, sie hatte es mir angekündigt, war einer dieser Gags. Die Schlange hieß Sarah und sah schön und gefährlich aus an Flos Hals; daß sie harmlos wie eine Blindschleiche war, verriet Flo nicht. »Den Zeitungslesern soll es kalt den Rücken hinunterlaufen, wenn sie das Foto mit der Schlange sehen. Darauf kommt's an. Ich werde den Berlinern beibringen, daß es eine wie mich nur einmal gibt. Verstandezvous? Also keine Brillanten, weder falsche noch echte, sondern eine Schlange.«

Ein anderer Gag war das Motorrad, mit dem sie in der Steptanznummer »Miss Manhattan« auf die Bühne donnerte. Um diesen Auftritt möglichst spektakulär zu machen, hatte man vor einer New Yorker Wolkenkratzerkulisse eine freitragende doppelstöckige Hochstraße aufgebaut, die sich in einem weiten Bogen links und rechts auf die Bühne senkte. Ein Schrei ging durchs Publikum, als Flo auf ihrem Motorrad daherbrauste, mitten in die steptanzenden Zeitungsverkäufer.

Mehr als ein Gag, eine richtige Sensation war Flos Nummer mit zwei schwarzen Panthern. Die Nummer hieß harmlos »Die indische Tempeltänzerin«, weil Flo ein indisches Kostüm trug und den Käfig, in dem sie den Dressurakt vorführte, indisch aufputzen hatte lassen. Die Dressur selber war alles andere als harmlos. Der Dompteur vom Zirkus Renz, der mit Flo die Panthernummer einstudierte, hatte vor der Presse immer wieder erklärt, er könne keine Garantie übernehmen. »Raubtiere sind ein Wagnis.«

Flo ging das Wagnis ein. Sie kannte die Berliner. Kein Publikum war so verwöhnt und keines so anspruchsvoll. Gut zu sein genügte nicht. Um das Berliner Publikum zu erobern, mußte ein Künstler »einen Zacken mehr drauf haben.«

Daß Flo 1926 in München am Deutschen Theater eine erfolgreiche Saison gehabt hatte, zählte in Berlin nicht. In Berlin mußte sie wieder bei Null anfangen, auch was die Gage betraf. An Probetagen bekam sie dreißig Mark, pro Aufführungsabend sechzig. Davon konnte sie nicht den Stil bestreiten, den sie sich bei Jo Klyde angewöhnt hatte: jeden zweiten Tag Friseur, Masseur, Maniküre, Pediküre; Modellkleider von sechshundert Mark aufwärts, Schuhe nach Maß von hundert Mark aufwärts, und nach der Probe zur Stärkung ein Kaviartoast für zehn Mark.

Was Flo im Metropol-Theater verdiente, reichte gerade für das Hotelzimmer und das Nötigste. »Das ist mir schnuppe«, behauptete sie. »Dafür bin ich groß an jeder Berliner Litfaßsäule. Das wollte ich schließlich, als ich von München weg bin.« Als ich sie einmal fragte, ob sie den Bruch mit Klyde bereue, kam heraus, daß sie sich bereits mit ihm versöhnt hatte. »Eine rein freundschaftliche Versöhnung. Wir sind schließlich keine wilden Tiere, oder?«

Heute, zur Premiere, hatte Jo Klyde einen Blumenkorb in der Größe eines Hausaltars ins Theater geschickt. Blaue Iris und gelbe Teerosen, ganz dicht und kunstvoll gesteckt, so daß die Schrift Für Flo entstand. Flos Versicherung, Klyde selber sei nicht im Theater, sondern über Weihnachten und Neujahr in Stockholm im Schoße des Klyde-Clans, traute ich nicht ganz. Besser, ich machte mich darauf gefaßt, ihm nachher bei der Premierenfeier plötzlich gegenüberzustehen.

Ich saß in der Proszeniumsloge und blickte ins Parkett. Viele der Männer hatten das Opernglas vor den Augen, um Flo genauer zu sehen. Da und dort erkannte ich ein Gesicht aus dem Berliner Freundeskreis. Sie waren heute Abend alle im Metropol-Theater. Nach der Premiere würden wir gemeinsam feiern.

Klyde konnte ich nirgends entdecken, weder im Parkett noch in den Logen der zwei Ränge, aber es gab viele Plätze, die sich meinem Blick entzogen.

In den letzten beiden Monaten waren Berlin und das Metropol-Theater mein zweites Zuhause geworden. So oft wie möglich flog ich von München hierher. Manchmal blieb ich nur einen Tag, manchmal für zwei Tage. Ich saß in den Proben, und nach den Proben vagabundierten wir durch die Berliner Lokale, in denen wir unsere Freunde trafen. Im »Romanischen Café« saßen die Journalisten, im Café »Reimann« die Filmfritzen, im ukrainischen »Allaverdi« die bunte Mischung einer Großstadt, Millionäre und Bettler, Fürsten und Hochstapler, und alle aßen Borschtschsuppe und tranken Wodka und verbrüderten sich beim Klang der Balalaikakapelle.

Oder wir verbrachten die Nacht auf einer rauschenden Party. Die Leute, die in der Berliner Gesellschaft mitmischen wollten, machten sich einen Sport daraus, ihr Haus einmal pro Woche von einer Party verwüsten zu lassen. Sie holten Jack Hilton und sein Tanzorchester ins Haus und ließen von Lohndienern während der ganzen Nacht kulinarische Überraschungen servieren.

Vor Morgengrauen kamen wir nie ins Bett, und wenn Flo probenfrei hatte, blieben wir im Bett, bis es wieder Nacht wurde.

Die Tage in Berlin waren für mich eigentlich eine immerwährende Nacht: der dunkle Zuschauerraum während der Proben, das nächtliche Vagabundieren von Lokal zu Lokal und schließlich das schummrige Hotelzimmer von Flo mit der großen goldfarbenen Satinmuschel von Bett, in der es niemals Tag wurde, solange ich bei Flo war.

Das Ende dieser immerwährenden Nächte war immer gleich: Irgendwann sank ich in ein Taxi, fuhr nach Tempelhof hinaus und stieg ins Flugzeug, wo ich sofort einschlief und erst in München bei der Landung mühsam geweckt werden mußte.

»Sss-sss-sch«, kam es aus der Ecke der Proszeniumsloge, leise und noch elektrisierend, »sss-sss-sch«. Der junge Mann, der mit diesem unterdrückten Pfiff seiner Begeisterung Luft machte, war Billy Wilder, ein erfolgloser Journalist, der mit Filmstoffen hausieren ging, die ihm keiner abkaufte. Ich weiß nicht, wovon er lebte; er selber wußte es auch nicht, wie er offen zugab.

Flo behauptete, eine reiche Dame der Berliner Gesellschaft, die er als Eintänzer im »Eden« kennengelernt habe, würde ihn aushalten. Sein Smoking war auf jeden Fall von einem guten Schneider, und die knalligen Chiffonschals in Feuerrot, Giftgrün und Zitronengelb, die er zum Smoking trug, waren Damenschals und hatten das ebenso diskrete wie teure S von Schiaparelli in einer Ecke eingestickt.

Wie auch immer, ich mochte Billy Wilder.

»Sss-sss-sch.« Er lehnte sich auf die Brüstung der Loge und starrte mit hingerissenem Lächeln auf die Bühne. »Da kriegst' die Welt!« Es klang zärtlich, staunend, neidisch, bewundernd. »Da kriegst' die Welt!« Es galt Flo.

Sie war vom Kometen gestiegen und stand mit dem Rükken zum Publikum auf der Bühne. Der enge weiße Satinrock zeichnete ihre Figur nach, betonte die schmale Taille und den aufreizenden Po. Sie hob den silbernen Zauberstab, der Komet schwebte davon, und rosa Licht flutete über die Bühne. Am Horizont stiegen rosa Sonnen empor, ein Fächer von Sonnen, in der Mitte die größte mit funkelnden Strahlen und einem funkelnden ›1928‹ auf den Strahlen. Kling-Klang-Sphärenmusik, Kling-Klang-Sphären-Chor: »Wir bringen euch das neue Jahr, wir machen alle Wünsche wahr.«

Flo stand immer noch mit dem Rücken zum Publikum. Ihre Hüften bewegten sich im Takt der Musik. Wieder hob sie den Zauberstab: Ein Dutzend weiße Tauben flogen auf, rosa Ballons, Konfetti, Luftschlangen. Aus dem Schnürboden fiel bunter Flitter herab. Vorne an der Rampe wuchsen große Himbeerbonbons aus dem Boden, kleine Ballettratten in himbeerrotes Zellophan gepackt.

Flo machte kleine Schritte rückwärts bis zur Rampe. Dort hielt sie an, wandte den Kopf, blickte über die Schulter ins Publikum. Ein Blick, der Sekunden dauerte, viele Sekunden, vielleicht eine halbe Minute. Dann erst wandte sie sich um, hob ein letztes Mal ihren Zauberstab und rief: »Und jetzt zu euch!«

Im Theater wurde es hell, die Türen flogen auf, und die Tänzerinnen mit den weißen Hasenohren kamen in den Zuschauerraum. Sie gingen durch die Reihen und verteilten an die Männer rosa Clownsnasen. Flo stand an der Bühnenrampe und rief den Männern zu: »Die Nasen aufsetzen! *Allez hopp!* Und herauf zu mir! *Allez hopp!* Wer ist der erste bei mir! *Allez hopp!* Der erste hat einen Wunsch frei.«

Ein Tumult brach los. Männer mit roten Nasen im Gesicht sprangen über die Sitze, kletterten auf die Bühne, Clowns im Smoking, die Flo umringten. Ich sah nur noch ihren silbernen Zylinder. Die Männer hoben Flo in die Höhe. Sie stand auf den Schultern der Männer. Ein paar Hände umfaßten ihre Füße, hoben sie noch höher.

Das Parkett jubelte, aber ich konnte kaum hinschauen. Ich hatte Angst um Flo. Diese Männer waren keine Artisten. Wenn einer loßließ, stürzte sie.

Billy Wilder murmelte verzückt: »Da kriegst' die Welt!«

Flo schwebte über den Köpfen der Männer, die Arme ausgebreitet. Sie nahm den Zylinder vom Kopf, winkte damit dem Publikum zu. Dann warf sie den Zylinder übermütig in die Luft, streckte sich, um ihn wieder zu fangen, streckte sich noch weiter. Sie hatte ein Lächeln auf dem Gesicht, ein strahlendes, übermütiges Lächeln. Der Zylinder beschrieb einen Bogen, es war unmöglich, ihn zu fangen, das mußte sie sehen. Trotzdem wollte sie ihn erwischen. Sie verlor das Gleichgewicht. Mit ausgebreiteten Armen, das strahlende Lächeln auf dem Gesicht, stürzte sie.

Ein dumpfer Aufschlag. Der silberne Zylinder sprang über die Rampe ins Orchester. Jemand schrie: »Vorhang!«

*

Sie lag auf dem Bühnenboden, wie sie hingestürzt war, mit ausgebreiteten Armen, mitten in Konfetti, in den Luftschlangen, in den Watteschneeflocken.

Der Vorhang war gefallen, die großen Scheinwerfer hatte man gelöscht. Im fahlen Licht wirkten die Menschen, die herumstanden, wie Wachspuppen.

Vor dem Vorhang tanzte das Ballett Cancan. Bei jedem Sprung bebte der Bühnenboden. Zwei Sanitäter kamen mit einer Bahre, aber sie unternahmen nichts, sondern warteten auf den Arzt.

Plötzlich hob Flo den Kopf: »Die Schlange! Wo ist Sarah?« Sie griff mit der rechten Hand an den Hals. »Sarah ... Sarah ist weg ... Meine Schlange ist weg.« Sie setzte sich auf, sank wieder zurück.

Ich kniete neben ihr und fing sie auf. »Hast du Schmerzen?«

»Der Arm, der linke Arm.« Sie biß die Zähne zusammen. »Hilf mir aufstehn, und bring mich weg!«

Auf dem Weg zur Garderobe wurden die Schmerzen im Arm so heftig, daß sie zu weinen anfing und Schüttelfrost bekam.

Der Arzt, ein älterer Mann mit grauem Schnurrbart, gab ihr als erstes eine Morphiumspritze. »Nur ein kleiner Picks, mein Kind.« Dann untersuchte er sie. Der linke Oberarm war gebrochen, der Ellbogen verstaucht, möglicherweise ebenfalls gebrochen.

Flo liefen die Tränen übers Gesicht und manchmal schrie sie auf, während der Arzt und ein Sanitäter den gebrochenen Arm schienten.

»Das ist nur ein Provisorium«, sagte der Arzt. »Morgen müssen Sie ins Krankenhaus, mein Kind. Ins Oskar-Helene-Heim in Dahlem. Ich werde das Nötige veranlassen.«

Sie schüttelte den Kopf und sagte unter Tränen: »Morgen tanze ich wieder.«

»Das geht nicht, mein Kind.«

»Mit einer Morphiumspritze geht es.«

»Wenn Sie Dummheiten machen, mein Kind, riskieren Sie, daß der Arm steif bleibt. Ihr Arm muß in Gips. Vielleicht muß sogar operiert werden. So sieht es aus, mein Kind.«

»Operieren! Ich lasse nicht an mir herumschnipseln.«

»Sechs Wochen Gips ist das mindeste.«

Der Arzt war mit dem Schienen fertig und machte aus einer breiten Bandage die Schlinge für den Arm. »Wie ist es? Wirkt die Spritze schon? Lassen die Schmerzen nach?«

»Morgen tanze ich wieder«, murmelte sie trotzig.

»Frühestens in sechs Wochen. Und jetzt sofort nach Hause, mein Kind! Sie brauchen Ruhe. So ein Sturz ist ein Schock.« Der Arzt legte ihr das weiße Satincape um die Schultern.

»Danke.« Flo wischte sich mit der Hand die Tränen ab. »Ich gehe nicht nach Hause. Heute ist Silvester, heute wird gefeiert.«

»Sie schaden sich nur. Es kann sein, daß der Arm in den nächsten Stunden anschwillt. Sie sollten sich ganz ruhig halten, mein Kind. Kein Silvesterball, keine Feier! Schlafen Sie lieber, solange das Morphium wirkt!«

Der Arzt wechselte einen Blick mit mir. »Sie bringen Fräulein Friedl nach Hause?«

»Ja.«

»Und morgen ins Oskar-Helene-Heim. Wie gesagt, ich werde alles veranlassen.« Er gab mir eine kleine Karte. »Das ist die Adresse in Dahlem.«

»Danke.«

Nachdem der Arzt gegangen war, stand Billy Wilder in der Tür. Er brachte den silbernen Zylinder und im Zylinder die Schlange Sarah. »Wie schaut's aus, Flo? Deine Freunde und Kollegen wollen wissen, ob du mit ihnen aufs neue Jahr anstößt. In einer Viertelstunde ist es soweit.«

»Clock zwölf bin ich auf der Bühne.«

Ich gab Billy Wilder zu verstehen, daß er uns allein lassen solle, und verriegelte die Garderobentür. Trotz der Morphiumspritze stand Flo noch immer unter dem Schock des Sturzes. Trotz der Schminke, trotz ihrer Selbstdisziplin war sie blaß, hatte sie fahrige Bewegungen. Sie kramte unter den Schminksachen, verrieb die Tränenspuren, begann, das Make-up auszubessern.

Ich zog einen Stuhl heran und setzte mich zu ihr. »Ich glaube, du solltest auf den Doktor hören und nach Hause gehen. Warum partout Silvester feiern? Schau, im Grunde hast du noch Glück gehabt. Es hätte schlimmer ausgehen können. Ein Sturz von zwei Metern auf den harten Bühnenboden, du hättest dir den Hals brechen können.«

»Ein guter Grund zu feiern, oder?«

»Wenn du nicht vernünftig bist, muß ich es für dich sein. Ich bestelle ein Taxi und bringe dich ins Hotel.«

Sie betrachtete den geschienten Arm. »Aus«, sagte sie leise, »alles aus. Sechs Wochen Gips. In sechs Wochen bin ich vergessen ... Und wenn der Arm steif bleibt, ist es überhaupt aus mit dem Tanzen, aus mit der Bühne, aus mit der Karriere. Aus mit allem. Ich kann dich nicht mal mehr richtig umarmen ...«

Es klopfte an der Tür. »In fünf Minuten ist es zwölf!« rief Billy Wilder von draußen.

Flo sah mich an. »Bitte! Es ist doch *mein* Abend ... nur zum Prosit, nur ein Glas Champagner.«

Im Grunde verstand ich sie. An ihrer Stelle hätte ich ähnlich reagiert. Nur nicht nach Hause, nur nicht ins Bett. So tun, als wäre nichts passiert.

Sie schien meine Gedanken zu erraten. »Nur ein Glas«, bettelte sie, »nur ein Glas!« Und ich gab nach.

Natürlich blieb es nicht bei dem einen Glas Champagner. Vom Metropol-Theater zogen wir mit Freunden ins »Allaverdi«, wo wir auf russische Manier Neujahr feierten mit viel Wodka und viel Kaviar. Zu den Klängen der Balalaikamusik tranken alle mit allen Brüderschaft. Billy Wilder zauberte auf geheimnisvolle Weise rote Tusche nebst einer Gänsefeder herbei und bat Flo um ein Autogramm auf seinen zitronengelben Chiffonschal. Danach wollten alle Männer ein Autogramm in roter Tusche von Flo, auf Manschetten, Hemdbrüste, Einstecktücher, Krawatten, Handschuhe. Nach dem »Allaverdi« machten wir einen Abstecher ins Café »Reimann«, wo die Filmfritzen Silvester feierten, und schließlich landeten wir im Wintergarten der »Scala«. Dort machten wir bis zum Morgen weiter.

Ein klarer Wintertag zog herauf, als wir uns von unseren Freunden trennten und in den »Russischen Hof« fuhren.

Flos Arm war während der Nacht angeschwollen und der Bluterguß hatte sich ausgebreitet. Sie erschrak, als sie den Arm sah. Sie rief mich ins Bad und wollte, daß ich sie sofort ins Krankenhaus bringe.

»Hast du Schmerzen?«

»Nein.«

»Schlaf erst mal ein paar Stunden! Dann bringe ich dich nach Dahlem. Heute, am Neujahrstag, ist bestimmt noch kein Arzt so früh auf den Beinen.«

Sie stand nackt vor dem Spiegel im Bad, das Gesicht voll Leichners Abschminke und rasierte sich den Nacken aus. »Hilf mir«, sie drückte mir das Rasiermesser in die Hand. Sie konnte sich kaum noch auf den Beinen halten vor Müdigkeit, aber zum Schönheitsritual – und dazu gehörte das Ausrasieren des Nackens – fand sie immer noch die Energie.

Zuletzt besprühte sie sich ausgiebig mit »Shocking S« von Schiaparelli. Dann trug ich sie ins Bett und schob ihr zwei Kissen unter den Kopf, wie sie es gern hatte.

»Du bist ja noch im Smoking«, murmelte sie. »So gute Manieren wie du möchte ich auch mal haben, mit dem Smoking ins Bett . . .«

Im nächsten Moment schlief sie.

Im Schlaf hatte sie ein junges, unfertiges Gesicht. Ich mochte sie so, ohne Schminke, mit der hellen Haut, den feinen Augenbrauen, den rosa Kinderlippen. Wenn wir uns liebten, war es diese Frau, die ich in den Armen hielt.

Ich fühlte mich ihr sehr nahe, während ich bei ihr Wache hielt. Die zwei Lampen links und rechts vom Bett, mit orientalischen Schals verhangen, brannten. Das rötliche Licht verlieh der goldfarbenen Satinbespannung des großen, muschelförmigen Betts einen Fleischton und verwandelte das Holz der Wandtäfelung in dunkles Kupfer.

Ich war übernächtigt, aber nicht müde. Nach unseren durchbummelten Nächten konnte ich nie sofort einschlafen wie Flo. Ich lag neben ihr, lauschte auf ihren Atem, auf ihre Bewegungen und wartete. Irgendwann rückte sie dann näher, suchte mich. Zärtliche Berührungen, obszöne Berührungen. Im Halbschlaf redete sie mit mir, zärtliche Worte, obszöne Worte, im Berliner Jargon.

»Was ich jetzt mit dir mache, dafür gibt es kein deutsches Wort, das ist so verboten, daß man's nur lateinisch sagen darf. Aber das lateinische Wort hab' ich vergessen, vielleicht fällt's dir ein . . .«

Ihr geschmeidiger Körper, ihre leise Stimme. »Ganz schön leichtsinnig, daß du mit einer wie mir aufs Zimmer gehst.

Ich werde dich aufessen, in einem Stück, wie eine Schlange, dann hab' ich dich, dann kannst du mir nicht mehr weglaufen ... Wie heißt das gleich auf lateinisch? Lateinisch darf man es sagen. Lateinisch sind die verbotensten Sachen gesellschaftsfähig ...«

Durch die Wände drangen die Geräusche des Hotels, Schritte, Türen, das Rauschen von Wasser. Vom Bahnhof Friedrichstraße klang das Pfeifen eines Zuges herüber, gedämpft durch die Mauern und das verschlossene Fenster.

Flo wurde unruhig, tastete nach mir, blinzelte mich an. »Ich hab' kein richtiges Nachthemd fürs Krankenhaus«, murmelte sie. »Die lassen mich nicht rein mit meiner Reizwäsche. Die Schwestern fallen in Ohnmacht.«

»Du bekommst dort ein Nachthemd aus weißem Batist, mit einer Halskrause und einer eingestickten Kaiserkrone. Das Oskar-Helene-Heim ist eine kaiserliche Stiftung.

Das machte sie wach. Sie schlug die Augen auf. »Ein Nachthemd mit Kaiserkrone ... Woher weißt du das?«

»Von einem Fluggast.«

»Ein Nachthemd mit Kaiserkrone ... Los, bestell ein Taxi und dann nichts wie nach Dahlem ins Oskar-Helene-Heim!«

Februar 1928

18

Sechs Wochen später lag Flo immer noch im Oskar-Helene-Heim. Der Gips war herunter und der Arm soweit wieder in Ordnung, aber Flo hatte auf einer plastischen Korrektur der Narbe am Ellenbogen bestanden.

Ich besuchte sie zweimal pro Woche, flog am Morgen nach Berlin und nachmittags mit derselben Maschine zurück nach München. Nach einem naßkalten Januar hatte Anfang Februar der Winter richtig eingesetzt mit Schnee und Frost und klaren Tagen.

Das Oskar-Helene-Heim in Dahlem war ein Bau im wilhelminischen Stil, breitgestreckt und mit vier Ecktürmchen. Behäbig stand es in einem großen Park, mehr ein Landjunkersitz als ein Krankenhaus.

Die Ecktürme trugen Schneehauben und an den Dachrinnen hingen Eiszapfen, die jetzt in der Mittagssonne rostige Tränen in den weißen Schnee weinten.

Schwester Regina an der Pforte nickte mir zu. »Fräulein Friedl hat Besuch.« Die Bemerkung wunderte mich, denn Flo Friedl hatte immer Besuch. Ihre Familie, Leute vom Theater, Journalisten, irgend jemand war immer da, und es ging immer lebhaft zu. Meistens hörte ich schon auf dem Korridor die Stimmen oder Grammophonmusik.

Heute war es still. Auf mein Klopfen kam keine Antwort. Ob sie schlief? Ich öffnete leise die Tür, trat auf Zehenspitzen ein. Kein Mensch im Zimmer, das Bett leer, nur der vertraute Duft von Flos Parfüm »Shocking S« – sie führte von der ersten Stunde an einen Feldzug gegen den Krankenhausgeruch – und die vertraute Unordnung: Zeitungen, Journale, Schallplatten, das offene Grammophon, Schminksachen. Die riesige Bonbonniere mit der rosa Riesenschleife auf dem Deckel hatte ihr Hermann Göring mitgebracht; der bayerische Löwe aus Plüsch, der im Korbsessel beim Fenster saß, war ein Geschenk von Hans Tropa.

Auf dem Bett lag ein großer, blauer Lackkarton. NOVOTNÝ PELZE BERLIN.

Der Name Novotný war mir nicht fremd. Immer wenn Flo von Pelzen sprach, und sie hatte auffallend oft von Pelzen gesprochen in der letzten Zeit, fiel der Name Novotný. Sie sprach das Wort provozierend aus, als sei es die tschechische Übersetzung für ein verbotenes deutsches Wort.

Im November hatte sie mich mal hingeschleppt zu diesem Novotný, der so exklusiv war, daß er kein »ordinäres Ladengeschäft« hatte, sondern seine Kundinnen in einer eleganten Etage beim Gendarmenmarkt empfing. Dort wurde nicht verkauft, dort wurden die Felle nur gezeigt und ausgewählt. Flo ließ sich von Novotný Zobelfelle vorführen. Bündelweise warf er sie auf den chinesischen Seidenteppich vor uns hin, hob sie wieder auf, legte sie Flo in den Arm. »Federleicht, nicht wahr . . . Diese Felle würden gerade für einen Beidseitigen reichen. Zobel mit Zobel gefüttert, eine wahre Pracht. Die russische Zarin trug so einen Beidseitigen zum Schlittenfahren.«

Die Größe des blauen Kartons ließ auf einen größeren Inhalt schließen. Im Zimmer war es heiß. Ich trat zum Fenster und blickte in den Park hinaus. Der Schnee glitzerte in der Sonne. Auf einem Weg spazierte ein Paar. Die Frau trug einen dunkelbraunen Pelzmantel, der ihr bis zu den Knöcheln reichte. Sie gingen langsam, blieben stehen, sahen sich an. Der Mann legte die Arme um die Frau. So verharrten sie, innig aneinandergeschmiegt.

Der Mann war Jo Klyde und die Frau war Flo.

Im ersten Impuls wollte ich auf und davon. Ohne Gruß, ohne Adieu, als wäre ich nicht dagewesen, als hätte ich nichts gesehen. Ich verließ das Zimmer. Auf dem Weg zum Ausgang kam ich an dem Vestibül vorbei, wo ich am Neujahrsmorgen mit Flo gewartet hatte, bis ein Arzt erschien. Die Erinnerung daran machte mich trotzig. So leicht mache ich es dir nicht, meine liebe Flo, dachte ich. Ich werde hier auf dich warten und dann will ich mir anhören, was du mir zu sagen hast.

Auf dem runden Korbtisch lagen immer noch die Hefte von damals, »Die Dame«, »Der Uhu«, »Die Jugend«, »Vom Land zum Meer« und »Merian«. Gewechselt hatte der Blumenschmuck im Vestibül; damals waren es Weihnachtssterne, heute Azaleen. Gleich gegenüber lag ein Krankensaal. Die Doppeltür öffnete sich und ein Rollstuhl wurde sichtbar. In dem Rollstuhl saß ein junger Mann, in Decken gehüllt, um den Hals einen gestrickten Schal. Er war in meinem Alter, vielleicht jünger. Auf seinem Schoß lagen eine Zigarettenschachtel und Streichhölzer. Offensichtlich wollte er in den Park, um dort zu rauchen, was im Saal verboten war. Er schien noch nicht an den Rollstuhl gewöhnt zu sein, hatte Probleme, durch die Tür zu kommen. Ich half ihm, aber das paßte ihm nicht. »Lassen Sie nur, es geht schon«, sagte er fast grob und fuhr dann schnell den Gang entlang dem Ausgang zu. Ich sah ihm nach und kämpfte mit mir, ob ich nicht doch verschwinden sollte. Die Konfrontation würde nichts bringen. Mein Tag war verdorben, so oder so. Allerdings, wenn ich blieb, verdarb ich auch Flo diesen Tag. Um das zu erreichen, war jedoch das Vestibül nicht der geeignete Ort. Also kehrte ich ins Zimmer zurück. Es dauerte nicht lange, und ich hörte ihre Schritte auf dem Korridor. Dann standen wir uns gegenüber.

Jo Klyde spielte den Mann von Welt. Er gab mir die Hand. »Lange nicht gesehen. Wie geht's. Sie haben sich aufopfernd um Flo gekümmert, wirklich aufopfernd. Sind Sie heute von München gekommen?«

»Ja.«

»Dann werde ich euch etwas allein lassen.« Er nahm Flo in die Arme. »Bis später, mein Liebes! Ich komme so um acht.«

Flo stand dort, die Hände im Mantel vergraben, verlegen, abwartend, sah an dem Pelzmantel hinunter, fuhr mit der Hand streichelnd über das Fell.

»Sind das die Felle, die wir im November angeschaut haben?« fragte ich.

Sie hob den Kopf, ein Lächeln der Erleichterung. »Zobel!« Sie öffnete den Mantel und kam näher. »Beidseitig«, flüsterte sie, »beidseitig Zobel!«

»Nicht übel.«

»Findest du auch. So was macht eben nur Novotný. Tolles Ding . . .«

Ihre Unverfrorenheit wirkte ansteckend. »Tolles Ding, was du da drehst«, sagte ich. »Kannst du mir genauer sagen, was sich da abspielt zwischen dir und Jo Klyde?«

Sie sah mir direkt in die Augen. »Er will mich heiraten.«

»Das weißt du nicht erst seit heute, oder?«

Sie wich meinem Blick nicht aus. »Was sein muß, muß sein. Wenn ich Jo Klyde heirate, bin ich alle Sorgen los. Die Hotelrechnung, die Krankenhausrechnung. Ich hab' nicht das Geld, um all die Rechnungen zu bezahlen. Nächste Woche komme ich hier raus, aber ich habe kein Engagement. Wovon soll ich leben? Mir bleibt gar nichts anderes übrig, als Jo zu heiraten. Einmal im Leben muß auch ich vernünftig sein. Du verstehst?«

»Ja, ich verstehe.«

»Du bist mir nicht böse?«

»Nein. Und wann findet die Hochzeit statt? Rück schon heraus damit. Die Gelegenheit ist günstig, jetzt kannst du alles loswerden. Ich glaube nicht, daß ich in nächster Zeit nochmal nach Berlin komme.«

»Wir heiraten, sobald wir ein Haus gefunden haben.«

»Ja dann, viel Glück.«

Sie schwieg, hob die Arme und fiel mir um den Hals. »Ich liebe nur dich, das weißt du, nur dich! Daran wird sich nichts ändern. Ich werde dich immer lieben!« Ihr Kopf ruhte in dem breiten, gewölbten Pelzkragen. Sie lächelte mich an, wehmütig und ein wenig schlau. »Ich habe eine Bitte an dich . . .«

»Und?«

»Ich möchte, daß du Trauzeuge machst.«

»Nein, Flo, dafür suchst du dir jemand anders.«

»Das verstehe ich nicht.«

»Tut mir leid.«

»Aber du kommst zur Hochzeit.«

»Ich glaube nicht.«

»Du willst mich nicht mehr sehn.«

»Es ist besser so. Du hast gewählt. Das ist jetzt nun mal so. Du heiratest Jo Klyde, und ich verschwinde.«

»Ich will dich nicht verlieren. Ich liebe dich.«

Ich nahm ihren Kopf in meine Hände und küßte Flo aufs Haar. »Ich gebe dich auch nicht gern her. Aber es ist besser, wir sehn uns jetzt nicht mehr. Ich wünsch' dir Glück.«

Dann ging ich.

Von der Pforte aus rief ich den Flughafen Tempelhof an und ließ Hans Tropa ausrichten, er solle mit dem Rückflug auf mich warten. Im Flugzeug erzählte ich ihm, was passiert war. Er nahm es zynisch. »Darauf habe ich schon lange gewartet. Aber beruhige dich. Spätestens in einem Jahr läßt sie sich scheiden, natürlich mit einer hohen Abfindung. Und dann bist du wieder an der Reihe.«

19

Um mein angeschlagenes Selbstbewußtsein zu kurieren, stürzte ich mich nach der Rückkehr von Berlin in den Münchner Fasching.

Ich holte mir aus dem Kostümverleih in der Rumfordstraße einen Kaftan und einen Turban. Das Modell hieß »Der Sohn der Wüste« und war eine Kopie jenes Kostüms, das Rudolph Valentino in dem Film »Der Sohn des Sheiks« getragen hatte. Dunkel geschminkt, das Haar gelackt, ging ich bewußt auf Eroberungen aus, gegen meine eigentliche Natur, die eher zum Verführtwerden geschaffen war. Jeder Ball endete in einer anderen Wohnung und in einem anderen Bett. Die Namen der Frauen und ihre Gesichter habe ich vergessen. Nur eine Gestalt ist mir in Erinnerung geblieben. Eine Rokokodame mit gepuderter Perücke, weißen Schultern und einem schwarzen Taftkleid mit Reifrock. Ich entdeckte sie beim Kehraus im Deutschen Theater. Sie hatte ein schwarzes Visier vor dem Gesicht und einen schwarzen Fächer in der Hand.

Wir tanzten nicht; sie ging vor mir her, blieb stehen, wandte den Kopf, ging weiter. Ich folgte ihr von Saal zu Saal, bis wir zu einer kleinen Bar kamen. Sie bestellte Champagner, zwei Gläser. Sie warf etwas in mein Glas. »Doussage«, murmelte sie. »Probier!«

Ein schwarz-weißer Pierrot gesellte sich zu uns. Auch ihm

spendierte sie einen Champagner. Nach dem zweiten Glas – wieder warf sie Doussage hinein – überwältigte mich eine plötzliche Müdigkeit. Die Frau legte den Arm um mich. »Willst du dir etwas verdienen?«

»Ich bin teuer«, gab ich zurück. Wir verließen das Deutsche Theater und stiegen in eine schwarze Limousine mit einer Trennscheibe zwischen Fond und Chauffeur.

Danach fehlt mir jede Erinnerung. Um so deutlicher hat sich mir das Erwachen eingeprägt: Ein Geräusch weckte mich, ein kurzes helles Geräusch, ein Klicken. Eine Kamera.

Ich wollte mich bewegen, aber ich konnte nicht. Weder Arme noch Beine gehorchten mir. Panische Angst ergriff mich. Ich wollte die Augen öffnen, aber ich konnte nicht, meine Augen waren verbunden. Ich wollte schreien, aber ich brachte nur ein Stöhnen heraus. Auch mein Mund war verbunden.

»Ruhig, ruhig«, sagte eine Frauenstimme. »Schön gehorsam, sonst tust du dir weh.« Dicht neben mir raschelte ein Kleid. »Du kannst dich nicht bewegen, du bist an Händen und Füßen gefesselt. Also halt still!«

Das raschelnde Kleid entfernte sich. Ich lauschte angespannt. Leise Stimmen, Schritte, Geräusche. Rund um mich Hitze, wie in einem Ofen. Waren das Scheinwerfer?

»Nur noch ein paar Aufnahmen. Du hast lange geschlafen und tief. Ich hätte dir ein Messer durchs Herz bohren können, du hättest nichts gemerkt. Jetzt löse ich die Fesseln an deinen Händen und Füßen, und dann kniest du! Die Arme verschränken, den Kopf ganz tief.« Sie drückte meinen Kopf tiefer, und ich gehorchte wie ein Tier. Trotz der Hitze im Raum überliefen mich Schauer der Angst.

Aus dem Hintergrund kamen die knappen Anweisungen des Fotografen: Mehr rechts, den Blick zu mir, die linke Hand in die Hüfte.

Ich weiß nicht, wie lange ich dort kniete und wie oft die Kamera klick machte. Irgendwann sagte die Frauenstimme: »Schluß! Mach die Scheinwerfer aus und verschwinde!« Die Hitze über mir ließ nach. Die Frau sagte: »Du kannst dich setzen.« Sie löste die Binde von meinen Augen und von meinem Mund. Vor mir stand die Rokokodame aus dem Deutschen Theater, das Visier vor dem Gesicht, den Fächer hatte sie in der Hand.

Der Raum war schwarz ausgeschlagen. Keine Möbel, nur Scheinwerfer auf Stativen.

Die Frau reichte mir stumm mein Faschingskostüm, den Kaftan, den Turban, zuletzt Mantel und Schal.

»Mein Chauffeur bringt dich zum Ostbahnhof, dort kannst du eine Droschke nehmen.«

Ich erwiderte nichts. Ich wollte nur weg. Weg aus diesem Raum, weg von dieser maskierten Frau. Ich wollte nicht wissen, wer sie war, ich wollte ihr Gesicht nicht sehen. Nur weg.

Eine Tür, ein dämmriger Korridor, ein dunkelroter Filzvorhang, ein Windfang, dann trat ich ins Freie, in einen kleinen gepflasterten Innenhof. Die schwarze Limousine stand bereit. Ein Mann in grauer Uniform chauffierte. Am Ostbahnhof setzte er mich ab.

Das Wetter war kalt. Ein bleigrauer Winterhimmel lastete auf den Dächern. Ich fühlte mich benommen, zerschlagen. Ich hatte das Gefühl, unter der Wirkung einer Droge zu stehen.

Die schwarze Limousine wendete und fuhr weg.

Nochmal davongekommen, sagte ich zu mir. Ich versuchte das Ganze auf die leichte Schulter zu nehmen: Jemand hat sich einen schwarzen Aschermittwochscherz mit dir gemacht.

Vor dem Ostbahnhof standen zwei Autodroschken, aber ich nahm keine, sondern legte den weiten Weg zum Oberwiesenfeld zu Fuß zurück. Ich brauchte frische Luft, mußte mich bewegen.

Als ich in der Baracke das Faschingskostüm auszog, fand ich in der Tasche des Kaftans zwei Hundertmarkscheine. Sollte ich lachen oder weinen? Irgendwie paßte es zu dem Ganzen. Der Lohn für einen Fotogigolo. Geschah mir ganz recht. Es hätte dümmer ausgehen können. Kein Abenteuer, auf das ich stolz war, und ein schlechter Nachgeschmack blieb.

Nach diesem Aschermittwoch bedurfte es keines besonderen Vorsatzes, ein solideres Leben zu führen. Es war die natürliche Reaktion.

Um mein Französisch aufzupolieren, belegte ich einen Abendkurs in französischer Konversation. Einmal pro Woche fand in der Baracke ein Skatabend statt als Ergebnis meiner erfolgreichen Friedenspolitik zwischen Tropa Vater und Tropa Sohn. Beide waren leidenschaftliche Kartenspieler, und ich mußte wohl oder übel mitmachen, schließlich hatte ich die Versöhnung eingefädelt.

Wir spielten nur mit kleinem Einsatz, einem halben Pfennig, trotzdem freute sich der alte Tropa diebisch, wenn er gewann, und er zeterte beim kleinsten Verlust.

Es mag lächerlich klingen, aber ich bin überzeugt, daß unsere Fluggesellschaft nur dank dieser Skatabende den Winter 1927/28 überstanden hat.

Die Einschüchterungstaktik, mit der ich Tropa senior die zweiten hunderttausend Mark abgerungen hatte, war nicht wiederholbar. Aber die Abende in unserer Baracke am selben Tisch mit dem geliebt-gehaßten Sohn machten den alten Tropa zu einem von uns.

*

Flo hatte sich offiziell mit Jo Klyde verlobt. Ein Bild des Paares ging durch die Presse: REVUESTAR HEIRATET SCHWEDISCHEN STAHLKÖNIG.

Nach der Aufzählung von Klydes Besitztümern, zu denen neben den Stahlwerken in Schweden eine Rinderfarm in Argentinien, Diamantenminen in Südafrika und eine Tankerflotte gehörten, sang die Presse das Hohelied der Berlinerin Flo Friedl, die nicht daran dachte, ihre Karriere aufzugeben oder gar Berlin zu verlassen.

Eines Tages rief Flo an. Sie wohnte jetzt im »Adlon«; sie hatte verschiedene Filmangebote. Die Hochzeit? Sobald die Villa im Grunewald eingerichtet sei. »Die Villa gehört jetzt schon mir, sozusagen als Verlobungsgeschenk. Toll, was?«

Dann rückte sie damit heraus, daß Jo Klyde für ein paar Tage verreist sei. »Und da dachte ich mir, ich ruf dich an. Wie wär's, wenn du das nächste Flugzeug nimmst? Wir machen uns eine schöne Zeit . . .«

Als ich ausweichend reagierte, spottete sie: »Du mit deinen guten Manieren!«

Am nächsten Tag war Flo wieder am Telefon, aber ich blieb hart.

Das war im März. Im April ging das Hochzeitsfoto der beiden durch die Presse. Flo in Weiß, Jo in Weiß, auf der Terrasse einer weißen Villa im Grunewald.

Hans Tropa schaute das Bild lange an. »Sie hat's geschafft, und im Grunde verdankt sie's dir. Die Geschichte mit dir hat den Schweden auf die Sprünge gebracht, so dumm sind die Männer. Ein Nebenbuhler muß kommen, dann erst schlägt's dreizehn.«

Hans Tropa hatte eine menschenfreundliche Phase. Das Geschäft lief wieder besser. Und dann gab es Maxi. Es hatte prompt bei der Geburtstagsfeier begonnen zwischen den beiden. Nach der Party, als wir halb erfroren in die Baracke zurückkehrten und Maxi uns einen Grog braute, in dem der Löffel stehen blieb, hatte Hans Tropa ihr einen Heiratsantrag gemacht; echt Hans Tropa.

Er nahm ihre Hand und erklärte feierlich: »Vor den anwesenden Zeugen Moser, Reich und Urban halte ich um Ihre Hand an, meine Gnädigste. Ich will keine Antwort, kein Nein, kein Ja, sondern bitte Sie, mich in den nächsten Monaten zu prüfen und mir nach Ablauf eines Jahres Ihre Entscheidung mitzuteilen. In den nächsten zwölf Monaten stehe ich Ihnen für Prüfungen aller Art zur Verfügung. In Ihrem eigenen Interesse bitte ich Sie, verfahren Sie schonungslos mit mir!«

Seitdem sagte er jedesmal, wenn er in seinem roten Amilcar in die Stadt fuhr: »Ich hab' mal wieder eine Zwischenprüfung.«

April/Mai 1928

20

Der März war vorbei, und ich begann, öfter auf den Kalender zu schauen und öfter an Paris zu denken: der 1. Mai. Das Fest der Maiglöckchen.

Meine Phantasie umkreiste dieses Datum mit einer gewissen Scheu. Das Jahr hatte nicht gut begonnen für mich. Der Abschied von Flo. Der Alptraum am Aschermittwoch. Beides steckte mir noch in den Knochen.

War ich wieder dabei, mich in eine Sache zu stürzen, bei der ich am Schluß der Verlierer war?

Paris vergessen? Antoinette vergessen?

Dazu war es zu spät.

Ich verschaffte mir den Fahrplan der »Ile de France«, mit der Antoinette Ebenstein von New York nach Le Havre reisen würde. Das Schiff traf am 30. April, einem Montag, in Le Havre ein.

Ich überlegte, ob ich Antoinette nach New York schreiben solle, daß ich unser Rendezvous einhalten würde. Die Idee gefiel mir, nur das Wie bereitete mir Kopfzerbrechen. Die Formulierungen, die mir einfielen, waren entweder steife Fragen oder süßliche Bitten. Eine Postkarte? Ich kaufte eine Chromolithographie mit Maiglöckchen; zu Hause gefiel sie mir nicht mehr. Ich saß an meinem Bürotisch in der Baracke. Am Schwarzen Brett mir gegenüber hing ein Abreißkalender im Oktavformat.

Das ist's! Ich schickte Antoinette das Kalenderblatt vom 1. Mai. Und was schrieb ich drauf? Ganz einfach: »Herzlich, Pavelino, Paris.« Ich brachte den Brief selber zur Post und gab ihn per Expreß auf. Ich war zufrieden. Das Kalenderblatt war genau das, was ich gesucht hatte. Ein klares Zeichen, das gleichzeitig eine Chiffre war und eine geheime Botschaft barg.

Meine Vorbereitungen für die Reise begannen mit der Reservierung im »Meurice«, in dem Hans Tropa wohnte, wenn er in Paris übernachtete. Ich nahm das kleinste und billigste Zimmer, das sie hatten. Aber es war im »Meurice«, in dem Hotel, von dem Hans Tropa mir erzählte, daß es die große »Karawanserei« unter den Pariser Hotels war, und daß dort indische Maharadschas, aber auch Edelgigolos wohnten, Künstler und Abenteurer. Außerdem waren es von dort nur ein paar Schritte zum »Ritz«.

In freien Stunden studierte ich den Stadtplan von Paris, unternahm imaginäre Wanderungen durch die fremde Stadt. Einmal das rechte Seine-Ufer, ein andermal das linke. Louvre, Palais Royal, Place Vendôme, das »Ritz«. Alle meine Wege führten zum »Ritz«. Paris, summte es in meinem Kopf. Ich las eine ausführliche Stadtbeschreibung von Paris, und in der letzten Woche vor der Reise kaufte ich mir ein paarmal den »Figaro«, um auf dem laufenden zu sein, was sich in der französischen Hauptstadt so tat.

Am 29. April war es dann soweit. Ich reiste in dem weißen Anzug, den ich getragen hatte, als ich Antoinette Ebenstein das erste Mal sah. Auch in Paris meine Glückshaut, so hoffte ich.

Paris empfing mich mit einem milden Frühlingstag. Die Luft irisierte, und über allem schwebte ein Schimmer, etwas Verzaubertes wie das Leuchten auf dem Gesicht einer Frau, die sich eben verliebt hat.

Ich brachte den Koffer ins »Meurice« und hängte meinen Smoking in den Schrank. Sonst hatte ich nicht viel dabei, nur ein paar Hemden; eines davon war neu, cremefarbener Seidengeorgette, mit weitem Arm, Sattel und einer Quetschfalte am Rücken; eigentlich eine Bluse und auch ohne Jacke zu tragen. Der Stoff hatte eine matte und eine glänzende Seite, die glänzende Seite nach innen. Bei der Auswahl des Stoffs hatte ich an die Negligés von Antoinette gedacht. Ich taufte es das Hemd des zweiten Tages, ohne zu wissen, was ich eigentlich damit meinte.

Auch Antoinette würde heute in Paris ankommen, wahrscheinlich erst gegen Abend. Das Debarkement vom Schiff dauerte eine gewisse Zeit. Dann die Bahnfahrt. Ich würde meinen Vorsprung nützen, mich im »Ritz« umsehen, eine Zeile zum Willkommen für sie hinterlassen, natürlich auf dem Briefpapier vom »Meurice«. Selbst wenn ich mir das »Ritz« hätte leisten können, wäre ich nicht dort abgestiegen.

Wir haben Zeit, dachte ich auf dem Weg zum »Ritz«. Wir haben alle Zeit der Welt, und ich staunte ein wenig über meine philosophische Anwandlung. Woher nahm ich die Sicherheit, daß sie Zeit hatte für mich? Vielleicht war nur wenig Raum für mich in ihrem Programm. Besser, ich machte mir nicht allzu große Hoffnungen.

Das »Ritz« wimmelte von Amerikanern. Es begann schon am Portal. Die Türhüter, die Chauffeure, alle hatten ein *»Yes, Mister«* auf den Lippen oder ein *»Just a moment, Mister«.*

Auch der junge Mann an der Rezeption, der mich bediente, war ein Amerikaner. Mich hielt er natürlich für einen Landsmann. *»What can I do for you?«*

»Well . . .«

Mein Englisch für Anfänger wollte ich ihm nicht zumuten. Also sprachen wir französisch miteinander.

»Madame Ebens-t-ei-n?« Ein Strahlen ging über sein Gesicht. *»Oui, certainement, Madame arrive aujourd'hui, vous-êtes un ami?«*

Er nannte mir ihre Zimmernummer, und er sagte mir, daß sie diesmal allein komme, ohne Tita. Ob ich eine Nachricht für sie hinterlassen wolle? Ich gab ihm mein Brieflein, und er legte es in ihr Fach zu der Handvoll anderer Kuverts.

»Die amerikanische Kolonie ist heute in Aufregung. Die Beerdigung von Larry Walter, General Larry Walter, *you know,* der seit zwanzig Jahren in Paris lebte. Ein wahres Staatsbegräbnis. Noch mit sechzig war er einer der begehrtesten Junggesellen.«

Eine neue Woge von Amerikanern schwappte an die Rezeption.

Im Innenhof des »Ritz« auf der Palmenterrasse war es stiller. Einzelne Paare saßen im Schatten der grün-weißen Markisen. Ein Spatz pickte unter einem Tisch Kuchenkrümel auf. Am Ende der Terrasse stand ein Flügel. Der Pianist spielte keine Tanzmusik, sondern Mozart. Eine Sonate, deren Läufe und Akkorde irisierten wie die Atmosphäre. Die Bar war gedrängt voll von Amerikanern, die Damen alle in Schwarz und mit Schleierhütchen, die Männer im Frack oder mit einem schwarzen Trauerflor am Arm. Sie lachten und schrien durcheinander, als habe sie das Begräbnis in Stimmung gebracht.

Wenn das alles Freunde von Antoinette sind, muß ich mit ihr aufs Land flüchten, dachte ich.

Ich verließ das »Ritz« und hatte das starke Bedürfnis, unter Franzosen zu sein. Als ich die Place Vendôme überquerte, rollte eine Pferdedroschke vorbei. *»Päriss is divaine!«* rief eine junge Frau.

Den Nachmittag über flanierte ich durch die Stadt. Ich suchte die nächste Metro-Haltestelle – hier war ich unter Franzosen – und fuhr zur Place de la Concorde. Ich ging zum Obelisken und bildete mir ein, der Mittelpunkt von Paris zu sein. Rund um mich öffneten sich sternförmig die Champs Elysees, die Concorde-Brücke, die Gärten der Tuilerien bis hin zum Louvre und der Boulevard zur Madeleine, deren Giebel sich dunkel vom rosigen Abendhimmel abhob.

In der alten »Brasserie Universelle« bei der Oper, die Hans Tropa mir empfohlen hatte, legte ich eine Pause ein, um eine Kleinigkeit zu essen. Dann machte ich mich wieder auf den Weg. Die Comédie Française hatte ein Stück von Marivaux auf dem Programm. Nein, mein erster Abend in Paris, da setze ich mich nicht in ein stickiges Theater und sei es auch die Comédie Francaise! Die Stadt war selber ein Theater. Ich ließ mich treiben und lauschte dabei der alten und ewig jungen Melodie der Liebe, die der Abendwind auf den Saiten meiner Phantasie improvisierte.

Bevor ich zurück ins »Meurice« ging, schaute ich noch einmal ins »Ritz«. Die Amerikaner waren verschwunden, die Bar hatte sich geleert. Im Innenhof brannten Windlichter, blaue Flammen im blauen Schein der Dämmerung. Leise Klaviermusik, untermalt vom Schlagzeug klappernden Geschirrs.

Vor einem Tisch standen zwei Kellner. Einer stellte eine halbe Flasche in den Eiskübel zurück. Die beiden entfernten sich.

An dem Tisch sah ich eine Frau in einem hellen Kleid. Sie trug einen Strohhut mit einem breiten gewellten Rand und einem flachen Kopf. Nichts, kein Band, keine Blume, nur ein federleichter Strohhut, ohne alles.

Sie war es, und sie war allein. Freude und Überraschung nahmen mir den Atem. Trotzdem zögerte ich. Ich wollte keinen Fehler machen, ich wollte nicht aufdringlich erscheinen. Nur fünf Minuten, nahm ich mir vor. Dann verabschiede ich mich wieder.

Sie hob den Kopf, als ich an den Tisch trat. Ihr Gesicht war ernst, fast traurig. Als sie mich erkannte, hellte sich ihre Miene auf. »Pavelino!« Mir war, als umarmte sie mich mit ihrer weichen, halblauten Stimme.

»Evidemment.« Mehr brachte ich nicht heraus.

»Ich habe vor einer Viertelstunde versucht, Sie zu erreichen.«

»Sie haben im ›Meurice‹ angerufen?«

»Ja.«

Ich setzte mich zu ihr. »Da bin ich.«

»Evidemment«, lächelte sie, und fuhr dann fort: »Es ist so, ich brauche einen Beschützer. Heute war das Begräbnis von General Larry Walter, und ... jetzt findet in seiner Wohnung eine kleine private Feier statt. Es ist ein Muß hinzugehen, und doch ... wie soll ich sagen ... Begräbnisse machen mich krank. Deshalb dachte ich, wenn Sie mich begleiten, kann ich rasch wieder verschwinden.«

»Natürlich komme ich mit.«

»Danke ... Nur ein Anstandsbesuch, nicht lange. Aber wenn ich allein komme, halten mich meine Freunde fest, und das Ganze artet in eine wilde Party aus.«

»Vielleicht hat der Tote sich das so gewünscht.«

»Natürlich. Sein Testament ist bestimmt voller Überraschungen. Vielleicht lerne ich es auch noch, den Tod lustig zu finden, jetzt kann ich es noch nicht.«

Ich schaute an mir hinunter. »Ich bin in Weiß, geht das?«

»Es werden alle in Weiß sein. Larry hat sich ein weißes Begräbnis gewünscht; nach buddhistischem Vorbild. Larrys Wohnung ist eine wahre Opiumhöhle. In den Zimmern, die er bewohnte, sind alle Fenster zugenagelt. Seit Jahren. Kein Licht, keine Luft. Sie werden sehen. Er war General, Buddhist und Frauenheld, und er lebte in einer Opiumhöhle.«

Sie ging auf ihr Zimmer, um sich einen Schal zu holen. Ich wartete in der Halle und konnte noch nicht fassen, daß unser Rendezvous schon heute begann.

*

Es war eine Erdgeschoßwohnung in der Avenue du Bois. Dunkelheit empfing uns, Dunkelheit und der Duft nach Weihrauch, Blumen, überreifen Äpfeln, Wachskerzen. In einer Nische thronte eine übergroße goldene Buddhafigur. Überall bemalte Glasfenster, durch die kein Licht drang, schwere Vorhänge, niedrige Diwans mit violetten Decken und Kissen. Da und dort goldene Gefäße, goldene Kordeln, chinesische Masken, exotische Instrumente.

Antoinette nahm meine Hand, schutzsuchend, und ließ sie auch nicht los, während sie ihre Freunde begrüßte, die in dem Halbdunkel dieser Wohnung herumgeisterten. Es waren ausschließlich Frauen. Sie lachten, sie flüsterten, sie schwirrten durch die Räume. Ich sah kein einziges trauriges Gesicht. »Liebste Antoinette, wie ist das alles schrecklich«, und dann ein fröhliches Lachen. »Ist das Dasein nicht eine Hölle!« Und wieder ein Lachen. »Das Leben ist eine einzige Tragödie. Ich hoffe nur, es ist bald zu Ende!« Das Gesicht der jungen Frau, die das ausrief, war voller schelmischer Grübchen. »Komm mit mir, Antoinette! Auch dir hat er was vermacht.« Auf einem niedrigen Lacktisch liegen schwarze Lederbände. Auf dem Rücken steht: LARRY WALTER, GESAMMELTE WERKE. Band I, Band II und so weiter bis Band XXIV.

»Jeder Band hat dreihundertzwanzig Seiten. Und all diese Seiten sind leer«, plauderte die Dame mit den Grübchen. »Auf dem Vorsatzpapier hat er mit Bleistift den Titel eingetragen, mit spinnwebenfeiner Schrift. Alle übrigen Seiten sind leer, leer, leer!« Lachend drückt sie Antoinette Band V in den Arm. »Und wir hielten ihn alle für einen Dichter! Dabei hat er die Bücher, von denen er uns erzählte, niemals geschrieben. Das Leben hat ihm keine Zeit gelassen zum Schreiben ... Ach, wie trostlos das alles ist?« Und wieder lachte sie.

Benommen von den Weihrauchdüften und von dem irren Lachen der jungen Frau, verließen wir die Wohnung.

»Wohin?« fragte ich sie, als wir wieder im Taxi saßen.

»Weit weg, wo es nicht nach Weihrauch und Tod riecht. Dieser Winter in New York war eine einzige Beerdigung ... Und jetzt geht es hier in Paris weiter. Gleich in der ersten Stunde. Ich komme an, und was sagt man mir? Larry Walter ist tot. Ausgerechnet Larry ... Der Tod ist etwas Schreckliches. Ich habe Angst vor dem Tod. Sie wissen, ich habe meinen Mann verloren. Er starb an Kehlkopfkrebs. Jahrelang reisten wir von Arzt zu Arzt, von Klinik zu Klinik. Unser Leben war nichts anderes als ein Kampf mit dem Tod. Ein Katz-und-Maus-Spiel. Immer wieder schöpften wir Hoffnung, immer wieder bewies uns die Krankheit, daß sie stärker war als wir.

Sie sprach langsam. Manchmal huschte das Licht einer Straßenlaterne über ihr Gesicht und ihre Gestalt. Ihre halblaute Stimme hatte nichts Klagendes, sie klang eher trotzig. Sie schien zu hadern mit dem Tod.

»Wann war denn das?«

»Vor bald drei Jahren. Seitdem mache ich einfach so weiter wie früher, aber es ist nicht mehr so wie früher. Es ist nicht gut, mit einem Mann zu leben, der nicht mehr da ist. Man wird seltsam. Man lebt mit einem Toten, und man stirbt selber ein wenig.«

»Darf ich?« Ich nahm das Buch an mich. »Vielleicht ist es gar nicht leer, vielleicht hat er irgendwo etwas hineingeschrieben für Sie. Ich schlage vor, wir schauen uns das Buch in Ruhe an, in einem Lokal, in das keine Amerikaner kommen.«

»Dieses Lokal gibt es nicht.«

»Vielleicht doch.« Ich sagte dem Chauffeur unseren Wunsch, und er brachte uns ins Quartier Saint Germain. In der Rue de Beaux Arts setzte er uns ab vor einem Bistro für Studenten und Handwerker. Die Speisekarte war auf eine ausgediente Schultafel geschrieben: POT AU FEU, TARTE TARTIN.

Die Gespräche verstummten, die Gäste betrachteten voller Neugier diese beiden Fremden, die sich hierher verirrt hatten. Wir setzten uns, der Wirt wischte die Krümel vom Holztisch und brachte uns zwei Gläser offenen Rotwein.

Antoinette ließ die Augen durchs Lokal streifen. »Tatsächlich, nur Franzosen.« Mit einer Geste der Erleichterung nahm sie den Hut vom Kopf und schüttelte das Haar.

Vor uns auf dem Tisch lag der schwarze Lederband von Larry Walter, Band V, *»L'Anatomie de l'âme«*.

Sie sah mich an. »Typisch Larry! Er hat sich immer unmögliche Sachen vorgenommen. Nicht umsonst war er mit meinem Vater befreundet. Mein Vater war auch ein Verrückter. Er hat ein paarmal ein Vermögen gemacht und ein paarmal eines verloren. Aus Verrücktheit. Wir wußten nie, sind wir nun reich oder sind wir arm, gehört uns das Haus, in dem wir wohnen, oder gehört es uns nicht. So oder so, wir lebten in großem Stil, auch wenn unsere teuren Kleider nicht bezahlt waren. Bei Larry wußte man auch nie genau, wovon er eigentlich lebte. Den General hat er sich im Burenkrieg geholt, aus Enthusiasmus für England. Aber davon sprach er selten, das hatte sich in seinem ›ersten Leben‹ zugetragen, wie er es nannte. Sein ›zweites Leben‹ sah anders aus, das gehörte den Frauen.«

»War er ein schöner Mann?«

»Nein. Äußerlich war nichts Besonderes an ihm. Wenn Sie ihn irgendwo gesehen hätten, Sie wären nie auf den Gedanken gekommen, daß die Frauen auf ihn fliegen. Aber so war es. Die Frauen flogen auf ihn, ohne daß er viel unternahm. Eine Frau zu erobern wäre ihm zu anstrengend gewesen. Er lockte die Frauen in seine Höhle, und da passierte etwas Geheimnisvolles mit ihnen. Ich habe nie herausgebracht, was eigentlich. Sie wurden Schlafwandlerinnen, Mondsüchtige. Er hat zwei Generationen von Frauen für chinesische Möbel, Teppiche und Figuren begeistert. Das war das untrügliche Symptom. Alle seine Opfer fingen an, Asiatica zu kaufen, Buddhas, Tempelhunde, Vasen, Teppiche, ganze Wandverkleidungen. Auf Larrys Konto gehen ganze Schiffsladungen von dem Zeug, die nach Amerika transportiert wurden.«

»War er mal verheiratet?«

»Um Gottes willen! Larry interessierte sich nur für das erste Kapitel der Liebe, oder sagen wir für die Ouvertüre, schon während des ersten Akts begann er zu gähnen.«

Antoinette hatte die düstere Stimmung überwunden und wurde gelöster. Sie klappte das Buch, in dessen leeren Seiten sie geblättert hatte, zu. »Ich vermute, seine Liebesgeschichten waren wie diese Bücher: geheimnisvoll, aber nicht viel dahinter, eben nur Ouvertüren.«

»Das stelle ich mir eintönig vor, immer nur den Anfang – und dann Schluß.«

Sie sah mich sinnend an. »So war es nicht. Schluß machte Larry nie, er blieb mit allen auf gutem Fuß. Ganz selten, daß eine ihm die Hölle heiß machte.« Sie setzte den Hut wieder auf und sagte: »Jetzt gehen wir ein wenig spazieren. Ich möchte noch ein bißchen mehr sehen vom französischen Paris. Ich habe langsam das Gefühl, ich kenne nur das amerikanische Paris.«

Wir flanierten über den Boulevard Saint Germain. Der warme Frühlingsabend hatte alle herausgelockt. In den Straßencafés herrschte reger Betrieb, aus einem Musettelokal klang Musik. Der Duft von frisch gebackenen Crêpes hing in der Luft.

Antoinette blieb vor einem kleinen Geschäft stehen, dessen Schaufenster mit Wohnungsannoncen vollgehängt war. »Studio-Atelier«, las sie vor, »von Mai bis August zu vermieten, Rue du Seine.«

»Sie suchen ein Atelier? Malen Sie?«

»Ich kann nur Christbäume malen, mit roten Kerzen drauf, das ist alles.«

»Warum dann ein Atelier?«

»Einfach so. Eine Laune, der Wunsch nach einer kleinen einfachen Bleibe, wo ich mich verkriechen kann, wenn mir das Leben im goldenen Käfig auf die Nerven geht.«

Ich war nicht sicher, ob sie scherzte oder ob sie es ernst meinte. »Ich dachte immer, jede Frau sucht den goldenen Käfig, die Sicherheit, das angenehme Leben.«

»Die Sicherheit, ja. Den Käfig, nein. Den Käfig hat der Mann erfunden, er ist sein Besitzerinstinkt. Der Mann nennt es Liebe, aber eigentlich ist es der Trieb, eine Frau zu besitzen. Also, in einen Käfig mit der Frau! Mein Mann hat immer gesagt: ›Eine Frau hat nur die Wahl zwischen einem rostigen Käfig und einem goldenen Käfig.‹ «

Der Abendwind schüttelte aus den Kronen der blühenden Kastanien Blüten auf den Boulevard. Antoinette hielt ihren Hut und steckte die Hutnadel fester.

Wo wir gingen, galten uns die Blicke der Menschen. Die Augen der Männer wurden groß, wenn sie Antoinette sahen, die Augen der Frauen schmal und neidisch. Plötzlich standen wir vor einer Metro-Station. »Kommen Sie!« sagte ich und nahm ihren Arm.

»Wohin?« fragte sie auf der Treppe, die in die Tiefe führte.

»Wir fahren Metro.«

Aus dem Frühlingsabend stiegen wir in den dumpfen Schacht der Pariser Metro hinunter. Unrat lag am Boden; im spärlichen Licht hatten die Menschen graue, müde Gesichter. Dröhnend kam ein Zug aus dem Tunnel. Antoinette griff nach meiner Hand. Von dieser fremden Welt halb eingeschüchtert, halb fasziniert, murmelte sie: »Wir sind in den Katakomben von Paris, nicht wahr? Das waren früher die Katakomben.«

Es schien mir, daß sie erleichtert aufatmete, als wir wieder in die Oberwelt kamen. Doch sie sagte: »Wir fahren wieder Metro. Morgen fahren wir wieder. Es ist viel schneller als mit dem Auto – und ein bißchen Geisterbahn.«

»Morgen . . . wir haben heute schon damit begonnen . . .« ich war in einer weichen, verliebten Stimmung . . . »Morgen feiern wir das Fest der Maiglöckchen. Ich bin ein Neuling in Paris. Was gehört alles zu diesem Fest?«

»Am Vormittag hab' ich ein volles Programm.« Entschuldigend fuhr sie fort: »Das ist immer so nach der Ankunft. Gleich in der Frühe habe ich eine Verabredung. Henri ist eigens deswegen nach Paris gekommen, Henri, Baron Vantongerloo, mein Anwalt und Vermögensberater.«

Ich konnte meine Enttäuschung nicht verbergen. »Schade! Und was ist mit den Maiglöckchen?«

»Haben Sie kein Programm?«

»Nein, aber ich werde mir die Zeit schon vertreiben.«

Sie überlegte. »Henri kann ich nicht absagen, das ist schon alles vereinbart, aber wenn Sie Lust haben, kommen Sie doch mit! Ich muß zwei Häuser ansehen, ein Mietshaus am Boulevard Malherbes und eine Villa auf dem Land. Es ist nicht weit, fünfzehn Kilometer außerhalb der Stadt. Zum Mittagessen sind wir zurück.« Sie schien zu erraten, was in mir vorging: »Ich konnte nicht ahnen, daß Sie nur wegen ... der Maiglöckchen nach Paris kommen. Ich dachte, Sie haben hier sowieso zu tun wegen der Fluggesellschaft.«

Wir überquerten die Place Vendôme. Die Glocken von Paris schlugen Mitternacht.

Am Eingang zum Hotel hielt sie meine Hand fest. »Kommen Sie noch auf einen Sprung in den goldenen Käfig! Sie machen einen wunderbaren Nightcap an der Bar. Sie müssen raten, was alles drin ist.«

21

Paris duftete nach Maiglöckchen. An jeder Straßenecke standen junge Mädchen in weißen Kleidern mit einem Korb voller Blumen am Arm und hielten den Passanten ein Sträußchen entgegen.

Das »Ritz« hatte sich über Nacht in einen Maiglöckchenpalast verwandelt. Maiglöckchen, wo man hinschaute, in Kristallschalen, in Silbergefäßen, mit weißen Seidenschleifen garniert, überall Maiglöckchen. Der Duft war so stark, daß Antoinettes Parfüm unterging, zumindest innerhalb des Hotels. Im Auto kam der Duft allmählich wieder durch. Mir lag eine Bemerkung auf der Zunge, aber die Vertrautheit vom Abend zuvor war nicht mehr da.

Antoinette schien kühl und mit den Gedanken woanders. In den Fond gelehnt, blickte sie wie abwesend aus dem Auto.

Sie trug ein schwarz-weiß gestreiftes Tailleur aus leichtem Wollstoff, fast einem Herrenstoff. Dazu einen schwarzen Strohhut in der Form eines Canotier. Mondän, pariserisch und wie immer schön und geheimnisvoll.

Schweigsam fuhren wir zum Boulevard Malherbes und hielten vor einem fünfstöckigen Mietshaus mit den typischen schmiedeeisernen Balkonen vor den hohen Fenstern. Vor dem Haus wartete Baron Henri Vantongerloo auf Antoinette. In der Hand hatte er einen Strauß Maiglöckchen.

Sie begrüßten sich mit Umarmung und Kuß. Ich stand steif daneben.

Ob ich an der Hausbesichtigung teilnehmen wolle? Vantongerloo formulierte die Frage so, daß nur ein »Danke, nein« die Antwort sein konnte.

Während ich auf der Straße wartete – auch hier säumten blühende Kastanien den Gehsteig –, ging mir so manches durch den Kopf: Das erste Mal hatte ich den Namen Vantongerloo gehört, als ich Antoinette auf die »New York« brachte. Der riesige Strauß dunkelroter Rosen in ihrer Kabine, Titas Bemerkung von »unserem getreuen Heinrich«. Ob auch im »Ritz« ein Strauß dunkelroter Rosen stand, von ihm?

Baron Vantongerloo sah gut aus, auf jene irritierende Weise, wie häßliche Männer gut aussehen können.

Er war ihr Vermögensverwalter. Aber was bedeutete er ihr sonst? Meistens sprach sie von ihm als Henri. Das war so Sitte in Amerika. Ich wußte nur wenig von ihrem Leben. Nach ihren Bemerkungen über Larry Walter zu urteilen schien sie gut informiert zu sein über die Liebschaften innerhalb der amerikanischen Kolonie. Warum sollte sie eine Außenseiterin sein? Schön, wie sie war, hatte sie Verehrer genug. Dieser Vantongerloo war auf jeden Fall einer. Welcher Anwalt schickt sonst seiner Klientin dunkelrote Rosen aufs Schiff, so einen Riesenstrauß? Da mußte etwas dahinterstecken. Eine unbestimmte Eifersucht erwachte in mir, eine Feindschaft gegen diesen Unbekannten, der ihr nahestand, mit dem sie jetzt dort im Haus herumging. Würde er nachher zu uns ins Auto steigen und mit aufs Land fahren?

Sie kamen lachend aus dem Haus. Vantongerloo stieg nicht mit ein, aber er sagte durchs offene Autofenster: »Wir telefonieren!« und Antoinette nickte.

Sie nannte dem Chauffeur den Namen eines Vororts und

lehnte sich dann in ihre Ecke, in der Hand die Maiglöckchen, die Vantongerloo ihr geschenkt hatte. Ihr Schweigen machte mich nervös.

»Gekauft?« fragte ich brüsk.

»Ich weiß noch nicht.«

»Bringen diese Häuser eine hohe Rendite.«

»Nicht überwältigend, aber es ist eine krisenfeste Sache. An der Börse kann passieren, was will, ein Mietshaus am Boulevard Malherbes behält seinen Wert.«

Sie erinnerte mich plötzlich an Tita, wenn diese altkluges Zeug redete.

»Verstehen Sie viel von Geld?«

»Meine Anwälte, vor allem Henri, geben sich große Mühe, meinen Geschäftssinn zu entwickeln, dabei sind sie überzeugt, daß ich nicht einmal einen Kontoauszug richtig lesen kann.« Sie lächelte. »Ich stelle mich gern dümmer, als ich bin. Vielleicht ist das heimtückisch, aber ich bin nun mal so. Als ich in die Schule kam, konnte ich schon das kleine Einmaleins, doch ich ließ es mir nicht anmerken. Ich machte absichtlich Fehler. Machte ich es dann beim zweitenmal richtig, wurde ich mehr gelobt, als wenn ich es gleich gekonnt hätte.«

Wir schwiegen. Ihr Profil zeichnete sich vor dem Autofenster ab, eine klare Linie vom Hals über das Kinn und den Mund bis zur Stirn. Ich hätte gerne hineingeschaut in ihren Kopf, in ihre Gedanken. Ich hätte gerne gewußt, was sie mit Männern erlebt hatte im Guten und im Bösen.

Eine eigenartige Spannung war aufgekommen zwischen uns, etwas Beunruhigendes. Wir dachten an andere Dinge, nicht an Geld und Häuser. Wir lauschten auf die Schwingungen, die sich unsere Körper mitteilten.

Antoinette legte die Maiglöckchen auf den Sitz und kurbelte das Fenster herunter. Wir hatten die Stadt verlassen, und der Frühling wurde überschwenglich. Grüne Wiesen, grüne Felder und blühende Obstbäume. Kirschbäume mit schneeweißen Blütenpolstern auf den Ästen, immer wieder Kirschbäume. Eine Zeitlang sahen wir die Seine durchs Grün blicken. Ruderkähne zogen dahin, ein weißes Segelboot. Am Ufer rüsteten junge Leute zu einem Picknick.

Die Straße machte einen Bogen, die Mauer eines Grundstücks begleitete den Weg, und eine Einfahrt öffnete sich. Am Ende der Einfahrt sahen wir eine langgestreckte Sommervilla, hellblau getüncht. Die weißen Läden der Fenster und der drei Terrassentüren waren geschlossen.

Auf dem Giebel des Hauses saß ein Paar weißer Pfauentauben.

Wir gingen um das Haus herum. Der Garten dahinter wurde von Schritt zu Schritt verwahrloster. Zwischen Fliederbüschen stand eine halbverfallene Laube, und die Gemüsebeete waren von Unkraut überwuchert. Nur ein Beet schien gepflegt zu werden, ein Beet mit weißen Sternmargeriten.

Beim Haus stand ein grüner Gartentisch. Dort saß ein Mann und schnitzte etwas. Er legte sein Handwerkszeug beiseite und bat uns, einen Moment zu warten. Er kam mit einer kleinen, zierlichen Frau zurück, die wie er eine grüne Schürze umgebunden hatte.

Antoinette fragte, ob sie Monsieur und Madame Tessez sprechen könne, und die beiden nickten eifrig. »Das sind wir . . .«

Die Frau nahm die grüne Schürze ab, stieg aus den Holzpantinen und führte uns durchs Haus. Flink eilte sie voraus, stieß die Läden auf, so daß die Sonne hereinkam. »Ein Haus für Kinder«, rief sie und öffnete ein Zimmer, in dem altes Spielzeug herumlag. »Haben Sie Kinder?«

Antoinette nickte.

»Wie viele?«

»Eines.«

»Wir haben auch mit einem angefangen, am Schluß waren es fünf. Und jetzt sind schon vierzehn Enkel da. Wir wollen in den Süden, zu meiner Tochter an die Côte, dort ist der Sommer zwei Monate länger.«

Der Mann zeigte uns den Garten, der bis hin zur Seine reichte. Ihr Wasser war klar und der Grund mit feinem Sand bedeckt. »Hier habe ich meinen Kindern das Schwimmen beigebracht«, erzählte er. »Fünf Stück. Es ist ein Haus für Kinder. Haben Sie Kinder?«

»Ja.« Antoinette lächelte.

»Wie viele?« fragte auch er.

»Eines.«

Er schien enttäuscht. »Eins ist keins. Aber Sie sind beide jung, das werden schnell mehr.«

Als wir zum Haus zurückkamen, ordnete die Frau für uns einen Strauß weißer Sternmargeriten. Sie kniete vor dem Beet und schnitt die Stengel dicht über der Erde ab. Der Mann besprengte eine Zeitung mit der Gießkanne und wikkelte die Blumen in das feuchte Papier. »So bleiben sie frisch.«

Antoinette nahm die Maiglöckchen, die auf dem Sitz lagen, und schenkte sie der Frau.

Ich hätte sie dafür am liebsten umarmt.

In der »Brasserie Lipp« herrschte Hochbetrieb. Wir hatten einen kleinen Tisch und saßen nebeneinander auf einer schmalen Lederbank. Vor uns eilten die Ober hin und her, und gegenüber am Tresen gab die Schankwirtin die Bestellungen laut rufend weiter.

Antoinette musterte voller Interesse das Lokal und die Gäste. »Hier gefällt es mir!«

Wir bestellten Choucroute, aber es war schon nach zwei und sie hatten nur noch eine Portion. »Dann eben eine Portion mit zwei Tellern.« Der Kellner zog ein Gesicht, aber er widersprach nicht.

»Du teilst«, sagte Antoinette, als die Platte vor uns stand. Sie erschrak ein wenig über das Du, lachte mich an und wiederholte: »Du teilst, und ich habe die Wahl.«

Bei der Nachspeise wiederholten wir das Spiel, nur daß diesmal sie teilte und ich wählte.

Jeder von uns hatte nur ein Glas Wein getrunken, doch als wir wieder auf dem Boulevard standen, mit unserem Margeritenstrauß, merkten wir, daß wir einen Schwips hatten.

»Weißt du noch, wo das Annoncenbüro war?« fragte sie und blickte den Boulevard Saint Germain hinunter.

»Du willst das Atelier anschauen? Im Ernst?«

Sie nickte: »Dort ist bestimmt eine Vase für unsere Margeriten. In einem Atelier sind immer Vasen ... Weißt du, wie Henri angefangen hat? Er vermittelte Ateliers. Eigentlich wollte er Maler werden, aber dann entdeckte er, daß ihm das Geschäftemachen mehr liegt. Die Kunst betreibt er nun als Sammler – na ja, halb Sammler, halb Agent. Er vermittelt sehr viel auf dem Kunstmarkt.«

Wir holten uns in dem kleinen Laden mit den Annoncen am Schaufenster die genaue Adresse und pilgerten etwas müde, aber unternehmungslustig in die Rue du Seine Nummer sechzehn.

Es war ein schmales, hohes Gebäude mit einem dunklen Stiegenhaus, einer steilen Treppe und ausgetretenen Stufen. Erst im oberen Stock fiel Tageslicht herein.

Der Concierge, ein älterer Mann mit einem steifen Bein, humpelte voran und schloß das Atelier auf.

Durch einen dunklen Vorplatz kam man in den großen Raum mit dem Atelierfenster. Die Wände waren weiß getüncht. Eine Holztreppe führte zu einer geräumigen Galerie.

Der Concierge deutete auf den Arbeitsplatz am Fenster. »Mademoiselle Alexandre ist von Mai bis August im Süden. Sie macht Souvenirs: Gläser und Aschenbecher. Dort am Tisch stehen die Muster. Wenn Sie den Tisch brauchen, räume ich die Sachen beiseite.«

Antoinette griff nach meiner Hand und flüsterte: »Genauso habe ich's mir vorgestellt. Das nehmen wir.«

Wir folgten dem Concierge in die Küche, ins Bad. »Das Schlafzimmer ist dort oben auf der Galerie ... Mademoiselle Alexandre ist Künstlerin«, fügte er entschuldigend hinzu. Antoinettes elegante Erscheinung schien ihn zu irritieren. »Wenn Sie eine Staffelei wollen, in der Besenkammer steht eine.«

Antoinette hatte eine bauchige gelbe Vase entdeckt und stellte die Margeriten hinein. Mit der Vase im Arm ging sie zum Wasserbecken im Hintergrund des Ateliers und gab den Blumen Wasser. Glücklich lächelnd stellte sie die Margeriten auf den runden Tisch im Schatten der Galerie.

»Das Atelier ist gemietet«, sagte sie zum Concierge. »Kann ich den Schlüssel haben?«

Er zögerte. »Sie wollen das Atelier?«

»Ja.«

»Ich lasse Sie jetzt allein. Sie können es sich in Ruhe überlegen ... Moment, das habe ich vergessen. Im Speiseschrank ist alles, was man so braucht, Kaffee, Zucker, und auch etwas Wein. Sie sehen ja selbst. Drei Häuser weiter finden Sie den Traiteur Dominique.«

»Danke!« Antoinette steckte dem Concierge ein Trinkgeld zu, und er zog sich zurück.

Sie stand in der Mitte des Raumes, den Schlüssel in der

Hand, und blickte sich in ihrem neuen Reich um. »Ich komme mir vor wie das Volk von Paris nach der Eroberung der Bastille: *Liberté, égalité, fraternité.*«

Das Schlafzimmer auf der Galerie glich einem Beduinenzelt. Die Wände waren mit Berberteppichen behängt, der Boden um das niedrige Lager mit Fellen belegt. Auf der Matratze türmten sich prächtige Kissen, Decken und Schals. Antoinette ließ sich in die Kissen sinken, breitete die Arme aus.

Ich war auf der Treppe stehengeblieben, und unsere Augen begegneten sich, tauchten ineinander. Ich rührte mich nicht von der Stelle, und auch Antoinette blieb reglos inmitten der orientalischen Kissen und Polster und gab mir Zeit, sie anzuschauen. Was ging in ihr vor? Was erwartete sie von mir? Sie wurde immer rätselvoller für mich und damit immer begehrenswerter. Aber war sie wirklich etwas zum Anfassen, oder war sie nur etwas zum Träumen.

Antoinette hatte sich wieder erhoben und teilte den Perlenvorhang am Ende der Galerie. »Schau!« Sie winkte mich zu sich. »Ist das nicht wunderbar! Orientalische Kleider, Schmuck, ein Spiegel, ein Köcher mit Bambuspfeilen. Es gehört sich zwar nicht, fremde Kleider anzuziehen, aber ich kann nicht widerstehen.« Sie lehnte sich einen Moment an mich. »Bitte, hol uns etwas, ein Glas Wein oder Wasser oder beides. Ich bin durstig.« Sie verschwand hinter dem Perlenvorhang, und er schloß sich hinter ihr mit einem leisen Geräusch.

Als ich mit dem Wein zurückkam, war sie immer noch hinter dem Vorhang. Ich stellte das Messingtablett ab und öffnete die Tür zu einer kleinen Dachterrasse.

Die Sonne stand hinter dem Haus, und die kleine Plattform lag bereits im Schatten. Aus der Tiefe stieg der Straßenlärm herauf, eine wirre, pulsierende Melodie, auf der ich mich treiben ließ, während ich auf ein anderes Geräusch wartete: auf das leise Schlagen des Perlenvorhangs. Da war es. Leise Schritte, die Schritte bloßer Füße. Ich hatte nicht den Mut, den Kopf zu wenden. Sie rief meinen Namen: »Pavelino!«

Sie stand dort in einem grüngoldenen Gewand aus leichter Seide, über dem Kopf und dem Gesicht einen durchsichtigen Schleier, den ein schmaler goldener Reif festhielt.

In der Hand hielt sie einen Bambuspfeil.

Die Verkleidung machte eine Fremde aus ihr, eine Frau ohne Namen, eine Erscheinung dieser Stunde. Sie war nicht mehr Madame Ebenstein aus New York, die im »Ritz« wohnte, die Häuser kaufte, die Anwälte beschäftigte. Sie war eine schöne Fremde, die leise meinen Namen rief: »Pavelino!«

Sie ging langsam um mich herum. Der Saum ihres Kleides glitt über meine Schuhe, und so leicht der Stoff auch war, ich spürte die Berührung.

Sie hielt mir den Bambuspfeil hin. »Fühl mal, wie scharf.« Sie stand dicht vor mir. Der Schleier vor ihrem Gesicht bewegte sich bei jedem Atemhauch.

Sie ging ein zweitesmal um mich herum, die Augen auf mich geheftet, den Bambuspfeil in der Hand.

Sie blieb hinter mir stehen und sagte: »Du gefällst mir.« Dabei fuhr sie mit dem Bambuspfeil über meinen Rücken, langsam, von oben nach unten. Die Pfeilspitze machte auf der Seide ein elektrisches Geräusch.

»Spürst du etwas?« fragte sie.

Ohne meine Antwort abzuwarten, fuhr sie wieder mit dem Pfeil über meinen Rücken. Die Seide zerschliß, ich spürte die Spitze des Pfeils auf der Haut, scharf und kalt. Ein Frösteln überlief mich.

»Seide blutet nicht«, sagte sie. »Seide zerreißt nur.« Ihre

Hand glitt unter das zerschnittene Hemd über meine Schultern, den Rücken abwärts. »Aber Haut blutet. Da ist ein kleiner Schnitt in deiner Haut.«

Ich wußte nicht, wie ich reagieren sollte. Ich war verwirrt. Ich hatte immer noch die Kälte der Pfeilspitze im Rücken. Gleichzeitig spürte ich Antoinettes Hand. Die Hand strömte Wärme aus, und diese Wärme drang durch den Rücken in mich ein, süß und betäubend.

»Dreh dich um«, sagte sie. Ich gehorchte. Ich hätte alles getan, was sie verlangte.

Wir standen unmittelbar vor dem Lager mit den Polstern und Kissen. Ein Luftzug strich herein, ein erster kühler Abendhauch. Die weiten Ärmel ihres Gewandes bewegten sich, der Schleier vor ihrem Gesicht legte sich an ihre Lippen.

Mit einer ätherisch leichten Bewegung wich sie zurück. Es war, als trage der Wind sie von mir weg. Ich umfaßte ihre Schultern. Sie sank ohne Gewicht in die Polster. Das grüngoldene Gewand öffnete sich am Hals und über der Brust. Ihr Kopf ruhte auf einem dunklen Kissen.

So jung ich war, so sehr es mich drängte, sie zu besitzen, ich zögerte. Ich wünschte diesen Moment auszudehnen, so zu verharren, nichts anderes zu tun, als sie anzuschauen.

»Du bist schön«, sagte ich zu ihr. »Du weißt nicht, wie schön du bist.«

Ich hob den Schleier von ihrem Gesicht und begann, ihre Augen zu küssen.

*

Die Kerze flackerte und warf Schatten über Antoinettes helle Haut. Wir lehnten aneinander und redeten banales Zeug. Wir sprachen leise, und unser Flüstern machte aus unseren gebrauchten Worten etwas Geheimnisvolles, eine Sprache, die nur wir beide verstanden.

Ihr Haar streifte mein Gesicht: »Wir gehn einkaufen! Wir holen Wein und etwas zu essen bei Dominique, dem Traiteur. Du brauchst ein neues Hemd.«

»Und Rasierzeug.«

»Ja.«

Nach kurzem Schweigen fragte sie: »Wann mußt du zurück nach München? Morgen schon?«

»Am Donnerstag.«

»Dann haben wir noch Zeit . . .« sie nahm meinen Kopf in die Hände . . . »gesetzt den Fall, ich lasse dich gehn am Donnerstag.«

Wir fuhren zuerst ins Hotel »Meurice«, und ich holte ein Hemd, mein Rasierzeug und meine Leica. Dann ging es weiter zum »Ritz«. Antoinette suchte die Sachen zusammen, und ich packte sie in ihre Reisetasche: ein Negligé, Pantoffel, Wäsche, einen Beutel voller Kosmetika und verschiedene andere Kleinigkeiten.

Sie tauschte das schwarz-weiß gestreifte Tailleur gegen ein ärmelloses Kleid mit einem leichten Chiffonumhang, beides in einem silbrigen Rosa.

Das Bett im Hotel war für die Nacht aufgeschlagen, und das Zimmermädchen hatte bereits das Nachthemd daraufgelegt. Auf dem Tisch vor dem Kamin stand ein Strauß dunkelroter Rosen, ein Riesenstrauß wie auf dem Schiff, hundert Blüten oder mehr.

Diese Blumen machten alles kaputt, sie verhöhnten mich. Ich fühlte, wie eine zitternde Wut aufstieg in mir, versuchte sie zu unterdrücken.

»Ich nehme an, diese Rosen sind von Baron Vantongerloo.«

»Ja, warum?«

»Dafür, daß er nur dein Anwalt ist, sind es sehr viele Rosen, finde ich, und sehr rote Rosen.«

Sie stand vor dem Spiegel und bürstete sich das Haar. »Alle meine Freunde wissen, daß sie mir mit Blumen die größte Freude machen. Henri ist nicht der einzige, der mir Rosen schickt.« Sie war kühl und selbstsicher, als spräche sie zu irgendeinem gleichgültigen Menschen, nicht zu mir. Das verletzte mich noch tiefer. Plötzlich hatte ich das Verlangen, auch sie zu verletzen.

»Ich werde dir nie Rosen schicken«, sagte ich, »das verspreche ich dir.«

Sie wandte sich jäh um und errötete. Nach einer Pause sagte sie, jedes Wort betonend: »Jetzt hör mir gut zu! Ein für allemal bitte ich dich: Keine Eifersucht! Und wenn mir Henri jede Woche tausend Rosen schickt, bitte sehr, wenn es ihm Freude macht! Mich verpflichtet das zu nichts.«

»Er will also was von dir.«

»Ob ein Mann von mir etwas will oder nicht, ist seine Sache. Ich laß mich gern verehren. Und Junggesellen sind dünn gesät. Ich war froh um ihn nach dem Tod meines Mannes.«

»Du bist eine gute Klientin.«

»Jetzt hör mal zu!« sagte sie fast mütterlich. »Ich hab' mir Henri nicht ausgesucht. Er ist ein Erbstück meines Mannes so wie die anderen Anwälte.«

»Und er betrachtet dich als *sein* Erbstück.«

Sie kehrte zum Spiegel zurück und setzte den Hut auf. »Ich weiß überhaupt nicht, warum wir eigentlich hier sind«, sagte sie einlenkend. »Ich wollte nicht ins ›Ritz‹ zurück. Laß uns wieder gehn!«

Sie gab beim Portier den Zimmerschlüssel ab und erklärte ihm, daß sie für zwei Tage verreisen würde. Als wir aus dem Hotel kamen, rollte gerade eine leere Pferdekutsche über die

Place Vendôme. Ich winkte sie heran, und so fuhren wir in einer offenen Kutsche nach Saint Germain zurück.

Der Concierge stand mit seinem schwarzen Spitz auf der Straße und hatte wieder Grund, sich über die zwei ausländischen Mieter zu wundern.

Im Hausflur flüsterte Antoinette mir zu: »Ich laufe voraus, und du laß dir bitte Zeit, gib mir ein paar Minuten Vorsprung.« Sie eilte die Treppe hinauf, nahm zwei Stufen auf einmal wie ein Kind. Durch die Stille des Hauses hörte ich, wie sie aufschloß.

Ich ließ mir Zeit, wartete in jedem Stockwerk, und doch schlug mir das Herz, als ich schließlich vor der Tür des Ateliers stand.

Ich klopfte. Drinnen war es still. Ich hörte nicht einmal Schritte. Die Tür ging auf. Antoinette trug wieder das grüngoldene Gewand. Im Kerzenlicht stellte ich das Gepäck ab und nahm sie in die Arme.

»Ich warte schon lange auf dich«, sagte sie.

22

Tam ta ta, Tam ta ta, Tam ta ta, Marschmusik am Klavier. Tam ta ta, Tam ta ta, Tam ta ta, Marschmusik in funkelnden Dissonanzen. Und dazu kam ein eisgekühltes Mannequin in einem roten Seidenpyjama die Treppe des Modesalons herunter. Was Coco Chanel an diesem 3. Mai in der Rue Cambon zeigte, war keine offizielle Modenschau, nur eine Vernissage für Freunde mit Modellen für den Strand, zum Reiten, und jetzt zum Schluß noch ein paar Reisepyjamas.

Das nächste Mannequin erschien. Es trug einen weißen Pyjama. Am Fuß der Treppe begegneten sich die beiden Mannequins. Sie salutierten voreinander, spielten die Pantomime einer Wachablösung. Das Klavier spielte Tam ta ta, Tam ta ta. Die Zuschauerinnen applaudierten.

Es waren fast ausschließlich Frauen da. Alle redeten mit ausländischem Akzent, amerikanisch, oft slawisch, da neben vielen Amerikanerinnen auch eine Menge emigrierte Russinnen zu Gast waren. Sie benahmen sich so, als wären sie alle miteinander verwandt. Sie sprachen nur in Andeutungen, in halben Sätzen.

In den ersten fünf Minuten fand ich diese exaltierte Gesellschaft bezaubernd. Denn als ich mit Antoinette den Salon betrat, umringten uns diese laut gackernden Perlhühner, und wir waren der Mittelpunkt. Dann aber kam Vantongerloo herein mit seiner breiten flämischen Statur, und er war der Hahn im Korb. Er zog Antoinette mit sich in die Ecke bei der Treppe, und dort saßen sie nun und tuschelten und lachten.

Ich stand verloren herum und kam mir wie das fünfte Rad am Wagen vor. Ja, es war mein Platz, daneben zu stehen. Ich gehörte nicht dazu. In den Augen dieser Frauen war ich nichts, hatte ich nichts, nicht einmal einen Namen. Ich war nur das Abenteuer von Antoinette Ebenstein, und so schauten sie mich auch an, als würden sie das Preisschild an mir suchen. Was läßt sie sich diesen jungen Mann aus München kosten? Wollte sie mir das klarmachen, als sie mich hierher mitnahm? Oder war es eine Probe, und sie wollte sehen, wie ich mich auf diesem Parkett bewege? Beides kränkte mich.

Ein drittes Mannequin in einem blauen Pyjama hatte sich zu den beiden anderen gesellt. Die drei defilierten nebeneinander, als Trikolore, und dazu Prokofjews Marsch aus »Die Liebe zu den drei Orangen«. Tam ta ta, Tam ta ta.

Dann war endlich Schluß. Umarmungen, Küsse, Blumen, Coco Chanel erschien. Sie umarmte Antoinette, sie umarmte Vantongerloo. Die drei verschwanden. Ich hab' es satt, dachte ich und ging auf die Straße, um dort zu warten.

*

»Wo bist du, ich suche dich überall!« Antoinette trat ins Freie, Vantongerloo folgte ihr. »Ich habe einen weißen Pyjama bestellt und einen für Tita. Sie wird mir sowieso bald alles wegnehmen.«

Ich versuchte, mir ein Lächeln abzuzwingen. Vielleicht war das Ganze nur ein Alptraum. Vielleicht verschwand Vantongerloo, und sie nahm meine Hand, und alles war wieder gut. Antoinette nahm meinen Arm: »Henri kommt mit uns zum Abendessen. Wir gehen ins ›Ritz‹, in den Grillroom.«

Ich aß ohne Appetit, ich wußte nicht, was ich auf dem Teller hatte. Dafür trank ich um so mehr. Antoinette und auch Vantongerloo versuchten immer wieder, mich ins Gespräch einzubeziehen, aber ich reagierte einsilbig oder patzig. Ich wußte, ich verstieß gegen die guten Manieren, aber das ließ mich kalt.

Mich beherrschte ein Gedanke: Wenn das Ganze eine Probe ist, vorher diese Modenschau bei Chanel, und daß sie mir jetzt das Abendessen mit Vantongerloo zumutet – unserem letzten Abend –, dann ist es eine von den absurden Proben, die man nur besteht, wenn man sie nicht besteht. Mein Stolz ist mir mehr wert. Ich verkaufe meine Seele nicht dem Teufel und mache da mit. Entweder begreift sie, oder sie begreift nicht.

Gegen elf Uhr schaute ich zweimal kurz hintereinander auf die Uhr. Beim zweitenmal reagierte Vantongerloo. »Ich habe gehört, Sie müssen morgen nach München zurückfliegen. Was ist es für eine Maschine?«

»Eine Junkers G 31, ein Großverkehrsflugzeug. Meine Flugzeuge sind ausschließlich Maschinen aus den Junkers-Werken.«

Das machte Eindruck auf ihn. »Ich wußte nicht, daß die Fluggesellschaft Ihnen gehört. Ist das nicht ein riskantes Geschäft? Da haben schon viele Leute Geld verloren.«

»Ich werde kein Geld verlieren«, gab ich großspurig zurück.

Antoinette machte dem Ober ein Zeichen, daß wir bezahlen wollten. Bei der Verabschiedung in der Hotelhalle sagte Vantongerloo, daß es interessant gewesen sei, mich kennenzulernen, oder so etwas.

Dann war ich mit Antoinette allein. Sie trug ein weißes Kleid und dazu eine lange Perlenschnur.

Sie war strahlend schön. Ich liebte sie, wie ich noch keine

Frau geliebt hatte, und genau aus diesem Grund mußte ich mich losreißen von ihr, sonst wäre ich ihr Sklave geworden.

»Gute Nacht«, sagte ich und wollte gehen.

»Was ist? Du warst den ganzen Abend so seltsam.« Sie schob die Hand unter meinen Arm. »Komm einen Moment mit aufs Zimmer! Ich hole etwas, dann fahren wir ins Atelier.«

»Nein, heute nicht.«

»Du reist morgen ab, es ist unsere letzte Nacht.«

»Das wußtest du die ganze Zeit, aber du warst lieber mit Vantongerloo zusammen. Ein Wort, und ich wäre schon eher verschwunden, dann hättet ihr den Abend für euch allein gehabt.«

Ich sah, daß sie erschrak, aber ich war nicht mehr zu bremsen. In den vergangenen Stunden hatte sich zuviel aufgestaut. Und vor allem hatte ich zuviel getrunken. Ich lief Amok, gegen sie und gegen mich.

»Bitte, gib mir den Schlüssel für das Atelier, damit ich meine Sachen abholen kann. Ich lasse ihn dann beim Concierge.«

Sie hatte meinen Arm losgelassen. Ihre Schultern wurden schmaler. Sie nahm den Schlüssel aus der Handtasche. »Wenn das so ist ...« Ihre Augen irrten durch die Halle. »Eine gute Reise!«

»Danke.«

Noch einmal suchte sie meinen Blick, dann ging sie schnell weg.

Ich sah sie hinter einer Säule verschwinden. Dort war der Lift. Ein paar Schritte, und ich wäre bei ihr gewesen. Ich wußte, sie wartete darauf, aber ich konnte nicht. Ich drehte mich um und trat in die Nacht hinaus.

*

Mein Rasierzeug lag im Bad neben Antoinettes Parfümflasche, mein Zigarettenetui neben ihrem Armband, mein schiefergrauer Morgenmantel hing an der Wand neben ihrem lachsfarbenen Negligé.

In der Küche stand noch das Frühstücksgeschirr, zwei weiße Tassen, zwei weiße Teller, ein Glas Marmelade, ein Körbchen mit einem übriggebliebenen Croissant.

Wäre ich nüchtern gewesen, hätte ich mich schnurstracks auf den Weg gemacht ins »Ritz« und mich bei Antoinette entschuldigt. Daß ich zuviel Wein getrunken hatte, war aber nicht die einzige Erklärung für mein Verhalten. Das Übel saß tiefer: Es hatte mich erwischt. Altmodisch und kitschig ausgedrückt: Diese Frau war mein Schicksal.

Heute ist man nicht mehr bereit, der Liebe schicksalhafte Bedeutung einzuräumen. Sie gilt als Störfaktor der menschlichen Natur. Man versucht, sie zu entschärfen, indem man sie reduziert auf das Sexuelle. Man schläft miteinander, die Liebe erspart man sich nach Möglichkeit, weil Liebe so leicht zu Komplikationen führt. Damit bin ich wieder bei mir. Hätte ich Antoinette nicht geliebt, wäre es in Paris nicht zum Bruch gekommen; ich hätte mich gehütet, ein wunderschönes Abenteuer aus Liebe aufs Spiel zu setzen.

Die Sternmargeriten in der gelben bauchigen Vase waren noch ein Stück gewachsen, seit Antoinette sie vor zwei Tagen hineingestellt hatte; einige ließen die Köpfe hängen, das Grün an den Stengeln wurde gelb. Gelber Blütenstaub hatte sich wie ein zartes Muster über den Tisch gebreitet.

Auf dem Messingtablett standen die Reste unseres zweiten Frühstücks, nachmittags zwischen drei und vier: Spargelsalat, Huhn in Aspik, Käse und Wein. Wir hatten nicht aufgeräumt, denn wir wollten ja zurückkommen.

Ich schenkte mir ein Glas Wein ein und stieg damit zur Dachterrasse hinauf. Gegen die Hausmauer gelehnt, hockte ich am Boden und wartete darauf, daß diese Nacht vorbeigehen würde. Diese Nacht war das schlimmste – so glaubte ich –, wenn ich erst einmal diese Nacht überstanden hatte, würde es schon irgendwie weitergehen.

Hoffte ich, daß ein Wunder geschah? Daß die Tür des Ateliers aufging und sie hereinkam? Ja, für Momente hoffte ich das, bat darum, wie alle Liebenden in den schwarzen Stunden um ein Wunder bitten. Aber diese Momente dauerten nicht länger als die Schläge der Kirchenuhr von Saint Germain. Dann versank ich wieder in meiner Hoffnungslosigkeit. Wie unglücklich war ich in jener Nacht! Mit jeder Faser meines Wesens unglücklich. Ich rotierte, ich war ein Stück glühender Materie und kreiste im Dunkel meines Unglücks.

Irgendwann schlief ich ein. Ich hatte einen Traum, nichts Wirres, sondern klare Bilder, die sich mir unauslöschlich einprägten: Ich stand vor einem Spiegel. Der Spiegel war hell und klar, und doch konnte ich mich nicht sehen. Dann bemerkte ich, daß ich eingemauert war von Spiegeln. Rund um mich waren Spiegel. Keiner der Spiegel zeigte mir mein Bild. Ich existierte nicht. Dann wechselte das Bild. Ich stand über einen Brunnen gebeugt. Das Wasser war klar und glatt. Wieder sah ich mich nicht. Am Grund des Brunnens stand Antoinette. Sie trug ein grün-goldenes Gewand. Sie gab mir ein Zeichen mit der Hand: Komm!

Der Brunnen war sehr tief, ich hatte Angst vor dem Sturz, ich zögerte. Sie winkte ein zweites Mal, und ihr Bild löste sich auf. Dann stürzte ich und erwachte.

Es war vier Uhr morgens, als ich das Atelier verließ. Ich ging zu Fuß ins Hotel »Meurice«, nahm ein Bad und packte meine wenigen Sachen. Dann setzte ich mich, um Antoinette zu schreiben. Es schien mir eine Frage der Höflichkeit, daß ich mich schriftlich von ihr verabschiedete, ihr dankte. Wie ich die Worte auch drehte und wendete, sie drückten nicht das aus, was ich sagen wollte.

Ich liebe dich, das wollte ich ihr sagen. Ich schrieb es auf ein Blatt und zerriß das Blatt. Keine Blumen, kein Brief. Ohne Gruß verschwinden? Das weiße Seidenhemd fiel mir ein, das weiße Seidenhemd, das sie mit dem Bambuspfeil an meinem Körper zerschnitten hatte.

Es war im Atelier. Es mußte wohl bei den orientalischen Kleidern hinter dem Perlenvorhang hängen. In der Nacht, auf dem Weg vom »Ritz« zum Atelier, hatte ich mir vorgenommen, das Hemd in eine Papiertüte zu stopfen und in den Müll zu werfen. Doch dann hatte ich darauf vergessen.

Sie würde ins Atelier kommen; sie würde das Hemd finden. Meine Eselshaut. Mir war nicht zum Lachen zumute, und doch lachte ich.

Die Maschine nach München flog um neun Uhr dreißig am Flughafen Bourget ab. Um sieben Uhr war ich mit Hans Tropa, der die G 31 am Vorabend nach Paris geflogen hatte, zum Frühstück verabredet. Sein Zimmer lag am selben Gang, eigentlich nur ein Bett und ein Schrank.

Sein Bett war so unberührt wie meines. Mit nassem Kopf kam er aus dem Bad. »Das war eine Nacht, ich sage dir, die Weiber vom ›Moulin Rouge‹ zieh'n dir das Hemd aus, buchstäblich das Hemd. Ich hatte nicht einmal mehr das Geld fürs Taxi, der Portier unten hat mich ausgelöst. Diese Flüge nach Paris sind mein Ruin. Ich hoffe, du hast Geld für meine Hotelrechnung und fürs Taxi zum Flughafen, sonst muß ich den Portier noch einmal anpumpen. Das passiert mir nicht mehr. Jetzt ist Schluß mit dem unsoliden Leben.«

Ich mußte lächeln. »Das sagst du jedesmal!«

Er strich sich das nasse gekräuselte Haar in Stirn und Schläfen glatt. »Was willst du? Hin und wieder brauche ich eine gehörige Dosis Gift, sonst gehe ich ein.«

August 1928

23

Maxi saß in ihrem reichbestickten Hochzeitsdirndl auf den Stufen der Baracke und blinzelte zufrieden in die Augustsonne, während Hans Tropa, der seit zwei Stunden ihr angetrauter Ehemann war, sie fotografierte.

Sie hatten auf dem Standesamt in der Nymphenburger Straße geheiratet. Danach fand im Hirschgarten mit seinen alten Bäumen, die sich als grüner, sonnendurchglühter Dom über die Hochzeitsgesellschaft wölbten, ein bayerischer Frühschoppen statt. Weizenbier, Laugenbrezen, Weißwürste, Radi und Steckerlfisch vom Holzkohlenfeuer, alles war bayerisch, nur die Musik nicht. Auf dem überdachten Podium der Gartenwirtschaft spielten Rudy Starita und seine Band, die Flo und Jo Klyde als Hochzeitsgeschenk aus Berlin importiert hatten. Sie spielten leicht verjazzte Tanzmusik, und am Eingang des Wirtsgartens blieben die Leute stehen und hörten zu.

Hermann Göring hatte einen Schwarm Braunhemden mitgebracht: Er selber gab sich als bayerischer Landjunker in Jägerkluft mit einem gewaltigen Gamsbart am Hut.

Gegen Mittag hatte man sich getrennt. Auf dem Oberwiesenfeld stand die F 13 bereit, mit der das junge Paar auf Hochzeitsreise gehen wollte, nur drei Tage, von Freitag bis Montag. Wohin sie flogen, hielten sie geheim, sogar vor mir.

Hans Tropa gab mir nun die Kamera und setzte sich zu Maxi auf die Treppe vor der Baracke.

Er schnitt Grimassen, kitzelte Maxi, alberte herum. Ich hätte gern eine Filmkamera gehabt, um den Balztanz, den er aufführte, festzuhalten.

Aus dem eingefleischten Junggesellen war ein begeisterter Bräutigam geworden. Seit Maxi ihm das Jawort gegeben hatte – sie war raffiniert genug gewesen, ihn eine Weile zappeln zu lassen –, ging ihm nichts anderes durch den Sinn als seine zukünftige Familie.

Sie hatten eine Wohnung am Elisabethplatz bezogen, eine Parterrewohnung mit rückwärtiger Terrasse und Garten. Das Haus gehörte Tropas Vater; er ließ es auf den Sohn überschreiben, so daß die jungen Leute umsonst wohnten und zusätzlich die Mieteinnahmen der sechs Wohnungen hatten, die sich in dem vierstöckigen Haus befanden.

»Letzte Aufnahme!« rief ich den beiden Verliebten zu. »Bitte etwas Würde. Euch scheint nicht klar zu sein, daß jetzt der Ernst des Lebens beginnt.«

Nachdem sie sich für die Reise umgezogen hatten, begleitete ich sie zum Flugzeug.

Nachdenklich kehrte ich in die Baracke zurück. Ich nahm den Film aus der Kamera und legte ihn zu den zwei anderen Filmen, die ich heute auf dem Standesamt und im Hirschgarten gemacht hatte.

In einem Fach meines Schreibtischs, in einem flachen Karton, bewahrte ich die Bilder von Antoinette und von Paris auf. Drei Monate waren seitdem vergangen. Von Antoinette Ebenstein hatte ich nichts mehr gehört. Die Sache war aus. Das sagte mir die Vernunft, sie sagte es jeden Tag einmal.

Und jeden Tag, wenn ich einen Moment nicht auf der Hut war, überfiel mich meine Phantasie, führte mir Bilder vor: Paris, Antoinette, unser erster Abend, das Bistro, die Fahrt in der Metro, ihre Gestalt, ihr Gesicht, eine Geste ihrer Hände, ein Blick, das Profil im Schatten des Huts. Ihre Stimme, diese weiche, einschmeichelnde Stimme, die so viele Farben und Lichter hatte. Ihre Stimme, auf die zu lauschen ich nie müde geworden war. Ihre Tagstimme, die alle kannten, ihre Nachtstimme, die nur ich kannte, die Stimme, die meinen Namen rief. Gab es einen anderen, den sie rief?

Treu und pünktlich wie ein chronischer Schmerz kehrte die Eifersucht zurück. Der andere, der Henri Vantongerloo hieß, arriviert, breitschultrig, unterhaltsam und immer zur Stelle. Wie hatte sie doch von ihm gesagt? »Ein Erbstück meines Mannes.« Nun, eines Tages würde *sie* das Erbstück sein. Vantongerloo wartete nur darauf. Eines Tages würde die richtige Stunde kommen, vielleicht jetzt, vielleicht morgen. Wieviel dunkelrote Rosen hatte er ihr wohl schon geschenkt?

Ebenso chronisch waren die Anfälle von Hoffnung: Sie kommt wieder nach München. Sie wohnt wieder im Hotel »Vier Jahreszeiten«. Ich spielte nicht Detektiv. Ich besaß die Kraft, es nicht zu tun, und ich war stolz darauf.

Die Sache ist aus, sagte meine Vernunft.

So oder so, die Sache veränderte mein Leben.

Ich war älter aus Paris zurückgekommen, um Jahre älter. Vorher hatte ich mich auf mein Glück verlassen, hatte in den Tag hinein gelebt, jetzt erwachte mein Ehrgeiz.

Es begann damit, daß ich meine gegenwärtige Situation kritisch betrachtete. Die Baracke war keine Dauerlösung. Und die Fluggesellschaft war kein Beruf fürs Leben.

Was wäre denn ein Beruf fürs Leben?

Wieder geisterte Baron Vantongerloos Schatten durch meinen Kopf. Meine Eifersucht galt auch seinem Beruf. Vermögen verwalten, Häuser verwalten, wenn man die richtigen Klienten hatte, war das ein interessanter und abwechslungsreicher Beruf für einen Juristen.

Es kam darauf an, den Einstieg zu finden. Henri Vantongerloo hatte auch mal klein angefangen. Was er kann, kann ich auch, dachte ich. Mit den Beziehungen, die ich in München hatte, sollte das realisierbar sein. Durch Theo Tropa kannte ich den Kreis von Finanzleuten, die dem Münchner Kaufmannsclub angehörten, Bankiers, Hoteliers, Unternehmer. Es würde nicht von heute auf morgen gehen, aber das war der Weg.

Draußen hupte es. Der weiße Bus mit der schwarzen Aufschrift RUDY STARITA AND HIS BAND rollte auf die Baracke zu.

Jo Klyde stieg aus, nach ihm Flo und zuletzt Göring. Der Bretterboden der Baracke bog sich, als Göring eintrat. »Wir feiern in Starnberg weiter. Du kommst doch mit?«

Flo trippelte herum, trotz des Sommerwetters einen Blaufuchs um die Schultern. Sie schaute sich um wie in einer Filmdekoration, tippte mit dem Zeigefinger an eine Bretterwand und schien darauf zu warten, daß sie umfiel. Sie sah die Kamera liegen. »Nimm das Ding mit! Wir machen Badefotos. Noch niemand hat gute Badefotos von mir gemacht. Ich seh' immer aus wie eine dumme Pute.«

Von draußen rief Jo Klyde: »Kinder, beeilt euch!«

Die Musiker, die nachts die Fahrt von Berlin nach München gemacht hatten, dösten in ihren Sitzen. Flo saß mit Jo Klyde vorne bei Rudy Starita. Ich hatte mit Hermann Göring hinten im Bus einen Platz gefunden, wo die Instrumentenkästen lagen.

Seit dem 28. Mai war Göring Reichstagsabgeordneter.

Er hatte seinen Jägerhut auf den Knien und blies in den Gamsbart. »Ich kann's noch nicht fassen. Hans Tropa wird bürgerlich. Na ja, früher oder später passiert das wohl bei jedem. Es wird Konsequenzen haben, nicht heute, nicht morgen ... Wenn ein so eingefleischter Junggeselle wie Hans Tropa heiratet, heißt das was. Diese Maxi weiß ihn offenbar zu nehmen. Sie hat es fertiggebracht, daß er sie heiratet, und eines Tages hat sie ihn so weit, und er gibt die Fluggesellschaft auf.« Er deutete mein Schweigen falsch und fuhr eindringlich fort: »Eine Frau ändert das Leben eines Mannes von Grund auf. Das war bei mir so, und vielleicht geht es Ihnen eines Tages auch so. Wir Männer sind schwach. Eine Frau kann alles mit uns machen. Warten Sie ab, wenn erst einmal Kinder da sind, setzt er sich nicht mehr jeden Tag ins Flugzeug. Dann nimmt er's gemütlicher, geht ins Büro, spielt den Geschäftsmann. Selbst wenn er die Fluggesellschaft behält, sind Sie immer das dritte Rad am Wagen. Ich möchte Ihnen nicht Ihren Beruf vermiesen, aber als Freund muß ich Ihnen das einfach mal sagen: Auf die Dauer ist die Fluggesellschaft nichts für Sie. Sie sind zu gut, um den Laufburschen zu spielen.« Er machte eine Pause und legte die Hand auf meinen Arm. »Kommen Sie nach Berlin, und gehen Sie in die Politik!«

»Leicht gesagt. Und wovon lebe ich?«

»Was verdienen Sie bei Tropa? Darf ich schätzen? Mehr als dreihundert? Dreihundertfünfzig?«

»Vierhundert.«

»So eine Stelle verschaffe ich Ihnen auch in Berlin, trotz der Arbeitslosigkeit. Keine Sorge. Wenn man Beziehungen hat ... Daran soll's nicht liegen.« Als hätte er mich schon halb gewonnen, fuhr er fort: »Die Partei sucht junge Leute mit Köpfchen, mit Bildung, mit Manieren, mit diplomatischem Gespür. Als Start war die Fluggesellschaft prima. Sie haben gelernt zu organisieren. Sie haben bewiesen, daß Sie mit zwei Verrückten, Tropa Vater und Tropa Sohn, auskommen. Eine gute Lehrzeit, aber jetzt reicht's.« Er sah mich an. »Sie sind doch ehrgeizig!«

»Das schon.«

»Also. Für einen ehrgeizigen jungen Mann ist jetzt die Stunde Null. Ein neues Deutschland entsteht, und die Männer, die mithelfen, werden morgen die Herren sein ...«

Der Bus holperte über ein Schlagloch. Wir hatten die Stadt hinter uns gelassen und fuhren durch einen Laubwald. Das Schaukeln des Wagens, das Brummen des Motors, die sommerliche Wärme, eine angenehme Müdigkeit breitete sich über mich.

Ein Musiker schlug leise Akkorde auf der Gitarre an. Vermischt mit diesen leisen Klängen drang Hermann Görings Stimme zu mir: »Wir bauen ein neues Deutschland auf. Wir machen alle Versprechen wahr, die wir dem deutschen Volk gegeben haben. Machen Sie mit bei uns!«

Eine Duftwolke wehte durch den Bus. Flo war aufgestanden und kam langsam durch den Mittelgang. Den Blaufuchs zog sie hinterher.

»Na, ihr zwei Verschwörer, was brütet ihr aus?«

»Wir suchen einen neuen Beruf für mich.«

Sie ließ sich auf die Knie sinken, sehr langsam, sehr sexy, und legte die Arme auf meine Schenkel.

»Das ist das einfachste von der Welt. Du machst eine Heiratsvermittlung auf. Ich sehe schon das Inserat vor mir: ›Werden Sie vierzehn Tage meine Freundin, und ein halbes Jahr später verheirate ich Sie mit einem Millionär.‹ Natürlich mit einem Foto von dir. Das wär doch'n Ding!«

»Dann geh' ich lieber in die Politik!«

Flo schnippte mit den Fingern und ging befriedigt nach ihrem Auftritt ab. Als wir wieder allein waren, sagte Göring: »Im nächsten halben Jahr müssen Sie sich entscheiden. Ich möchte bald eine definitive Antwort.«

*

Das Geräusch des Baggers war so laut, daß man sein eigenes Wort nicht verstand.

Hans Tropa schlug mir auf die Schulter und schrie mir ins Ohr: »Gratuliere!«

Der Fluginstrukteur Götze, bei dem ich eben die Flugprüfung gemacht hatte, schüttelte mir die Hand. »Ihren Flugschein können Sie sich in einer halben Stunde abholen.« Damit stapfte er davon.

Das Oberwiesenfeld war an diesem 21. August – ein Dienstag – ein einziger Morast. Ein nächtlicher Wolkenbruch hatte die Erde aufgeweicht und überall Pfützen entstehen lassen.

Als wir in Tropas Auto saßen, fragte er: »Hat er dich sehr gezwiebelt, der Götze? Er ist bekannt dafür, daß er Sportflieger das erste Mal durchfallen läßt.«

»Bei der Windberechnung versuchte er, mich reinzulegen, zum Glück kann ich Kopfrechnen.«

Nach kurzem Schweigen fragte Hans Tropa: »Warum lernst du eigentlich fliegen, wenn du ohnedies vorhast auszusteigen?«

»Wie kommst du darauf?«

»Vor einer halben Stunde, während du weg warst, zu deiner Prüfung, hat jemand angerufen wegen eines Büros, für das du dich interessierst. Du willst dich selbständig machen?«

»Hör mal, ewig kann ich nicht in der Baracke hausen. Ich kann die Arbeit für die Fluggesellschaft genausogut in einem Stadtbüro weitermachen. Sogar besser, wenn ich halbtags eine Sekretärin habe.«

»Hermann Göring machte letzthin ganz nebenbei auch so eine Andeutung, du würdest vielleicht nach Berlin gehen. Es paßt mir nicht, solche Dinge hintenherum zu erfahren.«

»Das ist deine Schuld. Seit du verheiratet bist, sehe ich dich nur noch zwischen Tür und Angel. Du ziehst deine Fliegermontur an, und schon bist du wieder draußen. Oder du ziehst deine Fliegermontur aus und stürzt nach Hause zu deiner Maxi.«

Als wir zur Baracke kamen, hörten wir aus dem Innern das Schrillen des Telefons.

»Lauf schon!« sagte Tropa. »Das ist sicher für dich.«

»Hans-Tropa-Flug-GmbH«, meldete ich mich.

Die Stimme einer Telefonistin antwortete: »Hier ist das Hotel ›Vier Jahreszeiten‹. Kann ich Herrn Reich sprechen?«

»Ich bin selber am Apparat.«

»Einen Moment, ich verbinde mit Frau Ebenstein.«

Ich bekam plötzlich keine Luft mehr. In der Leitung herrschte Stille. Hans Tropa rumorte nebenan und pfiff vor sich hin.

»Hallo . . .« Es war noch einmal die Telefonistin. Irgend etwas klappte nicht. »Bitte bleiben Sie am Apparat.«

Ich bekam immer noch kaum Luft.

»Pavelino . . .«

»Ja . . . Antoinette . . .« Ich sah sie vor mir. Das schöne Gesicht und darüber die geheimnisvolle Ruhe. »Seit wann bist du in München?«

»Seit gestern abend.« Wieder eine Pause. »Ich würde dich gerne sehen. Bist du jetzt im Büro?«

»Ja.«

»Die Telefonistin behauptet, du hast keinen Privatanschluß.«

»Das stimmt. Es gibt mich nicht – als Privatmann, meine ich. Mein Bett steht in meinem Büro. Das moderne Sklavenleben . . .« Eben noch hatte die Aufregung mich stumm gemacht, jetzt redete ich überstürzt. »Die Marineoffiziere am Kaspischen Meer hatten ein besseres Leben als ich, gesetzt den Fall, das Auge der Maharani fiel auf sie.« Sie schwieg und ich fuhr fort: »Von mir aus kann ich sofort in die Stadt kommen. Hast du die Mozart-Suite?«

»Nein, was Kleineres, die Cuvilliés-Suite. Auf derselben Etage.«

»In zwölf Minuten bin ich da.«

*

Sie lag auf dem Sofa und las. Ohne sich zu rühren hob sie den Blick. »Du bist nicht pünktlich.« Sie lächelte. »Oder dauern in München zwölf Minuten länger als anderswo?«

»Als dein Anruf kam, war ich noch in der Fliegerkluft. Ich habe heute früh die Flugprüfung abgelegt.«

»Gratuliere! Das werde ich Tita schreiben. Sie will immer wissen, was du machst.«

Sie rückte etwas zur Seite, und ich setzte mich zu ihr. »Du bist gestern abend angekommen? Mit dem Orient-Expreß?«

»Nein, mit dem Auto.«

Ich erschrak, denn ich konnte nur eines denken: Sie ist mit einem Mann gekommen. Nichts anmerken lassen, befahl ich mir. Mach dich nicht lächerlich, und bewahre die Manieren!

»An der Riviera braucht man ein Auto«, fuhr sie fort. »Man muß beweglich sein. Die Fahrt nach München war etwas viel. Ich hatte die Strecke unterschätzt. Gestern abend, als ich hier ankam, war ich wie gerädert und das Auto total verdreckt.«

»Du willst sagen, du bist ganz allein gefahren?«

»Ja.«

»An einem Stück?«

»Ja, es war dumm von mir. In diesem Sommer mache ich lauter Dummheiten.«

»Dann erzähl mal, was du für Dummheiten gemacht hast!«

»Genügt es nicht, ein Auto zu kaufen.«

»Und sonst? Was macht man an der Riviera?«

»Mein Gott, man geht nicht an die Riviera, um was zu machen.«

»Mal wieder ein Haus gekauft?«

Sie verstand die Anspielung und antwortete direkt: »Nein. Ich habe nicht einmal das Haus am Boulevard Malherbes gekauft. Ich war nur noch zwei Tage in Paris, damals.«

Ich hatte nicht den Mut, nach dem Atelier zu fragen, und sie erwähnte es nicht.

Sie stand auf, und ich tat das gleiche. Ihre helle Haut war leicht gebräunt, honigfarben. Wir standen voreinander. Die Konversation war erschöpft. Wir wußten nicht weiter.

»Ich dachte nicht, daß du nach München kommst.«

»Ich auch nicht, aber jetzt bin ich da.«

Ich nahm ihre Hand und zog sie an meine Lippen. »Frauen sind die Klügeren.«

»Meinst du?«

»Ich baue darauf.«

»Vielleicht hat mich nur die Eifersucht hergetrieben.«

Ich nahm sie in die Arme. Wir küßten uns nicht, wir hielten uns nur umschlungen und standen lange so, ohne zu sprechen, ohne uns zu bewegen. Ich brauchte Zeit, um zu begreifen, daß sie da war, wirklich und wahrhaftig da. Ihr schien es nicht anders zu gehen.

Mit leiser Stimme fragte sie: »Stimmt das, du wohnst im Büro?«

»Es ist nicht einmal ein richtiges Büro. Es ist eine Militärbaracke mit vier Stuben. Ein Orden von asketischen Mönchen. Gemeinhin heißen sie Trappisten, wir von der Tropa-Flug-GmbH sind eine Art Ableger, die Tropisten.«

Sie löste sich sanft vor mir, ließ die Hände auf meinen Schultern. »Mit Schweigegelübde?«

»Ohne.«

»Und wie ist es mit Damenbesuch?«

»Damenbesuch . . . Ich warne dich, das endet mit Heirat.«

»Gut zu wissen.«

»Im Ernst, die erste und einzige, die bisher wagte, die Schwelle zu übertreten, war ein halbes Jahr später verheiratet mit Hans Tropa.«

»Ich riskier' es. Wir fahren jetzt zum Oberwiesenfeld, und ich schau' mir eure Baracke an. Irgendwann muß ich anfangen, dich genauer kennenzulernen.«

Sie holte etwas aus der Ankleide, und ich folgte ihr bis zur Tür. »Wo ist dein Schiffskoffer?«

»Bereits in Le Havre. Ich reise früher ab in diesem Jahr. Das Problem ist nur, was mache ich mit dem Auto. Nehme ich es mit nach Amerika, oder lasse ich es in Europa?«

»Zeig es mir erst mal!«

Es standen schöne Limousinen in der Garage des »Vier Jahreszeiten«, Mercedes, Maybach, Horch, Delaheye. Ein Wagen stach sie alle aus: ein schneeweißer Hispano, an die sechs Meter lang, mit dunkelroten Lederpolstern.

Ich war wie erschlagen. In meiner Begeisterung umarmte ich Antoinette vor den Augen des Garagenwärters. »Ein Hispano! Du hast einen Hispano gekauft und sagst keinen Ton!«

»Ich habe dir gesagt, ich hätte eine Dummheit gemacht. Schau mal her, alles Metall an dem Auto ist versilbert.«

»Du wirst einen Silberputzer engagieren müssen.«

»Die Kühlerhaube ist innen mit einer Silberlegierung kaschiert.«

»Dann brauchst du eben zwei Silberputzer. Und wie schnell fährt er?«

»Zwischen hundertzwanzig und hundertvierzig. Er hat einen Flugzeugmotor.«

»Läßt du mich ans Steuer?«

»Nur weil du den Flugschein hast.«

Wir machten Furore in der Stadt, und ich fühlte mich irrsinnig. Ich fuhr das schönste Auto, und neben mir saß die schönste Frau. Absurd, mit diesem Auto und mit dieser Frau zur Baracke zu fahren. Ich baute vor, ich beschrieb ihr die Baracke als den ärmlichsten Ort der Welt. Ich übertrieb sogar mit unserer spartanischen Lebensweise. Meine Eitelkeit litt. Ich konnte nur hoffen, daß ihre Neigung für das Einfache die Baracke in ihren Augen verklärte.

Dann waren wir dort. Die weiße Vollkommenheit des Hispano und die blaue Häßlichkeit der Baracke vereint unter einer strahlenden Augustsonne und den flüchtigen Schatten eilig ziehender Sommerwolken.

Ich holte meine Leica und machte Aufnahmen. Antoinette am Steuer, Antoinette neben der offenen Kühlerhaube über den Flugzeugmotor gebeugt, der sie in der ganzen Pracht und Arroganz seiner Edelmetallkonstruktion anschimmerte.

Die Baracke und unsere Stuben erinnerten Antoinette an die Behausungen von Jockeys. Unter anderem hatte ihr Vater sich auch einmal als Rennstallbesitzer und Pferdezüchter betätigt.

Ich zeigte ihr die Fotos, die ich in Paris von ihr gemacht hatte. Die guten Bilder hatte ich vergrößern lassen. Wir saßen am Boden, und ich breitete sie vor ihr aus.

Sie kniete auf den Fersen, ganz still, wie es ihre Art war. Schließlich sagte sie: »Auf deinen Fotos sehe ich so aus, wie ich gerne sein möchte.«

»Und wie möchtest du gerne sein?«

»Jung.«

»Du bist jung.«

»Im Spiegel ja, das meine ich nicht. Weißt du, ich fühle mich so alt. Das war nicht immer so, doch eines Tages wachte ich auf, das Zimmer war voller Blumen, und ich kam mir vor wie eine Mumie, schön und uralt.«

Sie zog eines der Bilder zu sich heran, die ich im Atelier gemacht hatte. »In unserem Atelier habe ich mich wieder jung gefühlt.« Ohne Übergang fragte sie: »Wo hast du so gut fotografieren gelernt? Hast du es mal beruflich gemacht?«

Ich erzählte ihr vom Glaspalast. Vom Palmenhaus, von der weißen Bank, von dem Studenten, der dort halbe Tage verbracht hatte, um zu warten, bis eine Schöne kam, die er dann heimlich fotografierte mit schlechtem Gewissen und klopfendem Herzen.

Sie wollte den Glaspalast sehen, und wir fuhren mit dem Hispano wieder in die Stadt. Die Leica nahm ich mit.

Wir blieben lange im Glaspalast. Wir gingen durch die Säle, bestellten einen Tee und ein Pfefferminzeis, und wir fotografierten. Ich saß auf meiner angestammten Bank, und Antoinette kam auf dem schmalen Weg zwischen den Palmen auf mich zu, immer wieder. Wir wurden nicht müde.

Abends, im Hotelzimmer, fotografierten wir weiter. Sie zog verschiedene Kleider an, setzte verschiedene Hüte auf. Zuletzt kam sie in Weiß und Schwarz. Zu einem bleistiftengen, schwarzen Rock trug sie eine weite weiße Bluse. Als sie näher kam, erkannte ich, daß es das weiße Seidenhemd war, das sie in Paris am Rücken und an den Ärmeln mit dem Bambuspfeil zerschnitten hatte, an meinem Körper.

Sie verlor kein Wort darüber und ich auch nicht. Aber ich wußte, sie hatte mein törichtes Benehmen in Paris verziehen.

Wir ließen zwei kleine Lampen während der Nacht brennen, damit wir uns immer sehen konnten, wenn wir aus dem Schlaf auftauchten und einander suchten.

Am Morgen, als die Sonne durch die Vorhänge sickerte, brannten die zwei Lampen immer noch, und wir taten so, als wäre es immer noch Nacht.

Die Zeit bis zu ihrer Abreise verging schnell. Wir machten nichts und machten viel. Es lebt sich so leicht, wenn man liebt. Es atmet sich so leicht, wenn man geliebt wird.

In den letzten Augusttagen brachte ich sie im Hispano nach Le Havre zum Schiff. Es war wieder die »Ile de France«.

Danach wurde mir das Leben und Atmen schwer. Ich war aus dem Gleichgewicht. Etwas fehlte, fehlte ununterbrochen, nicht nur in den Stunden, in denen ich glaubte, ich hielte es nicht mehr aus ohne sie. Selbst in den Phasen, in denen ich abgelenkt war, in denen ich nicht an sie dachte, blieb ein Unbehagen, ein Schmerz, der sich nur oberflächlich betäuben ließ.

Sie fehlte mir.

In dieser Intensität und in dieser Dauer erlebte ich das zum erstenmal.

Ich reagierte ganz normal. Ich wollte mir diesen Stachel aus dem Fleisch reißen. Ich traf mich ein paarmal mit Caroline Ermer, einer Harfenistin vom Nationaltheater. Eines Abends nahm sie mich mit zu sich und gab mir deutlich zu verstehen, daß wir jetzt lange genug über Musik, Theater und das Fotografieren geredet hatten. Aber ich wollte nicht verstehen, ich war blockiert. Ich machte weiter krampfhaft Konversation und beendete den Abend, ohne mich für ein nächstes Mal mit ihr zu verabreden.

Ich unternahm einen zweiten Anlauf. Liliane Wechsler war eine Tennisplatzbekanntschaft, eine reiche Erbin und umschwärmt von Verehrern. Sie war überall dort, wo man sein mußte in der Münchner Gesellschaft. Den folgenden Winter über zeigte sie sich ausschließlich mit mir. Man munkelte über uns. Man vermutete eine Romanze, aber ich war nur der Herr, der mit ihr ausging. Ich holte sie ab und brachte sie heim. Im Frühjahr verschwand sie dann mit ihrer Mutter auf eine Weltreise.

Betroffen und widerstrebend gestand ich mir, daß ich kein freier Mann mehr war. Ich gehörte einer Frau, und ich gehörte ihr nicht nur, wenn sie da war, wenn ich sie sehen und berühren konnte. Ich gehörte ihr auch, wenn sie abwesend war. Monate vergingen, das Band, das mich hielt, wurde nicht schwächer, es wurde sogar stärker, undurchtrennbar.

Sommer 1929

24

Im Mai 1929 kam Antoinette wieder nach Europa, und ich holte sie wieder in Le Havre mit dem Hispano ab.

Sie blieb ein halbes Jahr in München.

Sie hatte ein Zimmer im »Vier Jahreszeiten«, aber eigentlich wohnte sie bei mir in meiner Junggesellenwohnung in der Prannerstraße, die ich gefunden hatte, als ich eine Garage für den Hispano suchte. Ein Teil dieser Wohnung war mein Büro, das Treuhandbüro Rathgeber und Reich.

Seltsame Wege des Schicksals, wir waren also doch noch zusammengekommen, mein Onkel, der Notar Rathgeber aus Regensburg, und ich, der verlorene Sohn.

Im Zuge einer komplizierten Erbschaftsangelegenheit hatte mein Onkel Ende des Jahres 1928 sich an mich gewandt. Es ging um zwei Häuserblocks, Paul-Heyse-Straße und Sonnenstraße, die verkauft werden sollten. Was immer seine Gründe waren – gab er einer väterlichen Aufwallung nach, oder teilte er den fetten Brocken lieber mit mir als mit einer fremden Kanzlei –, wir wurden Partner mit getrennten Büros, er in Regensburg, ich in München, eigentlich nur auf dem Kanzleischild vereint.

Die Prozente am Verkauf der Häuserblocks teilten wir; die monatliche Einnahme von fünfhundert Mark durch die Verwaltung der beiden großen Häuserblocks überließ er mir ungeschmälert.

Das war der Anfang.

Im Sommer 1929 kam ein weiterer Klient dazu. Eine jüdische Familie gab, alarmiert durch die zunehmenden judenfeindlichen Tendenzen, den Wohnsitz in Deutschland auf und verkaufte Haus und Grundbesitz. Auch der nächste Klient war ein Jude; auch er verließ Deutschland, auch er verkaufte.

Hermann Göring nannte es Hysterie, als ich ihn darauf ansprach. Seine Reaktion war zu heftig, um mich zu überzeugen. Er versuchte mich immer noch für die Politik zu interessieren und ins Lager der Nazis zu holen. Meine Vorsicht, mein Zögern nannte er Opportunismus in der falschen Richtung. »Sie haben Amerika im Kopf und eine reiche Frau. Prinzgemahl! In Amerika sind Sie ein Niemand, ein Mister Ebenstein, allenfalls ein Name für die Klatschspalten.«

»Das genügt mir«, war meine Antwort. »Ich will keine Schlagzeilen machen mit meinem Schicksal.«

So ging das hin und her. Eines Tages verlangte er ein definitives Ja oder Nein. Ich sagte nein. Er reagierte mit einer Drohung: »In ein paar Jahren werden Sie das bereuen. In ein paar Jahren sind wir an der Macht, dann konfiszieren wir die Hans-Tropa-Flug-GmbH. Ihr werdet Staatseigentum und damit müssen Sie automatisch der Partei beitreten. Sie werden noch an meine Worte denken.«

Ich dachte an seine Worte. Die Tropa-Fluggesellschaft gab es nicht mehr, als die Nazis an die Macht kamen. Aber die Junkers-Werke gab es, und als Hugo Junkers sich weigerte, mit den Nazis zusammenzuarbeiten, enteignete man ihn.

Im Sommer 1929 schien so etwas noch undenkbar. Europa tat immer noch so, als ob das Leben eine Tanzdiele wäre. Mit Musik geht alles besser, also wurde Musik gemacht, bei den Reichen und bei den Armen.

An einem warmen Vorsommerabend im Mai 1929 hatte ich also Antoinette wieder nach München gebracht, heimgeholt von Le Havre im Hispano. Es war wie eine Entführung.

Vor uns lag ein halbes Jahr. Endlich sollten wir Zeit füreinander haben. Amerika lag in weiter Ferne. Doch die Zeit verrann, und eines Tages trug ich ihr Gepäck wieder in den Hispano, wir fuhren nach Le Havre, und ich mußte sie wieder hergeben.

Am Pier, wo die »Ile de France« lag, kaufte ich einen Bund Luftballons. »Laß sie draußen beim Leuchtturm los«, bat ich Antoinette. »Vielleicht fliegt mir einer nach, und ich sehe ihn vom Auto aus.«

Zwei Schiffsjungen trugen die Koffer an Bord, Antoinette hielt das Bündel Luftballons. »Warum kommst du nicht mit?« sagte sie ganz nebenbei. Und ganz nebenbei erwiderte ich: »Wenn ich ein Visum hätte, sofort.«

Nach einer kleinen Pause sagte sie, ohne mich anzuschauen: »Vielleicht hast du nächstes Jahr ein Visum dabei . . .«

»Nächstes Jahr . . .«

Sie sah hinauf zu den Luftballons über ihrem Kopf. »Dann lassen wir viele Luftballons los, viele, viele Luftballons. Der ganze Himmel über Le Havre soll voller Luftballons sein.«

Sommer 1930

25

Das Flugzeug schwebte so tief und so nahe um den Turm der Oberammergauer Dorfkirche, als wolle Hans Tropa die Fahne, die dort flatterte, herunterholen.

Das Flugzeug war ein offener Zweisitzer. Hinter Hans Tropa, halb stehend, halb kniend, hatte sich der Kameramann des amerikanischen Filmteams installiert, das einen Film über die Oberammergauer Passionsspiele von 1930 drehte.

Die Hauptstraße beim Pfarrhof und die Ettaler Straße wimmelten von Menschen. Auch der neunte Spieltag, der 2. Juli 1930, war ausverkauft, und jetzt, kurz vor Beginn der Vorstellung, waren rund fünftausend Besucher auf dem Weg zum Festspielhaus, »Statisten« in rauhen Mengen für das Filmteam, kostenlos und oft schon morgens um sechs auf den Beinen, wenn die Katholiken den Gottesdienst besuchten.

Der Kameramann, den Hans Tropa flog, hatte die Aufgabe, Oberammergau aus der Vogelperspektive zu filmen; offenbar nahm er die Aufgabe allzu wörtlich. Nur ein Vogel konnte ohne Gefahr einen Kirchturm so nahe umkreisen. Nach den Zeichen, die er Tropa gab, war er noch nicht zufrieden.

Das Flugzeug kam noch etwas tiefer, wurde noch etwas langsamer. Die Menschen auf der Ettaler Straße, unter denen ich mit Antoinette stand, starrten mit angehaltenem Atem hinauf.

Die flatternde Fahne schlug gegen die Flügel der Maschine.

»Das geht nicht gut«, murmelte Antoinette neben mir. »Er spielt mit seinem Leben. Ich kann nicht mehr hinsehen.«

Auch ich fand, daß Tropa übertrieb, aber ich beruhigte sie: »Er ist ein alter Hase im Kunstflug. Er fliegt auf Zentimeter exakt.«

»Wenn er abstürzt, gibt es eine Katastrophe. Mitten hinein in die vielen Menschen. Und alles nur, um eine Sensation zu haben!« Sie ging mit schnellen Schritten weg, und ich folgte ihr.

Der Flugplatz von Oberammergau war nichts weiter als eine große Wiese am Ortsrand. Zwei Tropa-Maschinen standen dort und eben landete die G 31. Tita stieg als erste aus, sie war inzwischen fünfzehn und fast erwachsen, nach ihr ein paar Freundinnen von Antoinette.

Die Frauen, eine internationale Mischung, die mich an den unglückseligen Modecocktail bei Coco Chanel vor zwei Jahren erinnerte, und Tita stiegen in den Hispano und fuhren zum Festspielhaus, um sich die Vorstellung anzuschauen.

Ich wartete auf Hans Tropa. Wir hatten abgemacht, nach den Filmaufnahmen nach München zurückzufliegen. Hans Tropa wollte den freien Vormittag nutzen, um sich bei den Bayerischen Motoren-Werken ein neues Auto zu kaufen, in dem er die Familie unterbringen konnte. Er hatte mich gebeten, ihn zu begleiten.

Auf dem Flug nach München – wir waren allein – machte Tropa sich Luft über den amerikanischen Kameramann: »Dieser Idiot. Am liebsten hätte ich einen Looping gemacht und ihn mit seiner Kamera hinausgeschüttelt wie einen Maikäfer. *›Closer!‹* schrie er mir dauernd ins Ohr, *›closer!‹* Als wäre der Kirchturm aus Pappe. Ich sage dir, das ist der Typ, der würde einen umbringen, nur damit er einen echten Toten fotografieren kann. Für die Kreuzigung müsse er sich einen Trick einfallen lassen, hat er gesagt, damit der Darsteller auch wirklich tot dorthängt am Kreuz. *›To kill somebody‹*, das waren seine Worte.«

Die Passionsspiele dauerten von Mai bis September. Wir hatten uns viel versprochen von diesen fünf Monaten. Wir machten die Flüge München – Oberammergau – München zu Spottpreisen. Die Masse wird's bringen, dachten wir.

Schon jetzt, nach zwei Monaten, stand fest, wir hatten uns verkalkuliert. Die Leute, die das Flugzeug nahmen, hätten auch mehr gezahlt; die anderen, für die unsere niedrigen Tarife gedacht waren, flogen nicht, sondern setzten sich in den Zug oder in den Bus.

Wenn wir trotzdem mit einem blauen Auge herauskamen, verdankten wir das dem amerikanischen Filmteam. Sie machten eine ganze Serie von Kulturfilmen für das deutsch-amerikanische Kinopublikum, und blieben bis zum Herbst. Der Produzent, den Hans Tropa vor Jahren bei seiner Amerikatournee als Kunstflieger kennengelernt hatte, war mit uns einen Pauschalvertrag eingegangen. Das brachte uns zwar ins Gedränge mit dem normalen Flugplan, aber es bedeutete sicheres Geld.

Die vergangenen heißen Tage hatten das Gras auf dem Oberwiesenfeld graubraun verbrannt. Auch heute stach die Sonne erbarmungslos. Die Fensterfront des neuen Flughafengebäudes funkelte hell. Die Aussichtsterrasse war fast menschenleer. Nur zwei Frauen mit weißen Sonnenschirmen standen dort.

Während des Anflugs sagte Hans Tropa: »Weißt du noch, wie es hier aussah, als wir anfingen vor drei Jahren? Diese elenden Bretterbuden, und jetzt! Nobel geht die Welt zugrunde.«

»Schade, daß sie zu geizig waren und auf die Glaskuppel verzichtet haben, die der Architekt wollte.«

»Eine Glaskuppel auf einem Flughafengebäude, das ist doch Quatsch. Am Schluß brummt einer rein.«

»Niemand brummt rein. Die Kuppel wäre beleuchtet gewesen, außen und innen, völlig losgelöst vom Unterbau, eine Welt für sich.«

»Du bist und bleibst ein Träumer.«

Holpernd rollten wir aus, und Hans Tropa steuerte die Maschine zu der fünfzig Meter breiten Betonbahn, die vom Landeplatz zu den Hallen führte.

Er schob die Brille auf die Stirn »Vierzehn Minuten! Ich habe meinen eigenen Rekord um eine halbe Minute unterboten.« Er tätschelte das Cockpit der F 13. »Gut gemacht!«

Nachdem er in der Baracke die Fliegermontur gegen einen hellen Straßenanzug vertauscht hatte, fuhren wir zu den Bayerischen Motoren-Werken.

»Maxi hat sich einen Dixi in den Kopf gesetzt. Seit Wochen bohrt sie. Sie macht den Amilcar schlecht, das sei nur eine Sardinenbüchse. Wir brauchen was Größeres, das ist klar. Im Oktober kommt das nächste Kind, dann sind wir zu viert. Aber wieso ausgerechnet einen Dixi? Manchmal habe ich sie im Verdacht, sie will mich zu einem braven, sparsamen Menschen erziehen.«

Ich sah ihn von der Seite an und dachte, zum Teil hat sie's geschafft. Er trug das Haar kürzer als früher und immer straff an den Kopf gebürstet. Seine Anzüge waren stets sauber und gebügelt, aber es waren immer dieselben zwei Anzüge seit zwei Jahren, winters wie sommers. An seine wilde Junggesellenzeit erinnerten nur die selbstgebundene Fliege, rosa und türkis kariert, die wie ein dicker, frecher Schmetterling an seinem Hals saß, und der helle, weiche Filzhut, der verwegen auf seinem Kopf saß, etwas nach hinten gerutscht, bereit, bei nächster Gelegenheit davonzufliegen.

In dem Ausstellungsraum bei den Bayerischen Motoren-Werken standen ein roter BMW-Dixi und einige Motorräder. Hans Tropa hörte sich das Loblied des Verkäufers auf den Dixi an und bat dann um eine Probefahrt.

Die Motoren-Werke hatten auf dem Werksgelände eine eigene betonierte Rennbahn zum Testen und Einfahren. Tropa saß still auf dem Beifahrersitz, während der Verkäufer uns den Wagen vorführte. Nach einer Runde winkte er bereits ab. »Das genügt.« Der Verkäufer ließ uns aussteigen. »Am besten, ich komme mal mit meiner Frau heraus«, sagte Hans Tropa. »Sie will das Auto . . .«

Im Schatten der Boxen standen zwei Motorräder; ein Mechaniker kniete daneben.

»Sind das die neuen Siebenhundertfünfziger?« fragte Hans Tropa den Verkäufer.

»Ja. Sind Sie interessiert?«

»Und ob!« Hans Tropa nahm mich am Arm. »Komm, die schauen wir uns an! Das erste Motorrad mit siebenhundertfünfzig Kubik, tolle Sache! Typisch Max Fritz, ein alter Flugzeugmann, hat schon Flugzeugmotoren konstruiert.«

Der Verkäufer, der merkte, daß Tropa etwas verstand von der Sache, begann eifrig zu erklären: »Achtzehn PS, querliegender Boxermotor, auch das ist neu, luftgekühlt, Kardanantrieb, Kardanbremse, Dreiganggetriebe, BMW-Zweischiebervergaser.«

Hans Tropa stellte sich mit gegrätschten Beinen über die Maschine. »Darf ich mal?« fragte er und drehte am Gas: Ein dunkles Aufheulen, rrrrm, rrrrm, rrrrm. Hans Tropa lauschte. »Schöner Ton. Was ist, machst du mit? Drehn wir ein paar Runden?«

»Ich bin dabei.« Schon saß ich auf der anderen Maschine.

Der Verkäufer schien besorgt. »Sie kennen sich aus?«

»Wir haben beide den Flugschein«, beruhigte ihn Hans Tropa. »Wir machen keine Dummheiten, wir drehn ganz gemütlich ein paar Runden.«

Vor uns lag die helle Betonbahn, die das Sonnenlicht blendend zurückwarf. Ich setzte meine Kreissäge tiefer in die Stirn. Hans Tropa startete zuerst. Rrrrm, rrrrm, rrrrm. Er fuhr behutsam an, rrrrm, rrrrm, rrrrm.

Dann startete ich. Bein Gasgeben im Stand dröhnte die Maschine wie ein Flugzeug, nur daß man die Kraft in den Händen spürte, im ganzen Körper. Hans Tropa fuhr gemütlich vor mir her, ging gemütlich in die Kurve, blickte sich um nach mir.

Er beschleunigte, und das Geräusch des Motors wurde höher. Auch ich legte zu, holte ihn ein. Eine Weile fuhren wir nebeneinander her. »Maxi steht kopf, wenn ich mit dem Ding heimkomme.«

Wir fuhren weiter, einmal war ich vorne, einmal er, zwei Jungen, die ihr erstes Fahrrad haben und nie mehr absteigen wollen. Dazwischen mal ein kleiner Spurt. Ich lag vorne, Hans Tropa hinter mir drehte auf. Das Rennfieber erwachte in mir. Ich schaute nach ihm um und brüllte: »Revanche!«

»Revanche!« kam es zurück.

In der Kurve riß mir der Wind den Hut vom Kopf. Von dem Moment an ging alles ganz schnell. Ich sah, wie der Hut über die Rennbahn hinaus in die angrenzende Wiese flog. Dann sah ich Hans Tropa. Er lenkte seine Maschine aus der Betonbahn. Mit einem weiten Satz sprang sie über den Rand in die Wiese. Er wollte den Hut einfangen.

Die schwere Maschine war nicht geeignet für den unebenen Boden der Wiese. Sie bockte, sprang, bäumte sich auf. Halb aufgerichtet stand Hans Tropa auf den Pedalen wie ein

Reiter, der über ein Hindernis geht. Die schwere Maschine hing in der Luft, kippte plötzlich nach vorne. Hans Tropa stürzte mit gestrecktem Körper, mit dem Kopf voraus.

Er lag auf dem Rücken in dem graubraun verbrannten Gras, das Gesicht dem Himmel zugewandt, die Augen halb offen, die Lider leicht angespannt, als visiere er oben am Himmel etwas an. Auf seinen Lippen schwebte ein stummes »Revanche«.

Ich kniete neben ihm, befühlte ihn. »Hast du dich verletzt?«

Gleich kommt er wieder zu sich, sagte ich mir. »Hans!« Ich zog die Fliege an seinem Hals auf, öffnete das Hemd. »Das war auch verrückt von dir, dem blöden Hut hinterherzufahren.«

»Er ist bewußtlos«, sagte ich zum Werksarzt, der mit einem Sanitäter und einer Bahre gekommen war.

Der Werksarzt stellte den Tod fest. Genickbruch.

Sie legten Hans Tropa auf die Bahre und trugen ihn weg. Über der Rennbahn flirrte die Sonne. Ein Mechaniker rollte die Maschine, auf der Tropa gefahren war, weg. Meine Maschine stand noch auf der Betonpiste.

Hans Tropa war tot.

Jemand gab mir meinen Strohhut in die Hand. Ich schaute ihn an. Ich schleuderte ihn weit in die Wiese zurück.

26

Den linken Arm in der Hüfte, die rechte Hand mit der Kastagnette über dem Kopf, so stand Flo unter der Tür. Die Kastagnetten klapperten leise, die Volants des rotweiß getupften Flamencokleids bewegten sich.

»Räumt die Möbel an die Wand!« rief sie uns zu. »Ich brauche Platz! Und weg mit dem Teppich! Auf einem Teppich kann ich nicht Flamenco tanzen.«

Jo Klyde erhob sich schwerfällig aus seiner Ecke, ein leeres Whiskyglas in der Hand. »Die Party ist vorbei, meine Liebe. Du gehörst ins Bett.«

Das Klappern der Kastagnetten in Flos Händen wurde lauter. Mit den Füßen stampfte sie einen kurzen, drohenden *zappateado* auf die Holzschwelle der Tür. »Ich will Flamenco tanzen.«

Jo Klyde packte den Tisch und trug ihn an die Wand. Ich schlug den Teppich zurück. Antoinette, die einen Moment verschwunden war, kam zurück und wechselte einen befremdeten Blick mit mir.

Unten auf der Prannerstraße stand der Hispano mit unserem Gepäck, bereit zur Abfahrt nach Le Havre. Wir wollten die Nacht durchfahren. Es wurde Zeit, Abschied zu nehmen und die kleine Abschiedsparty zu beenden. Aber wo Flo war, ging es nie programmgemäß zu. Sie drehte in München einen Film, in dem sie eine Flamencotänzerin spielte. Ohne sie wäre unsere Party vielleicht etwas melancholisch geworden, doch jetzt drohte das Gegenteil.

»Olé!« Ihre Absätze knallten auf das Parkett. *»Olé!«* Der Flamencosänger, den sie mitgebracht hatte und der dösend auf dem Sofa saß, erwachte, blickte sich um, als wisse er nicht, wo er war.

»José!« rief Flo ihm zu. »Komm her, tanz mit mir!«

Der Mann, ein dunkelhäutiger Andalusier mit einem maurischen Kopf und einer schmalen Tänzergestalt, erhob sich. Langsam und würdevoll, mit todernstem Gesicht, trat er neben Flo.

Er klatschte in die Hände, und Flo tanzte, zuerst verhalten, dann immer wilder. »José! Tanz einen *zappateado*!«

Auch José begann zu tanzen.

Der Boden zitterte. Die Gläser auf dem Tisch klirrten. Ein Erdbeben schien das Haus zu erschüttern.

An der Wohnungstür klingelte es. Der Mann, der die Parterrewohnung unter mir hatte, stand draußen. »Was fällt Ihnen ein!« schrie er los. »Das Haus stürzt ein. Das ist Ruhestörung. Wenn Sie nicht sofort Schluß machen, hole ich die Polizei!«

Ich versuchte, ihn zu beruhigen, und wahrscheinlich wäre mir das auch gelungen, da stand Flo neben mir. »Was ist los, Opa?« rief sie so laut, daß es durchs Stiegenhaus schallte. Sie griff nach seiner Hand. »Komm rein, Opa! Mach mit, Opa!«

Der Mann riß sich los. »Gesindel! Gesindel!« schrie er wütend.

Flo kehrte in die Wohnung zurück, als wäre nichts geschehen, und begann wieder zu tanzen, noch wilder als vorher.

Jo Klyde unternahm nichts, und ich unternahm nichts. Wir wußten beide: Man mußte sie einfach lassen.

Wieder klingelte es an der Wohnungstür. Diesmal stand die Polizei draußen, zwei Streifenbeamte. Einer blieb an der Tür, den Schlagstock in der Hand, der andere kam in die Wohnung.

»Razzia!« schrie Flo und wich an die Wand zurück. »Razzia!«

Der Streifenbeamte fragte barsch nach dem Inhaber der Wohnung, verlangte die Papiere der Anwesenden zu sehen.

So laut es vorher auch zugegangen war, jetzt herrschte Stille. Selbst Flo benahm sich nüchtern und höflich, so schien es. Der Streifenbeamte gab uns eine Ermahnung und wollte sich verabschieden, da tippte Flo ihm auf die Schulter. »Herr Wachtmeister, Sie ham wat vajessen«, sagte sie im Berliner Jargon. Sie hielt ihm den Schlagstock hin. Er fuhr herum, griff an seinen Gürtel, fand dort den Halter leer.

Er lief rot an. »Jetzt reicht's! Das ist Widerstand gegen die Staatsgewalt. Sie kommen alle mit!« Er gab seinem Kollegen einen Wink. »Aufs Revier. Alle aufs Revier.«

Ein Beamter nahm dort unsere Personalien auf, ein anderer tippte das Protokoll. Zuletzt kam Jo Klyde an die Reihe. »Buchstabieren Sie! Beruf?«

»Industrieller.«

Der Beamte sah auf. »Industrieller, das ist kein Beruf.«

Unter Androhung einer Strafverfolgung wegen nächtlicher Ruhestörung, erschwert durch Auflehnung gegen die Staatsgewalt, ließ man uns laufen.

Auf der Straße begannen wir alle zu lachen, nur leise, für uns, still, jeder für sich.

Am Promenadeplatz angelangt, trennten wir uns. »Bis bald!« sagten unsere Freunde. Die Episode mit der Polizei hatte sie vergessen lassen, daß es bei uns ein Abschied auf längere Zeit war. Wir erinnerten sie nicht daran. Für Antoinette und mich war es kein Abschied. Für uns war es ein Beginn.

*

Antoinette schlief hinten im Wagen unter einer Decke. Ich fuhr sie durch das nächtliche Land und kam mir wie ein siegreicher Entführer vor.

Vielleicht würde ich diese Straßen, diese Dörfer nie mehr sehen. Vielleicht würde ich meine Junggesellenwohnung in der Prannerstraße nie mehr sehen. Wer weiß.

Der Tod von Hans Tropa hatte mir gezeigt, daß der nächste Augenblick der letzte sein konnte.

Die Fluggesellschaft war liquidiert. Mit Verlust, was nach dem großen Börsenkrach von 1929 nicht anders zu erwarten war. Tropa senior hatte bei der Abwicklung stoische Ruhe bewahrt, obwohl es eine beträchtliche Summe war, die er verlor. Für mein Treuhandbüro hatte ich einen Vertreter gefunden.

Ich hatte gewählt. Ich ging mit Antoinette nach Amerika. Ich wußte, das ist keine Ferienreise. Unsere Geschichte war im Lauf der Zeit auf diesen Punkt zugetrieben, wo es uns nicht mehr genügte, eine Halbjahresehe zu führen. Wir wollten jetzt ein gemeinsames Leben haben.

Der nächste Augenblick gehörte uns. Übergossen von Mondlicht, breiteten sich die Hügel und Täler der Schwäbischen Alb vor mir aus. An einer Bahnschranke mußte ich halten. Ich setzte den Wagen weit zurück, damit Antoinette nicht vom Rattern des Zugs geweckt würde, und stieg aus. Ich atmete die Nachtluft, machte ein paar Schritte. Ein Güterzug rollte vorbei, füllte die Stille mit seinem monotonen Rhythmus. Dann kehrte wieder Stille ein. Als ich ins Auto stieg, kam von hinten Antoinettes Stimme: »Ist das der Mond«, fragte sie, »der hereinschaut?«

»Ja.«

»Sind wir auf dem Schiff?«

»Ja.«

»Drum. So hell scheint der Mond nur auf dem Meer.«

Dann schlief sie wieder ein.

*

Die »Ile de France« war bereit zum Auslaufen. Auf den Decks ertönte zum drittenmal der Gong, der bedeutete, daß die Begleitpersonen nun das Schiff verlassen und an Land gehen mußten. Gleich würden die Schiffsjungen ausschwärmen und rufen: *»All ashore who is going ashore.«*

Ich stand mit Antoinette auf dem Promenadendeck. Der Herbsttag war leicht verschleiert, das Meer von einer sanften Brise onduliert.

»All ashore who is going ashore!« Hell klangen die Stimmen der Schiffsjungen über die Decks. Die Gangway wurde eingeholt, die Taue wurden gelöst, die Anker gelichtet.

Die Motoren des Schiffs liefen schon die ganze Zeit, aber jetzt wurden sie lauter. Vom Lotsenschiff kam das Zeichen zur Abfahrt. Die »Ile de France« legte ab.

Die winkenden Menschen am Pier wurden kleiner, Le Havre wich zurück, verhüllte sich in goldfarbene Schleier. Ruhig glitt das Schiff aus dem Hafen in das klare, tiefblaue Wasser des Atlantiks.

»Wir haben die Luftballons vergessen«, sagte Antoinette.

»Sie liegen im Auto. Wir lassen sie fliegen, sobald wir kein Land mehr sehen.«

August 1958

27

Die Pumps waren grün und hatten hohe Bleistiftabsätze, wie es sich 1958 gehörte. Grüne Schuhe, was für ein Leichtsinn!

Ich war leichtsinnig am diesem 4. August, weiß der Himmel! Ich behielt die Schuhe gleich an. Die ausgedienten schwarzen Ballerinas, von der Verkäuferin liebevoll in Seidenpapier und eine Tüte verpackt, ließ ich auf der Hauptpost unauffällig in einem der großen Papierkörbe verschwinden.

Mit Geld in der Tasche hatte ich an diesem Vormittag Stück für Stück ausgetauscht: die Unterwäsche, das Kleid, die Handtasche. Das Neue für mich, das Alte in den nächsten großen Papierkorb auf dem nächsten Postamt, wohlverpackt, versteht sich, und so unauffällig wie möglich.

Die grünen Schuhe vollbrachten das Wunder, daß mir die bescheidenen Dinge großartig erschienen, daß die nachtblaue Kunstseide meines Kleids plötzlich das Feuer echter Seide hatte. In den grünen Schuhen wandelte ich auf dem Pfad des Leichtsinns dahin. Was kümmerte es mich, daß die Pumps eng waren, daß sie schon jetzt, nach ein paar hundert Metern, empfindlich drückten.

In den Schaufenstern begleitete mich mein Schatten, und Schatten sind nie leichtsinnig, nicht einmal, wenn ihr Urheber grüne Schuhe an den Füßen hat. Mein Schatten mahnte: Du solltest ins Germanistische Seminar und an deiner Dissertation arbeiten. Du solltest sparsam sein. – Gut, gut, lieber Schatten. Morgen sitze ich wieder über den Büchern, morgen bin ich wieder sparsam. Morgen bin ich wieder die Brave, heute nicht, heute bin ich leichtsinnig.

Die Haken meiner grünen Schuhe machten taktak, taktak. Die Männer reagierten auf das taktak, taktak. Sie schauten mir auf die Beine: *olàlà!* Sie schauten mir ins Gesicht: *olàlà!*

Bei der Oper überquerte ich die Maximilianstraße. Drüben hatte ich etwas entdeckt, ein silbergraues Auto, ein Kabriolet mit roten Lederpolstern. Ein Alfa Romeo Villa d'Este, Pavelinos Auto. In München, auf der Maximilianstraße, und ich hatte gedacht, er sei irgendwo im Süden oder noch weiter, in einem anderen Land, in einem anderen Leben.

Der Alfa Romeo Villa d'Este stand vor dem Herrengeschäft Kielleuthner. Die Schaufenster dienten nicht nur als Auslage, sondern waren vor allem Schaufenster ins Innere des Geschäfts. Nur ein Kunde stand im Laden, ein Herr im weißen Sommeranzug, wer anders als Pavelino.

Jener Abend in seinem Haus in der Mandlstraße, an dem er mir aus seinem Leben erzählt hatte, war in meiner Erinnerung so gegenwärtig, als hätte ich das selbst erlebt.

Eine Fortsetzung fand dieser Abend nicht. So diplomatisch ich es auch anzustellen glaubte, ihn zum Weitererzählen zu bewegen, er wich aus: »Nach Le Havre? Mein Gott, da gibt's nicht viel zu erzählen. Im Leben ist es wie im Kino. Wenn sich das Paar hat, ist der Film zu Ende. Die Münchner Zeit war eine Kinoromanze. Was folgte, war ein glückliches Leben, und das ist nicht erzählbar. Ein glückliches Leben besteht aus kleinen, alltäglichen Dingen, eigentlich aus all dem, was im Kino und in den Romanen weggelassen wird.«

Pavelino stand halb abgewandt im Geschäft und sprach mit jemandem, den ich nicht sah. War er in Begleitung einer Frau? Ich trat vom Schaufenster zurück und inspizierte das

Auto auf weibliche Accessoires, aber ich konnte nichts entdecken.

Ich wartete, spazierte in meinen grünen Schuhen neben dem Auto auf und ab. Taktak, taktak. Das Geräusch paßte zu meiner Stimmung: *olàlà!*

Pavelino kam mit einer großen Tüte aus dem Geschäft, allein, in Gedanken. Doch die grünen Schuhe übersah er nicht. Sein Blick wanderte aufwärts. Ich ließ ihm Zeit, ich kam ihm nicht entgegen, ich stand nur da.

»Hallo . . . das ist . . . Sie hier!« Er schien erfreut, verwirrt.

»Ich habe Ihr Auto stehen sehn.«

»Sie sind ganz anders, wie verwandelt. Ist das der Sommer?«

»Vielleicht sind es die grünen Schuhe.«

»Eben gekauft?«

»Grün ist der Leichtsinn.«

»Alle Leute sind in den Ferien, Sie nicht?«

»Ich sitze über den Büchern und verdumme.«

Er legte die Tüte ins Auto. »Kommen Sie, trinken wir was!«

Ein paar Schritte weiter befand sich ein Café. Auf der Theke standen eine Sangria-Bowle und eine Pimm's-Bowle. Ich kannte weder Sangria noch Pimm's und fragte Pavelino, was er mir empfehle.

»Sangria«, sagte er ohne zu zögern.

»Und warum nicht Pimm's?«

»Wenn es schon Ihr erster Pimm's ist, dann sollte es ein richtiger sein.«

»Und wo gibt es den richtigen Pimm's?«

»Auf die Gefahr hin, daß Sie mich für komisch halten, ich trinke Pimm's nur in einer Bar am Hafen von Portofino. Vielleicht mache ich heute den Umweg, bevor ich nach Antibes fahre.«

»Das heißt, Sie reisen ab?«

»Ja, eigentlich wäre ich schon unterwegs, aber ich mußte noch ein paar Sommersachen bei Kielleuthner abholen.«

Immer reist er ab, dachte ich. Er taucht auf und verschwindet wieder. Er ist wie Quecksilber. Bevor man ihn berühren kann, löst er sich auf.

»Sie haben Ihr Haus in der Mandlstraße verkauft?« fragte ich.

»Ja, Gott sei Dank! Ich dachte, ich würde es vermissen, aber ich bin nur erleichtert.«

»Wo sind die restlichen Bücher jetzt?«

»Im Haus in Antibes.«

»Und das Bild von Antoinette?«

»Hängt in meinem Apartment in New York. Jetzt wissen Sie alles von mir. Und Sie, ich frage Sie nochmals, warum sind Sie nicht in den Ferien? Oder waren Sie schon?«

»Ich mache keine Ferien in diesem Jahr.«

»Und Ihr Freund, ich meine der junge Mann, der Sie abends manchmal in der Mandlstraße mit dem Auto abholte? Sie sehen, Frau Keller hat mich gut informiert. Macht der junge Mann auch keine Ferien?«

»Jean-Didier? Doch, er ist mit Freunden auf einer Campingtour durch Nordafrika.«

»Sie sind nicht fürs Campen?«

»So ist es. Ich bin kein Kumpel. Ich bin ungesellig, leidenschaftlich ungesellig, nicht geeignet zum Leben in der Gruppe.«

Er sah mich aufmerksam an. »Ein asoziales Element.«

Wir lachten beide.

Nach einer Pause sagte ich: »Wie lange fahren Sie von München nach Antibes?«

Er schaute auf die Uhr. »Jetzt geht es auf zwölf. Wenn ich in einem durchfahre, zehn Stunden. Wenn ich den Umweg über Portofino mache, um dort einen Pimm's zu trinken, dauert es länger. Dann bin ich erst nach Mitternacht in Antibes.«

»Was ist das eigentlich, so ein Pimm's?«

»Die Basis ist eine Art Whisky, eben Pimm's. Dazu kommt Ginger Ale, eine Scheibe Orange, eine Scheibe Zitrone, ein Stück Gurke mit der Schale, eine Maraschinokirsche, Eis, leicht gestoßen, und im gestoßenen Eis eingepflanzt ein Schößling frischer Minze.«

»Und wie schmeckt das Ganze?«

»Schwer zu beschreiben, wie alle wirklich guten Dinge.« Sein Blick ging hinaus auf die Straße. »Schade, ich hätte Sie gerne zu einem Pimm's eingeladen.«

»Dann tun Sie's doch, laden Sie mich ein.« Ich sagte es ein bißchen zu laut, zumindest schien es mir so.

»Sie sind leichtsinnig.«

Wir sahen uns an.

»Nur an einem Tag im Jahr, und dieser Tag ist heute. Das sehen Sie schon an den grünen Schuhen.«

»Wenn es so ist, lade ich Sie auf der Stelle zu einem Pimm's ein.«

»In Portofino?«

»In Portofino.«

»Jetzt sind Sie der Leichtsinnige.«

»Wenn schon ... In meinem Alter ist das die einzige Chance.« Er winkte dem Kellner und bezahlte. Dann gingen wir zum Auto. »Sie wohnen in der Loristraße, nicht wahr?« Ich nickte überrascht, daß er sich das gemerkt hatte.

Als er mich in der Loristraße absetzte, sagte er: »Sie sollten etwas mehr mitnehmen als nur den Reisepaß. Mein Haus in Antibes ist nicht groß, aber ich kann Ihnen ein Gästezimmer anbieten, wo Sie ganz für sich sind, einen Garten, das Meer, nicht zu vergessen meine Bibliothek.«

Er stockte, suchte nach Worten. »Was mich betrifft, ich stehe Ihnen jederzeit als Chauffeur zur Verfügung. Was Sie betrifft, so sind Sie in keiner Weise verpflichtet, gesellig zu sein . . . Das war's, was ich Ihnen sagen wollte, als Postscriptum zu meiner Pimm's-Einladung.«

Nach seiner kleinen Rede wußten wir beide sekundenlang nicht weiter. Schließlich sagte ich: »Also, dann nehme ich etwas mehr mit als nur den Reisepaß.«

»Soll ich Ihnen beim Packen helfen? Darin bin ich gut.«

»Danke, ich hab' nicht viel. In zehn Minuten können wir fahren.«

Meinen Eltern, die beide außer Haus waren, schrieb ich einen Zettel: »Verreise für ein paar Tage an die Riviera. In Liebe, Eure leichtsinnige Tochter.« Sie würden erstaunt sein, sie würden Spekulationen anstellen und mit elterlicher Liebe vor sich hingrollen, daß sie, denen es vor allen anderen zustünde, alles über mich zu wissen, wieder einmal diejenigen waren, die im dunkeln tappten.

Die zehn Minuten waren um. Ich hatte gepackt und den Zettel geschrieben. Jetzt noch ins Bad, vor den Spiegel, eigentlich nur, um mich von meinem Spiegelbild genauso geheimnisvoll zu verabschieden wie von meinen Eltern: Die nächsten Tage siehst du mich nicht. Ich verreise. Einfach so . . .

Jetzt noch das Parfüm. Blue grass, das ist der Duft von Sommer und Leichtsinn.

Zwölf Minuten waren um, als ich mit meinem Koffer aus dem Haus trat und in sein Auto stieg. Ich lehnte mich zurück, streckte die Beine aus und ließ die grünen Schuhe im Schatten unterm Handschuhfach verschwinden. Ich hätte keinen Schritt weiter tun können, so weh taten sie mir.

*

In Lindau tranken wir im Strandrestaurant einen Kaffee, und Pavelino fragte mich, ob ich den Ausflug schon bereue. »So ein leichtsinniger Tag dauert manchmal nur ein paar Stunden. Der Leichtsinn ist wie das Wetter, manchmal nur ein Zwischenhoch.«

Ich lachte.

Aber er sagte: »Ich meine es ernst.«

»Gut, dann habe ich eine Bitte. Fragen Sie mich in den nächsten Tagen immer so um diese Zeit, wie es steht mit meinem Zwischenhoch.«

»Da habe ich mir was eingehandelt. Ich werde jeden Tag fürchten, der Wetterbericht lautet schlecht.«

Am Bodensee war der Sommer hell und üppig. Er hatte den Duft von Rosenkonfekt. Später, auf dem Weg nach Chur, nahm ein anderer Sommer uns auf, ein Sommer mit dunkleren Farben. Die Berge waren bläulich von Tannen und warfen bläuliche Schatten ins Tal. Wildbäche bahnten sich den Weg aus den Höhen und brachten den würzigen Hauch von Eisen mit.

Wir fuhren nicht mehr weit an diesem Tag, nur bis Chur, und übernachteten dort im »Sternen« mitten in der Altstadt.

Nach dem Abendessen in der »Arvenstube« des Hotels machten wir noch einen Spaziergang; dann sagten wir uns gute Nacht, und jeder ging auf sein Zimmer.

Am nächsten Morgen ging es über den Julier und den Maloja nach Italien. Der Sommer am Comer See war der Sommer, wie ich ihn bis dahin nur aus Märchen kannte. Der üppige, verschwenderische, unwiderstehliche Sommer des Südens, mit saftigem Laub und grünem Gras, das der Wind wiegte und seidig schimmern ließ, ein Sommer, der alle Farben neu erfindet, das Lila, das Blau und das Gelb.

Die Teerosen im Garten der Villa d'Este. Am Morgen erblüht, von der Sonne durchschienen, umrahmt von einem

Laubwerk, das in seinem rötlichen Braun die Farbe der Blüten dramatisierte, mit Dornen, rot wie polierte Korallenzähne.

Die Teerosen im Garten der Villa d'Este. Am Morgen duften sie nach Aprikosen, am Mittag nach Vanille und am Abend nach einer sehr feinen Zigarre. Sie duften nach allem, nach Zimt, nach Weihrauch, nur nicht nach Rosen.

Auch an diesem Tag kamen wir nicht weit. Wir blieben am Comer See. Bis tief in den Abend saßen wir im Freien und am Wasser. In der Bar der Villa d'Este wurde Pimm's serviert. Wir bestellten Rotwein. Pavelino brachte mich zu meiner Zimmertür. »Schlafen Sie gut!«

Von Genua blieb mir die Erinnerung an einen Salat aus rohen Pilzen und Fenchel, bei Mario. Der bloße Gedanke daran weckt in mir den Wunsch, daß diese Pilze meine letzte Speise sein mögen, wenn es zu Ende geht mit mir, daß dieses Aroma von Wald und Erde mich auf meiner letzten Reise begleiten möge.

»Wo ist das Meer?« fragte ich Pavelino.

»Kein Problem.« Wir fuhren mit dem Lift auf die Dachterrasse des »Crata Cielo.«

»Da ist das Meer!« Pavelino machte eine weite Geste.

»Und wo ist Portofino?«

Er deutete nach links.

»Heute?« fragte ich.

Er zögerte. »Ich bin nur der Chauffeur, aber ich würde Portofino gerne aufheben für später.«

Ich konnte seine Augen nicht sehen, die Sonnenbrille war zu dunkel. Was meinte er mit »später«? Er gab mir die Antwort, ohne daß ich fragen mußte.

»Ich bin ein komischer Mensch«, sagte er. »Wenn es mir gutgeht, denke ich, irgendwann ist es aus, das Zwischenhoch. Also lege ich einen kleinen Vorrat von Glück an, um damit selber mal ein Hoch zaubern zu können, zum Beispiel Portofino.« Ohne zu zögern fuhr er fort: »Sie reisen mit einem älteren Herrn, und ältere Herren haben Allüren, sind auch mal etwas kompliziert. Sagen Sie ehrlich, würden Sie diese Reise nicht lieber mit einem Zwanzigjährigen machen?«

Mir lag eine nichtssagende Bemerkung auf der Zunge: Jung bin ich selber, oder so etwas Ähnliches, aber ich fühlte, er wollte eine ernste Antwort.

»Es gibt eine Geschichte aus meiner Kindheit, die mein Vater mir immer wieder erzählt. Ich war so drei oder vier Jahre alt, da fragte ich eines Tages meinen Vater: ›Werden aus den Buben später mal Herren?‹ «

Pavelino lächelte. *»Se non è vero, è ben trovato.* Aber ich habe nicht gefragt, um eine Schmeichelei zu hören, so gut es auch tut. Ich wollte wissen, wie ist es mit einem älteren, etwas umständlichen Mann für ein junges Mädchen wie Sie?«

»Schmeicheleien wollen Sie nicht hören, wie soll ich's dann sagen? Die jungen Männer von heute sind eben nur junge Männer. Sie wollen keine Herren sein. Um Gottes willen! Einer Frau die Tür aufmachen und all das altmodische Zeug.«

»Und?« fragte er weiter.

»Die jungen Männer haben es schrecklich eilig. Immer gleich Nägel mit Köpfen. Immer gleich was Festes, eine wilde Ehe oder eine legale. Einfach so, ohne daß sie das Mädchen richtig kennen. Aus dem Stand geworben wird nicht mehr. Dabei könnte man etwas von seiner Männlichkeit einbüßen. Eine Frau nach Portofino einladen zu einem Pimm's, das gibt's nicht unter den jungen Männern von heute.«

Er hatte die Sonnenbrille abgenommen. »Ich frage mich, vielleicht liegt es an den Frauen. Ein gescheiter Mann hat mal behauptet, die Männer wären immer so gut wie die Frauen.«

»Moment, wie war das? Ein Mann ist so gut wie die Frau? Das hieße dann, Sie haben mich nach Portofino eingeladen, weil Sie erraten haben, daß ich mir das wünsche.«

Er nickte.

»Der gescheite Mann hat recht.« Auch ich nahm meine Sonnenbrille ab. »Soll ich Ihnen verraten, wie lange ich Sie schon kenne?« Ich zögerte fortzufahren. Warum jetzt und hier? Warum auf der Dachterrasse des »Crata Cielo« in Genua, zwischen Himmel und Meer?

»Nun, wie lange kennen Sie mich schon«, sagte er leise, »ich höre.«

»Sie fuhren 1946 mit einem roten Amilcar von München nach Regensburg und trafen sich dort mit Flo Friedl. Wissen Sie noch? Es war ein Sommertag.«

»1946 . . . Regensburg . . .« Er sah mich lange an und griff dann nach meinen Händen. »Das Kind mit den Rattenschwänzen!«

»Der amerikanische Offizier!«

Er umschloß meine Hände fester, seine Augen tauchten in meine Augen.

»Und Sie haben nie einen Ton gesagt.«

»Ich wartete auf die richtige Stunde.«

»Und wenn wir uns nicht mehr getroffen hätten?«

Ein Flugzeug donnerte über die Stadt, daß die Glasfront des Wolkenkratzers erzitterte.

Als es wieder still wurde, wiederholte er seine Frage: »Wenn wir uns nicht mehr getroffen hätten, was dann?«

»Alles kommt zu dem, der warten kann.«

Er zog mich an den Händen näher zu sich. »Alles kommt zu dem, der warten kann . . . Das kann nur eine Frau sagen.«

28

Das Haus war ein ebenerdiger Bau im provencalischen Stil, dunkelrosa getüncht, mit weißen Sprossenfenstern. Es bestand aus einem Haupt- und einem Nebentrakt, beide von Terrassen flankiert, und folgte dem sanften Bogen des alten Weinbergs, auf dem es stand.

Von der Straße aus sah man nur das Dach, denn eine hohe Thujahecke friedete das Grundstück ein.

Der Weg zur Garage führte durch Bougainville und Hibiskus; auf der rötlichen Erde lagen Blüten, Opfer der weißen Sonne, die mit ihrem weißen Feuer die ganze Natur betäubte.

Nach der Fahrt von Genua auf der glühenden Straße waren auch wir betäubt.

Schatten! Wo ist ein Winkel mit Schatten, sonst werde ich blind!

»Dort ist das Meer«, hörte ich Pavelino hinter mir sagen. »Ein paar Schritte, und du bist am Meer, nur den Weinberg hinunter.«

»Das Meer soll warten. Gib mir einen Winkel mit Schatten!«

»Du kannst ein ganzes Haus voll Schatten haben.«

Endlich der Sonne entronnen! Endlich Schatten! Endlich kühle Steinplatten unter den Füßen!

Pavelino stellte die Koffer ab und kam zu mir. »Willkommen!« Er hielt mich an den Schultern, küßte mich auf die Wange, förmlich, zurückhaltend, nicht anders als in den vergangenen Tagen, wenn er mir den Gutenachtkuß gegeben hatte.

»Am besten, ich zeige dir zuerst das Haus.«

Eine Wohnhalle mit Kamin, weißen Leinensofas und einem Holztisch. Eine Küche, in der es nicht nach Küche roch, sondern nach den Pfirsichen, die am Spalier vor dem Fenster reiften. Sein Schlafzimmer befand sich über der Wohnhalle im flachen Giebel des Hauses mit einem großen Fenster zum Meer. Auf dem Bett lag eine Decke aus weißgeflecktem Kaninchenfell. Das Holzwerk des Daches knisterte in der Sonne; der Giebel atmete Backofenwärme.

»Wenn es so heiß ist wie heute, schlafe ich nachts im Freien«, sagte Pavelino, während er das Fenster öffnete. »Entweder auf der Terrasse oder unten am Meer in einem Kahn.«

»Keine Stechmücken?«

»Keine Stechmücken. Sie mögen die Salzluft nicht. Es gibt hier Grillen, Katzen, Schleiereulen. Still wird es erst nach Mitternacht, es sei denn, wir haben Vollmond. In Antibes, und nur in Antibes, sonst nirgends auf der Welt, sieht der Vollmond aus wie Caruso als Bajazzo, und er singt, solange er am Himmel steht.«

Mein Zimmer lag im Nebentrakt. Auf dem Weg dorthin kamen wir durch Pavelinos Büro und Fotoatelier. Das Pathé-Baby stand dort; die Wände waren mit Bildern vollgepflastert.

Während der Fahrt hatte er von seinen Söhnen erzählt. »Der ältere ist 26, er tut nichts anderes als Ski fahren. Sascha Reich, der Olympiasieger im Slalom, der Weltmeister und so weiter. In den Wintersportorten bin ich nur noch der Vater von Sascha Reich. Der Jüngere macht in Mode; im Frühjahr hat er seine erste Kollektion in New York gezeigt. Ich durfte Fotograf spielen. Wir kamen sogar in die ›Vogue‹, mit einem Verwandlungsmodell Rouge et Noir.«

Zwischen den Aufnahmen von den Söhnen hing ein Foto von Antoinette mit einem Tropenhut auf dem Kopf. »Das war in Ägypten, kurz vor ihrem Tod. Seit Jahren wollte sie an den Nil. Ich weiß nicht, warum, aber ich sabotierte es. Eine Vorahnung, was weiß ich. Zehn Jahre lang konnte ich sie davon abhalten, dann gab ich nach. Am Ende der ersten Woche bekam sie hohes Fieber. Ich wollte sofort zurück nach Kairo – wir waren im Innern des Landes –, aber sie wehrte sich vehement. Sie sagte: ›In vierundzwanzig Stunden bin ich wieder gesund. Länger als vierundzwanzig Stunden war ich nie krank.‹ Eine Woche später, als ich sie im Flugzeug zurückbrachte, war sie nur noch ein Schatten. In der Klinik in Nizza unternahmen sie das Menschenmögliche. Umsonst.«

Tita hing im Kreis ihrer gesammelten Ehemänner und der dazugehörigen Kinder. »Sie heiratet bestimmt noch ein paarmal. Es ist wie eine schlechte Gewohnheit. Natürlich will sie auch mich unentwegt verkuppeln. Mach dich drauf gefaßt, sie wird mich bei dir anpreisen wie ein Fischweib einen alten Hering. Sie tut alles, um eine Hochzeit zustande zu bringen.«

Er nahm meinen Koffer wieder auf. »So, das war genug Familiengeschichte.« Er brachte mich ins Gästezimmer, zeigte mir das Bad, den Kühlschrank und die Terrasse auf meiner Seite. Bevor er mich allein ließ, schaute er auf die Uhr. »Um fünf gibt es auf der großen Terrasse Tee.«

»Und wer weckt mich?«

»Du willst schlafen? Du kannst mitten am Tag schlafen?«

»Wenn ich jetzt nicht schlafe, bin ich abends um zehn todmüde, und das wäre schade.«

Er deutete aufs Telefon beim Bett. »Ich weck' dich kurz vor fünf Uhr.« Er sah mich an. »Vielleicht willst du länger schlafen?«

»Sicher nicht. Nur eine Stunde, dann bin ich wieder munter bis zum Morgengrauen.«

An der Tür sagte er: »Falls du etwas brauchst, du erreichst mich unter der Nummer zwölf oder vierzehn.«

»Und was habe ich für eine Nummer?«

»Sechzehn.«

Die Tür schloß sich hinter ihm, seine Schritte entfernten sich. Ich blickte mich in dem Raum um, ich trat auf die Terrasse, wich vor der Hitze zurück, schloß die Läden.

Ich war in *seinem* Haus. Ich war unter *seinem* Dach. Der Koffer auf dem Bett sagte mir, es ist Wirklichkeit. Mein Gefühl sagte, das bildest du dir alles ein. Du phantasierst dir das zusammen. Hitzehalluzinationen.

Nachdem ich gebadet hatte, stand ich vor dem Spiegel. Der Sommer begann, in mein Gesicht einzuziehen. Ich bekam Farbe, mein Haar glänzte, meine Augen . . . Was war mit den Augen los? Was hatten sie gesehen, daß sie mich so zufrieden anschauten?

Auf dem Bett lag eine Decke aus weißgeflecktem Kaninchenfell. Wie bei ihm, dachte ich. Das Fell kühlte, das Fell schmeichelte. Ich streckte mich darauf aus, schloß die Augen und schlief ein.

Als ich erwachte, brauchte ich Sekunden, bis ich mich zurechtfand. Ein fremder Raum, ein fremdes Bett. Auf dem rötlichen Steinboden neben dem Bett lagen die grünen Schuhe.

Er hatte auf der großen Terrasse den Teetisch gedeckt. Im Haus lief ein Radio. Ich ging dem Geräusch nach und fand Pavelino in der Küche.

»Schon auf? In fünf Minuten hätte ich dich geweckt, allerdings mit schlechtem Gewissen. Vielleicht magst du keinen Tee um diese Zeit. Vielleicht bist du lieber allein . . .«

»Alles in Ordnung.«

Wir waren beide befangen. Das Konversations-Pingpong funktionierte nicht mehr so mühelos wie am Beginn unserer Reise. Während wir Tee tranken, sprach er von seinen Gewohnheiten. Daß er früh, sehr früh, aufstand, daß er sehr spät schlafen ging. Ich sollte mich nicht darum kümmern und mir den Tag so einrichten, wie es mir paßte, gesellig oder ungesellig, je nach Laune.

»War das die Frage nach dem Wetterbericht?«

»Ja. Und wie sieht's aus?«

»Das Zwischenhoch hält an, das heißt, ich bin gesellig.«

»Wunderbar. Dann zeige ich dir Antibes und später fahren wir nach Villefranche und essen dort zu Abend, bei ›Tante Marie‹.«

Ich sah an mir hinunter: eine gelbe Bluse, ein weißer Rock, grüne Schuhe. »Wie elegant ist es bei ›Tante Marie‹?«

Er lächelte. »In Villefranche gibt es nur einen eleganten Ort, und das ist die Yacht von Niarchos, die ›Creole‹. Sie liegt in der Bucht, fünfzig Meter lang, neun Meter breit, vierzig Mann Besatzung für sechs Gäste. Von der ›Tante Marie‹ aus siehst du sie liegen. Jeden zweiten Abend steigt eine Party. Wenn du Lust hast, gehn wir mal hin.«

»Du kennst Niarchos?«

»Um ein paar Ecken bin ich sogar verwandt mit ihm, seit Tita in die Sippschaft hineingeheiratet hat. Der im Augenblick amtierende Ehemann Nummer vier hat auch mit Tankern zu tun. Sie haben eine Villa in Monte Carlo. Wir werden sie bestimmt bald sehen. Tita gibt unentwegt kleine Feste, wohlgemerkt, nicht Parties, sondern Feste. Auf den Unterschied legt sie großen Wert.«

Wieder sah ich an mir hinunter. »Deine Freunde werden denken, was hat er da für ein Aschenputtel aufgegabelt.«

Er zündete sich eine Zigarette an. »Soll ich dir sagen, was

sie denken werden? Dieser Glückspilz! Findet auf seine alten Tage Schneewittchen persönlich.«

*

Wir standen auf der Festung von Antibes und sahen zu, wie die Sonne in die weißen Schaumwolken über dem Horizont eintauchte, wie ihr weißes Feuer erlosch und sie rötlich verglühte. Das Meer lag ruhig und zinkfarben da. Im Osten wuchs eine dunkle Wolkenwand.

Plötzlich wurde die Stille des sinkenden Tages unterbrochen. Von der Kirche, die unterhalb der Festung lag, bimmelte die kleine Glocke das Sterbegeläut.

Pavelino hob den Kopf. »Das erinnert mich jedesmal an die Pauseglocke im Alten Gymnasium in Regensburg. Wer weiß, vielleicht ist das Sterben so was wie eine große Pause. Ich habe mir eine eigene Mythologie zurechtgelegt. Ich stell' mir den Tod als schöne Frau vor, die mich ins Paradies abholt. Das ist noch nicht alles. Ich bin ein anspruchsvoller Kunde, also wünsche ich mir, daß es ein Rendezvous aus heiterem Himmel ist.« Er blickte auf das Meer hinaus. »So ungefähr wie mit uns beiden; daß ich gar nicht zum Nachdenken komme, daß ich nicht recht weiß, ist es wirklich oder ist es Kino.«

Er legte den Arm um mich. »Was rede ich da für makabres Zeug! Mach kein so ernstes Gesicht! Lach mich aus!«

Seine Worte hatten in mir etwas angerührt, daß es mich fröstelte.

Der Wetterbericht von Monte Carlo, den wir während der Autofahrt nach Villefranche hörten, sagte Gewitter für die Nacht voraus. Die dunkle Wolkenwand im Osten hatte sich ausgebreitet, nach Norden und Süden Ausläufer gebildet. Nur im Westen war es noch hell.

Als wir in der ›Tante Marie‹ zu Abend aßen, zuckten die

ersten Blitze über den Himmel. Niemand kümmerte sich darum. Liebespaare spazierten am Meer entlang, Kinder spielten auf der Straße, und von der lichtergeschmückten »Creole« klang leise Tanzmusik herüber, Samba, Rumba, dann ein langsamer Charleston.

Flo kam mir in den Sinn. »Ich weiß, du findest meine Neugier lästig, trotzdem interessiert mich, was aus Flo geworden ist.«

Er schenkte mir Wein nach. »Flo ist eine Nummer für sich. 1947 heiratete sie einen amerikanischen Diplomaten. Drei Jahre später wurde er nach Stockholm versetzt, dort begegnete sie ihrem Exehemann Jo Klyde, und was passiert? Dreimal darfst du raten. Die beiden heiraten wieder. Er hat ihr zum zweitenmal einen beidseitigen Zobelmantel geschenkt, aber das allein ist bestimmt nicht der Grund. Irgendwie passen sie zusammen . . .« Nach einer Pause sagte er: »Bitte, heute keine Fragen mehr, sonst fühle ich mich wie ein Fossil aus dem Tertiär.«

»Eine letzte Frage, dann vergessen wir das Tertiär für immer und ewig.«

»Also meinetwegen.«

»Maxi?«

»Sie ist eine Supergeschäftsfrau geworden. Der alte Tropa hat sie abgerichtet, damit sie später mal das Leihhaus übernehmen sollte, und so kam es auch. Geheiratet hat sie nicht mehr. Sie zog ihre zwei Söhne auf, und Tropa senior spielte das Familienoberhaupt und verjüngte sich dabei zusehends. So, damit schließen wir das Tertiär ab, nicht nur für heute, überhaupt, ich bitte dich! Auch schöne Erinnerungen können melancholisch machen, und in jedem Fall . . .« er zögerte, bevor er fortfuhr ». . . wir brauchen doch keine alten Geschichten, um uns zu unterhalten.«

Er schaute auf meinen Teller. »Viel ißt du nicht, oder

sparst du mal wieder für die Nachspeise? Was möchtest du gerne?«

»Walderdbeeren.«

Er lächelte. »Was machst du eigentlich im Winter, wenn es keine Walderdbeeren gibt?«

»Bratäpfel.«

»*À la française, pomme bonne femme,* mit Rosinen und Mandeln und mit Wein getränkt?«

»Nein, ich habe sie am liebsten ohne was, langsam im Rohr eines Kachelofens geschmort, nur sich selbst überlassen, im eigenen Aroma, im eigenen Saft.«

»Du machst mir Lust auf den Winter.« Wieder blitzte es, und für einen Moment flackerte das Licht im Restaurant.

»Wenn wir trocken nach Hause kommen wollen, sollten wir uns aufmachen.«

Wir schlossen das Verdeck des Alfa Romeo nicht. Wir glaubten, schneller als der Sturm zu sein. Wir kamen trokken bis Antibes, da klatschten die ersten Tropfen auf den Kühler.

»Noch fünfhundert Meter«, sagte Pavelino. »Es lohnt sich nicht mehr, das Dach zu schließen. Nimm den Schirm, der hinten liegt!« Im selben Moment entluden sich die Regenwolken und schütteten ihr Wasser über uns aus. Es gab nur noch Wasser, oben, unten, von den Seiten: Wasser. Im Nu waren wir bis auf die Haut durchnäßt. Der Wagen füllte sich mit Wasser. Wir saßen in einem Waschbottich. Als wir in der Garage die Autotüren öffneten, sprudelte es nur so heraus.

Er gab mir den Hausschlüssel und ich lief voraus. Während ich aufschloß, bildete sich ein See um meine Füße. Wenn ich triefend, wie ich war, ins Haus ging, schwamm alles.

Ein heller Blitz zischte ganz in der Nähe durchs Dunkel,

eine Salve von Donnern folgte. Dann erlosch das Licht über der Haustür.

Ich stieg aus den Schuhen, ließ die Kleider auf den Boden fallen, alle, auch das letzte Stück, und lief ins Haus. Ich stolperte, tastete mich an der Wand entlang, fand die Treppe.

Er kam mit einer Taschenlampe ins Haus. »Wo bist du?«

»Auf der Treppe.«

»Warte, ich bringe Kerzen.«

Ich tastete mich weiter und fand das Schlafzimmer. Der Regen prasselte laut auf das Dach. Aus der Dachrinne sprang eine Sturzflut.

»Wo bist du?«

Er trat mit einem Kerzenleuchter ins Schlafzimmer und stellte ihn auf der Kommode ab. »Ich hole dir ein Badetuch.«

Für eine Sekunde erhellte ein Blitz das Zimmer. Ich sah das große Bett, und im Spiegel eine nackte Frau, mich. Dann versank das Bild wieder im Dunkel, war nur noch eine schattenhafte Silhouette im flackernden Kerzenlicht.

Er legte mir das Badetuch um die Schultern. »Setz dich aufs Bett, ich trockne dein Haar.«

Er war barfuß, aber er trug einen Regenmantel.

Ich hielt seine Hände fest. »Es ist gut.« Sein Gesicht war nahe vor mir. Ein männliches Gesicht und zugleich ein sanftes Gesicht. Als Elfjährige hatte ich begonnen, dieses Gesicht zu lieben und diesen Mann zu lieben, weil eine andere ihn liebte, weil eine andere auf ihn wartete. Weil ich zusah, wie er sie in die Arme nahm. Weil sie noch am gleichen Tag die Koffer packte, in sein rot-silbernes Sportauto stieg und mit ihm verschwand.

Pavelino, der Mann, den ich zu lieben begann, lange bevor ich eine Frau war – jetzt endlich gehörte er mir.

*

Wie soll ich den nächsten Morgen beschreiben? Ein inneres Singen, ein Staunen, ein Gehen zwei Zentimeter über der Erde.

Was folgte, war ein langes Fest, ein langes einzigartiges Fest, ein Fest für zwei Personen, komponiert, instrumentiert und improvisiert vom Sommer, vom Nichtstun und von jenem Maß an Luxus, der das Glück verschönt wie der Tau, der am Morgen die Rosen netzt.

Es begann mit einem funkelnden Morgen. Auf den Steinplatten vor dem Haus lagen unsere Kleider, einträchtig nebeneinander, vom Regen durchweicht, von den Hibiskusblüten, die während der Nacht darauf verbluteten, gefärbt.

Wir hängten sie zum Trocknen auf, und sie flatterten im Wind wie die Flaggen anderer Planeten, deren Namen nur uns bekannt waren: Enthusiasmo, Fantasia, Anatolie, Farfalla, Paradiso.

Wir frühstückten bei »Senequier« am Hafen von St. Tropez. Wir kauften Kleider für mich: weiß und wieder weiß. Schneewittchen. Weiß wie Schnee, rot wie Blut, schwarz wie Ebenholz. Weiße Schuhe, aber eine rosa Regenhaut und eine grüne Regenhaut für Notfälle.

Bei »Choses« entdeckte Pavelino einen Pullover. »Du brauchst etwas Warmes. Wenn der Mistral kommt, wird es kalt. Und überhaupt, vielleicht hast du mal Lust, und wir fliegen mit der Piper und schauen uns Antibes von oben an.«

»Du hast ein Flugzeug?«

»Nur einen kleinen Zweisitzer, eben eine Piper.«

»Ich bin noch nie geflogen.«

»Es wird dir gefallen.«

»Wo steht das Flugzeug?«

»Auf dem Flugplatz von Mandelieu.«

»Dann laß uns hinfahren!«

»Du möchtest?«

»Wozu haben wir sonst den dicken Pullover gekauft?«

Wir standen daneben, während die Maschine aufgetankt und kontrolliert wurde.

»Es muß etwas von Hans Tropa in mir weiterleben«, sagte Pavelino. »Hin und wieder muß ich mich einfach in ein Flugzeug setzen und mir die Welt von oben anschauen oder die Welt ganz vergessen.«

»Hattest du nie Angst?« wollte ich wissen. Ich bereute meine Frage, als ich sein verständnisloses Gesicht sah.

»Angst beim Fliegen?« Er lachte. »Angst habe ich nur vor einer Sache: ein alter Mann zu sein, ich meine, richtig alt und schwach, und die Frauen sehen nur noch den Stock, auf den ich mich stützen muß, um noch gehen zu können. Das ist meine einzige wirkliche Angst. Das Leben hat es bisher gut mit mir gemeint, also rede ich mir ein, daß es so weitergeht. Es wird sich schon was einfallen lassen und mich rechtzeitig ins Paradies zurückbefördern, bevor ich alt und krank bin und man mich im Paradies womöglich nicht mehr haben will.«

Mit Herzklopfen stieg ich in die Piper. Er sah es mir an und nickte. »Das gehört dazu. Das ist nicht Angst, das ist Freude. Manchmal, wenn ich fliege, habe ich das Gefühl, gleich bleibt mir das Herz stehen vor lauter Freude.«

Dann rollten wir über das Flugfeld zur Startbahn. Noch einmal wandte er sich nach mir um. Sein Gesicht war so glücklich, daß ich fast etwas wie Eifersucht empfand. Seine Lippen formten ein Wort, das ich nicht verstand im Lärm des Motors. Hatte er »Revanche« gesagt?

Wir flogen über das Meer. Wir flogen so niedrig, daß wir uns im Wasser spiegelten. Wir flogen die Buchten ab, Sonnenschirme, Badestrände, Tennisplätze, weiße Villen, Weinberge, ein Friedhof mit einer weißen Kirche. »Dort liegt Antoinette.« Ein Park und inmitten des Parks ein Schlößchen mit Springbrunnen und Wasserbecken. »Da wohnten wir, bevor Antoinette starb.« Dann kam Monte Carlo, die Residenz des Fürsten, daneben der Hafen, die Stadt.

»Wenn du genug hast, sagst du es, ja?«

»Nach Portofino bitte.«

»Hören heißt gehorchen. Also Portofino.«

*

Wir lebten ohne Kalender, nur mit dem Wetter. Die heißen Sommernächte verbrachten wir im Freien; bei Mistral zogen wir uns ins Haus zurück und verrammelten Türen und Fenster. Wir stiegen zum Meer hinunter, wir wanderten den Sandstrand entlang.

Ob der »Nice Matin« von gestern war oder von heute, was kümmerte uns das. Nur die Einladungen unserer Freunde erinnerten uns daran, daß es einen Kalender gab.

»29. August, zwanzig Uhr dreißig, ein Fest in Weiß, *blanc et blanc*«, sagte Tita am Telefon, und als hätte ich einen Koffer voll Schmuck zur Auswahl, ermahnte sie mich: »Auch den Schmuck nur weiß, Perlen, weiße Korallen, Brillanten, eben *blanc et blanc*.«

Der 29. August war ein Tag aus Glas. Die Luft hatte die Brennschärfe, die den Mistral ankündigt. Am Horizont schwebte seit dem Morgen eine einzelne Mistralwolke, eine weiße Riesenzigarre.

Nachmittags bekam Pavelino Lust, ein Stück zu fliegen.

»Nur bei Mistral ist die Sicht so klar. Kommst du mit?«

»Das nächste Mal wieder. Ich verschlafe den Nachmittag lieber.«

»Ich bin eifersüchtig. Wenn du schläfst, vergißt du mich.«

»Und ich bin eifersüchtig auf das Fliegen. Wenn du fliegst, vergißt du mich.«

»Ich beweise dir das Gegenteil. Ich komme übers Haus, und wehe du stehst nicht auf der Terrasse und winkst!« Bevor er ins Auto stieg, umarmte er mich. »In einer Stunde bin ich zurück.«

Ich mußte nicht lange warten auf die Piper. Schon von weitem hörte ich ihr Brummen. Mit einem weißen Schal in der Hand stand ich draußen und winkte ihm zu. Er zog eine Schleife, kam tiefer, winkte mit den Flügeln und verschwand nach Osten. Ich blickte ihm nach, bis er sich im gläsernen Blau des Himmels auflöste: Dann machte ich es mir gemütlich auf meinem angestammten Platz im Halbschatten.

Die Rosen, die längs der Stützmauern des alten Weinbergs blühten, dufteten süß. Die Steinplatten der Terrasse strömten milde Wärme aus. Auch das gehörte zu dem Fest, das ich seit Wochen feierte, diese Stunden schläfriger Euphorie, zufriedenen Schnurrens.

Es dunkelte bereits, als ich erwachte, und mein erster Gedanke war: Er hat mich schlafen lassen. Er ist ins Haus geschlichen und heimlich an mir vorbei, er hat mich angeschaut und ist leise weitergegangen.

Aber im Haus war kein Licht.

»Pavelino!«

Ich ging ins Haus und rief wieder: »Pavelino!«

Ich lief in sein Schlafzimmer. Vielleicht hatte er sich hingelegt. Das Schlafzimmer war leer. Ich wollte wieder gehen, da klingelte das Telefon.

»Hier ist Tita.« Die Stimme klang anders als sonst, höher, dünner. »Es ist etwas passiert«, begann sie ohne Umschweife.

Ich stand an der Wand. Ich fühlte den Verputz durch meine leichte Bluse, und ich hörte, wie ich »Ja« sagte. Sonst nichts, nur immer wieder »Ja«.

»Ich habe mein Fest abgesagt. Er hatte sich so drauf gefreut. Es war seine Idee, *blanc et blanc*. Und jetzt ... Das einzige, was mich tröstet, es ist genau der Tod, den er sich gewünscht hat – ein schöner Tod.«

»Ja.«

»Sollen wir dich zu uns holen. Möchtest du heute nacht lieber bei uns sein?«

Diesmal sagte ich nicht »Ja«.

»Danke, ich bleibe hier.«

»Wir erledigen alles. Willst du nicht doch zu uns kommen?«

»Ich bleibe in Antibes.«

Tita wollte noch etwas sagen, aber ihre Stimme erstickte in Tränen.

Ich legte den Hörer auf, ging aus dem Zimmer, die Treppe hinunter und aus dem Haus.

Am Boden der Terrasse lag der weiße Schal, mit dem ich ihm gewinkt hatte, als er über das Haus flog.

Den Weinberg hinunter, zum Meer, den Strand entlang, bis zu dem Bambuszaun, wo es nicht weitergeht. Dann zurück, immer auf der Flucht vor Titas Stimme, dieser hohen, dünnen Stimme, die immer dieselben Worte wiederholt: »Er ist ganz normal gelandet. Er brachte die Maschine ganz normal auf den Standplatz zurück. Er hatte bis zuletzt Funkverbindung. Ein Mann vom Wartungspersonal war in der Nähe. Zuerst dachte er sich nichts, aber dann wurde er stutzig. Warum steigt Monsieur Reich nicht aus? Er geht hin, klopft ans Cockpit. Nichts. Er geht herum, macht Zeichen. Der Mann im Cockpit reagiert nicht. Er sitzt dort, wie schlafend. Der Arzt hat Herzversagen festgestellt.«

Wann hört diese hohe dünne Stimme endlich auf?

Ich will diese Stimme nicht mehr hören. Ich laufe am Strand auf und ab. Die Stimme begleitet mich beharrlich. »Es ist etwas passiert«, beginnt sie wieder und wieder.

Mitten in der Nacht setzte der Mistral ein, plötzlich, von einer Sekunde zur anderen. Die Mimosenbäume und die Schirmpinien rauschten auf. Als ich den Weinberg hinaufstieg, stürzte der Wind sich auf mich, drückte mich zu Boden. Ich räumte die Sachen ins Haus, schloß Türen und Fenster.

Der Sturm wurde mächtiger.

Ich lag mit offenen Augen im Dunkel und lauschte auf das Wüten. Die Thujahecke hinterm Haus ächzte, die Fensterläden schlugen, der Kamin heulte. Manchmal eine kurze Pause, ein Moment der Stille, ein Atemholen, dann setzte der Sturm mit gesteigerter Heftigkeit ein.

Während der Mistral tobte, wurde es in mir ruhig. Der Sturm narkotisierte mich. Ich war nur noch ein leerer Raum, und in diesem leeren Raum bewegte sich eine Gestalt. Die Gestalt hatte seine Stimme: »Manchmal, wenn ich fliege, habe ich das Gefühl, gleich bleibt mir das Herz stehen, vor lauter Freude.«

Und dann: »Ich stell' mir den Tod als schöne Frau vor, die mich ins Paradies abholt.«

So war es wohl gewesen. Eine andre hat ihn mir genommen.

*

Adieu, rosa Haus am Meer! In Zukunft werde ich jedes Haus mit dir vergleichen.

Adieu, ihr Rosen! Und hätte ich alle Blumen der Erde, sie werden mir nicht den Duft bringen, den eine einzige halbverblühte von euch mir gab.

Adieu, Pavelino! Jeder Mann in meinem Leben wird einen Rivalen haben – dich.

Sandra Paretti
Das Zauberschiff
Knaur Weltbestseller
Roman